KWAME MBALIA
Tristan gegen die Götter
WELTENSTURM

In der Reihe »Rick Riordan Presents« sind erschienen:

Tristan gegen die Götter
Mythenweber
Weltensturm
Band 3 erscheint im Frühjahr 2026

Zane gegen die Götter
Sturmläufer
Feuerhüter
Schattenspringer

Ren gegen die Götter
Nachtkönigin
Jaguarmagie

Aru gegen die Götter
Die Wächter des Himmelspalasts
Im Reich des Meeresfürsten
Das Geheimnis des Wunschbaums
Die Magie der goldenen Stadt
Der Trank der Unsterblichkeit

Sikander gegen die Götter
Das Schwert des Schicksals
Der Zorn der Drachengöttin

KWAME MBALIA

TRISTAN GEGEN DIE GÖTTER
WELTEN STURM

Band 2

Aus dem amerikanischen Englisch
von Leo Strohm

Ravensburger

1 3 5 4 2

Deutsche Erstausgabe
© dieser Ausgabe 2025, Ravensburger Verlag GmbH,
Postfach 2460, D-88194 Ravensburg

Die Originalausgabe erschien 2020 unter dem Titel
»Tristan Strong Destroys the World« bei Disney • Hyperion,
einem Imprint von Buena Vista Books, Inc.
Copyright © 2020 by Cake Literary
Published by Arrangement with CAKE CREATIVE LLC.
c/o NEW LEAF LITERARY & MEDIA, INC.,
110 West 40th Street, Suite 2201, NEW YORK, NY 10018 USA
Dieses Werk wurde vermittelt durch die
Literarische Agentur Thomas Schlück GmbH, 30161 Hannover.

Umschlagillustration: Eric Wilkerson
Vignetten im Innenteil: Shutterstock/Sidhe, Shutterstock/Miloje

Alle Rechte vorbehalten

Printed in Germany

ISBN 978-3-473-40249-6

ravensburger.com/service

*Für die Geschichten überall in der Diaspora
und für die Vorfahren, die diese Geschichten weitergetragen haben*

1
TRICKSER UND GEFLÜSTER

Niemand bekommt gern eine Faust ins Gesicht.

Man muss nicht lang überlegen, um zu dieser Erkenntnis zu kommen. Und ich kann aus erster Hand bestätigen, dass ein Faustschlag ins Gesicht auf der Liste der erfreulichen Aktivitäten ganz weit unten steht, irgendwo zwischen dem Verspeisen einer völlig verbrannten und halb abgeschabten Scheibe Toast und einem kräftigen Tritt auf den großen Zeh. Nee, nee, nee. Macht keinen Spaß. Schon gar nicht, wenn man sich dabei auch noch das Gequatsche meines Großvaters anhören muss.

TSCHAK!

»Komm schon, Junge! Halt den Kopf in Bewegung. Oder willst du dein Geld mit Rumliegen verdienen? Soll ich dir da unten vielleicht ein Haus bauen? Ich kann dir eine Ein-Zimmer-Wohnung mit eingebauter Klo-Nische besorgen.«

Als ich die Augen aufschlug, stand Granddad über mir, die Hände in die Hüften gestemmt. Oder eher die Pratzen in die Hüften gestemmt. Neben der Schlagpolster fürs Boxtraining trug er eine graue Jogginghose und ein blütenweißes T-Shirt, das er wahrscheinlich sogar hatte bügeln lassen. Sein fein säuberlich getrimmter und fast vollständig ergrauter Afro wackelte hin und her, während er grummelnd den Kopf schüttelte. Er zog eine Pratze aus und streckte mir seine riesige braune Pranke mit den vernarbten Knöcheln entgegen. Als ich sie mit meinem rechten Handschuh ergriff und er mich auf die Beine zog, konnte ich die große Kraft spüren, die ihn zu einer Legende in Boxerkreisen gemacht hatte.

»Du musst immer in Bewegung bleiben«, sagte Granddad. Er nahm die Grundstellung ein und fing an, den Kopf in alle Richtungen zu bewegen. »Im Moment bist du noch viel zu steif, so als könntest du dich nicht richtig frei bewegen. Was ist denn los? Du wolltest es doch so, weißt du noch? Bist du etwa müde?«

Wir standen in der alten Scheune auf der Farm meiner Großeltern. Die frühe Nachmittagssonne linste zu den Rissen in der Wand herein und zauberte warme gelbe Streifen auf den vollgestellten Lehmboden. Granddad und ich hatten den ganzen Tag lang geschuftet – Müll rausgetragen, geputzt, Sachen weggeräumt, solche Dinge eben. Dadurch war eine freie Fläche entstanden und in ihrer Mitte befand sich jetzt ein improvisierter Boxring. Ein paar andere Erwachsene waren gerade dabei, drumherum Bänke aufzubauen.

Ich weiß genau, was ihr jetzt wissen wollt. Wieso hatte ich mich überhaupt dazu bereit erklärt?

Na ja, vor ein paar Tagen hat Granddad einen Anruf von einem alten Kumpel bekommen, den er noch aus seiner Zeit als Amateurboxer kennt. Sein Kumpel arbeitet jetzt als Trainer und für einen seiner Schützlinge war eigentlich ein Trainingskampf geplant gewesen, aber der war wegen eines Sturms ausgefallen. Deshalb hat der Kumpel gefragt, ob Granddad vielleicht einen passenden Gegner kannte.

Aber ja. Ich konnte die Stimme meines Granddads geradezu hören. *Da hab ich genau den richtigen Sparringpartner. Nein, keine Sorge, der ist der Herausforderung bestimmt gewachsen.*

Das, meine Freundinnen und Freunde, hat nichts mit bereit erklären zu tun. So was nennt man »bereit erklärt werden«.

In einer Stunde oder so würde ich also einen Sparringkampf bestreiten. Ich freute mich absolut nicht darauf, aber Granddad hatte darauf bestanden, dass ich wenigstens *einen* ernsthaften Kampf bestreiten sollte, bevor ich wieder zu meinen Eltern nach Chicago zurückkehrte.

Jippie.

Nicht dass ihr mich falsch versteht. Ich hatte nicht vor, einen Rückzieher zu machen. Ich fand die Herausforderung ja gut. Als Ablenkung. Um unwillkommene Gedanken zu unterdrücken. Mr Richardson, mein Trauerberater, redet immer von »Gedankeneindringlingen«. Wenn die Hände etwas zu tun haben, wird der Geist ruhig.

Und wenn man mit Granddad trainiert, haben die Hände immer etwas zu tun.

»Nein, Sir, ich bin nicht müde.« Ich sprang auf, schlug die Handschuhe gegeneinander und nahm wieder die Grundstellung ein.

Granddad hob die Pratzen und ich machte meine Fäuste bereit.

»Also gut, mein Junge«, sagte mein Großvater. »Eins-zwei.«

Ich holte tief Luft und ließ eine Schlagkombination vom Stapel. Hart. Schnell. Musste besser werden. Musste stärker werden. Schritt nach vorne, Hüften drehen, einen Schlag abfeuern.

Schneller.

SCHNELLER.

SCHNE…

»Alles gut, mein Junge, alles gut. Steiger dich nicht zu sehr rein.« Granddad wich zurück und ließ die Pratzen sinken. Ich verharrte keuchend mitten im Schlag. »Ich hab doch gesagt, dass wir uns erst mal aufwärmen. Was ist denn in dich gefahren?«

Ich wollte ihm eine Antwort geben, aber dann klappte ich den Mund wieder zu. Wie sollte ich ihm diesen Drang, besser werden zu wollen, erklären? Die Last, die ich auf meinen Schultern spürte?

Graddad musterte mich aufmerksam. »Hol mal tief Luft. Bist du sicher, dass du nicht müde bist? Gestern Abend warst du noch ziemlich lange wach, das habe ich gehört. Und heute in aller Frühe auch schon wieder. Kriegst du denn genügend Schlaf?«

Ich federte auf den Ballen auf und ab. »Mir geht's gut, Granddad. Ich bin bereit.«

»Ich sag dir schon Bescheid, wenn du bereit bist. Jetzt sollst du erst mal nur atmen. Du siehst müde aus.«

Ich ließ den Nacken kreisen, versuchte locker zu werden, schickte meine Blicke in jeden Winkel der Scheune, bloß nicht zu meinem Granddad. Die Wände wurden von Fotos und Postern geschmückt, auf denen Kämpfe aus längst vergangenen Zeiten abgebildet waren, und an einem Balken, der quer unter der hohen Decke entlanglief, baumelten zwei verblasste braune Boxhandschuhe. Das Auffälligste aber war ein riesiges Wandgemälde, das zwei Männer zeigte. Der eine war ein erschöpfter Boxer mit erhobener Faust und gespanntem Bizeps, der andere sein Trainer. Er hatte sich ein Handtuch über die Schulter geworfen und stand mit angewinkelten Armen hinter dem Boxer.

Der Boxer war Alvin Strong, mein Dad, an dem Abend, als er seinen Meistertitel zum allerersten Mal verteidigt hatte, und sein Trainer war Walter Strong … Granddad.

Ich habe Granddad mal gefragt, wieso er ausgerechnet diesen Abend hier verewigt hatte und nicht den Moment, als Dad den Meistergürtel errungen hatte. Er hatte sich am Bart gekratzt und anschließend die Faust geballt und den Arm angewinkelt, so wie Dad auf dem Wandgemälde. »Dass er den Gürtel gewonnen hat, war eine Meisterleistung, gar keine Frage. Sehr schwierig und ein Moment, der es ebenfalls wert wäre, in einem Wandgemälde festgehalten zu werden. Aber den Gürtel zu erringen, wenn niemand damit rechnet, ist das eine. Etwas anderes ist es, einem ganzen Land ins Auge zu schauen, mit einer Zielscheibe auf dem Rücken, und die Herausforderer unter diesen Bedingungen zu schlagen. Es ist sehr schwer, einen Gürtel zu erringen … aber noch viel schwerer ist es, ihn zu verteidigen.«

Während ich meine Arme lockerte und meinen Mundschutz wieder einsetzte, stand Granddad direkt unter dem Wandgemälde. Er war inzwischen älter, schmaler, faltiger geworden und hatte weniger Haare als damals, aber er strahlte immer noch genau dieselbe Stärke aus. Ich besaß diese Stärke auch. Ich hatte sie bereits eingesetzt und ich würde sie wieder einsetzen müssen. Weil ich nämlich, so sehr es mich auch schmerzte, tatsächlich um mehr Training gebeten hatte. Ich musste unbedingt besser werden.

»Mir geht es gut, Granddad. Ehrlich«, sagte ich und schlug noch einmal meine Handschuhe gegeneinander. »Ich bin überhaupt nicht müde.«

»Mm-hmm. Wir werden sehen. Los geht's. Eins-zwei. Eins-zwei. Gut. Jetzt ein Haken. Eins-zwei. Eins-zwei. Kinn runter, Junge. Zeig ein bisschen Respekt vor meinen Händen! Eins-zwei. Genau so, das ist das Walter-Strong-Special. Aufpassen jetzt. Gut so!«

TSCHAK! TSCHAK!

Ich ließ Linke und Rechte auf die Pratzen prasseln, während Granddad die Schlagfolge ansagte, und eine ganze Weile klappte das gut. Wenn von irgendwoher ein Haken auf mich zukam, duckte ich mich weg, und bei einer Geraden wich ich aus, wand mich von einer Seite auf die andere, sodass sie an mir vorbeiflogen. Ich fand meinen Rhythmus, tänzelte auf den Fußballen und übte mich in der hohen Kunst des Boxens. Es fühlte sich gut an. Ich fing an zu grooven.

TSCHAK! TSCHAK!

Und dann passiert es.

Ein Geräusch schwebte an meinem Ohr vorbei, ganz schwach nur und sehr weit entfernt. Ein Windhauch streichelte über meine Wange. Ein Frösteln legte sich auf meine Brust und machte mir das Atmen schwer.

Tristan...

Jemand flüsterte meinen Namen. Kurz darauf drang ein anderer Laut an mein Ohr. Mein Herzschlag stockte. Ich ließ die Fäuste sinken und drehte um. Was mochte das sein?

»Tristan!«

Ich reagierte zu spät.

BAFF!

Der Haken erwischte mich an der Schläfe und schickte mich zu Boden. Es tat nicht weh – ich sah nur für einen Moment die Sterne tanzen –, aber Granddad wurde richtig sauer. Er riss sich die Pratzen von den Händen und schleuderte sie aus dem Ring.

»Was soll das denn werden? Was kann so interessant sein, dass du einen Schlag kassieren willst, bloß um es dir anzuschauen? Hmm? Ein bisschen Müll, der auf dem Boden rumliegt? Du bist ja nicht mal hier – du hängst irgendwo deinen eigenen Gedanken nach!«

Ich gab keine Antwort. Irgendetwas flatterte über den Fußboden und taumelte zwischen den Füßen der Erwachsenen herum, die sich krampfhaft bemühten, nicht zu uns herüberzublicken. Es war ein Quittungszettel, zusammengeknüllt und harmlos. Zitternd stieß ich den Atem aus. Granddad wartete ab und winkte mich schließlich seufzend zu sich. Er löste die Schnüre an meinen Handschuhen und zog sie mir aus, wickelte anschließend die Binden an meinen Händen und Handgelenken ab. Er arbeitete schnell, sammelte alles ein und starrte das Gemälde an der Scheunenwand an.

»Mannomann«, sagte er, ohne mich anzuschauen. »Wir machen eine Viertelstunde Pause. Ich brauche sowieso mal einen Schluck Wasser. Die siehst richtig kaputt aus, und außerdem geht dir irgendwas durch den Kopf und lässt dir keine Ruhe. Du musst es rauslassen, ganz egal, was es ist. Du darfst das nicht mit in den Ring nehmen. Wenn du abgelenkt bist, bist du schon am Ende, bevor dein Gegner den ersten Schlag gelandet hat.«

Er verließ den Ring, stopfte die ganze Ausrüstung in eine riesige Sporttasche mit einem verblassten militärischen Tarnmuster, spannte die Muskeln an, hielt inne und holte tief Luft. Dann ächzte er laut, wuchtete die Tasche auf seine Schulter und setzte sich in Bewegung.

»Ich hole jetzt die Schutzpolster«, sagte er über die Schulter hinweg. »Dann fangen wir noch mal von vorne an. Und du siehst zu, dass du bis dahin klar im Kopf bist.«

Granddad marschierte zur Scheune hinaus und die Zuschauer gingen hinter ihm her. Ich blieb allein in der Scheune zurück und starrte den zusammengeknüllten Quittungszettel an. Winzig. Wie ein kleines Baumwollkügelchen. Aber das brachte ein paar ganz miese Assoziationen mit sich. Wobei das Stückchen Papier gar nicht die eigentliche Ablenkung gewesen war. Aber das konnte ich Granddad nicht erzählen. Ein Flüstern? Er hätte mich angestarrt, als wäre auf meiner Stirn eine dritte Achselhöhle gewachsen. Und wer hätte es ihm verdenken können? Wie sollte ich ihm klarmachen, dass ich für einen kurzen Augenblick entferntes Trommelschlagen gehört hatte?

Eine ärgerliche, vornehme Stimme riss mich aus meinen Gedanken.

»Also weißt du, Junge, du könntest mich zumindest aus deiner verschwitzten Hosentasche holen, bevor du anfängst, in diesem unschicklichen Gewand und diesen Handschuhen durch die Gegend zu hüpfen. Nun beeil dich mal, damit ich wieder besser Luft bekomme. Oder willst du bis in alle Ewigkeit Trübsal blasen?«

Das kam aus meinen Trainingsshorts. Ich verdrehte die Augen und holte ein schwarz glänzendes Smartphone mit einem goldenen Spinnensymbol auf der Rückseite hervor. Es war nagelneu und wirkte sehr elegant. Als ich es höher hob, erwachte das Display zum Leben, und auf dem Begrüßungsbildschirm erschien eine aufwendig verzierte Truhe, die mit dem Wort GESCHICHTEN beschriftet war. Das Bild verblasste und stattdessen tauchte ein kleiner braunhäutiger Mann auf, der hin und her stapfte, über schimmernde App-Icons hüpfte und mit dem Fuß die Uhr beiseitekickte. Er trug Flip-Flops, eine zu kurze Hose (oder zu lange Shorts, wie man's nimmt) und ein T-Shirt mit einer grinsenden Spinne drauf. Anansis Modegeschmack lag irgendwo zwischen faulem Dad und Retro-Teenager und ich konnte darüber nur den Kopf schütteln.

Wieso war Anansi, der erste aller Trickser, der Meister des Geschichtenerzählens, der Schöpfer von Legenden und Netzen der Hinterlist, in meinem Handy gelandet?

Sehr gute Frage!

Weil ein winziges Großmaul vor ungefähr einem Monat das Tagebuch meines besten Freundes gestohlen hatte.

Weil ich in meiner Wut ein Loch in eine andere Welt geboxt hatte, in der Schwarze Sagenhelden und afrikanische Götter einfach so wie du und ich durch die Gegend spazieren.

Weil ich aus Versehen einen diabolischen Dämon mitgebracht hatte, der dann ein noch viel älteres Übel aufgescheucht hatte.

Weil ich Anansi dabei erwischt hatte, wie er in diesem ganzen Durcheinander seine eigene Macht erweitern wollte, anstatt denen zu helfen, die seine Hilfe nötig hatten. Und das war seine Strafe.

Weil ich ein Anansesem bin, der Geschichten aufbewahrt und weiterverbreitet, und weil dieses Handy die Legendentruhe ist, das Gefäß, in dem all diese Geschichten gesammelt und aufbewahrt werden. Es ist meine Aufgabe, sie zu beschützen und immer weiter zu füllen.

Weil ich das eben machen muss, darum. Und jetzt hört auf zu fragen.

Jedenfalls, das ist jetzt einen Monat her. Dreißig Tage sind vergangen, seit Eddie – na ja, eigentlich sein Geist, er ist ja mein toter bester Freund – sich zum letzten Mal von mir verabschiedet hat. Seither habe ich jedes Wort in seinem Tagebuch laut gelesen und es in der Hörgut-zu-App auf meinem LTT (Legendentruhen-Telefon – seid gnädig und lasst mich mal ein bisschen faul sein) gespeichert.

Das Display des LTT wurde schwarz, dann erschien der Sperrbildschirm. Anansi starrte das Logo der Legendentruhe an, setzte sich und lehnte sich dann mit dem Rücken dagegen. Er nahm sich ein schwarzes Pixel aus dem Hintergrund und warf es immer wieder, wie einen Ball, gegen den Rand des Bildschirms.

»Hör zu«, sagte er mit sanfter Stimme. »Ich weiß, dass du und ich nicht immer einer Meinung waren …«

Ich schnaubte.

»Und vielleicht hat es zu Anfang das eine oder andere Missverständnis gegeben …«

»Du wolltest die Leute vom Isihlangu dazu bringen, uns in ihren Kerker zu werfen«, entgegnete ich mit hochgezogener Augenbraue.

Anansi wischte meine Worte mit einer Handbewegung beiseite. »Hör auf, in der Vergangenheit zu leben. Wir müssen nach vorne schauen, in die Zukunft blicken. Nicht mehr lange, dann steht meine Freilassung aus diesem Gefängnis hier an, aber nur, wenn du dich vor heranfliegenden Fäusten in Acht nimmst. Wer soll dem guten alten Nyamé denn mitteilen, dass ich all meine Pflichten erfüllt habe, wenn du bewusstlos bist? Wer soll das Rezept für den köstlichen Zitronencremekuchen deiner Großmutter für mich abschreiben? Nein, nein, du musst dich konzentrieren.«

Ich zuckte mit den Schultern und fing an, mir die Hände zu umwickeln. Granddad konnte jeden Augenblick zurückkommen und dann musste ich bereit sein. Bloß noch diesen einen Kampf überstehen. Der Rest der Woche würde anschließend wie im Flug vergehen und dann war ich wieder auf dem Weg zurück nach Chicago. »Das kriege ich schon geregelt.«

»Ich habe aber ganz und gar nicht den Eindruck, als würdest du das geregelt kriegen.«

»Mach dich mal locker. Alles ist gut.«

Anansi zog eine Augenbraue in die Höhe. »Und die Albträume?«

Schon wieder schwebten Flüsterlaute an meinem Ohr vorbei, ein pulsierender Rhythmus aus dem Maisfeld hinter der Scheune – schnelle Trommelschläge, die mein Herz zum Rasen brachten. Ich hatte niemandem von den bösen Träumen erzählt, die mich seit meiner Rückkehr aus Alke jede Nacht aufschrecken ließen. Das ist der Grund, wieso man keinen Tricksergott auf den Nachttisch legen sollte. Ich schlüpfte in meine Handschuhe und stand auf. »Alles. Ist. Gut.«

»Du kannst dich nicht aus jeder Situation rausboxen, Junge. Früher oder später begegnest du jemandem, der härter zuschlägt als du. Glaub mir.«

Bevor ich auf dieses funkelnde Juwel am Himmel der Weisheit eingehen konnte, öffnete sich knarrend die Scheunentür. Granddad kam herein und natürlich war er nicht allein. In seinem Rücken hatte sich eine ganze Menschenmenge versammelt und direkt neben ihm stand Nana, meine Großmutter. Aber meine Augen waren einzig und allein auf die Gestalt neben den beiden gerichtet.

»Bei meinen acht aschfahlen Beinen«, flüsterte Anansi. »Was für ein riesiges Bürschchen!«

»Jetzt geht's los, mein Junge – Bewegung«, sagte Granddad. »Zeit für ein Sparring.«

2

DER SPARRINGKAMPF

Das Leben ist nicht fair.

Das habe ich von jedem einzelnen Erwachsenen zu hören bekommen, wenn ich mich mal über eine Ungerechtigkeit beklagt habe. Ihr kennt das wahrscheinlich auch. *Ach, gar nichts ist fair. Du musst eben mit den Karten spielen, die das Leben dir gibt.* Wieso spielen wir überhaupt mit Karten? Ich finde Kartenspiele doof!

Jedenfalls ...

Was wirklich nicht fair war, das war mein Sparringpartner. Er hieß Reggie Janson und war größer als die meisten Erwachsenen, die sich jetzt um den Ring versammelten. Und breiter. Ich meine, sogar seine Muskeln hatten Muskeln. Glatte braune Haut, der Schriftzug KIEFERBRECHER in Graffiti-Schrift auf seinem Hoodie und seiner Hose und dazu eine Miene, die ihn noch grimmiger wirken ließ als den Hund in der Nachbarschaft, vor dem alle Abstand halten. Seine Beine waren Baumstämme und seine Handschuhe Bowlingkugeln. Kurz gesagt ...

»Das solltest du dir vielleicht noch mal überlegen«, sagte Anansi mir ins Ohr. Ich hatte mir die Ohrstöpsel eingesetzt, weil ich den ganzen Lärm und das Hin und Her vor dem Kampf ausblenden wollte, aber dafür musste ich mir jetzt die schillernden Kommentare des Trickser-Gottes anhören, unterlegt mit wahllos durcheinandergewürfelten Schnipseln aus allen möglichen Hip-Hop-Klassikern. Ja, genau, Anansi hatte offensichtlich das Streaming für sich entdeckt. Zurzeit fuhr er wie besessen auf Houston-Rap ab.

Ich beachtete ihn nicht. Vielleicht hatte er ja sogar recht, aber trotzdem ... er hätte es ja nicht aussprechen müssen. War ein bisschen verlogene Aufmunterung etwa zu viel verlangt?

Ich setzte mein Aufwärmprogramm fort, bis Granddad mit einer Wasserflasche und einem Handtuch zu mir kam. Er kaute auf einem Grashalm herum. Das machte er nur, wenn er nervös war. »Also gut«, sagte er. »Du hältst dich an die Grundlagen. Ein einfacher Sparringkampf, drei Runden, nichts Ernstes.«

Der Knall einer kleinen Explosion schallte durch die Scheune.

Wir drehten uns um und sahen Reggies Trainer neben einem aufgeplatzten Sandsack stehen. Er war auf den Boden gefallen, sodass der Sand herausrieselte. Reggie drehte sich um, sah mich und zuckte mit den Schultern. Dann fing er mit Schattenboxen an.

»Heiliger Strohsack«, stießen Anansi und ich gleichzeitig hervor.

Granddad kaute noch verbissener auf seinem Grashalm herum, so als würden ihm ernste Bedenken kommen, aber dann schüttelte er den Kopf. »Du machst das schon«, sagte er. Mehr nicht.

Ich nickte, dann fiel mir jemand auf. Eine kleine Frau mit lockigen Haaren und Krankenhauskleidung hatte die Scheunentür geöffnet und trat ein. Sie winkte jemandem zu, den sie kannte. »Wer ist das?«, wollte ich wissen.

Granddad drehte sich um und knurrte: »Hmm. Ringärztin. Die begleitet Reggie zu seinen Sparringkämpfen. Nur zur Sicherheit.«

»Reggie hat eine Ärztin dabei? Ist er krank?«

»Sie ist nicht wegen ihm da. Sondern wegen seiner Gegner.«

Mein Mund stand sperrangelweit offen, aber Granddad wich meinen Blicken sehr gekonnt aus. Er spuckte den Grashalm auf den Boden und holte den nächsten aus seiner Hosentasche. Wer bewahrt in seiner Hosentasche Grashalme auf? Und wer organisiert für den eigenen Enkel so einen Boxkampf? Ich wollte protestieren. Vielleicht war es noch nicht zu spät. Vielleicht kam ich aus der ganzen Nummer noch raus und konnte mich weniger gefährlichen Sportarten widmen. Wie wär's mit Blickduellen? Aber ich kam nicht mehr dazu, denn in diesem Augenblick drehte sich Granddad um und klatschte in die Hände. »Also gut, dann wollen wir mal. Tony, seid ihr so weit?«

Reggies Trainer reckte beide Daumen nach oben, bevor er seinem Kämpfer einen Klaps auf die Schulter gab.

Ich nahm meine Ohrstöpsel heraus und legte sie zusammen mit dem LTT auf eine Bank in der Ecke. Anansi lag auf dem Rücken und hatte die Augen geschlossen. *Danke für deine Unterstützung*, dachte ich noch, während ich mich auf den Weg machte.

Reggie und ich kletterten in den Ring. Wir trugen beide einen Kopfschutz, aber mir kam es vor, als könnte ich zusätzlich noch einen Football-Helm gebrauchen.

»Also gut, bleibt fair und sauber, aber nehmt die Sache ernst. Wir wollen nicht, dass sich hier jemand verletzt. Der Kampf ist bloß ein Teil der Vorbereitung, alles klar?« Tony, Reggies Trainer, sah uns mit hochgezogener Augenbraue an und wir nickten beide. »Gut. Dann wollen wir den Leuten hier mal zeigen, wie das hier unten in Alabama läuft.« Er stieg aus dem Ring und steckte sich eine Pfeife in den Mund. »Fertig machen, dann wartet ihr auf mein Kommando.«

Reggie und ich standen uns gegenüber und er stieß seine Handschuhe gegen meine. »Warum so nervös, Kleiner? Ist doch bloß ein Sparringkampf.«

Wir wichen zurück und ich hüpfte auf den Zehenspitzen auf und ab. Ich war bereit.

Zumindest glaubte ich das.

Der Pfiff ertönte und ich nahm die Fäuste hoch. Im selben Moment kam schon ein rechter Haken auf meine linke Schläfe zugesaust. Ich duckte mich und sah einen linken Haken auf mich zu kommen. Irgendwie schaffte ich es im allerletzten Moment, mich so zu drehen, dass meine Schulter den Schlag abfing.

Aber ich landete mit dem Hintern auf dem Ringboden.

»Komm schon, Junge, was machst du denn da? Steh auf und fang an zu kämpfen!« Granddads raue Stimme und das Kichern des Publikums ließen mir das heiße Blut in die Wangen schießen. Ich kam auf die Füße und ließ meine rechte Schulter kreisen. Sie fühlte sich an, als wäre sie unter einen Dampfhammer geraten.

Bloß ein Teil der Vorbereitung, na klar.

Als könnte er meine Gedanken lesen, fing Reggie jetzt an zu grinsen. Großer Gott, sogar auf seinem Mundschutz stand KIEFERBRECHER. Hatte der überhaupt irgendwas Friedliches an sich?

Der Rest der Runde lief mehr oder weniger gleich ab. Ich duckte mich. Ich rutschte und drehte mich. Ich versuchte nicht zu sterben, als Fäuste so groß wie mein Gesicht mich in einen anderen Bundesstaat befördern wollten. Am Ende der Runde blies Trainer-Tony (so habe ich mir seinen Namen gemerkt) in seine Pfeife und ich brach auf dem Hocker zusammen, den Granddad für mich bereitgestellt hatte. Ich nahm einen Schluck Wasser und versuchte irgendwie, ein bisschen Luft in meine Lunge zu pumpen.

»Willst du eigentlich tanzen oder boxen?« Granddad hielt mir einen Eimer vors Gesicht, damit ich das Wasser ausspucken konnte. »Dir ist doch klar, dass du auch mal zuschlagen könntest, oder?«

»Ja, Sir«, erwiderte ich.

»Soll ich das Handtuch werfen? Ist es dir zu viel?«

»Nein, Sir. Ich ...«

»Du was?«

»Ich warte bloß auf eine günstige Gelegenheit.«

Granddad stellte den Eimer ab und legte mir die Hände auf die Schultern. »Manchmal, mein Junge, musst du dir deine Gelegenheiten selber schaffen. Warte nicht, bis dir jemand die Erlaubnis gibt, dich von deiner besten Seite zu zeigen. Du legst einfach los und vergisst alles andere. Du hast ein Ziel und dafür kämpfst du! Kapiert? Du suchst dir was ganz tief in deinem Inneren, ob es nun Stolz ist oder Ehre oder einfach nur die Lust am Boxen, und dafür kämpfst du dann. Hast du mich verstanden?«

»Ja, Sir.«

»Hast du mich verstanden?«

»Ja, Sir!«

Aber die zweite Runde fing genauso an, wie die erste aufgehört hatte. Sosehr ich es auch wollte, ich schaffte es einfach nicht, Reggies Trommelfeuer wenigstens einmal mit einem eigenen Schlag zu unterbrechen. Der Typ hatte Schläge drauf, die selber Schläge draufhatten. Einmal konnte ich mich nicht mehr rechtzeitig ducken und er erwischte mich am Kopf. Es fühlte sich an, als hätte eine Kanonenkugel meinen Schädel gestreift.

Trotzdem wurde Reggie langsam frustriert wegen meiner Verteidigung. »Willst du vielleicht irgendwann mal anfangen?«, spottete er. »Wer Schiss hat, wird's nie zu was bringen.«

Die zweite Runde ging zu Ende und Granddad sagte kaum ein Wort. Er massierte mir die Schultern und gab mir ein bisschen Wasser zu trinken, aber ich merkte genau, dass er enttäuscht war.

Und das war noch nicht mal das Schlimmste.

Kurz vor Beginn der dritten Runde hörte ich es schon wieder.

Tristan?

Eine Stimme rief meinen Namen.

Und was noch seltsamer war: Ein Kribbeln lief die Finger meiner linken Hand entlang und schlängelte sich um mein Handgelenk. Das Scheunentor war geschlossen, aber ich hätte schwören können, dass eine Brise mich umwehte. Ein fernes Summen ertönte in meinen Ohren und die dumpfen Schläge einer gewaltigen Trommel hallten durch die Scheune.

»Oh, nein«, flüsterte ich und sah mich voller Panik um. War das sonst noch jemandem aufgefallen? Aber die anderen schienen alle voll und ganz auf den Kampf konzentriert zu sein. Ich war der Einzige, der es hören konnte.

Wobei, es gab da noch jemanden ... gewissermaßen. Das LTT lag immer noch auf der Bank am Ringrand, halb verdeckt von einem feuchten Handtuch, das Granddad hatte fallen lassen. Ich konnte gerade noch Anansis besorgtes Gesicht erkennen, während er versuchte, über den Rand des Displays hinweg ins Publikum zu spähen. Auch er hatte etwas Seltsames gespürt, das ihn aufgeschreckt hatte.

Damit sind wir schon zwei, dachte ich, als Trainer-Tony mit einem Pfiff die letzte Runde einläutete.

Sie hatten mich alle aufgegeben.

Tony warf mir immer wieder Blicke zu und zog sich kopfschüttelnd zurück. Etliche der Erwachsenen – diejenigen, die immer noch da waren – gönnten dem Sparringkampf keinen einzigen Blick mehr. Selbst Granddad schien jedes Interesse verloren zu haben. Er sah mir in die Augen ... und wandte sich ab.

Das schmerzte mich am meisten.

Reggie hüpfte auf den Fußspitzen auf und ab und schlug die Handschuhe zusammen. Es hörte sich jedes Mal so an, als würden zwei Betonsteine zusammenprallen. »Komm schon, Mann, bringen wir's hinter uns. Ich hab gedacht, der Enkel eines legendären Trainers wäre so eine Art Wunderkind. Ist nicht böse gemeint. Wir können schließlich nicht alle super sein.«

»Ja, ja«, murmelte ich. »Aber richtig *nett* ist es auch nicht gemeint.« Ich wollte, dass der Kampf endlich zu Ende war und ich mich in eine Ecke verkriechen konnte. Vielleicht in ein Loch. Mit einer Tüte Erdnussflips und einem Malzbier. Und ...

Ein leises Lied drang durch das Gemurmel des Publikums bruchstückhaft an mein Ohr.

Tristan ...

Ich hob verwirrt den Blick. Reggie tanzte vor mir herum. Schüttelte die Arme aus und ließ den Kopf hin und her wackeln. »Hast du das gehört?«, fragte ich ihn.

»Das Klingeln?« Durch den Mundschutz war er nicht besonders deutlich zu verstehen, aber als er sich mit dem Handschuh an die

Schläfe tippte, begriff ich, was er sagen wollte. »Keine Sorge, Kleiner, jetzt wird's gleich noch SCHLIMMER.« Dieses letzte Wort stieß er wie ein Knurren hervor. Gleichzeitig feuerte er einen rechten Haken in Richtung meiner Schläfe ab. Er verfehlte mich zwar um wenige Zentimeter, ließ aber sofort eine ganze Serie an kurzen Geraden folgen. Ich musste wirklich alles aufbieten, was Granddad mir beigebracht hatte, nur um seinen Schlägen auszuweichen. Pendeln, schlängeln, ducken, zucken. Und trotzdem musste ich den einen oder anderen Treffer einstecken. Eine rechte Gerade durchbrach meine Deckung und streifte meine Rippen. Ein Aufwärtshaken erwischte mich am Kinn, weil ich den Kopf zu langsam zurückgezogen hatte.

Keuchend wich ich zurück. Allmählich wuchs mir das hier über den Kopf. Granddad stand auf der Ringumrandung, halb über die Seile gebeugt, und brüllte mir irgendetwas zu. Warum konnte ich ihn nicht verstehen? Hatte ich das Gehör verloren? War ich benommen? Reggie stapfte auf mich zu und ich hob die Fäuste, als …

Tristan …

Da war es schon wieder! Aus der Menge. Ich konnte eine Stimme hören, aber dieses Mal war es eine andere. Nein, mehrere.

Tristan!

Hilf uns, bitte!

Er kommt!

So viele Stimmen. Und im Hintergrund hörte ich einen Rhythmus. *Den* Rhythmus. Den ich seit einem Monat nicht mehr gehört hatte. Nicht seitdem eine gewaltige Schattenkrähe mich durch einen riesigen Riss voller brüllender Flammen geflogen hatte.

Da wallte etwas in mir auf. Ein Gefühl. Eine Kraft. Aber warum hier? Warum jetzt? Grelle Lichtblitze fielen mir ins Auge. Mein LTT klingelte. Wurde ich angerufen? Oder war das Anansi? Wieder spürte ich das Kribbeln an meinem Handgelenk, wie wenn einem die Füße einschlafen. Ich kam mir so vor, als würde ich versuchen aufzuwachen. Oder als würde jemand versuchen, mich aufzuwecken. Sie brauchten mich. Sie riefen nach mir, damit ich …

Reggie stürmte auf mich los und drängte mich in die Seile. Seine Stirn rieb sich an meiner und er sah mich an. Ein Haifischgrinsen entblößte seinen speziell für ihn angefertigten Mundschutz.

»Du vergeudest meine Zeit«, knurrte er mich an. »Tu mir den Gefallen und bleib liegen.«

»Was soll das denn h…«

Bevor ich meinen Satz zu Ende bringen konnte, holte Reggie aus, zog die rechte Faust weit nach hinten, machte sich bereit, seine ganze Wut an mir auszulassen. Dann begriff ich. Er wollte den Kampf hier und jetzt beenden. Seine Faust schoss nach vorne, eine wärmesuchende Rakete, die auf mein Gesicht programmiert war. Wenn sie mich traf, dann war das Spiel vorbei, gute Nacht alle zusammen, danke fürs Mitspielen.

Das durfte ich nicht zulassen.

Such dir etwas, wofür du kämpfst, hatte Granddad gesagt.

Etwas, wofür du kämpfst. Etwas, wofür du kämpfst!

»Alke«, flüsterte ich.

TSCHAK! TSCHAK!

3
ZWEI GÄNGE SPEZIAL

Niemand rührte sich.

Eine Sekunde verging. Zwei. Drei. Eine Ewigkeit. Granddad hatte die Augen genauso weit aufgerissen wie Trainer-Tony den Mund. Jedes Geplauder und alle Gespräche waren verstummt. Kein einziger Zuschauer bewegte einen Muskel. Sämtliche Aufmerksamkeit war auf den Ring und die beiden Kämpfer gerichtet, die in der Mitte standen.

Na ja, nur einer von uns stand noch.

Reggie lag auf dem Rücken und sah mich verwirrt an. Anscheinend hatte er gerade das allererste Mal einen Niederschlag kassiert und konnte es einfach nicht glauben. Allmählich legte sich ein wutschnaubender Ausdruck auf sein Gesicht.

»Walter Strongs Zwei-Gänge-Menü spezial ohne Nachtisch«, sagte ich und tänzelte auf den Zehenspitzen. »Alles klar?«

Reggie rammte die Boxhandschuhe auf den Boden und sprang knurrend auf. Ich nahm Kampfhaltung ein, die Beine weit gespreizt, die Handschuhe erhoben, bereit für alles, was er mir gleich entgegenschleudern würde. Doch noch bevor wir den Kampf wieder aufnehmen konnten, hüpfte Trainer-Tony in den Ring und packte Reggie an den Schultern.

»Moment mal, Moment! Das ist bloß ein Sparringkampf, weißt du noch? Sieh mich an.« Der Trainer musterte Reggies Pupillen, aber der Junge wich ihm immer wieder aus, um mir finstere Blicke zuzuwerfen. »He, nun komm schon, lass mich nachsehen. Alles okay?«

Auch die Ringärztin trat näher. Reggie wollte die beiden verscheuchen, aber sie beharrten darauf, dass sie ihrer Pflicht nachkommen müssten, und führten ihn in seine Ecke. Eine Hand landete auf meiner Schulter. Granddad stand hinter mir, mit der Andeutung eines Lächelns im Gesicht.

»Zwei Gänge spezial, hmm?«, sagte er. »Das hast du gut gemacht, mein Junge.«

Ich lächelte. »Danke, Granddad.«

Er drückte mich mit einem Arm fest an sich und schob mich dann in die entgegengesetzte Ecke. »Na los, ruh dich aus, trink einen Schluck Wasser. Ich seh mal nach, was da drüben los ist, ob sie was brauchen. Aber ich bin ziemlich sicher, dass der Kampf vorbei ist.« Er kniete sich neben Tony und die Ärztin und murmelte ihnen etwas zu.

Ich ging in die andere Ecke, nickte ein paar Leuten zu, die mir gratulierten, und lehnte mich gegen die Seile. Meine Knie fühlten sich an wie Gelee und ich stieß einen bebenden Atemzug aus.

Er kommt!

Diese Worte schlichen sich zwischen meine Gedanken und drängten sich in den Vordergrund. Ich starrte mein Handgelenk an. Hastig riss ich mit den Zähnen die Klettverschlüsse auf und zog die Boxhandschuhe aus. Dann sprang ich aus dem Ring, schnappte mir mein

Handy und steckte mir die Ohrstöpsel in die Ohren. Während sämtliche Aufmerksamkeit auf Alabamas größte Nachwuchshoffnung im Mittelgewichtsboxen gerichtet war, huschte ich zum Scheunentor hinaus.

»Anansi«, sagte ich. »Ich brauche deine Hilfe.«

Ich saß auf einem Grasbüschel auf der Rückseite der Scheune und wickelte mit langsamen Bewegungen die Binden von meinen Handgelenken ab. Eine sanfter Wind kühlte meine schweißnasse Haut. Es war ein wunderschöner Nachmittag. Die Sonne hüllte die Farm in warme goldene Strahlen. Zwitschernde Vögel gaben ihr Vorabendkonzert, während die Insekten im Maisfeld hinter mir summten und zirpten.

Das LTT hatte ich vor mir auf den Boden gestellt. Anansi drehte sich auf dem Display um und schnarchte weiter. Ein einzelner Seidenfaden aus dem Netz, das er über die obere Ecke gespannt hatte, schwebte über seinem Mund. Bei jedem Ausatmen wurde er ein Stückchen weggeweht, nur um anschließend wieder zurückzukehren. Ich stupste den winzigen Gott einmal an, dann zweimal. Wie konnte er in Zeiten wie diesen bloß schlafen?

»Hey! Hast du die Stimmen da hinten auch gehört? Was soll ich …? Hey, aufwachen!« Noch einmal piekste ich das Display an, dieses Mal etwas unsanfter. Mit einem Schrei sprang der Tricksergott auf und riss sich mit einer blitzartigen Bewegung den Gürtel von der Hüfte.

»WER WILL SICH MIT MIR ANLEGEN?!«, brüllte er, schickte wilde Blicke in alle Richtungen und ließ den Gürtel wie ein Lasso über seinem Kopf kreisen. Er hatte seine teilweise Spinnenform angenommen – ein sechsbeiniger Mann mit zwei Armen, braun glänzender Haut und funkelnden Augen. Im Moment sah er ziemlich verschlafen aus und seine Stimme dröhnte in meinen Ohrstöpseln. Ich verzog das Gesicht. Die alkeische Soundtechnik war ziemlich beeindruckend.

»*Pscht!* Hör auf mit dem Geschrei. Du musst mir helfen.«

Anansi blinzelte. Als ihm klar wurde, dass nur ich es war, runzelte er die Stirn. Er rieb sich die Augen, gähnte und legte den Gürtel wieder an. »Ach so. Du bist es. Junge, weißt du eigentlich nicht, dass es schlechter Stil ist, einen schlafenden Gott zu wecken? Du kannst von Glück sagen, dass ich nicht die volle Macht der Diaspora rausgelassen habe.«

Ich legte die Stirn in Falten. »Dispora? Was soll das denn heißen?«

Anansi hob eine seiner winzigen Augenbrauen und schniefte. »Damit bezeichnet man eine Gruppe von Leuten, die ursprünglich alle aus einer Gegend stammen, aber dann zerstreut wurden. Was glaubst du denn, wie meine Geschichten sich verbreitet haben? Die Leute haben sie mitgenommen, wenn sie irgendwohin aufgebrochen sind oder aus ihrer Heimat geraubt wurden. Und dann haben sie sie dort, wo sie gelandet sind, wieder erzählt. Ich bin eine große Nummer, und zwar überall, falls dir das noch nicht aufgefallen ist. Meine Geschichten wurden von Königinnen auf Jamaika ebenso verbreitet wie von Arbeitern in Jamaica, dem Stadtteil von Queens. Von Port-au-Prince, Haiti, bis Paris, Frankreich. Ich bin – wie dieser eine Rhythmusdichter sagt – good in any hood.«

»Uuuuund ...«

»Und *Diaspora* bedeutet, dass es überall auf der Welt in Städten und Dörfern und auf Bauernhöfen Leute gibt, die ihre Wurzeln bis zu einem einzigen Ausgangspunkt zurückverfolgen können. Für dich und mich bedeutet das, dass wir miteinander verwandt sind, und zwar aufgrund unseres Ursprungs, obwohl wir aus zwei völlig unterschiedlichen Welten stammen.«

Ich saß da und ließ seine Worte erst mal auf mich wirken. Das war eine ganze Menge auf einmal und für einen kurzen Moment wünschte ich mir, dass mein bester Freund Eddie noch am Leben war. Mit ihm hätte ich das alles in Ruhe besprechen können. Vielleicht würde es mir ja helfen, wenn ich mich mit seinem Geist unterhielt.

Helfen!

Ich riss den Kopf nach oben und sprang auf. »Sehr schöner Vortrag, aber im Augenblick brauche ich etwas anderes von dir.«

»Ich hab's dir schon mal gesagt, Junge – mein Geheimrezept für gebratene Kochbananen kriegst du nicht.«

»Ich ... was? Nein, nichts dergleichen. Ich glaube ... ich glaube, da ist jemand in Schwierigkeiten. In der Scheune, da habe ich plötzlich etwas Seltsames gespürt. Und ich hatte den Eindruck, dass du das auch gespürt hast. Als ich das letzte Mal so ein Gefühl gehabt habe, das war in ...«

»Alke«, vollendete Anansi meinen Satz. Ein verschlagenes Lächeln huschte über das Gesicht des Spinnengottes, dann klatschte er in die Hände und hüpfte auf seinen sechs Beinen auf und ab. »Also gut, Junge, hör auf, deine Kürbisse zu horten. Sehen wir uns das mal an.«

»Meine Kürbisse horten?«, murmelte ich leise.

»Komm mit. Bruder Anansi passt schon auf dich auf.«

Als würde mich *das* beruhigen.

»Als ich es gespürt habe, war ich da drüben.« Ich kauerte vor der Rückwand der Scheune und richtete die Kamera meines LTT durch einen

Spalt neben einem losen Brett. Reggie wurde immer noch von zahlreichen Leuten umringt, aber das interessierte mich weniger.

Anansi hockte am Rand des Displays und spitzte die Lippen. »Hast du das Adinkra des Himmelsgottes benutzt?«

Ich schüttelte den Kopf. Als ich in Alke gewesen war, hatte Nyamé, der Himmelsgott, mir ein Amulett geschenkt, auf dem das Symbol seiner Macht abgebildet war: das Gye-Nyamé-Adinkra. Wenn ich es in der Hand hielt, dann konnte ich Geschichten tatsächlich sehen, konnte die Erzählfäden sehen, die ganz Alke miteinander verbanden. Es war nur eines von mehreren magischen Amuletten, die ich auf meiner Reise bekommen hatte. Ich hatte sie alle zusammen an einem Armband befestigt und getragen.

»Nööö«, erwiderte ich. So etwas wäre jetzt gerade sehr hilfreich gewesen. Das einzige Problem war … »Ich habe das Armband vergraben.«

Anansi starrte mich an, als hätte ich angefangen mit den Ohren zu sprechen. »Du hast was?«

Ich wagte nicht, ihn anzusehen. »Ich hab es vergraben. Zusammen mit den Handschuhen, die John Henry mir geschenkt hat. Ich weiß auch nicht, ich … diese Dinge immer bei mir zu haben, ohne dass ich … irgendjemanden tatsächlich sehen konnte …« Beinahe hätte ich mich verraten und *Ayanna* gesagt. »Das hat so wehgetan. Wie Heimweh, aber nach einem Ort, der nicht meine Heimat ist. Kannst du damit was anfangen?«

Anansi kratzte sich am Kopf und murmelte etwas vor sich hin, was klang wie *Immer dasselbe mit diesen Heldengestalten*. Dann seufzte er. »Darüber können wir uns später unterhalten. Im Moment … Hmm. Ja, ich kann dir helfen, aber dazu brauche ich eine Genehmigung.«

Ich nickte. »Selbstverständlich. Ich bin ja derjenige, der dich gefragt hat …«

»Nein, du Riesentüte Spinnweben, ich brauche eine Genehmigung von dieser Kiste, in die Nyamé mich eingesperrt hat. Ich darf ja meine Kräfte nicht benutzen, weißt du noch? Das musst du genehmigen.«

Ich starrte ihn misstrauisch an. »Das klingt aber verdächtig nach den Worten eines Tricksergottes.«

Anansi ließ sich nach hinten kippen und zog sich den Schlapphut über die Augen. »Na gut. Ich wollte dir ja nur helfen. Aber wie du willst. Dann kann ich mich wieder meinen Nachforschungen zu der Frage, welches die beste Position für ein Nickerchen ist, widmen. Mir persönlich gefällt ja ›Hände nach einem leckeren Essen auf dem Bauch gefaltet‹ am besten, aber dem muss ich wohl noch ein bisschen intensiver nachgehen.«

»Okay, okay«, sagte ich. »Ich hab's kapiert. Aber eins rate ich dir: Mach ja keinen Blödsinn. Sonst muss ich leider Nyamé Bescheid sagen.«

In aller Unschuld hob Anansi die Hände. Gleichzeitig ploppte über seinem Kopf eine Sicherheitsmeldung auf, wie wenn eine App dich fragt, ob sie auf deine Handykontakte oder auf deinen Standort zugreifen darf. Normalerweise drücke ich da immer automatisch auf *Ja*, aber in diesem Fall erschien es mir notwendig, das Kleingedruckte laut zu lesen.

»›Gestatten Sie dem Empfänger, Kwaku Anansi, Manipulationen am Gewebe der Wirklichkeit …?‹ Moment mal, was? Nein!« Ich überflog die ganze Liste. »›Neuerfindung der Geschichte‹? Nein. ›Besitz aller Geschichten von nun an bis in alle Ewigkeit‹? Nein. ›Die exklusiven Hörbuchrechte an *Der Kampf um unser Leben: Die Geschichte von Tristan Strong*«? NEIN! Auf gar keinen Fall!«

Ich sah mir auch noch die restlichen Punkte an und tippte nur bei den wenigen auf *Ja,* bei denen ich keine Angst haben musste, dass sie eine unmittelbare Gefahr für die Welt, wie wir sie kannten, darstellten. Hoffte ich zumindest.

»So. Das müsste reichen. Würdest du mir dann *jetzt* bitte helfen?«

Anansi spreizte die Finger, streckte seine sechs Beine, setzte sich hin und fing an, schimmernde Spinnweben aus seinen Hosentaschen zu ziehen. »Endlich ein bisschen Werkzeug. Also gut. Dann wollen wir mal sehen, was wir tun können.«

Die Kamera-App öffnete sich und das Display färbte sich zunächst schwarz, dann rot und dann grell silbrig. Ich verzog das Gesicht und wandte mich ab. Als ich wieder hinsah, war das durchdringende Licht von einer Glitzerwolke ersetzt worden, die kreuz und quer über das Display schwebte.

»Ist das ein Filter?«, wollte ich wissen. »Für Selfies oder so?«

»Selkies gehören doch in eine ganz andere mythologische Tradition.«

»Nicht Selkies ... ach, weißt du was? Vergiss es.«

»Gut. Und jetzt zeig mir, wo du etwas gehört hast«, sagte Anansi. In meinen Ohrstöpseln klang seine Stimme wie ein melodiöser Singsang, voller Gelächter und Hinterlist. Ich wurde von einer Art Glücksgefühl durchströmt, aber dann schüttelte ich den Kopf und starrte ihn durchdringend an. Welche Genehmigungen hatte ich ihm wohl gerade erteilt?

Er machte eine auffordernde Handbewegung und ich verdrehte die Augen, bevor ich die Handykamera ins Innere der Scheune richtete.

Die Glitzerfäden auf dem Display verzogen sich und ließen lediglich einige helle Umrisse zurück. Ich hielt den Atem an.

Anansis Augen wurden groß und er stieß einen leisen Pfiff aus.

»Also, da soll mich doch ...«

»Anansi«, fragte ich ihn zögerlich. »Warum sind da Gespenster in der Scheune meiner Großeltern?«

4
DIE GEISTER KOMMEN, UM ZU RUFEN

Mehrere durchsichtige Gestalten schwebten in der Luft. Die erste – ein Mädchen – war ungefähr so alt wie ich, ein bisschen älter vielleicht, aber nicht viel. Sie trug Kleider, wie ich sie noch nie gesehen hatte. Ihre Hosenbeine waren am unteren Ende sehr weit ausgestellt und endeten auf ihren nackten Füßen. Die Haare hatte sie zu winzig kleinen Mikrozöpfen geflochten, die ihr über die Schulter fielen. In jedes einzelne Zöpfchen war ein schimmernder Draht mit eingeflochten, sodass es, wenn sie den Kopf bewegte, jedes Mal aussah, als würden sich kleine Wellen kräuseln. Sie war mit Abstand die hellste Gestalt, fast wie ein Leuchtturm. Ihre Augen glitten suchend durch den Raum und sie schien sich für alles im Inneren der Scheune brennend zu interessieren.

Die anderen Gespenster waren ein alter Dachs, dessen Fell wahrscheinlich auch ohne den Kamerafilter des LTT silbrig gewesen wäre, und eine Menschenfamilie. Mutter und Vater standen dicht beieinander, während sich ein kleines Kind an ihren Beinen festklammerte, dazu ein Sohn und eine Tochter im Teenageralter. Sie sahen allesamt verängstigt aus.

»Wo kommen die Gespenster denn her?«, wollte ich von Anansi wissen.

»Das sind keine Gespenster, Junge. Das sind Geister. Das müsstest du doch eigentlich wissen. Das hatte ich zumindest gehofft, aber es ist ja nicht das erste Mal, dass du mich enttäuschst.« Er ging auf dem Handydisplay in die Hocke und nahm den ersten Geist etwas genauer in den Blick. »Und ich glaube – nein, ich weiß –, dass dieser hier kein gewöhnlicher Geist ist.«

»Gibt es überhaupt gewöhnliche Geister?«

»Ja. Die üblichen Dämonen und Spukgestalten eben. Seelen, die noch etwas zu erledigen haben oder die aufgrund ihrer Taten oder weil sie Unterstützung von den Lebenden benötigen nicht ins Jenseits überwechseln können. Aber es gibt auch die anderen Geister, die eine größere Aufgabe haben.« Anansi sah mich an. »Dein Freund im Bus war so einer, nach allem, was du mir berichtet hast.«

Eddie, mein toter bester Freund, hatte immer wieder versucht mich davor zu warnen, dass Anansi uns alle austricksen wollte. Das hatte er getan, während er von König Cotton, einem bösen Dämon, als Geisel gehalten wurde. Freunde. Oh, Mann. Nur die wenigsten können von sich sagen, einen wahren Freund zu haben, stimmt's?

Ich schluckte den dicken Klumpen Traurigkeit hinunter, der sich in meiner Kehle einnisten wollte, und wies mit einer Kopfbewegung auf den auffallendsten Geist, das hellste Mädchen. »Willst du damit sagen, dass wir rauskriegen müssen, wer sie ist und was sie hierhergeführt hat?«

»Oh, ich weiß, wer das ist.«

»Echt?«

»Natürlich. Sie ist ein alkeischer Flussgeist.«

Bildete ich mir das ein oder versteifte sich das Mädchen wirklich in dem Moment, als Anansi das sagte?

Ich nickte. »Natürlich. Das klingt absolut logisch. Aber wie … MOMENT MAL, WAS? Aus Alke?«

Anansi nickte. »Um ehrlich zu sein, würde ich sogar sagen … ja, ich bin mir ziemlich sicher, dass sie alle aus Alke stammen.«

Aus Alke. Aus dem Reich der Geschichten, wo Schwarze Sagenhelden und afrikanische Götter zusammenlebten – inzwischen friedlich, wie ich hoffte. Die Geister stammten aus Alke … Diese Feststellung richtete ein ziemliches Durcheinander in meinem Kopf an und ich versuchte, die verschiedenen Gedanken zu fassen zu bekommen und in die richtige Reihenfolge zu bringen. Aus Alke? Wie war das möglich? Wir hatten den Riss zwischen den Welten doch geschlossen. Hatte er sich wieder geöffnet? Was würde da noch alles hindurchschlüpfen?

Mit einem Mal, als hätten all diese Gedanken die Aufmerksamkeit des Flussgeistmädchens erregt, drehte sie den Kopf und blickte direkt in die Kamera. Als wüsste sie, dass ich hier war. Und ich erkannte ihren Gesichtsausdruck sofort. So hatten alle MittLändler ausgesehen, wenn sie von den Eisenmonstern gejagt wurden. So hatte der Himmelsgott Nyamé ausgesehen, als er uns geschildert hatte, wie die Einwohner des Goldenen Halbmondes entführt worden waren. Und so hatten auch die Bewohner des Isihlangu ausgesehen, als das Ekelbiest durch das Tor ihrer Felsenfestung gebrochen war und einen Schwarm Feuerfliegen ausgesandt hatte, um sie alle zu jagen. Oh, ich kannte diesen Gesichtsausdruck nur zu gut.

Todesangst.
Er kommt!
Hilf uns!
Dann waren es also die Stimmen dieser Geister gewesen, die ich während meines Kampfes gehört hatte. »Anansi«, sagte ich bedächtig, hielt inne und fuhr mir mit der Zunge über die Lippen. »Was könnte die Geister dazu veranlassen, von Alke in diese Welt hier zu fliehen? Wie geht das überhaupt? Haben wir den Riss im Himmel denn nicht gründlich verschlossen?«

Der Spinnengott stand auf und verschränkte die Arme vor der Brust. Er wirkte beunruhigt. »Ich fürchte, darauf habe ich keine Antwort. Aber was immer sie dazu treibt, es muss wirklich schrecklich sein.«

Ich betrachtete die Geister. Die beiden Geschwister klammerten sich aneinander und zuckten jedes Mal zusammen, wenn eine lebende Person durch sie hindurchging. Der Dachs war bis an die Rückwand der Scheune geschwebt und versteckte sich hinter einem Stapel leerer Eimer. Die Angst hatte sie hierhergeführt ... aber die Angst wovor?

»Tristan ...«, fing Anansi an, aber ich fiel ihm ins Wort.

»Können wir denn gar nichts tun? Die Götter in Alke anrufen vielleicht? Oder ihnen eine SMS schicken?«

Der Spinnengott schüttelte den Kopf. »Was du verlangst ... es ist nicht unmöglich, aber fast. Und gefährlich. Richtig gefährlich. Sobald man eine Verbindung herstellt, bleibt sie geöffnet. Und wer weiß, wer sich am anderen Ende meldet. Nein, das glaube ich nicht. Und selbst wenn ich wollte – was ich nicht will –, glaube ich kaum, dass ich die Macht habe, es zu tun. Jedenfalls nicht, solange ich in diesem Telefon feststecke. Außerdem: Was ist eine Ess-em-ess? Und muss ich extra zur Post gehen, um eine zu verschicken? Oder kann ich die auch abholen lassen? Geht das als Brief oder ist es schon ein Päckchen? Also, ich habe da wirklich noch eine Menge Fragen und ...«

Ich zog den Bildausschnitt wieder etwas größer und sah, wie sich noch ein Geist materialisierte – ein groß gewachsener Mann. Seine Umrisse zitterten, aber ich konnte sehen, dass er ein kleines Kind im Arm hielt. Ich biss mir auf die Lippe. Ich musste etwas unternehmen. Sie alle waren aus einem ganz bestimmten Grund hierhergekommen – vielleicht war es das LTT oder ich, als Anansesem. Was immer es sein mochte, ich hatte keine andere Wahl, als ihnen zu helfen.

»Wir müssen etwas unternehmen, Anansi, bitte ...«

Mit einem Mal schloss sich die Kamera-App. Das LTT fing an zu vibrieren, sodass Anansi ins Stolpern geriet und kopfüber zu Boden stürzte. Anschließend war wieder der Startbildschirm zu sehen.

Unten rechts auf dem Display tauchte ein neues App-Icon auf: ein schwarz-elfenbeinfarbenes Quadrat mit abgerundeten Ecken und den Silhouetten von zwei Menschen in der Mitte.

»Kontakte«, las ich laut und verwundert vor. Dann wurde es mir klar. Das war ein Adressbuch. Ich starrte es an, ein wenig ängstlich, aber gleichzeitig auch aufgeregt. So was hatte das Handy bis jetzt noch nie gemacht. Es war, als hätte es meine Notlage erkannt und eine App geschaffen, die mir behilflich sein konnte. Ich liebe Technologie.

Anansi starrte das Icon misstrauisch an. »Tristan, ich finde, du solltest nicht ...«

»Zu spät.« Ich tippte es an. Das Display schimmerte und wurde allmählich schwarz, bis es so aussah, als würde Anansi in einem leeren Raum stehen. Wörter wirbelten über den oberen Bildschirmrand.

Geben Sie den Namen des Empfängers Ihres Videocalls ein.

Hastig gab ich den ersten Namen ein, der mir einfiel.

Anansi stöhnte. »Doch nicht der«, sagte er, aber die Buchstaben hatten bereits angefangen, herumzuschwirren und sich neu zu ordnen.

Ich holte tief Luft und stellte das Handy auf ein loses Brett, das vor der Scheune auf dem Boden lag. Nach wenigen Sekunden erschien ein prachtvoller Speisesaal auf dem Display. In der Mitte befand sich ein unvorstellbar langer Tisch, umgeben von eleganten Holzstühlen, deren Rückseite von wunderschönen, geschnitzten Bildern geschmückt wurde. Goldene Statuen säumten die Wände und ich kniff die Augen zusammen, um zu sehen, ob ich eine von ihnen erkannte, aber es war dunkel, so als wäre es Nacht.

Am Kopf der langen, leeren Tafel saß der riesigste Mann, den ich je gesehen habe. Sogar im Sitzen schien er den gesamten Bildschirm auszufüllen. Er trug immer noch seinen Overall mit den Schnallen aus gehämmertem Gold und darunter das weiße Hemd mit den goldenen Säumen. Er hatte eine Glatze und seine dunkelbraune Haut glänzte – trotz der schlechten Beleuchtung. Zu seinen Füßen stand, an die Stuhlkante gelehnt, ein mächtiger Hammer. Er war fast so groß wie ich und besaß einen glänzenden Eisenkopf und einen geschnitzten Holzschaft. Und doch ... irgendetwas an der ganzen Szenerie erschien mir seltsam.

Mit dicken Augenringen, den Kopf in eine Hand gestützt, während die Finger der anderen Hand auf die Stuhllehne klopften, so saß er da.

John Henry, der Anführer der Götter des MittLandes, sah müde aus.

Ich wollte ihn gerade begrüßen, als ...

»Was willst du?«, fuhr er mich an.

Meine Kiefer klappten zusammen. Noch nie hatte ich ihn so erlebt. Hatte ich ihn bei etwas Wichtigem unterbrochen? Ich wollte mich gerade entschuldigen, da sah ich im Augenwinkel, wie Anansi mir ein Zeichen gab. Er kauerte in der rechten unteren Bildschirmecke, hatte den Finger auf die Lippen gelegt und schüttelte den Kopf. *Sei still*, flüsterte er mir lautlos zu.

Ich runzelte die Stirn und wollte schon fragen, was eigentlich los war, da hob John Henry den Kopf.

»Ich habe gesagt ...« Der Zorn in der unverwechselbaren Donnerstimme des riesenhaften Sagenhelden war nicht zu überhören. »Was. Willst. Du?«

Noch bevor ich eine Antwort stammeln konnte, huschten Wellen über das Display. Da war noch etwas bei ihm im Speisesaal. Schwere Schritte ertönten, dann tauchte ein metallener Arm auf dem Bildschirm auf. Ein Finger – oder eher eine Klaue – zeigte auf John Henry. Ich musste schlucken. Diese Hand strahlte eine überwältigende ... *Falschheit* aus. Ich konnte mir das nicht erklären, aber John Henry schien sein Gegenüber zu kennen.

Dann ergriff die schattenhafte Gestalt das Wort.

»Du weißt, was getan werden muss.« Diese Stimme. Irgendwo zwischen Zischen und Brüllen. Sie war voller Pein ... kaum unterdrückt, roh und kochend heiß. Als würde ihr jedes einzelne Wort Schmerzen bereiten. Es klang so grauenhaft, dass sogar John Henry dabei das Gesicht verzog.

»Und ich habe dir bereits gesagt, dass das unmöglich ist. Verrückt, aus meiner Sicht.«

Ein tiefes Knurren grollte durch den Saal. »Verrückt ist nur, *grum grum*, dass wir uns so fesseln lassen. Was einmal geschehen ist, kann jederzeit wieder geschehen. Wir müssen Schritte unternehmen, um das zu verhindern. Das Geflüster hat bereits begonnen. Die Vorfahren und die Geister fangen an zu fliehen.«

Die Vorfahren und die Geister fliehen? Ich warf einen Blick zur Scheune hinüber. War das möglich?

»Wir müssen handeln«, fuhr die Stimme fort. »Es sei denn ... du willst uns lieber wieder brennen sehen.«

KRACH!

John Henrys mächtige Pranke war auf die Tischplatte geknallt. Das Echo dröhnte durch den Saal und brachte meine Trommelfelle zum Klingeln. Er beugte sich mit wutentbrannter Miene nach vorne, aber ich erkannte auch die Erschöpfung in seinen Augen. Die Falten in seinen Augenwinkeln. Er war todmüde und was immer sie dort gerade besprachen, es hatte offensichtlich bereits in der Vergangenheit zu Streitereien geführt. Er ließ sich gegen die Stuhllehne sinken, stand auf und stemmte die Hände in die Hüften.

Die schattenhafte Gestalt trat näher an den Tisch. Ihre Umrisse wurden von einem Umhang verdeckt. Wer immer das war, er war groß. Sehr groß. Eine Hand legte sich an die Lehne des Stuhls, auf dem John Henry gerade noch gesessen hatte.

Des Stuhls, an dem sein Hammer lehnte.

In meinem Kopf schrillten die Alarmglocken. Ich machte den Mund auf, wollte eine Warnung ausstoßen, doch wieder hob Anansi abwehrend die Hand. Die Neugier stand ihm deutlich ins Gesicht geschrieben. Ich zögerte, biss mir auf die Zunge und schaute weiter zu.

»Du weißt, dass es stimmt, *grum grum*. Das Schicksal unserer Welt, unser aller Leben, lag in den Händen eines Hochstaplers. Eines Scharlatans. Und er hat seine Aufgabe nicht erfüllt. Was einmal geschehen ist, kann wieder geschehen. Und während er sich aus dem Staub gemacht und sämtlichen Ruhm für sich selbst eingestrichen hat, waren du und ich gezwungen zu kämpfen, um unser Land wieder aufzubauen und unser Volk beisammenzuhalten.«

Hochstapler? War damit Anansi gemeint? Aber wir *hatten* unsere Aufgabe doch erledigt. Wir hatten den Riss zwischen den Welten verschlossen. Ich blickte Anansi an, aber er schien genauso verwirrt zu sein wie ich.

John Henry schüttelte den Kopf. »Ich verstehe deinen Schmerz, mein Freund, das verstehe ich wirklich. Aber was du verlangst ... ich fürchte, es ist nicht die Zeit dafür. Und ehrlich gesagt weiß ich nicht, ob sie jemals kommen wird.« Der riesenhafte Sagenheld drehte sich im Kreis und kratzte sich am Kopf. »Aber es gibt da noch etwas anderes, was mir seit geraumer Zeit Sorge bereitet ...«

Die verhüllte Gestalt hob in gespielter Verwirrung eine Hand. »Ach? *Grum grum*, was könnte den mächtigen John Henry wohl bedrücken? Den Mann mit dem stählernen Hammer, so wirst du doch genannt, nicht wahr?«

Der Tonfall der knurrigen Stimme gefiel mir ganz und gar nicht und die Alarmglocken in meinem Kopf schrillten immer lauter. Anansi legte den Finger auf die Lippen, damit ich still blieb. Versuchte er womöglich gerade herauszufinden, wer dieser Fremdling war?

»Na ja«, sagte John Henry und zog jedes einzelne Wort in die Länge. »Wir sind hier im obersten Stockwerk des Palastes, geschützt durch meine Kräfte und die von Rose und Sarah. Sogar der gute alte Nyamé hat seine Wachen bereitgestellt. Die Statuen da? Der Himmelsgott hat sie aufstellen lassen. Sie sollen mich warnen, falls sich wieder etwas Böses aus dem Meer erhebt.« Er betrachtete den Besucher. »Und weißt du, was seltsam ist? Seitdem du hier reingekommen bist, kreischt mir *jede einzelne von ihnen die Ohren voll.*«

Der Sagenheld beugte sich mit geöffneten Handflächen und einem eigenartigen Gesichtsausdruck nach vorne. Sprach daraus Verletzung? Betrug?

»Was hast du getan?«, fragte er sein Gegenüber.

Der Andere ließ die Hand sinken und stieß einen tiefen Seufzer aus. Eine Sekunde lang hielt ich das für einen Ausdruck des Bedauerns.

Der Anführer des MittLandes musste dasselbe gedacht haben, weil er nämlich die Hände vors Gesicht legte. Die Erschöpfung laugte ihn regelrecht aus.

In diesem Augenblick näherte sich die Schattenhand dem Stiel des Hammers.

Und mir wurde klar, wie sehr ich mich getäuscht hatte.

Das Bedauern, das diese geheimnisvolle Gestalt empfand, galt einzig und allein dem, was sie gleich tun würde.

Der Fremde hob den Hammer in die Höhe. Dabei verrutschte zum ersten Mal seine Kapuze, sodass ich seinen Kopf klar und deutlich erkennen konnte … und mir im selben Moment wünschte, es wäre nicht passiert. Das, was ich für eine Rüstung oder eine Art Metallplatte gehalten hatte, erwies sich als etwas viel Schlimmeres. Ich hatte das schon einmal gesehen, in Alke. Und in letzter Zeit in meinen Albträumen. Jede Nacht.

Es war der wütend fauchende Kopf eines Eisenmonsters. Eines Bosslings.

»JOHN HENRY!«, brüllte ich.

Der riesenhafte Sagenheld zuckte zusammen und hob den Kopf. Unsere Blicke begegneten sich. »Tristan?«

Ein lautes Knurren drang durch den Handylautsprecher und mir wurde klar, dass das ein Fehler gewesen war. Jetzt hatte ich John Henry abgelenkt, hatte ihn verwundbar gemacht. Er hatte sich umgedreht und …

Das Monster ließ den Hammer im hohen Bogen herabsausen und dann wurde das Display schwarz.

5

BEGRABENES TRAUMA

»Tristan? Ist mit dir alles in Ordnung, Schätzchen?«
Er kommt.
Bosslinge. Fetterlinge. Feuerbrummer. Ekelbiester.
Er kommt.
Ich konnte die Geister nicht sehen, aber ihre Stimmen hallten immer noch durch meinen Schädel, wo sie meine Besorgnis wegen John Henry umschwirrten. Ging es ihm gut?
»Tristan?«
Er kommt, er kommt, er kommt. Pass auf, pass auf, er kommt. Der Shamble Man kommt. Der Shamble Man. DER SHAMBLE MAN!
»TRISTAN!«
Ich blickte auf. Mit einer mehlbestäubten Schürze um den Hals, die Hände in die Hüften gestützt, so stand Nana vor mir und fuchtelte mit einem Rührlöffel voller Teig vor meiner Nase herum. Ich saß an dem alten Holztisch in der Küche. Das LTT lag mit dem Display nach unten vor mir und es duftete nach frisch gebackenen Brötchen. Die

Backofenhitze und der Sommertag hatten Nana den Schweiß auf die Stirn getrieben.

»Entschuldigung, Nana«, sagte ich. »Was hast du gesagt?«

»Pfff. Ich habe gesa-aaagt: Ist mit dir alles in Ordnung? Du sitzt da, als wär dir dein kleines Hündchen weggelaufen.« Nana sah mich über den Rand ihrer Brille hinweg an, bevor sie sich wieder den allmählich aufgehenden Brötchen auf der Arbeitsplatte zuwandte. Sie musterte sie mit einem prüfenden Blick, klappte den Backofen auf und schob das Blech neben die anderen beiden, die dort bereits bräunten. Der Duft ließ meinen Magen knurren. Nana schnaubte. »Wenigstens dein Appetit benimmt sich normal. Ich stehe hier und erzähle dir eine Geschichte, aber du hörst mir überhaupt nicht zu.«

Ich hatte Nana gebeten, mir zu helfen, noch mehr Geschichten zu dokumentieren. Damit ich das tun kann, was von mir als Anansesem erwartet wird, versteht ihr? Jedes Mal, wenn ihr wieder eine gute Geschichte einfiel, schnappte ich mir einen Stuhl und nahm die Überlieferungen unserer Kultur mit meiner Hör-gut-zu-App auf. Das fühlte sich richtig gut an. So, als würde ich dazu beitragen, unsere Historie am Leben zu erhalten. Könnt ihr das nachvollziehen?

Leider hatten die Ereignisse der letzten Stunde mich zutiefst erschüttert. Buchstäblich. Mit zitternden Fingern versuchte ich, die App zu pausieren.

»Bitte entschuldige, Nana, bei welcher waren wir gerade?«

Meine Großmutter fing an, die nächste Ladung Teig auszurollen, und spitzte die Lippen. »Anansi und der Mond. Das ist die Geschichte, wo seine Söhne ihm den Hintern gerettet haben, nachdem er wieder einmal zu vorlaut gewesen war. Trouble Seer, Road Builder, River

Drinker, Skinner ... wie heißen die beiden anderen Söhne gleich noch mal?«

Während Nana vor sich hinmurmelte, gingen meine Gedanken schon wieder auf Wanderschaft. Der *Shamble Man*. Der Name klang, als wäre er direkt einem meiner Albträume entsprungen. Ich schauderte. War er es, der John Henry mit dem Hammer angegriffen hatte? Wie sollte ich ihm helfen? Was konnte ich tun?

»Stone Thrower und Ground Pillow, genau. Hey! Träumst du etwa schon wieder?« Ein Stück Teig klatschte gegen meine Stirn und ich musste blinzeln. Nana starrte mich mit einer noch größeren Teigkugel in der Hand an. »Was ist denn los mit dir? Ich dachte, mein Enkelschätzchen ist glücklich, weil es dieses Riesenbaby auf den Hosenboden gesetzt hat. Walter hört jedenfalls gar nicht mehr auf, davon zu schwärmen. Aber wenn er nicht bald hier reinkommt und mir beim Kochen hilft, dann sorge ich dafür, dass *er* mal ordentlich auf dem Hosenboden landet.«

Ich musste unwillkürlich grinsen. Wir hatten Reggie und sein Team zusammen mit ein paar Nachbarn zum Abendessen eingeladen, ein freundschaftliches Zusammensein anlässlich eines (nicht besonders) freundschaftlichen Sparringkampfes. Gegrilltes Hühnchen, Brötchen, Gemüselasagne für die Vegetarier und als Dessert Nanas berühmter und preisgekrönter Zitronencremekuchen. Eigentlich hätte das der Höhepunkt des Tages werden sollen. Aber ...

Mein Lächeln erstarb und meine Angst kehrte zurück.

Ging es John Henry gut? Und wer war die Gestalt, die ihn angegriffen hatte? Das Bild dieses Bosslings, der den Hammer in seinen Eisenbügelhänden hält, jagte mir einen Schauer nach dem anderen über den Rücken. Die rostrote Farbe, das zerklüftete Maul ... ich kniff die Augen zusammen und versuchte, wieder ruhiger zu atmen.

Der Tisch knarrte, und als ich die Augen wieder aufschlug, saß Nana mir mit besorgter Miene gegenüber.

»Gibt es vielleicht etwas, worüber du reden willst?«, fragte sie mich.

Ich zögerte. Was sollte ich sagen? Dass die magische Welt, die ich an den Rand der Katastrophe gebracht und anschließend gerettet hatte, wieder in Schwierigkeiten sein könnte? Und dass ich mich so machtlos fühlte?

»Tristan?«

Ich holte tief Luft. »Ich ... ich habe Albträume, Nana. Richtig schlimme Albträume. Es geht um ... um etwas, das schon mal passiert ist, und ich glaube, ich habe Angst, dass es wieder passieren könnte.« Das war nicht direkt gelogen. Eine Verallgemeinerung vielleicht, aber trotzdem die Wahrheit.

Nana nickte. »Willst du mir erzählen, worum es in diesem Albtraum geht?« Ich machte den Mund auf und machte ihn wieder zu, während sie mir die Hand streichelte. »Ist schon gut. Du musst nicht, wenn du nicht willst. Aber es könnte sein, dass es dir hilft, wenn du mit jemandem darüber redest. Hat das nicht auch dein Therapeut oben im Norden gesagt?«

Ich nickte. »Mr Richardson. Mm-hmm, ich meine, ja. Er hat gesagt, wenn ich nicht gleich über alles reden will, dass ich das auch ganz langsam machen kann, also stückweise.«

»Ganz genau. Weil es sich nämlich ganz so anhört, als wärst du traumatisiert.«

»Traumatisiert?«

Nana drückte mir die Hand und stand dann auf, um nach den

Brötchen im Backofen zu schauen. »Jawohl, Schätzchen. Traumatisiert. Durch ein schlimmes Erlebnis in deinem Leben. Etwas, was dich tief im Innersten erschüttert hat. Das kann etwas Körperliches oder etwas Emotionales gewesen sein oder auch eine Mischung aus beidem.« Sie knipste ein Stück frischen Teig ab, formte ihn mit den Fingern zu einer langen, dünnen Rolle und legte sie auf den mit Mehl bedeckten Tisch. »Nehmen wir mal an, das hier wäre dein Leben, so wie es normalerweise aussieht. Aber wenn ein traumatisches Erlebnis passiert, dann kann das da passieren.« Sie drückte die Teigschlange mit dem Daumen in der Mitte platt. »Oder das.« Sie formte den Teig an einer anderen Stelle zu einer Spitze. »Und dann ist da ja noch die Zeit danach, wo man erst einmal herausfinden muss, was einen eigentlich so quält und wie man diese Wunde wieder heilen lassen kann. Das kann sehr schwierig sein. Da gibt es keine einfache Lösung, Schätzchen. Aber irgendwann wirst du darüber reden müssen und sei es nur mit dir selbst. Ganz besonders mit dir selbst. Manchmal stehen wir uns selbst am allermeisten im Weg. Hast du verstanden?«

Ich betrachtete die Teigschlange und nickte bedächtig. Manchmal kam ich mir vor wie der zusammengequetschte Teil. So, als würde das Gewicht der ganzen Welt – *zweier* Welten! – auf mir lasten. Und manchmal fühlte ich mich eher wie diese Spitze ...

»Nana«, sagte ich zögerlich. »Kann es auch sein, dass viele Leute gleichzeitig von etwas traumatisiert werden?«

Sie ließ ein trauriges Lächeln sehen. »Aber natürlich, Schätzchen. Manchmal wird eine ganze Gemeinschaft von einem schrecklichen Ereignis gepackt und durchgeschüttelt, wird gebrochen und aller Gefühle beraubt, bis sie nur noch aus rohem, blutigem Schmerz besteht, von innen und von außen. So wie bei dem Massaker in Tulsa, Oklahoma. Oder bei den Krawallen in Ferguson, Missouri. Oh, ja, Schätzchen, es ist absolut möglich, dass eine ganze Stadt gleichzeitig sich vor Schmerzen krümmt.«

»Und ... wie kann so eine Stadt ... ich meine, wie kann das alles wieder verheilen?«

Nana seufzte. »Na ja, so, wie ich gesagt habe, nur eben in einem sehr viel größeren Maßstab. Irgendwann muss darüber gesprochen werden.«

Ich musste an die Geister in der Scheune denken. An den abgrundtiefen Schrecken in ihren Gesichtern. Sie waren vor etwas geflohen – vor etwas, das sie alle in Mitleidenschaft gezogen hatte. Ich ballte die Fäuste. Ich musste mit ihnen reden.

Schließlich war ich ein Anansesem. Die Geschichten der anderen zu suchen und weiterzutragen war ja irgendwie mein Ding.

»Danke, Nana.« Ich rutschte ein Stück nach hinten und biss entschlossen die Zähne aufeinander. »Das hat mir wirklich geholfen.«

»Natürlich, Süßer. Aber bevor du dich jetzt davonstiehlst, spülst du schnell noch was von dem Geschirr da ab. Und dann suchst du deinen Großvater und sagst ihm, dass er mir gefälligst helfen soll. Hier gibt es schließlich keine Küchenmädchen.« Nana zog eine Augenbraue hoch und ich grinste.

»Jawohl, Madam.«

Großmütter ... Sie sind einfach die Besten.

Als ich bei der Scheune angelangte, war die Entschlossenheit, die ich durch die Unterhaltung mit Nana gewonnen hatte, schon wieder geschrumpft. Ein paar Leute, unter anderem auch Reggie und sein Trainer, standen noch neben dem Boxring und unterhielten sich. Granddad war auch da und ich zögerte. Ich wollte nicht, dass sie mich bei meinem Vorhaben beobachteten.

Unmittelbar nachdem ich die Scheune betreten hatte, fing das Kribbeln wieder an, und zwar so heftig, dass ich beinahe zusammengezuckt wäre. Es war, als wollte es mich anstacheln, mich zu beeilen. Geister waren keine mehr in Sicht, aber Reggie bemerkte mich sofort. Seine Miene verfinsterte sich.

»Einfach ignorieren«, meldete sich Anansi mit leiser Stimme in meinen Ohrstöpseln zu Wort. »Konzentrier dich, Junge.«

Ich atmete tief ein und ging auf die hintere Ecke der Scheune zu. Reggies Blicke verfolgten mich ... bis sein Trainer ihm auf die Schulter tippte. Reggie drehte sich um und ich nutzte die Gelegenheit, um mich hinter einen Kistenstapel zu ducken. Dort schob ich einen staubigen Jutesack beiseite und brachte einen kleinen Spaten und einen Fleck Erde zum Vorschein, der ein wenig dunkler war als der vollgestellte Scheunenboden drum herum.

Anansi pfiff durch die Zähne. »Das war also ernst gemeint. Du hast sie tatsächlich begraben. Ich bin beeindruckt.«

»Danke.«

»Ich bin beeindruckt, dass ein sogenannter Held so viel Aufwand betreibt, um sich vor seiner Verantwortung zu drücken. Unglaublich.«

Diese Bemerkung schmerzte mich, aber ich verbiss mir jede Erwiderung, die mir auf der Zunge lag, schnappte mir den Spaten und fing an zu graben. Alle paar Sekunden hielt ich kurz inne und vergewisserte mich, dass niemand näher kam. *Ach ja, ich habe hier ein bisschen Schmuck verbuddelt, den ich von verschiedenen Gottheiten aus einer anderen Welt geschenkt bekommen habe, nichts Besonderes.*

KLONK!

Der Spaten traf auf etwas Festes. Ich machte das flache Loch etwas größer, kratzte lose Erdbrocken beiseite und holte schließlich eine mit einem Stück Stoff umwickelte Schachtel heraus. Während ich die Hülle abstreifte, schnaubte Anansi mir höhnisch ins Ohr.

»Echt jetzt? Etwas Besseres ist dir nicht eingefallen? Du erhältst den Segen einiger der mächtigsten Gottheiten überhaupt und versteckst sie, begräbst sie *in diesem Ding*?«

»Hey«, protestierte ich im Flüsterton. »Was anderes habe ich auf die Schnelle nicht gefunden. Und außerdem ist sie wasserdicht.«

»Aber die Entwürdigung! Die Schande!«

Ich wischte ein paar Schmutzkrümel von der bunten Plastikschachtel und tätschelte sie zärtlich. »Du bist doch bloß neidisch. Weil du auch gern so eine wunderschöne Brotdose hättest. Und jetzt sei still. Du bringst mich bloß in Schwierigkeiten.« Ich öffnete den Verschluss und klappte die alte Darkwing-Duck-Brotdose auf. Die hatte ich vor Jahren mal von einer Enkelin einer Freundin von Nana unter viel Gekicher geschenkt bekommen. Kinder …

Im Inneren lag – auf einem zusammengeknüllten Handtuch aus Nanas heiligem Stapel der »guten Tücher«, das sie hoffentlich niemals vermissen würde – ein geflochtenes Lederarmband, an dem mehrere Adinkra-Amulette befestigt waren. Ein Spinnennetz, das Kwaku Anansi repräsentierte. Es verlieh meinen Geschichten große Wirkung und warnte mich jedes Mal, wenn Gefahr drohte. Dann die gekreuzten Schwerter der Akofena, falls ich einmal mehrere Orte gleichzeitig verteidigen musste. Das Gye Nyamé, das Symbol des Himmelsgottes, das mir half, Illusion und Wirklichkeit zu unterscheiden. Dazu die schimmernde Perle der Amagqirha vom Isihlangu, mit deren Hilfe ich Geister sehen konnte.

Und gleich daneben lagen die Handschuhe, die John Henry mir geschenkt hatte. Fingerlos, aus dünnem, abgetragenem, braunem Leder und gleich unterhalb der Knöchel mit einem Hammersymbol versehen, sahen sie nicht nach viel aus. Aber sie waren mit einer unfassbaren Kraft durchtränkt. Ich schlüpfte hinein, spreizte die Finger und lächelte. Anschließend legte ich das Armband an. Das Kribbeln, das ich die ganze Zeit gespürt hatte, wurde zu einem Stromstoß, der wie eine Explosion durch mich hindurchfegte. Ein donnernder Trommelchor ertönte in meinen Ohren. Der Rhythmus ließ meine Knochen dröhnen und erschütterte meine Seele. Ich grinste. Das fühlte sich gut an. Doch mein Grinsen erlosch bald wieder, als die Emotionen der Geister mit neuer Wucht, noch unbändiger als zuvor, über mich hereinbrachen. Die Sorgen. Das Entsetzen. Die Verzweiflung.

Bitte...

Er kommt!

Der Shamble Man kommt!

Du musst uns helfen!

Ich musste mit ihnen sprechen, und zwar schnell, noch bevor dieser Shamble Man, wer immer das sein mochte, ihnen Schaden zufügen konnte. Aber wo waren sie?

»Bist du endlich fertig mit deiner dramatischen Enthüllung? Könnten wir dann vielleicht tatsächlich etwas unternehmen?« Anansis Stimme klang ungeduldig.

Ich richtete mich auf. »Sagte der Gott, der berühmt ist für seine Faulheit. Außerdem kann ich gar nichts machen, solange Reggie...«

Da wurde ich unterbrochen. »Du kannst gar nichts machen, solange Reggie... was?«

»Erwischt«, flüsterte Anansi.

Ich drehte mich um und sah Reggie vor mir stehen. Mit wütend funkelnden Augen starrte er auf mich herab, die bloßen Hände zu Fäusten geballt. Sein Blick ging zu dem Loch im Boden und von dort zu der Brotdose. Sein Blick wurde noch finsterer.

»Du redest hinter meinem Rücken irgendwelchen Müll, während du im Schmutz rumwühlst und Bauarbeiter spielst? Ein toller Boxer bist du. Das weltberühmte Boxstudio Strong, was? Nicht zu glauben, dass ich meine Zeit mit so was vergeudet habe. Da wär ja Schattenboxen noch sinnvoller gewesen.«

Meine Verlegenheit, weil er mich mit der Brotdose erwischt hatte, wurde von einer Woge der heißen Wut beiseitegefegt. »Aber trotzdem hab ich dich k. o. geschlagen.«

»Reines Glück, sonst gar nichts.«

»Ja, genau. Das sagen alle Verlierer.«

Reggies Augen wurden schmal. »Wie hast du mich gerade genannt?«

Ich wollte einen Schritt nach vorne treten, da erfasste mich schon wieder dieses Kribbeln. Ach ja, genau. Prioritäten. »Hör zu, ich hab jetzt keine Zeit für so was. Geh doch lieber was essen – meine Nana hat für alle gekocht – und wir vergessen einfach, dass wir uns jemals über den Weg gelaufen sind.« Ich wollte mich an ihm vorbeischieben, dorthin, wo die Stimmen herkamen, aber Reggie versperrte mir den Weg.

Dann hielt er mir einen Finger unter die Nase. »Ich brauche den Scheiß nicht, den deine Großmutter gekocht hat, genauso wenig wie eure Scheiß-Gastfreundschaft. Kapiert?« Er stach mit dem Finger gegen meine Brust.

Das Scheunentor öffnete sich und Nana trat ein. In der einen Hand hatte sie ihr Nähzeug, die andere in die Hüfte gestemmt. »Walter? Kommst du jetzt eigentlich mal ins Haus und deckst den Tisch oder soll ich ganz alleine essen? Steht hier immer noch rum und schwadroniert sinnloses Zeug. Die grünen Bohnen putzen und kochen sich auch nicht von alleine. Ich habe Tristan aufgetragen, er soll dich holen. Tristan! Habe ich dir nicht gesagt …?«

Sie kommen!

Plötzlich hielt Nana inne, als hätte sie die Stimmen ebenfalls gehört. Aber ich hatte gar keine Chance, darüber nachzudenken, weil Reggie mich hämisch angrinste und mir noch einmal den Finger auf die Brust rammte. »Warum gehst *du* nicht einfach rein und mampfst … *deine Matschpasteten*«, sagte er und kicherte dabei.

Das war's.

Ich schlug dem Jungen, der deutlich größer war als ich, eine Hand auf die Brust. Bloß eine Hand, ich schwöre!

Reggie flog rückwärts durch die Scheune und landete schon zum zweiten Mal an diesem Tag auf dem Hosenboden. Nur dass er dieses Mal nicht direkt vor meinen Füßen lag, sondern ungefähr vier Meter weiter hinten.

»Die Handschuhe«, zischte Anansi mir ins Ohr.

Heiliger Strohsack, ich trug ja John Henrys Handschuhe!

Ich trat einen Schritt nach vorne und wollte mich entschuldigen, aber dafür war es bereits zu spät. Reggie stemmte die Fäuste auf den Boden und kam wieder auf die Beine. Allein sein Gesichtsausdruck hätte gereicht, um ihn wegen versuchten Mordes ins Gefängnis zu stecken. Mit erhobenen Fäusten kam er auf mich zugerannt, ohne auf die Rufe von Trainer-Tony oder meinem Granddad zu achten. Er kam näher und näher, bis er in Schlagdistanz war, machte einen Satz und ließ seine rechte Faust auf meinen Kopf zuschießen. Wenn dieser Schlag traf, dann war es um mich geschehen, das war mir klar. Ich duckte mich ... und dann erkannte ich die ganze Wahrheit.

Es war eine Finte.

Ein Aufwärtshaken kam mir entgegen und hatte mein Kinn im Visier.

Lebwohl, du schöne Welt, dachte ich, kniff die Augen zusammen und machte mich auf den Einschlag gefasst.

6
GEISTERKATZEN

Ich wartete und wartete und …
Nichts.
Ein kalter Wind fegte durch die Scheune.
Der Lärm verstummte immer mehr, als hätte jemand den Lautstärkeregler der ganzen Welt heruntergedreht. Ich öffnete die Augen und sah mich verwirrt um, aber was ich sah, ergab keinerlei Sinn. Fast alles in der Scheune war vollkommen erstarrt. Reggie verharrte Zähne fletschend mitten im Sprung. Ein Moskito schwebte wenige Zentimeter über der Nase von Trainer-Tony und war kurz davor, zuzustechen. Tony selbst war mit aufgeblasenen Backen und schielendem Blick mitten in einem Pfiff erstarrt, mit dem er den Kampf sofort nach dem Einschlag dieses mächtigen Aufwärtshakens beenden wollte. Zwei Zuschauer hatte es bei herzhaftem Gelächter erwischt – sie hielten sich die Bäuche und hatten die Köpfe in den Nacken geworfen. Und ein älterer Mann hatte sich halb weggedreht, sodass die anderen ihn nicht mehr sehen konnten, und dabei den Zeigefinger so weit in

das eine Nasenloch geschoben, dass er vermutlich seine eigenen Fingerknöchel riechen konnte.

»Was geht denn jetzt ab?«, flüsterte ich mit angehaltenem Atem.

Im Augenwinkel registrierte ich ein leises Flattern und seufzte erleichtert. Wenigstens bewegte sich etwas. Das war der Flussgeist ... aber wieso konnte ich sie sehen, ohne Anansis Filter zu benutzen? Moment mal ... das Armband! Ich hatte wohl die Perle aktiviert.

Das Mädchen starrte mich mit weit aufgerissenen Augen an, während ihr Mund einen stummen Schrei formte. Sie hob den Arm und gab mir ein Zeichen, das überall auf der Welt verstanden wurde: *Hinter dir!*

In der Mitte des Boxrings stand eine Katze und wedelte aufgebracht mit dem Schwanz. Nein, es waren sogar zwei! Und es waren auch keine gewöhnlichen Katzen. Sie waren beide so groß wie Rottweiler. Ihr verfilztes braunes Fell reichte von den Ohren bis zur Schwanzspitze und aus ihren Oberkiefern ragten zwei riesige Reißzähne hervor, sodass sie aussahen wie Säbelzahntiger. Und das war noch nicht einmal das Furchterregendste.

Ich konnte einfach durch sie hindurchsehen. Sie waren also auch Geister.

Die Katzen besaßen die größten, hellsten, weißesten Augen, die ich jemals gesehen hatte. Ich meine, sie waren echt riesig, so groß wie meine Fäuste. Und im Moment waren diese Augen auf Nana gerichtet, die hinter mir auf einer Bank saß. Sie war nicht erstarrt, sondern ... sie nähte?

Ich ging einen Schritt auf sie zu. Die Katzen ließen ihre Köpfe herumschnellen und ich hörte zwei Worte: »Bleib. Stehen.«

Nanas Stimme knallte laut wie eine Peitsche. Sie setzte ihre Stiche so schnell, dass es aussah, als wäre ihre Nähnadel ein Dirigentenstab in Miniaturausführung. Die Fadenspule in ihrem Schoß wurde schmaler und schmaler, während die Steppdecke, die sie nähte, sich als funkelnd goldener Haufen vor ihren Füßen türmte. Die Katzen waren wie hypnotisiert davon. Ihre räudigen Schwänze fegten hin und her und ihre Augen folgten jeder von Nanas Bewegungen, ohne ein einziges Mal zu blinzeln.

Moment mal.

Nana konnte sich bewegen? Sie konnte reden? Und sie konnte die Katzen sehen?

»Nana«, setzte ich an, aber sie unterbrach mich sofort.

»Ich erkläre es dir später, Kind.«

»Aber ...«

»Später! Im Moment müssen wir uns um diese beiden Mörderkätzchen hier kümmern, die Zwillinge. Vorerst kann ich sie noch ablenken, aber allmählich geht mir das Spezialgarn aus.«

Ich spürte Nyamés Adinkra, das Amulett des Himmelsgottes, an meinem Handgelenk. Mit seiner konnte ich die Geschichten sehen, die die Welt um uns herum entstehen ließen. Seit meiner Rückkehr nach Alabama hatte ich es nicht mehr verwendet, aber Nanas »Spezialgarn« stimmte mich nachdenklich ...

Ich schloss die Augen. Nach ein, zwei Sekunden schlug ich sie wieder auf.

»Heiliger Strohsack ...«

Nanas Garn leuchtete so strahlend hell, dass ich richtig geblendet wurde. Die Spule war eine einzige Lichtkugel aus Kupfer und Bronze, und als sie das Ergebnis ihrer Arbeit jetzt in den Arm nahm, sah es so aus, als würde sie die Sonne wiegen. Wörter zogen an den Säumen entlang, aber ich schaffte es nicht, lange genug hinsehen, um sie zu entziffern. Dazu hätte ich drei Sonnenbrillen gebraucht. Erneut machte ich die Augen zu und schüttelte dabei den Kopf, um die Bilder, die sich in meine Netzhaut eingebrannt hatten, loszuwerden. Ich hatte schon immer gewusst, dass Nana voller Überraschungen steckte, aber das …

»Nun mach schon, Kind. Wir haben keine Zeit zu vertrödeln.« Nana starrte mich über den Rand ihrer Hornbrille hinweg an. »Du musst mir helfen.«

Also, wenn deine Großmutter dich um Hilfe bittet, dann fragst du nicht, wieso oder wie lange. Du spitzt die Ohren und machst dich bereit, ganz egal, was sie von dir verlangt. So wird es jedenfalls von Enkelkindern erwartet.

Sie wies mit einer Kopfbewegung auf einen Eimer, der gleich neben dem Boxring auf dem Boden stand. »Sobald ich es sage, schnappst du dir eine Handvoll von den Lumpen da. Und wenn ich bis drei gezählt habe, wirfst du sie so fest du nur kannst nach diesen Dingern. Hast du verstanden?«

Ich betrachtete den ausgebleichten blauen Eimer. Granddad benützte das verbeulte Plastikding für die dreckigen, durchgeschwitzten, stinkenden Handtücher der Boxer und ihrer Trainer. Der Inhalt gehörte eigentlich nach jedem Training in die Waschmaschine, aber bei all der Aufregung und dem Durcheinander rund um den Sparringkampf hatte ich das wohl vergessen. Jedenfalls war der Eimer bis zum Rand gefüllt mit feuchtem Ekelzeug.

»Äh …«, sagte ich.

»Und lass dir ja nicht einfallen, irgendetwas anderes zu sagen als ›Jawohl, Madam‹«, fügte Nana in warnendem Tonfall hinzu. »Hast du mich verstanden?«

»Jawohl, Ma'am«, erwiderte ich. »Stinkezeug auf die Mietzekatzen schmeißen. Verstanden.«

»Gut. Dann geht es jetzt los. Eins. Zwei. DREI!!«

Mit gesenktem Kopf und pumpenden Armen raste ich los, umkurvte die erstarrten Zuschauer, wich Reggie aus, schlitterte auf den überfüllten Eimer zu und schnappte ihn mir. Dann hob ich ihn hoch über den Kopf, drehte mich um und machte mich bereit, den Inhalt mit aller Kraft auf mein Ziel schleudern. Ich wusste zwar nicht, wie das funktionieren sollte, aber wenn Nana wollte, dass ich diese Katzen mit stinkender Schmutzwäsche bewarf, dann würde ich genau das tun.

Zumindest hatte ich das vor.

Aber dann stand Nana auf. Sie breitete die Arme aus, sodass die Steppdecke, die sie genäht hatte, sich entfaltete. Bei ihrem Anblick spürte ich sofort, wie mein Herz sich weitete. Die große Decke verströmte ein gleichmäßiges Licht. Nana hatte mit ihrem Spezialgarn zahlreiche wunderschöne Muster auf die schimmernden, elfenbeinfarbenen Stoffquadrate gestickt. Und als ich das vollständige Bild erkennen konnte, ergab sich ein Landschaftsporträt von …

»Unsere Farm«, flüsterte ich.

Das Haus befand sich in der Mitte, zusammen mit der Scheune, in der wir gerade standen. Dahinter lag das Maisfeld, gold-braun. Je näher ich es betrachtete, desto mehr schien es sich zu bewegen, schien zu schwanken wie Maispflanzen im Wind. Ein Fluss aus Worten in hellem Blau und glänzendem Silber kräuselte den Rand der Decke, während ich las.

Ich wurde geboren in den Seichten eines mächtigen Flusses
Oder im Strudel des Meeres
Oder im Wirbelsturm

Oder in den Seen der Menschen.
Ich bin ...
»Tristan!« Nanas Stimme holte mich zurück in die Gegenwart und ich erkannte meinen Fehler. Die Geisterkatzen kauerten auf dem Boden und schlugen wütend mit den Schwänzen, wie zwei Löwinnen unmittelbar vor dem Sprung. Ihr wisst, was ich meine. Wenn eine Katze drauf und dran ist, euch anzufallen und euer Fußgelenk zu zerfetzen und ihr nicht das Geringste dagegen machen könnt.

Bloß dass die Katzen in diesem Fall Monster oder Dämonen oder Geister oder alles drei zusammen waren, dazu so groß wie Wachhunde, und statt meines Fußgelenks wollten sie offensichtlich meine Großmutter zerfetzen.

Nicht mit mir.

»Jetzt, Tristan!«

Die Katzen sprangen los und ich schleuderte ihnen den Eimer entgegen. Die zusammengeknüllten Handtücher fielen heraus und ich rümpfte sofort die Nase. Die Dinger gaben einen ätzenden Gestank ab ... es war wie ein Tiefschlag für die Nasenlöcher. Und als sie auf die Geisterkatzen trafen, da reagierten sie, als hätte ich sie mit heißem Öl überschüttet. Sie sprangen hoch, rissen die Mäuler zu stummen Schreien auf und fingen noch im Sprung an zu zucken, bevor sie regungslos auf dem Boden landeten.

Ich rannte los, um den gruseligen Stubentigern den Todesstoß zu versetzen, doch Nana hielt mich auf.

»Nicht, mein Junge! Es ist noch nicht vorbei.«

Zu spät.

Ein plötzlicher, dröhnender Donnerschlag ließ die gesamte Scheune erzittern. Die Geisterkatzen sprangen auf die Pfoten und stürzten sich gleichzeitig auf mich. Ihre leuchtenden Augen hielten mich an Ort und Stelle fest. Ich kreischte laut. Jeden Augenblick würde ich grausame Schmerzen spüren, während sie mich in Stücke rissen.

Doch gerade als mein Verhängnis unabwendbar zu sein schien, zischte ein goldener Schatten an mir vorbei den Katzen entgegen, so grell, dass ich die Augen schließen musste. Es roch nach Ozon – das ist dieser eigentümliche Geruch nach einem Blitzeinschlag oder einem Elektroschock.

»Heiliger Strohsack«, murmelte ich. »Für so was bin ich langsam zu alt.«

Ich hörte jemanden stöhnen und schlug die Augen wieder auf. Es war wirklich kaum zu glauben, was ich da sah. Nana saß auf dem Fußboden, ganz in der Nähe der Stelle, wo gerade eben noch die Katzen gelegen hatten. Die Steppdecke lag zerfetzt vor ihren Füßen. Das erklärte den goldenen Schatten – meine Großmutter musste die leuchtende Decke auf diese Monster geworfen haben.

Während die Decke noch schimmerte wie eine erlöschende Kerze, erwachten die anderen Menschen in der Scheune allmählich wieder zum Leben. Da ich nicht mehr da war, sprang Reggie ins Leere und landete auf der Nase. Trainer-Tony blies in seine Trillerpfeife und schlug gleichzeitig nach der Stechfliege. Die Zuschauer hörten auf zu lachen, als hätten sie komplett vergessen, was sie eigentlich so witzig fanden.

Nana starrte mich mit einem seltsamen Gesichtsausdruck an. Verwirrung? Traurigkeit? Verständnis? Enttäuschung? Vielleicht eine Mischung aus allen vieren.

»Es wird Zeit, dass wir uns mal unterhalten«, sagte sie heiser. Beim Klang ihrer Stimme runzelte sie die Stirn, seufzte, schob sich die Brille auf die Nase und versuchte aufzustehen. Doch als sie sich auf die Knie gestemmt hatte, verzog sie das Gesicht zu einer Grimasse und ließ ein schmerzerfülltes Ächzen hören. Das Herz schlug mir bis in die Kehle. Sie sackte zu Boden, sodass um sie herum Steppdeckenfetzen aufstieben wie abgestorbenes Laub, und griff sich an die Brust.

»Nana!«, rief ich und hastete an ihre Seite.

»Hol … Walter«, flüsterte sie noch, bevor ihre Augenlider sich zuckend schlossen.

7

STRONG'SCHES BLUT

Reggies Ringärztin und Granddad verließen das Schlafzimmer meiner Großeltern. Still. Behutsam. So, wie Erwachsene sich verhalten, wenn etwas *Ernstes* passiert ist, worüber sie vor den Kindern nicht sprechen wollen. Deswegen tauschen sie Blicke aus und gehen auf Zehenspitzen in ein anderes Zimmer.

Die Ärztin war eine kleine, stämmige Afro-Latina und hatte ihre schwarz-braunen Locken zu einem Knoten zusammengebunden. Seitlich auf ihrem kleinen Medizinköfferchen war der Name ALMEIDA TORRES zu lesen, und bevor sie Granddad im Flur etwas zumurmelte, schenkte sie mir ein warmes Lächeln. Ich saß auf dem großen, flauschigen Sofa im Wohnzimmer. Meine Finger fuhren das Blumenmuster auf dem Staubschutz nach und meine nackten Füße glitten langsam auf dem dicken weichen Teppich hin und her.

In der Ferne grollte der Donner. Noch blitzte es nicht und es hatte auch noch nicht angefangen zu regnen, aber so, wie die dunklen Wolken sich am Himmel ballten, konnte es nur eine Frage von Minuten sein, bis ein gewaltiges Gewitter losbrach. Als müsste dieser Tag – dieser Abend – noch schlimmer werden.

Nachdem Nana gestürzt war, hatten Reggie und sein Trainer uns geholfen, sie auf eine Bank zu legen und ins Haus zu tragen. Seitdem waren mehrere Stunden vergangen und ich hatte mich nicht vom Sofa herunterbewegt. Ich konnte nicht.

Jetzt hörte ich, wie Dr. Torres mit leiser Stimme zu Granddad sagte: »Sie ist bald wieder auf den Beinen. Es war in erster Linie Erschöpfung und auch ein bisschen Stress. Sie muss sich ausruhen, das ist wichtig. Viel Ruhe und dann schreibe ich Ihnen noch etwas für ihren Blutdruck auf.«

Granddad schien in sich zusammenzufallen. Ich hatte ihn noch nie so verhärmt gesehen, so ... so unsicher. Er hörte gar nicht auf, die Hände zu ringen, langsam und vorsichtig, als würde etwas daran kleben, was ihn störte und was er einfach nicht loswurde.

»Aber sie kommt wieder auf die Beine, haben Sie gesagt?«, wollte er wissen. »Ich meine ... sie wird wieder ganz gesund?«

»Ja, Mr Strong. Aber sie braucht Ruhe. Und haben Sie vielleicht schon mal darüber nachgedacht, ob ...«

Ihre Stimme wurde leiser, während die beiden in die Küche gingen. Ich betrachtete noch einen Moment lang den leeren Flur, dann fiel mein Blick auf Nanas Zimmertür. Sie stand einen Spalt weit offen. Das war doch nicht fair. Sie war zusammengebrochen, während sie versucht hatte, mich zu beschützen. Dabei hätte ich das selbst besorgen müssen. Ich war der Anansesem, ich besaß ein Armband mit den Adinkras der Götter von Alke. Das machte mich so wütend, dass ich anfing mit mir selbst zu reden. »Wenn ich nicht zurückgezuckt wäre, wenn ich nicht erstarrt wäre, wenn ich ...«

»Du machst es ja schon wieder«, sagte da eine zarte Stimme.

Das LTT lag auf meinem Schoß. Anansi hockte lässig auf dem Kontakte-Icon und baumelte wie ein Kind mit seinen sechs Beinen. Den Schlapphut hatte er sich über die Augen gezogen und wippte dazu sanft mit dem Kopf, in einem Rhythmus, den nur er hören konnte. Als ich ihm keine Antwort gab, hob er mit einem Finger seinen Hut an und schüttelte den Kopf. »Immer drehst du die Dinge so, dass alles um dich geht. Es ist doch nicht deine Schuld, Junge.«

»Aber sie hat versucht, mich zu retten«, flüsterte ich.

Er zuckte mit den Schultern. »Das hätten doch die meisten gemacht. Okay, ich kenne auch ein paar, die einfach zugesehen hätten, wie du leidest, ohne einen Finger krumm zu machen. Aber so ist deine Großmutter nicht. Sie hat gesehen, dass jemand in Not ist, jemand, den sie sehr lieb hat, und dann hat sie gehandelt. Du hast so was schließlich auch schon gemacht.«

»Aber nicht dann, wenn es am dringendsten nötig gewesen wäre«, erwiderte ich bitter. »Und diese ... was immer das für Kreaturen waren – könnten immer noch irgendwo da draußen rumschleichen und auf die nächste Gelegenheit warten, um uns aufzulauern. Wir müssen rauskriegen, was hier los ist, Anansi. Alles bricht auseinander und ich habe keine Erklärung dafür. Wenn ich doch bloß ...«

»Weißt du was?«, fiel Anansi mir einfach ins Wort. »Diese Wenns können ziemlich mächtig sein. Die kannst du sammeln, so wie ein fauler Mann Ausreden sammelt. Wenn dies, wenn das. Wenn ich nicht kann, wenn ich könnte. Pass gut auf, kleiner Geschichtenerzähler, sonst baust du dir womöglich eine Mauer aus lauter Wenns, die du nicht mehr überwinden kannst. Also, da du mir einige Genehmigungen erteilt hast, habe ich ein wenig in diesem Legendentruhen-Telegrafen herumgewühlt und ...«

»Telefon«, murmelte ich.

»... und habe mir etliche interessante Dinge ausgedacht. Was natürlich absolut niemanden überraschen dürfte.«

»Natürlich nicht.«

»Hier zum Beispiel habe ich etwas, was deine Suppe ordentlich aufpeppen dürfte, pass gut auf.«

Ich zog misstrauisch die Stirn in Falten.

»Schau mich nicht so an«, sagte Anansi mit Unschuldsmiene. »Ich versuche nur, dir zu helfen, ehrlich! Schließlich bin ich selber ein Netz-Designer.«

Meine Stirn warf noch mehr Falten. Wahrscheinlich sah sie jetzt aus wie ein zusammengeknülltes Blatt Papier.

Anansi hob die rechte Hand. »Junger Anansesem, ich schwöre, dass ich nur die reinsten Absichten hege. Ich benötige lediglich ein kleines bisschen mehr Zeit. Lass mich tun, was ich tun muss, um meinen Zauber zu entfalten, und dann schenke ich dir eine App, die schnurrt wie ein Miezekätzchen auf einem warmen Kachelofen.«

Ich verdrehte die Augen, aber dann wurde ich misstrauisch. »Na gut. Hey, Moment mal ... wo ist dein zweiter Spinnenarm?«

Er räusperte sich und zog ihn hinter seinem Rücken hervor. Ich schüttelte den Kopf. Wahrscheinlich hatte er die ganze Zeit die Finger überkreuzt. Einem Tricksergott darf man niemals glauben. Aber ich war an einem Punkt, wo ich mich auf niemanden sonst verlassen konnte.

In Nanas Schlafzimmer ertönte ein Hustenlaut und eine Sekunde später noch einer. Ich legte das Handy aufs Sofa und schlich auf Zehenspitzen zur Schlafzimmertür. Doch wegen der Dunkelheit konnte ich nichts sehen.

»Hallo?« Ich hörte ihr schwaches Stimmchen, bevor sie noch einmal hustete. »Ist jemand da? Ich brauche einen Schluck Wasser. Ich will nur kurz ...«

Ich hörte das Bett knarren und stieß hastig die Tür auf. »Nana, du sollst doch nicht aufstehen. Du musst dich ausruhen!«

»Tristan? Bist du das?«

»Ja, Ma'am. Ich hole dir was zu trinken, einen Moment.« Ich ging in die Küche und wollte Granddad und Dr. Torres erklären, was ich vorhatte, doch die beiden standen draußen auf der Eingangsveranda. Die Ärztin zeigte mit besorgter Miene an den Himmel. Ich nahm mir ein Glas, ließ Wasser hineinlaufen und ging mit eiligen Schritten zurück zu Nana.

Bevor ich eintrat, blieb ich kurz stehen. Ins Schlafzimmer meiner Großeltern ging ich eigentlich nie, aus Respekt vor ihrer Privatsphäre (und vielleicht auch aus Angst vor Nanas ziemlich schiefem Hutschachtelstapel gleich neben der Tür. Ernsthaft. Sie hat mehr Hüte als ich Sneakers, und das will was heißen). Es roch nach Desinfektionsmittel und Granddads Rasierwasser. Nana hatte sich Kissen in den Rücken gestopft und saß aufrecht, wie auf einem Stuhl, in ihrem Doppelbett.

Lächelnd nahm sie mir das Wasserglas aus der Hand. »Danke, Schätzchen«, sagte sie. Als ich mich zum Gehen wandte, legte sie mir die Hand auf den Arm. »Setz dich doch und bleib noch ein Weilchen. Ich nehme an, wir haben das eine oder andere zu besprechen.«

Genau darauf hatte ich gehofft. »Ach, echt? Was denn?« Ich imitierte Anansi, so gut ich nur konnte, und lächelte sie unschuldig an.

Nanas Blick hätte Eiscreme schmelzen und Farbe von den Wänden abblättern lassen. »Willst du das ernsthaft mit mir machen?«, fragte sie mich.

Ich ließ den Kopf hängen. »Nein, Ma'am.«

»Gut.« Sie trank einen Schluck, dann noch einen und dann seufzte sie. »Früher habe ich über zwei kleine, alte Miezekätzchen nur müde gelächelt. Eigentlich hätte ich die beiden mit links erledigen müssen.«

»Es tut mir leid, Nana«, erwiderte ich leise. »Die waren wegen mir da, aber ich konnte mich plötzlich überhaupt nicht mehr bewegen.«

»Ach was, mein Junge, da gibt es gar nichts zu entschuldigen. Ich würde von niemandem erwarten, dass er es gleich beim ersten Mal mit einem Plat-Eye aufnehmen kann, geschweige denn mit zweien.«

»Mit einem was?«

»Einem Plat-Eye. So hat deine Urgroßmutter sie immer genannt. Sie ist drüben auf den Meeresinseln zur Welt gekommen.« Nana verlagerte ihr Gewicht, dehnte den Rücken und ich unterdrückte ein Lächeln. Krank oder nicht, sie würde mir ihre Geschichte erzählen.

»Plat-Eyes sind Geisterwesen, die noch etwas zu erledigen haben. Sie können nicht weiter, bis das erledigt ist. Vielleicht haben sie irgendwo einen Schatz vergraben, einen großen Fehler begangen oder sonst etwas. Da ist sehr vieles möglich. Die meisten sind recht harmlos, aber in ihrer Nähe muss man vorsichtig sein. Darum habe ich mich eingeschaltet. Diese Dinger können ihre Gestalt wechseln und wachsen und dich so lange verfolgen, bis du es nicht mehr erträgst.«

»Moment mal. Sie können die Gestalt wechseln und wachsen? Sind das etwa Pokémon?«

Nana neigte den Kopf und blickte mich über den Rand ihrer Brille hinweg an. »Poki-was?«

»Ist nicht wichtig.«

Sie blinzelte kurz und schniefte. »Also, wie gesagt ... die einzige Möglichkeit, wie du ein Plat-Eye loswerden kannst – vorausgesetzt du kannst ihm nicht bei der Lösung seines Problems behilflich sein –, besteht darin, immer etwas Stinkendes bei dir zu tragen. Früher haben die Leute dafür Schießpulver verwendet, aber anscheinend funktioniert es auch mit verschwitzten Handtüchern.«

»Sind sie denn jetzt für immer verschwunden?« Hoffnung lag in meiner Stimme, aber als Nana den Kopf schüttelte, ließ ich die Schultern sinken.

»Nein, Kind, wir haben sie bloß für eine Weile verscheucht. Wenn sie tatsächlich wegen dir hier waren, dann kommen sie das nächste Mal in anderer Gestalt wieder. Aber du wirst sie trotzdem erkennen.« Nana tippte sich an ihre Brille. »An ihren Augen. Die können sie nämlich nicht verändern.«

Sie beugte sich über die Bettkante und betrachtete seufzend die Überreste ihrer Decke, die in einer Tasche auf dem Fußboden lagen.

»Ich helfe dir, sie wieder heil zu machen«, sagte ich.

Nana lächelte. »Manchmal kann man etwas nicht wieder heil machen, Schätzchen. Wenn du etwas wiederaufbauen möchtest, dann musst du es zuerst ganz einreißen und anschließend wieder von vorne anfangen. Das kommt dir vielleicht hart vor, aber wenn du es richtig machen willst, ist das die einzige Möglichkeit.«

Ich half ihr, sich wieder aufzurichten und an ihr Kissen zu lehnen. »Nana, was glaubst du? Warum sind diese Plat-Eyes hinter mir her?«

»Du weißt, warum«, erwiderte sie. »Weil du sie sehen kannst, hören kannst.«

»Aber du doch auch ...«

»Du hast etwas ganz Besonderes an dir«, fuhr Nana fort, als hätte sie mich gar nicht gehört. »Das weiß ich seit deiner Geburt. In deinen Adern fließt mein Blut und das deines Granddads ... Strong'sches Blut. Wie sagt ihr jungen Leute immer? Gleich und gleich gesellt sich gern.«

Ich verdrehte die Augen. »Kein Mensch sagt das mehr, Nana.«

»Das solltet ihr aber. Sobald ich mir eure Redensarten gemerkt habe, überlegt ihr euch wieder was Neues. Kinder können so unhöflich sein. Aber ja, ich habe schon immer gewusst, dass du etwas Besonderes bist. Und ich kenne auch die Orte, an denen du gewesen bist, die Leute, mit denen du gesprochen hast.«

»Im Ernst?«

Nana nickte und beugte sich etwas dichter zu mir. »Alke.«

Das Wort begann als Flüstern und steigerte sich zu einem Windstoß, der an den Bettdecken rüttelte. Ein nervöser Schauer lief mir den Rücken hinunter. Endlich gab es jemanden in dieser Welt, der verstehen konnte, was ich durchgemacht hatte, was ich gesehen hatte!

»Nana, das ist ja unglaublich!«, flüsterte ich, so laut ich nur konnte. »Warst du im Goldenen Halbmond? Oder auf dem Isihlangu? Haben sie dich vorne reingelassen oder musstest du dich auch als Müll ausgeben? Und die Geschichten! Hast du daher deine ganzen Geschichten?«

Nana lachte. »Nun mal langsam, Kind. Ja, ein paar Geschichten habe ich tatsächlich von ihnen. Und einige habe ich dort gelassen. Das ist nun mal so – ganz Alke ist eine Geschichte. Das solltest du mittlerweile wissen. Ist dir das spezielle Garn gar nicht aufgefallen, das ich beim Nähen verwendet habe?«

Ich wollte gerade noch eine Frage stellen, als die Schlafzimmertür aufschwang und Granddad hereinkam. Er schaltete das Licht an und ich stand hastig auf. Seine Augen waren gerötet und er rang immer noch die Hände. »So, Tristan, das reicht jetzt. Deine Großmutter braucht Ruhe.«

Sein Tonfall duldete keine Widerrede, also gab ich Nana einen Kuss auf die Stirn und verließ das Zimmer. Als ich in der Tür war, rief sie mir etwas nach.

»Tristan, denk immer daran, was ich dir gerade gesagt habe. In deinen Adern fließt Strong'sches Blut. Vergiss das nie, was immer auf dich zukommen mag.«

Ich nickte, machte die Tür zu und ging in mein eigenes Zimmer. Aber unterwegs blieb ich plötzlich stehen.

Strong'sches Blut. Plat-Eyes. Hilfsbedürftige Geister.

Irgendwann war auch mal Schluss.

Es wurde Zeit, dass der Anansesem seine Arbeit machte.

8

DER MANN MIT DER EISENMONSTERMASKE

Ich hatte eine eingeschaltete Taschenlampe in der Hand, aktivierte all meine Anansesemkräfte und betrat die Scheune. Mir brummten die Ohren, weil die Welt um mich herum voller Gesang war. Ich blickte in einen Spiegel, den Granddad zum Schattenboxen an einer Wand montiert hatte, und was ich sah, ließ mich innehalten.

Da stand ein groß gewachsener, Schwarzer Junge mit leuchtend goldenen Augen, die Kapuze seines Hoodies über den Kopf gezogen.

Ich zitterte und durchsuchte mit der Taschenlampe in der einen und der Perle der Vorfahren von meinem Armband in der anderen Hand die Scheune. Sie war leer ... nur ganz in der Ecke schien etwas zu schimmern. Der Flussgeist. Eigentlich war ich davon ausgegangen, dass das Mädchen mit den anderen zusammen verschwunden war, aber sie schwebte immer noch dort und starrte mich mit einem flehenden Gesichtsausdruck an. Dieses Mal ignorierte ich sie nicht.

Ich stellte einen umgekippten Eimer auf eine Bank und platzierte darauf das LTT. Dann aktivierte ich die Kamera, damit Anansi an unserem Gespräch teilnehmen konnte. Je stärker ich mich auf das Geistermädchen konzentrierte, desto heller schien sie zu aufzuleuchten.

»Bitte«, sagte sie mit schwacher Stimme. »Bitte, er kommt. Du musst sie retten.«

Ihr durchsichtiger Körper wurde von einer leuchtend blauen Aura umgeben. Nicht so blau wie ein klarer Himmel oder die reifen Beeren, die Nana für ihren Kuchen nahm. Nein, es war eher so ein grünliches Blau wie das Wasser von Seen und Meeren und Ozeanen und die Ränder waren weiß wie tosende Stromschnellen. Ihr Kleid und ihre Zöpfe bewegten sich in sanftem Auf und Ab, so als würde sie unter Wasser schweben.

»Wer bist du?«, fragte ich sie schließlich. Meine Stimme war kaum mehr als ein Flüstern.

Türkisblaue Augen nahmen mich in den Blick. »Ninah. Ich heiße Ninah. Und ich brauche deine Hilfe und die Hilfe des winzigen Gottes, den du eingefangen hast.«

»Er hat mich gar nicht eingefangen«, protestierte Anansi. »Ich bin einer von diesen virtuosen Assistenten. Sag's ihr, Tristan.«

»Du meinst *virtuelle* Assistenten. Aber das ist nicht wichtig, Ninah.« Ich wandte mich wieder an das Geistermädchen. »Wie bist du hierhergekommen? Gibt es etwa einen zweiten Riss zwischen unseren Welten? Du willst mich doch nicht etwa beklauen, oder?« Eine gewisse Babypuppe, übersät mit Kautschukbröckchen, kam mir in den Sinn. »Ich glaube, ich brauche eine Alarmanlage für Alkeer.«

Ninah schüttelte den Kopf. »Flussgeister stehlen nicht, Anansesem. Wir geben und wir heilen. Aber ja, ich bin genau wie die anderen durch einen Riss hierhergelangt. Das spielt aber keine Rolle. Irgendjemand hat sie entführt und du musst sie wieder zurückholen. Nur du hast die Macht und die Kenntnisse dafür.«

Ich konnte gar nichts dagegen machen. Mein Rücken streckte sich automatisch durch und ich richtete mich auf.

Anansi grinste. »Ich bitte um Verzeihung, Geist von den Flüssen, aber du sprichst immer von einer ›sie‹. Wer genau wurde denn aus deiner Heimat in den Graslanden entführt? Und – nichts für ungut, Junge – warum ist Tristan der Einzige, der diese Rettungsaktion durchführen kann?«

Der Flussgeist wirkte überrascht. »Weil er die Legendentruhe besitzt. Weil er den Segen der Götter von Alke bekommen hat. Er ist der Anansesem und der Held der Schlacht in der Bucht.«

»Sie hat sogar einen Namen bekommen«, murmelte ich.

»Hmm.« Anansi strich sich übers Kinn. »Ich komme später noch einmal auf die Sache mit dem unverdienten Ruhm zurück. Aber du hast immer noch nicht erwähnt, *wer* eigentlich entführt worden ist.«

Habt ihr jemals einen Geist seufzen sehen? Dann verblasst seine Aura. Mit einem Mal wurde mir noch klarer, wie schwach Ninah war. Es musste sie große Anstrengung gekostet haben, hierzubleiben und mit mir zu sprechen. Ich bekam ein schlechtes Gewissen, das jedoch sofort in den Hintergrund rückte, als sie wieder das Wort an mich richtete.

»Der Shamble Man hat meine Mutter entführt«, sagte sie leise.

Das LTT vibrierte und ich zuckte zusammen. Anansi ging aufgeregt hin und her und das Display blinkte. »Deine Mutter?«, hakte er nach. Seine Stimme war so laut, dass es mir fast so vorkam, als würde er neben uns stehen. »Ist sie …?«

Erneut schüttelte Ninah den Kopf – traurig dieses Mal. »Das weiß ich nicht.«

Mein Blick huschte zwischen den beiden hin und her. Sie wussten etwas, was ich nicht wusste. Anansi sah mich an und sein Blick besagte *Später*.

Ich kratzte mich am Kopf. »Ich weiß nicht einmal, wer dieser Shamble Man überhaupt ist.« Ob es doch die Gestalt war, die John Henry angegriffen hatte? Falls das stimmte, dann konnte ich es niemals allein mit ihm aufnehmen. »Oder wohin er deine Mutter verschleppt hat. Sind die beiden in Alke? Meine Großmutter ist ja krank, deswegen weiß ich nicht, ob ich hier überhaupt wegkann ...«

»Aber genau darum geht es ja.« Ninahs Blick ging von mir zu dem Handy, wo Anansi in seinem Spinnennetz hockte. »Es ist keine Zeit mehr.«

Ein kalter Schauer lief mir über den Rücken. »Wie meinst du das?«

»Er ist unterwegs. Der Shamble Man ist auf dem Weg *hierher*.«

Ihre Worte trafen mich noch härter als Reggies Schläge vorhin. Ich taumelte einige Schritte nach hinten und sackte auf der Bank zusammen. Ein grollender Donner dröhnte mir in den Ohren, als würde um mich herum ein Sturm toben. Meine Fäuste waren so fest geballt, dass ich schon Angst hatte, meine Fingernägel würden sich in meine Handflächen bohren.

»Tristan.«

Ich hob den Blick und sah, dass Anansi und Ninah mich anstarrten. Nein, sie starrten etwas anderes an, was direkt vor mir in der Luft schwebte: vier schwarz glänzende Boxhandschuhe. Auf jedem war das Emblem der gekreuzten Schwerter zu erkennen. Die Akofena, die Schwerter des Krieges, waren zum Leben erwacht. Also gut.

Ich stand auf und holte tief Luft. »Was muss ich ... AUA!«

Irgendetwas hatte mir das Handgelenk versengt, wie damals, als ich vor der Kirche das Bügeleisen meiner Mutter gestreift habe. Ein brennender Schmerz.

»Oh, nein.« Mein Blick fiel auf das Adinkra-Armband an meinem Handgelenk.

Anansi und Ninah hatten gar nicht die schwebenden Handschuhe angestarrt.

Mein allererstes Adinkra, das mein bester Freund, der tote Siebtklässler, inzwischen besser bekannt unter dem Namen Tupakrates, an seinem Tagebuch befestigt hatte ... Anansis persönliches Symbol ...

Es leuchtete.

»Eisenmonster«, flüsterte ich.

Da hatte jemand meinen ganz persönlichen Albtraum aus meinem Schädel hervorgekramt und ihm Leben eingehaucht.

Es gab zwei Versionen davon. Im Szenario Nummer eins bin ich bei irgendeiner öffentlichen Veranstaltung und alle starren mich an. Es ist vielleicht eine Schulversammlung oder ein Talentwettbewerb oder dieses eine Mal, als Nana mich in ihre Kirche mitgenommen hat und ich als Vorsänger die Schwarze Nationalhymne singen musste und den ganzen Text vergessen hatte.

Ich hatte. Den Text. Vergessen!

Na, was soll's.

Egal, wo ich bin, jedenfalls fehlt mir etwas ganz Entscheidendes und außerordentlich Wichtiges.

Meine Kleider.

Ganz genau ... ich stehe vor einem Haufen Leute und habe nichts an als meine weiße Feinripp-Unterhose.

Das zweite Szenario ist noch schlimmer. Es ist ein Albtraum, der mich erst seit meiner Rückkehr aus Alke regelmäßig heimsucht. Ich laufe jemandem hinterher, jemandem, den ich sehr lieb habe. Der- oder diejenige wird mir weggenommen und ich kann es nicht verhindern. Manchmal sind Eisenmonster die Entführer – Fetterlinge oder Ekelbiester –, manchmal ist es König Cotton. Es kann auf dem MittLand geschehen, im Versunkenen Wald oder während ich auf einer vereisten Straße einem Schulbus hinterherjage und genau weiß, was als Nächstes passieren wird. Ich hole sie niemals ein ... jedes Mal werde ich abgehängt.

Das wiederholt sich so oft, bis ich irgendwann atemlos und in heller Panik aufwache. Nana hat gesagt, dass das ein Trauma sei, und jetzt musste ich dieses Trauma erneut erleben. Granddad und Nana waren alleine im Haus und irgendetwas Grauenhaftes wollte die Farm überfallen.

Ich hatte das Gefühl, als könnte ich gar nicht schnell genug rennen.

Der Wind fegte mir ins Gesicht und die nachtaktiven Insekten schienen zu kichern, während sie meinen verzweifelten Sprint über die festgetretene Erde beobachteten. Meine Haarspitzen standen senkrecht, als ein gezackter Blitz in den Boden einschlug, dicht gefolgt von einem markerschütternden Donnerschlag.

BUUUMM!

Moment mal. Das war kein Donner.

Das hörte sich an wie ...

Ich jagte die Eingangstreppe hinauf und landete auf der hölzernen Veranda, wo ich schlitternd zum Stehen kam. Die Tür war aufgebrochen worden und hing nur noch schief in den Angeln. Als hätte jemand die Farm in unbändiger Wut mit einer Axt bearbeitet.

Im Inneren brannte kein Licht. Schatten lauerten im Flur. Hätte ich doch meine Taschenlampe nicht in der Scheune liegen lassen.

»Hallo?«, rief ich.

Die einzige Reaktion war ... Stille. Oder hatte sich da drin etwas bewegt? Das hätte auch der Wind sein können, der mich herausfordern wollte.

Ich dachte, du wärst ein strahlender Held, Großer.

Ich atmete tief ein und machte einen Schritt ins Haus. Dann noch einen. Der Mond linste hinter einer Wolke hervor und warf sein schwaches Licht über meine Schultern, sodass sich mein Schatten nun zu den anderen gesellte. Ich hielt den Atem an. Sogar die Grillen im Garten waren verstummt. Ein Bodenbrett knarrte unter meinen Füßen und ich verzog das Gesicht. Aber niemand stürzte sich auf mich, also hatte ich vielleicht ...

»So, so, du bist also der Anansesem, *grum grum*.«

Ich erstarrte. Das Herz schlug mir bis zum Hals. Die Worte klangen gedämpft, fast schon erstickt, und die Stimme war tiefer als jede andere, die ich je gehört hatte. Aber ich erkannte sie wieder. Es war die Stimme, die ich während des Videocalls mit John Henry gehört hatte. Also war das *tatsächlich* der Shamble Man gewesen.

»Wer ist da?«, erwiderte ich und ärgerte mich maßlos darüber, dass meine Stimme so zitterte. »Komm raus, damit ich dich sehen kann!«

Der Shamble Man sprach weiter, als hätte ich kein Wort gesagt. »Der Held von Alke. Der Retter des Isihlangu.« Nach einer kurzen Unterbrechung fuhr die Stimme hart und knurrend fort: »Der Zerstörer des MittLands.«

Vor meinem inneren Auge tauchte ein Bild des brennenden Mitt-Landes auf. Ich hörte die Schreie meiner Freundinnen und Freunde und machte die Augen zu. Zu groß war die Woge des Schmerzes, die mich dabei erfasste.

»Jaaahhh, der Zerstörer. Dieser Titel gefällt mir besser, *grum grum*.« Die Stimme wurde ein wenig heller, klang fast schon spielerisch, als der Eindringling anfing zu singen:

*»Tristan Strong boxt in den Himmel ein Loch
und lässt das Böse herein.
Städte verbrannt, was lernen wir draus?
Wir jagen ihn raus aus unserem Haus.«*

Ich biss die Zähne zusammen und zwang mich, diesen verstörenden – und leider wahrheitsgemäßen – Zeilen keine Beachtung zu schenken. »Komm raus aus deinem Versteck, damit ich dich sehen kann. Oder hast du etwa Angst? Willst du mich weiter aus sicherer Entfernung beleidigen?« Ich reckte den linken Arm in die Höhe, wo Anansis Adinkra wie ein winziger grüner Stern in der Dunkelheit leuchtete und mich warnte, dass Eisenmonster ganz in der Nähe waren.

»›Komm raus‹, sagt der kleine Held. ›Komm raus‹! Aber will er das wirklich, *grum grum*? Wer weißßß, vielleicht gefällt dem kleinen Mann nicht, was er dann ssssieht.« Das Zischen kam aus der hinteren Ecke, dort, wo die Tür zu Nanas und Granddads Schlafzimmer sein musste. Es kam mir so vor, als würden mehrere Schatten in der Dunkelheit Wellen schlagen. Etwas krachte auf den Boden, sodass das ganze Haus wackelte. Zuerst dachte ich, der Kühlschrank sei umgefallen. Aber dann krachte es noch einmal und noch einmal. Ich schauderte, als mir klar wurde, dass das Schritte waren, die Schritte von etwas Gewaltigem. Etwas ... Monströsem.

Allmählich schälte sich eine Gestalt aus der Dunkelheit hervor. Meine Muskeln verkrampften sich. Ein tiefes Frösteln setzte sich in meinen Knochen fest und meine schlimmsten Ängste wurden Wirklichkeit.

Zwei mächtige Füße, bedeckt von Fetterlingketten. Arme und Beine steckten in einer Rüstung aus dem vergammelten Holz eines Ekelbiests. Auf jeder Schulter lag die abgebrochene, gezackte Hälfte eines an einen Eisenbügel erinnernden Bossling-Schädels. Daran war ein zerfetzter Umhang befestigt. Und zwischen den beiden Schädelhälften konnte ich jetzt ein Gesicht erkennen ...

»Nein«, wimmerte ich.

Auf dem Gesicht befand sich eine schimmernde, zuckende, bernsteinfarbene Maske, völlig verknotet und verdreht. Die Löcher für Mund und Augen waren mit den vertrockneten insektenähnlichen Körpern von Feuerbrummern besetzt.

Der Shamble Man kam näher. Einen Arm hatte er in seinen Umhang gesteckt und ich wich unwillkürlich einen Schritt zurück. Er lachte, wobei die Maske ein wenig verrutschte. Ich spürte, wie die Wut und die Peinlichkeit mir das Blut in die Wangen schießen ließen, und riss mich zusammen, blieb stehen und ballte die Fäuste.

»Was willst du?«, rief ich.

Die Maske verzog sich, als würde ihr Träger sich über die Frage amüsieren. »Bei Grum, der kleine Held hat ja doch ein wenig Mut. Aber er stellt ständig Fragen, deren Antworten ihm womöglich nicht gefallen werden. Seht nur, wie er zittert. Seht nur, wie er bebt. Das ist der Zerstörer? Er ist ein kleines Tierchen, ein Kind, *grum grum*.«

»Ich bin kein ...«

»So erpicht darauf, in die Schlacht zu ziehen«, fuhr er ungerührt fort. »Ohne zu ahnen, was er alles verlieren könnte.« Er hob den einen Arm, sodass sein Umhang sich öffnete. Jetzt sah ich im fahlen Licht meines Adinkra-Armbandes, dass auf dem Fußboden neben ihm zwei ängstliche Gestalten kauerten.

Granddad und Nana.

Sie hielten einander fest, taten, was sie konnten, um ihren Lebenspartner zu schützen, aber als sie mich sahen, erstarrten sie. Granddad rappelte sich auf und hob die Fäuste.

»Verschwinde aus meinem Haus!«, brüllte er das Monster an.

»Walter, nicht!«, schaltete Nana sich ein. »Du weißt nicht, was ...«

»Verschwinde, hab ich gesagt!« Granddad schob sich vorwärts und ließ ein paar schnelle Geraden auf den Shamble Man regnen. Doch der maskierte Eindringling kicherte nur. Es klang rau und heiser und wie ein Vorbote der Gewalt. Granddad war schnell auf den Beinen, wippte auf und ab, duckte sich und ließ dann eine ganze Serie von Schlägen auf den Eindringling regnen. Voller Hoffnung und mit angehaltenem Atem sah ich zu.

Eine gepanzerte Hand stieß meinen Großvater beiseite, sodass er an der gegenüberliegenden Wand in sich zusammensackte.

»Granddad!«, rief ich. Ich wollte zu ihm laufen, doch dann blieb ich stehen. Der Shamble Man versperrte mir den Weg.

»Na endlich, ein wenig Feuer. Siehst du, kleiner Held? Der da hatte noch einen Funken Stolz im Leib. Aber es tut mir leid, *grum grum*, ich bin nicht wegen des alten Mannes gekommen. Nein, ganz und gar nicht. Es gibt nämlich noch jemanden hier und die Legenden, die man sich in Alke von ihr erzählt, sind genauso kraftvoll wie deine falsche

Heldensage, kleiner Mann. Sie hat dir alles beigebracht, was sie wusste. Jaahhhh«, zischte er und drehte sich um.

»Nein«, flüsterte ich.

Der Shamble Man zeigte mit seiner gepanzerten Hand auf Nana.

»Da wären wir, *grum grum*.«

Ich dachte nicht nach. Mein Körper reagierte vollkommen selbstständig. Ich schnellte nach vorne, wollte mich voller Verzweiflung zwischen meine Großmutter und den Shamble Man schieben, doch die mächtige Gestalt versperrte mir mit einem Satz den Weg und ich musste, begleitet von einem lauten Schrei, zurückweichen. Dabei registrierte ich einen leisen Schimmer in der Dunkelheit und dann ertönte genau da, wo ich vor einer Sekunde noch gestanden hatte, ein krachender Schlag. Ich ballte die Fäuste und aktivierte das Akofena-Adinkra, das ich von High John, dem Eroberer, vor der Schlacht in der Bucht bekommen hatte. Vier schimmernde Boxhandschuhe, schwarz wie Obsidian, erschienen neben mir. Sobald ich meine rechte Faust nach vorne schnellen ließ, imitierten zwei Handschuhe meine Bewegung. Granddad wäre stolz auf meinen rechten Haken gewesen ...

Doch dann wurden sie von etwas Metallischem wie lästige Fliegen beiseitegefegt. Der Treffer wirbelte mich herum, und als ich mich wieder gefangen hatte, erstarrte ich verwirrt.

Der maskierte Eindringling hielt etwas in der Hand und wollte mich damit angreifen. Niemals hätte ich geglaubt, dass dieser Gegenstand einmal als Waffe gegen mich eingesetzt werden würde. Ich erkannte ihn sofort, schließlich hatte ich bereits Seite an Seite mit seinem Besitzer Schlachten geschlagen. Aber das war in Alke gewesen und nicht hier in Alabama. Als ich das Ding das letzte Mal gesehen hatte, da war es auf den Anführer des MittLandes herabgesaust.

»Komm schon, kleiner Held. Lass mich dich in Stücke hauen.« Der maskierte Eindringling hob die Waffe hoch und machte sich zum Angriff bereit. Ich schluckte, während mein Blick regungslos an einer der mächtigsten Waffen in ganz Alke klebte. Ein glatter Holzstiel, versehen mit unterschiedlichen Symbolen. Ein Kopf aus kaltem, poliertem Eisen, in den das Adinkra-Symbol für Stärke und Schutz eingraviert war.

John Henrys Hammer.

Wieder und wieder krachte der Hammer auf den Küchenfußboden meiner Großeltern, während der Shamble Man mich zermalmen wollte. Aber er lief mir nicht hinterher und mir fiel auf, dass er sich immer in der Nähe der Tür hielt. Aus irgendeinem Grund zögerte er das Ganze hinaus, aber ich hatte jetzt keine Zeit, um mir zu überlegen, was wohl dahinterstecken könnte.

»Warum machst du das?«, rief ich ihm zu, während ich dem nächsten Schlag auswich. Der Hammer krachte in die Spüle, ließ die Arbeitsplatte splittern und Wasser durch die Luft spritzen.

»›Warum?‹, will der kleine Held wissen.« Der Hammer ließ die Tür zur Speisekammer zerbersten und ich duckte mich, um nicht von einem der vielen Holzsplitter getroffen zu werden. Trotzdem streifte einer meine Wange und ich spürte, wie mir etwas Warmes übers Gesicht lief. »›Warum?‹, fragt der Zerstörer. Nachdem er die Wohnungen Tausender niedergebrannt hat. Nachdem er Hunderte in Ketten gelegt und zu einer Existenz in den Wänden eines Ungeheuers gezwungen hat. ›Warum?‹, will er wissen.«

»Das war nicht meine Schuld ...«, wollte ich protestieren.

»NICHT DEINE SCHULD?!«, röhrte der Shamble Man. Er ließ

John Henrys Hammer über seinem Kopf wirbeln, bevor er nach mir schlug. Der Eisenkopf verfehlte mich nur um wenige Zentimeter. Jetzt fing er an zu glühen und das kam mir sehr bekannt vor. Ich hatte das Gefühl, dass ich eigentlich wissen müsste, was das zu bedeuten hatte. Aber es ist nicht so einfach nachzudenken, wenn man sich gleichzeitig vor irgendwelchen potenziell tödlichen Schlägen in Sicherheit bringen muss. Der Hammerkopf sauste nach rechts und nach links, kratzte über den Boden und riss Scharten in die Decke. »Alles ist deine Schuld. Alles! Darum muss ich jetzt tun, was für meine Welt, für Alke, das Beste ist, und das tue ich mit großem Vergnügen!«

Mit hoch erhobenem Hammer machte er einen großen Satz nach vorne, sodass ich mich rückwärts warf. Aber das war nur eine Finte gewesen. Denn während ich noch kopfüber durch die Gegend kullerte, trat der Eindringling in den Flur, schnappte sich Nana und warf sie sich über die Schulter, als wäre sie ein federleichtes Kissen. Sie wehrte sich. Irgendwie hatte sie ihr Nähzeug zu fassen bekommen und schlug es dem Shamble Man immer und immer wieder an den Kopf. Doch es nützte nichts.

»Lass sie los!«, brüllte ich und rappelte mich wieder auf. Meine Akofena-Schattenboxhandschuhe erschienen neben mir, als ich mich auf den Shamble Man stürzen wollte, doch ein Schlag mit dem Hammer beförderte mich gegen den Küchenschrank unterhalb der Spüle.

Der Shamble Man drehte sich um, stellte den mittlerweile rot glühenden Hammerkopf auf den Fußboden im Flur und drückte. Eine goldene Naht tat sich auf, wie eine Art Reißverschluss in eine andere Welt. Jetzt fiel mir auch wieder ein, wo ich das schon einmal gesehen hatte. John Henry und Brer Rabbit hatten genau das Gleiche gemacht, als sie Gum Baby von Alke aus in meine Welt geschickt hatten.

Das hier war auch so ein Riss, nur kleiner, überschaubarer. Waren die Geister auf diesem Weg in meine Welt gelangt?

»Lebwohl, kleiner Held«, sagte der Shamble Man. Er hatte sich die Kapuze seines Umhangs tief ins Gesicht gezogen, aber trotzdem sah ich seine rot-orangenen, hasserfüllten Augen hinter seiner Maske hervorblitzen. Sie starrten mich so voller Abscheu an, dass ich, ohne darüber nachzudenken, einen Schritt zurückwich. »Möge dein Herz verdorren. Mögen deine Tränen endlos fallen, so wie meine es einst taten.«

Mit diesen Worten machte der Mann mit der bernsteinfarbenen Monstermaske einen Schritt in die goldene Naht.

»Nana!«, schrie ich.

Meine Großmutter, die ihren Entführer immer noch mit ihrem Nähzeug bearbeitete, sah mich an. Sie formte mit stummen Lippen Worte, die ich nicht verstehen konnte. Ich wollte seinen wehenden Umhang packen, wollte ihn zurückhalten, doch der Shamble Man verschwand durch die goldene Naht in eine andere Welt. Der Riss im Boden schloss sich hinter ihm und ließ mich schwankend zurück.

Sie waren verschwunden.

9
DIE KUNST DES ERZÄHLENS

»Erzähl's mir noch mal, bloß langsamer.«

Anansis strenge Stimme bohrte sich durch meine panischen Atemzüge. Ich hockte auf dem Boden der Scheune, wo ich das LTT gelassen hatte, und klemmte mir den Kopf zwischen die Knie. Ninah war nirgendwo zu sehen – wahrscheinlich hatte sie sich aus Angst vor dem Shamble Man irgendwo versteckt. Granddad war im Haus und brüllte die Polizei am anderen Ende der Telefonleitung an, während sich eine riesige Beule an seiner Schläfe bildete. Er hatte nicht einmal gemerkt, dass ich mich nach draußen verzogen hatte, aber das konnte ich ihm nicht verübeln.

»Nana ...«, flüsterte ich. Es fühlte sich an, als würde meine Brust in einen Schraubstock eingeklemmt werden.

»Tristan«, wiederholte Anansi. Das LTT in meinem Schoß vibrierte, um meine Aufmerksamkeit zu bekommen, und ich betrachtete es mit tränenden Augen. Nur verschwommen nahm ich den Trickstergott wahr, der sich in seiner teilweisen Spinnenform, zwei Hände in die Hüften gestemmt, auf dem Display aufgebaut hatte. »Erzähl mir, was passiert ist.«

Ich holte tief Luft und versuchte, möglichst ruhig zu antworten. »Er war hier.«

»Wer?«

»Er. Die Gestalt, die John Henry angegriffen hat ... der Shamble Man.« Ein kalter Schauer rieselte meine Arme entlang und ich konnte nur zitternd fortfahren. »Er trägt eine Rüstung aus lauter Eisenmonstern. Er hat das Farmhaus zerstört und ... und ... und Nana mitgenommen. Und das alles mit John Henrys Hammer.«

Anansi riss die Augen weit auf. »Den Hammer hat er immer noch?« Als ich nickte, rieb er sich das Kinn und schüttelte den Kopf. »Also das war dieser Energiestoß. Hier ist nämlich eine große Zauberwoge durchgerauscht, so mächtig, dass ich für einen Moment in meine Spinnenform zurückkatapultiert worden bin. Und den Flussgeist hat sie auch vertrieben. Das war unglaublich.« Er registrierte meinen Gesichtsausdruck und fügte hastig hinzu: »Aber gefährlich. Sehr gefährlich. Ich habe gespürt, dass die Woge voller Falschheit war. Sich des Symbols einer anderen Gottheit zu bedienen, das ist ... das ist unerhört. Und die Rüstung ... hattest du vielleicht die Möglichkeit, sie mit dem Adinkra des Sonnengottes zu betrachten?«

Ich schlug mir mit der flachen Hand vor die Stirn. Wie peinlich. »Nein. Es ist alles so schnell gegangen.«

»Hmm.«

»Anansi«, sagte ich leise.

»Ja?«

»Was soll ich denn jetzt machen? Er hat Nana entführt. Meine Großmutter! Ich muss hinterher. Ich kann sie doch nicht in den Fängen dieses Monsters lassen. Er war so ... so außer sich vor Wut, als hätte ich ihm etwas angetan. Dabei habe ich ihn noch nie zuvor gesehen.«

Die Vorstellung, dass meine Großeltern in ihrem eigenen Haus angegriffen worden waren, in dem Haus, das so viele Tragödien, so viele harte Zeiten überstanden hatte, erfüllte mich mit hilfloser Wut. Brennende Tränen sammelten sich in meinen Augenwinkeln, aber ich wischte sie wütend weg.

»Was immer wir tun, wir müssen es *gemeinsam* tun.« Anansi fing an, am Rand des LTT-Displays entlangzustapfen, die eine Seite hoch, dann quer über die Decke und auf der anderen Seite wieder runter. »Diese neue Bedrohung ist sehr mächtig. Mächtiger, als ich glauben wollte. Woher weiß er, dass der Hammer die Reise in eine andere Welt ermöglichen kann? Was hat er sonst noch für Tricks auf Lager? Nein, das schaffen wir nicht allein. Wir müssen die anderen Götter verständigen und ...«

»Dafür haben wir keine Zeit!« Ich sprang auf und das LTT fiel zu Boden. Anansi torkelte kreuz und quer über das Display, begleitet von wütenden Schreien. »Wir müssen los, und zwar sofort! Ich muss auf der Stelle nach Alke. Nana ist womöglich verletzt! Ich kann doch nicht hier rumsitzen und abwarten, bis ihr irgendwann mal eine Telefonkonferenz zustande kriegt! Hilf mir, meine Großmutter zurückzuholen. Bitte!«

Anansi seufzte. »Tristan ... du hast gesagt, dass er alles über dich wusste. Deine Geschichte, deine Stärken. Wer deine Großmutter ist und warum sie so wichtig ist für dich. Hast du dir jemals überlegt, dass das vielleicht genau das ist, was er will?«

»Das ist mir egal. Ich muss einfach. Kapierst du das denn nicht? Ich *muss*. Was würdest du an meiner Stelle tun?« Ich konnte das Handy nur noch verschwommen erkennen und schüttelte schnell den Kopf, sodass meine Tränen auf dem staubigen Boden landeten. »Hmm? Würdest du abwarten?«

»Nein. Nein, das würde ich nicht.« Anansi rieb sich das Kinn und dann huschte für einen kurzen Moment ein Ausdruck des Bedauerns, der Reue über sein Gesicht. Doch bevor ich ihn danach fragen konnte, stand er auf. »Also gut, dann gehen wir. Aber wir müssen es schlau anstellen, denn sobald wir dort sind, werden wir Hilfe benötigen. Und es wird dauern. Wenn du diesem Shamble Man möglichst schnell hinterherjagen willst, dann musst mir ein bisschen mehr Freiheit gönnen ... dann musst du mir noch ein paar Türen auf diesem Telefondings hier öffnen.« Er zog eine Augenbraue in die Höhe.

Ich zögerte. Bei der Vorstellung, Anansi mehr Freiheiten bei der Nutzung der Legendentruhe zu geben – also genau das, was er sich am allermeisten wünschte –, fingen etliche Alarmglocken in meinem Kopf an zu schrillen. Aber dann hatte ich wieder Nana vor Augen und wie sie in den Klauen des Shamble Man verschwunden war, während sein brennender, hasserfüllter Blick sich in mein Gehirn bohrte. Ich schluckte alle meine Fragen hinunter, nickte und holte tief Luft. Anschließend rappelte ich mich auf und bürstete mir den Staub von den Kleidern. Ich hatte keine Zeit, mich von meinen Sorgen auffressen zu lassen. Wenn ich Nana sicher zurückhaben wollte, dann musste ich voll konzentriert und auf alles eingestellt sein.

Anansi ließ ein breites, listiges Lächeln sehen und nickte zustimmend. »So ist es richtig. Man kann ruhig mal weinen, das macht überhaupt nichts, aber wenn man damit fertig ist, dann heißt es handeln. Also, ich benötige Folgendes ...«

»Bist du sicher, dass das die einzige Möglichkeit ist?«

Ich ging den staubigen Pfad entlang, der einmal rund um die Farm führte, immer am Rand der Maisfelder entlang, sodass ich mich immer weiter von der Sicherheit und den Annehmlichkeiten des Farmhauses entfernte. Es war dunkel hier draußen – so dunkel, dass alles aussah wie Schatten und verschüttete Tinte. Außerdem wurde die Luft zusehends kälter, während sich über mir die Wolken zu einer wütenden Masse ballten, die uns jeden Augenblick mit Sturzbächen überschütten konnten.

Kein Problem.

Es war ja bereits ein Sturm durch mein Leben gefegt. Was konnten mir da ein paar zusätzliche Regentropfen anhaben?

Zum Glück hatte ich das LTT eingeschaltet. Das Display umgab mich mit einem sanften weißen Schimmer. Ich trug einen alten Trainings-Hoodie, dazu passende Trainings-Shorts und ein ziemlich zerschlissenes Paar schwarz-rote Chuck-Taylor-Sneakers. In den schmalen Rucksack auf meinen Schultern hatte ich Wasser, Snacks und ein altes Taschenmesser gepackt, das ich auf einem der Regalbretter in der Scheune entdeckt hatte. Sogar die Überreste von Nanas zerfetzter Steppdecke hatte ich eingesteckt – vermutlich, um ein Stück von ihr bei mir zu haben. Vor allem aber trug ich die Zauberhandschuhe, die ich von John Henry bekommen hatte, und dazu mein Adinkra-Armband. Ich würde mich ganz bestimmt nicht noch einmal überrumpeln lassen.

»Zum letzten Mal, Junge: entweder so oder gar nicht. Also pass gefälligst auf.« Anansi kniete in menschlicher Gestalt auf dem Display. Er hatte unter einem leeren, runden App-Symbol ein verpixeltes Feuer aufgebaut. Jetzt sah ich zu, wie er eine Spule mit einem Seidenfaden aus seiner Hosentasche holte, sich neben das Feuer setzte und anfing zu weben. Hinter ihm bildete sich ein silberner Faden, wurde länger und länger und rollte sich zu miteinander verbundenen Umrissen zusammen, die sich allmählich in einer Ecke des Telefons stapelten.

»Jetzt sitz doch nicht bloß rum, du Geschichtenerzähler.« Anansi blickte nicht einmal auf. »Du bist der Anansesem und ich bin bloß ein Gott, der in einem Telefon eingesperrt ist. Jahrhundertealte Erkenntnisse und Fähigkeiten, gefangen in einem winzigen, rechteckigen Gefängnis, bloß weil irgendso ein alter Himmelsgott keinen Spaß verträgt.« Er räusperte sich. »Aber was soll's. Ich bin nicht verbittert.«

»Mm-hmm«, sagte ich.

»Tu deine Pflicht, Junge. Ohne dich funktioniert das nicht.«

»Welche Pflicht denn?« Ich war verwirrt.

»Der Gott – Entschuldigung, die Göttin –, die wir herbeirufen wollen. Was denn, hast du geglaubt, ich könnte einfach so noch ein Loch zwischen den Welten öffnen? Das ist doch *deine* Spezialität, wenn ich mich recht entsinne. Dieses Mal regeln wir die Dinge im Anansi-Style.«

»Wir lassen es von jemand anderem erledigen?«, murmelte ich mit unterdrückter Stimme.

»Nein!«, fauchte der Spinnengott mich an. Dann überlegte er. »Na ja, ehrlich gesagt, doch. Genauer gesagt: von dir.«

Ich verdrehte die Augen. In fast jeder Anansi-Sage versucht der Trickser, den anderen die eigentliche Arbeit zuzuschanzen, bevor er sie um die Früchte ihrer Bemühungen betrügt. Manchmal geht es tatsächlich um Früchte, manchmal auch um Ruhm und Anerkennung. Falls es also eine Möglichkeit gab, wie Anansi mit möglichst wenig

Aufwand möglichst viel erreichen konnte, dann würde er sie auf jeden Fall finden.

»Ich gehe davon aus«, fuhr Anansi fort, »dass du die Geschichte von Keelboat Annie kennst, ja? Der stärksten Frau auf dem Fluss? Los, erzähl ihre Geschichte, damit ich die Kraft deiner Worte einsammeln kann.«

Es passte mir ganz und gar nicht, dass Anansi meine Kraft »einsammeln« wollte, aber ich hatte keine andere Wahl. »Also gut. Das kann ich wohl riskieren, schätze ich.« Ich ging ein paar Schritte und versuchte, meine Gedanken zu sammeln. »Alles klar.«

»Ich bin bereit.«

Ich zermarterte mir das Gehirn und fuhr mir mit der Zungenspitze über die Lippen. *Komm schon, Tristan.* Natürlich hatte ich schon von Keelboat Annie gehört. Alle hatten schon von ihr gehört. Ich musste es lediglich rauslassen. Aber als ich die Geschichte erzählen wollte, da kam es mir aus irgendeinem Grund so vor, als wollte ich mit einem Gemüsesieb Wasser auffangen. Als könnte ich mich überhaupt nicht konzentrieren. Kaum fühlte ich mich bereit, zuckte mir ein Bild durch den Kopf, wie der Shamble Man sich drohend vor Nana aufgebaut hatte, und dann wurden sämtliche Wörter und Figuren und Bilder, die ich im Kopf hatte, vom Wind in alle Richtungen zerstreut.

Anansi sah mich an und legte die Stirn in Falten. »Du *kannst* die Geschichte doch erzählen, oder etwa nicht?«

Frustriert trat ich gegen einen Stein. »Ja! Es ist bloß ... ich weiß auch nicht. Ich ... ich fühle mich im Moment nicht so gut. Ist wohl ein Überbleibsel vom Shamble Man.«

Anansi musterte mich eindringlich. Zu meiner großen Überraschung kam er nicht mit einem dummen Spruch oder einer Beleidigung um die Ecke. Stattdessen betrachtete er mit gespitzten Lippen das schimmernde Netz, das er gewebt hatte. Er machte eine ruckartige Handbewegung und das Netz wurde wieder zu einem Haufen Seide. Dann begann er von vorn. Sein Körper leuchtete sanft und plötzlich besaß er nicht mehr nur zwei Arme, sondern sechs. Die zusätzlichen Hände bewegten sich so rasend schnell, dass sie nur verschwommen wahrnehmbar waren, und dann rollten sich silberne Fäden über das Display.

»Wörter?« Ich war verwirrt.

Anansi nickte. »Lies die Geschichte, während wir weitergehen. Sobald wir da sind, rufst du den Zauber an, der dieses Symbol hier aktiviert.«

»Du meinst, ich soll das Icon antippen und damit die App öffnen? Geht klar. Aber wo gehen wir denn hin? Woher soll ich wissen, wann wir da sind?«

Anansi räusperte sich und zum ersten Mal zögerte er. »In diesen uralten Wald. Du weißt schon … den Ort, an dem wir bei unserer Rückkehr aus Alke angelangt sind.«

Als mir klar wurde, was er da gerade gesagt hatte, blieb ich ruckartig stehen.

»Alles in bester Ordnung, das versichere ich dir, mein Junge«, fuhr er hastig fort. »Wir fassen den Baum nicht an und auch keine der Dämonenfallen dort. Um genau zu sein, gehen wir auf die gegenüberliegende Seite, beim Bach. Vertrau mir. Wir müssen an einem Ort der Kraft sein, wenn das funktionieren soll. Es ist die einzige Möglichkeit.«

Die einzige Möglichkeit. Ich setzte mich langsam wieder in Bewegung. Der Flaschenbaumwald. Wir gingen wieder in den Flaschenbaumwald. Ich musste mehrmals tief Luft holen, um wieder ruhig zu werden. Es war nur ein Wald … abgesehen davon, dass er auf alle Arten von Geistern – angefangen bei notleidenden Phantomen bis hin zu heimtückischen Dämonen – anziehend wirkte wie ein Terrassenlicht auf Insekten. Außerdem kam es mir manchmal so vor, als würde der Wald leben, als würde er mich beobachten und verurteilen, so wie Nana, wenn ich mich mit Tomatensoße bekleckerte. Und …

»Junge, fang endlich an zu lesen.« Anansis Stimme brach in meine Gedanken ein. »Wir sind gleich da.«

Und tatsächlich, da lugten auch schon die geheimnisvollen Wipfel des Flaschenbaumwaldes über die Spitze des Hügels, den ich gerade hinaufging. Ich schluckte und hielt mir das LTT direkt vors Gesicht, versuchte, mich auf die Worte zu konzentrieren, die der Tricksergott gewoben hatte.

»›Mögen die Geschichten, die ihr hört, auch beim zweiten Mal noch genauso gut klingen.‹« Ich hielt inne und rümpfte ein wenig die Nase, während ich darüber nachdachte. Anansi arbeitete weiter, aber während er die Hände fliegen ließ, hob er den Blick und sah mich an.

»Eine Geschichte muss eine richtige Eröffnung haben, sonst brauchst du sie gar nicht erst zu erzählen. Ohne einen Hauch von Stil hat es keinen Sinn, verstehst du? Ein wenig Pepp. In Alke hast du Geschichten weitererzählt, die du von deiner Großmutter erfahren hattest, oder du hast aus deinen Erinnerungen deine eigenen erschaffen. Aber jetzt und hier musst du die Geschichten von anderen in etwas Magisches verwandeln. Hast du mich verstanden? Das gehört auch zu deinen Aufgaben als Anansesem. Zuzuhören und die Geschichten von anderen zu bewahren, um sie dann später wiederzugeben. Sehr besonders. Sehr notwendig. Also sieh zu, dass du meinen guten Namen nicht beschmutzt.«

Ich nickte und räusperte mich. Die Geschichte laut lesen und sie zu meiner eigenen machen. Das konnte ich schaffen. Vielleicht würde es mir sogar helfen, meine eigene Blockade zu lösen. Ich holte also tief Luft und fing an zu sprechen.

»›Man sagt, dass Old Man River niemanden so sehr geliebt hat wie die wundervollste Seele, die je übers Wasser gefahren ist. Und diese wundervolle Seele hat ihn ebenfalls geliebt. Ich rede natürlich von Keelboat Annie.‹«

Noch während ich das sagte, geschah etwas außerordentlich Merkwürdiges ... die Worte entknoteten sich ganz von selbst, lösten sich in goldene und kupferfarbene Pixel auf, die über das Feuer auf meinem Display schwebten, bevor sie in das leere App-Icon gehoben wurden. Es war, als würden wir eine Geschichte zusammenbauen. Die Geschichte – vereinigt mit Anansis Zauber, einem Anansesem (mir) und der Macht der Legendentruhe in Handygestalt – baute mit jedem Wort, das ich sagte, die geheimnisvolle App weiter auf.

Und es war eine absolute Hammer-Story.

10

EINE FLUSSKREUZFAHRT

»›Auf dem Old Man River sind unzählige Geschichten über Annie unterwegs, eine unglaublicher als die andere. Aber in jeder einzelnen von ihnen steckt ein Körnchen Wahrheit. Wenn ich mit einer bestimmten anfangen müsste, wenn ihr mich zwingen würdet, mich zu entscheiden, dann müsste es die Geschichte sein, mit der alles begann. In der sie Old Man River bezwungen hat.‹«

Meine Beine bewegten sich völlig selbstständig. Irgendwo im Unterbewusstsein war mir durchaus klar, dass ich immer weiterging, aber die Laute der Nacht traten zusehends in den Hintergrund und alles, was ich vor mir sah, waren diese umherwirbelnden silbernen Worte. Ich war unterwegs in den Flaschenbaumwald, das war mir klar, aber die Geschichte hatte mich jetzt voll und ganz in Besitz genommen und wollte weiterverbreitet werden. Und wer war ich, dass ich mich diesem Ruf widersetzen konnte?

»›Es heißt, dass Annie Tag für Tag, von Sonnenaufgang bis Sonnenuntergang, einen Lastkahn über den Old Man River steuerte. Sie war das einzige Besatzungsmitglied und gleichzeitig die rechtmäßige Besitzerin des Kahns. Wenn sie mit der Strömung flussabwärts trieb, nahm sie Passagiere mit, und wenn sie stromaufwärts fuhr und mit nichts als ihrem Stakholz gegen die Strömung ankämpfen musste, hatte sie Fracht an Bord. Aber wie hat sie es geschafft, eine Arbeit, für die man normalerweise vier Personen benötigt, ganz alleine zu bewältigen, und zwar in derselben Zeit?

Ganz einfach.

Annie war die stärkste Person auf dieser Seite des Old Man River.‹«

Jetzt hörte ich etwas. Seltsame Laute. Laute, die auf einer Farm in Alabama nichts zu suchen hatten. Es war fast wie … ein leises Plätschern, als würde etwas zu Wasser gelassen. Ein Ruder vielleicht oder eine Stange.

»›Eines Tages wollte Annie die größte Ladung, die sie je an Bord genommen hatte, flussaufwärts befördern. Ich spreche hier von Fässern, Kisten, Scheffeln und Bündeln. Und zusätzlich hatte sie noch mehrere Familien an Bord, die vor den Unruhen unten in New Orleans geflüchtet waren. Das alles bedeutete, dass sie nur sehr langsam vorwärts kamen, aber wie heißt es so schön: Jeder Fortschritt ist ein Schritt in die richtige Richtung. Allerdings nur bis zu dem Moment, als das Stakholz mitten entzweibrach. Oh, wie die Kinder weinten. Der Lastkahn rumpelte und schaukelte ein ganzes Stück flussabwärts, bevor Annie ihn wieder stabilisieren konnte.

Und jetzt hatte sie ein Problem. Wenn sie die Fracht nicht ans Ziel brachte, dann würde sie gutes Geld verlieren, und wenn diese Familien ihr Ziel nicht erreichten, würde sie ihren guten Schlaf verlieren. Damit blieb ihr nur noch eine Möglichkeit.

Annie nahm ein Tau, knotete es am Bug des Lastkahns fest, sprang in den Fluss und watete ans Ufer. Dort wickelte sie sich das Tau mehrfach um die Handgelenke, starrte Old Man River (der angesichts dieser Wendung mit Sicherheit leise kicherte) wütend an und begann, den Kahn flussaufwärts zu *ziehen*.‹«

Die Geräusche um mich herum wurden immer lauter, je länger ich las. Ich hörte Jubelschreie und konnte Vibrationen spüren, als der Lastkahn gegen Baumstämme prallte und über Sandbänke rutschte. Aber meine Augen blieben immer auf die Wörter der Geschichte gerichtet. Die App, die Anansi gerade baute, war zu drei Vierteln fertig. Ich musste einfach nur weitermachen.

»›Annie zog den Kahn durch Schlamm und über Felsen. Das Wasser stieg höher, aber sie zog unverdrossen weiter. Old Man River zerrte sie hierhin und dorthin, peitschte auf sie ein und versuchte, ihr das Tau zu entreißen, aber sie ließ sich nicht beirren. Sie blutete und hatte Schmerzen am ganzen Körper. Sie zog und zerrte. Annie wuchtete dieses lang gestreckte Stück Holz den Fluss hinauf, bis ihr die Füße brannten und der Rücken vor Schmerzen kreischte. Nur sie. Ohne jede Hilfe. Die anderen hatten alle viel zu viel Angst vor den Gefahren des Wassers, vor den Schlangen und der Strömung. Aber nicht Annie. Sie wickelte sich das Tau um das Handgelenk und setzte einen Fuß vor den anderen, kam Zentimeter um Zentimeter vorwärts.

Wie gesagt: Jeder Fortschritt ist ein Schritt in die richtige Richtung.

Schließlich hatte sie es bis in die Stadt geschafft, und zwar ohne einen einzigen Passagier oder ein Stück ihrer Fracht zu verlieren. Nicht eines. Das war die Geburt der Legende von Keelboat Annie.‹«

Verwirrt hielt ich inne. Die Worte, die Anansi gewoben hatte, hatten sich in Luft aufgelöst, und auch das verpixelte Feuer war erloschen. Das App-Icon war nicht mehr länger leer. Stattdessen schimmerte dort ein tiefblaues Boot in einem silbernen Kreis und darüber schwebte der Titel FLUSSKREUZFAHRT.

»Nun?« Anansi lehnte an der Seitenwand des Handys. »Hast du irgendwann vor, da draufzudrücken? Wir sind da.«

»Echt?« Ich blickte mich um und meine Augen wurden groß. Das war mir noch gar nicht aufgefallen. Der Wind fegte durch eine düstere Öffnung in einem kleinen Wäldchen und streifte mich unter leisem Kichern. Eine Gruppe dicht beisammen stehender alter Bäume neigte sich in meine Richtung, als würden sie sich freuen, mich zu sehen. Das war der Flaschenbaumwald, allerdings eine Stelle, an die ich mich nicht erinnern konnte. Ich stand inmitten von Grashalmen, die mir bis an die Knie reichten. Als ich mich umdrehte, sah ich, dass sich das Feld bis zum Horizont, über Hügel hinweg und in Täler hinein erstreckte.

»Wo ...?«, fing ich an, aber Anansi fiel mir ins Wort.

»Keine Zeit. Wenn wir gehen wollen, dann müssen wir das jetzt tun. Aktiviere das Symbol und dann betritt den Wald.«

»Aber ...«

»Tristan, das Icon bleibt nicht mehr lange bestehen.«

Anansi hatte recht. Noch während ich es betrachtete, verblasste das leuchtende Boot allmählich und die App büßte ihren Glanz ein. Bald schon würde es wieder nur ein graues Feld sein. Falls er die Wahrheit sagte – und bei dem Tricksergott war das jedes Mal ein riiiiesiges *Falls* –, dann schwanden meine Chancen auf eine Rückkehr nach Alke mit jeder Sekunde.

»Also gut«, stieß ich zwischen zusammengebissenen Zähnen hervor. »Ich kann bloß hoffen, dass ich nicht schon wieder in eine Flammengrube trete. Allmählich geht mir die Unterwäsche aus.«

»Was?«

»Nichts«, entgegnete ich. Dann tippte ich das Icon an und betrat den Flaschenbaumwald. Bis auf meinen eigenen panischen Atem war nichts zu hören. Keine Vögel. Keine Grillen. Alles wurde von einer Stille zugedeckt, die mich unglaublich nervös machte.

Platsch.

Zumindest, bis ich in einen seichten Bach trat.

»Das kann doch nicht wahr sein«, stöhnte ich. »Muss eigentlich jedes Abenteuer mit nassen Füßen anfangen?«

Ich hätte mich noch länger beschweren können (ich bin ein sehr begabter Beschwerer, das könnt ihr mir gerne glauben), aber in diesem Augenblick hallte ein tiefes Brummen durch den Wald. Es hörte sich an wie eine Autobahn in der Ferienzeit. Die Bäume zitterten und der Untergrund bebte. In der Ferne, zwischen den Zweigen und Blättern und Stämmen, funkelte und glitzerte etwas wie Sterne in einer wolkenlosen Nacht.

Das Brummen wurde lauter und ich trat einen Schritt zurück.

»An deiner Stelle wäre ich vorsichtig«, sagte Anansi.

Als ich mich umsah, hielt ich den Atem an. »Wo ist denn die Farm geblieben?«

Die Bäume schlossen mich ein und ich konnte weder das Feld noch den Weg mehr sehen. Nur Dunkelheit.

Nein, warte. Da war auch etwas Neues.

Weiße Nebelschwaden krochen aus dem Wald hervor, bedeckten den Boden und legten sich über die Wurzeln der Bäume. Zunächst umschloss der Nebel meine Füße, dann kletterte er zu meinen Knien und bald schon war ich bis zur Hüfte davon umhüllt und konnte, aus Angst zu stolpern, keinen Schritt mehr weiter.

Aber es stellte sich schnell heraus, dass das gar nicht nötig war. Das erledigte nämlich der Wald für mich.

Immer mehr Nebel quoll aus dem Erdboden hervor und umgab uns, während die Bäume auseinanderwichen. Es kam mir vor, als würde der Flaschenbaumwald für irgendjemanden – oder irgendetwas – den Weg freimachen, der oder das auf der Suche nach uns war.

»Ernsthaft?«, murmelte ich vor mich hin. »Kommt mir vor, als würde das das mieseste Abenteuer werden, das ich je erlebt habe. Und bis jetzt waren es ja nur zwei!«

Das Brummen wurde lauter, dazu ertönten leises Singen und ein mir *sehr* vertrauter Trommelschlag.

»Ähm, Tristan ...« Anansis Stimme klang sehr besorgt.

»Lass mich bloß in Ruhe«, erwiderte ich und starrte ihn wütend an. »Was hat diese App gemacht? Wo sind wir jetzt?«

Der Spinnengott kratzte sich am Kopf. »Tja, also ... so genau weiß ich das auch nicht.«

»Du ... du weißt es nicht?«

»Nein. Aber, Tristan, ich glaube, du musst ...«

»Und ich glaube, ich verpasse dir gleich eine Kautschukklatsche!«

»Dreh dich *um*. SOFORT!«

Eine Wasserwoge schwappte uns entgegen, brach zwischen den Bäumen hindurch, durchtrennte die Nebelschwaden, spülte die Erde weg und riss Schösslinge aus dem Boden. Es war eine breite Woge. Seeeehhhhr breit. Ich konnte nirgendwo hin. Die Bäume blockierten sämtliche Fluchtwege.

Das war der Moment, in dem ich anfing zu schreien.

Nur noch einen Sekundenbruchteil, dann würde die Wasserwand uns gegen die Bäume schleudern, kurz bevor sie uns ersäufte. Ich war bereits dabei, meinen Chucks ein tränenreiches Lebewohl zu wünschen, da sanken die heranrauschenden Wassermassen in sich zusammen und versickerten im Boden. Es war, als hätte jemand den Stöpsel aus einer Badewanne gezogen. Schließlich war das Wasser so weit abgeflossen, dass es mir gerade noch bis zu den Knöcheln reichte. Zurück blieb ein durchnässter Junge mit einem nassen Handy, der verwirrt im Nebel stand.

»Wenn das mal nicht dem Fass den Boden ausschlägt«, dröhnte eine mächtige Stimme durch die Nacht.

Der Mund stand mir sperrangelweit offen, als sich ein hölzerner Kahn, lang wie ein Omnibus und zweimal so breit, aus dem Nebeldampf schob. Auf dem Kahn stand eine Frau so groß und breit wie John Henry und mit einer Haut, deren Farbe ich nur als mitternachtsbraun beschreiben kann. Sie hatte einen Fuß auf den Bug gestützt, die Hände in die Hüften gestemmt und ein riesiges Lächeln im Gesicht. Hinter ihr war noch eine Person zu erkennen, aber ich konnte sie nicht genau sehen, weil die Frau die Arme weit ausgebreitet hatte. Sie trug eine weite hochgekrempelte Hose, die den Blick auf ihre nackten Füße und ihre Knöchel freigab. Der oberste Knopf ihres blauen Hemdes war offen und die aufgerollten Ärmel ließen zwei mächtige Unterarme erkennen. Um den Hals hatte sie einen Schal geschlungen.

»Na, wenn das mal nicht der alte Geisterschreck persönlich ist.« Die Frau sprang vom Boot herab, sodass der Erdboden zitterte. »Wie geht's? Ich bin Annie. Gehe ich recht in der Annahme, dass du gerne mitfahren möchtest?«

Ich stand nur mit weit offen stehendem Mund da.

Wegen Annie, ja. Aber auch ... war das ...? Nein. Das war unmöglich.

»Mach dir nichts draus«, ließ sich jetzt eine vertraute Stimme vernehmen. Das zweite Besatzungsmitglied hüpfte vom Kahn und spritzte mich dabei nass, aber das war mir egal. Ich konnte nicht anders ... ein großes, dämliches Grinsen breitete sich auf meinem Gesicht aus, als ein kleines, braunhäutiges Mädchen mit goldenen Armreifen an beiden Handgelenken und einem Stab mit goldener Spitze auf dem Rücken die Arme vor der Brust verschränkte und mich mit gespielter Empörung anstarrte.

»Das hat er mit mir auch gemacht, als wir uns das erste Mal über den Weg gelaufen sind«, sagte Ayanna.

11

KEELBOAT ANNIE

Keelboat Annie war riesig und sie war stolz darauf. Ihre Haare bildeten eine gewaltige, dichte Lockenmasse, die sie irgendwie zu einem Knoten zusammengebunden hatte, der in alle Richtungen explodierte und bei jedem Kopfschütteln hörbar durch die Luft *zischte*. Auch ihre Bewegungen waren riesig. Jede Geste weit ausladend, jeder Gesichtsausdruck authentisch, und wenn sie einen Schritt nach vorne machte, dann tat sie das sehr bewusst.

Aber das Riesigste an ihr war womöglich ihre Stimme.

Ihr Lachen dröhnte durch den ganzen Wald. Falls ihre Stimme einen Lautstärkeregler hatte, dann hing er auf maximaler Stufe fest. Sie bohrte sich in deine Knochen und schüttelte sie, wie wenn du bei einem Straßenfest direkt neben den Lautsprechern stehst oder wenn dein Cousin mit zwei fetten Bassboxen auf der Ladefläche seines Pickups ganz langsam durch das Viertel kurvt. Annies Stimme war die reinste, laute Freude.

Und doch ... irgendetwas machte sie unruhig. Das sah ich an der

Art und Weise, wie sie ununterbrochen den Wald beobachtete. Daran, wie ihre Blicke bei den Schatten verharrten. Als ich sie fragen wollte, was los sei, registrierte sie den Lichtschimmer vom Display meines LTT und pfiff durch die Zähne.

»Also dahin hat der alte Weberdödel sich verzogen«, sagte sie. »Wir haben schon das eine oder andere Gerücht gehört, aber das jetzt aus der Nähe zu sehen, also, das macht den Braten erst so richtig knusprig, findest du nicht? Geschieht ihm recht. Geschieht dir recht!« Den letzten Satz schrie sie in Anansis Richtung, der damit beschäftigt war, in einer Ecke des Telefons einen Berg aus Seide anzuhäufen und sich darin zu verkriechen. Ich konnte es ihm nicht verdenken. Ich hätte auch keine Lust, mich bei Keelboat Annie unbeliebt zu machen. Sie war ja schon furchterregend, wenn sie einen mochte. Jetzt streckte sie die Hand aus und ich gab ihr, kleinlaut wie ich war, das LTT. Dann begann die riesenhafte Frau, Anansi mit eindeutigen Worten die Meinung zu geigen, und zwar mehrfach.

Ayanna stieß mich mit dem Ellbogen in die Rippen und lenkte mich von der dröhnenden Strafpredigt ab. »Redest du jetzt gar nicht mehr mit mir? Bist du vielleicht zu bedeutend geworden? Pfff. Du trägst die Nase ja noch höher als früher.« Aber während sie das sagte, grinste sie mich freundlich an.

Ich grinste ebenfalls. »Bist du immer noch sauer, dass du das große Finale verpasst hast?« Als die Maafa, ein uraltes, lebendiges Sklavenschiff, den Goldenen Halbmond angegriffen hatte, da war die beste Floßpilotin des MittLandes bewusstlos gewesen. Wir hatten sie den Mmoatia anvertraut, den afrikanischen Elfen des Waldes, und die hatten sie gepflegt. Ich freute mich wirklich sehr darüber, dass sie wieder ganz gesund geworden war.

Sie legte den Kopf schief. »Hast du immer noch Höhenangst?«

Mein Grinsen erstarb. »Das war ein Tiefschlag.«

»Aber wenn ich höher geschlagen hätte, hättest du Angst gekriegt.« Ich machte eine obszöne Handbewegung in ihre Richtung und sie zog eine Grimasse. Aber nach einer Sekunde platzten wir beide laut los vor Lachen. Es tat so gut, sie wiederzusehen. Es fühlte sich an wie in alten Zeiten, aber als ich kurz darüber nachdachte, erlosch meine Fröhlichkeit. Es fühlte sich *zu sehr* nach den alten Zeiten an. Ich seufzte.

»Du kannst einfach nicht genug kriegen von uns, hmm?«, sagte Ayanna.

»Ich, äh, hab noch was zu erledigen.« Ich war mir nicht sicher, wie viel ich vor Keelboat Annie sagen konnte, zumindest, solange ich mich nicht mit Anansi besprochen hatte, und der holte sich ja gerade die Standpauke seines Lebens ab. Vielleicht sogar zweier Leben.

Ayanna zog eine Augenbraue in die Höhe und mir war klar, dass sie gleich noch mehr Fragen stellen würde, darum kam ich ihr zuvor.

»Wie geht es denn den anderen?«

»Gut, schätze ich«, erwiderte sie. »Es ist ... na ja, es ist alles in Ordnung.«

Auch sie war anscheinend nicht in der Stimmung für ausführliche Antworten. »Was machst du denn hier bei Keelboat Annie?«, wollte ich wissen.

Ayanna grinste. »Fortbildung. Ein paar von uns haben die Erlaubnis bekommen, sich mit einer Gottheit zusammenzutun, um den Wiederaufbau von Alke zu begutachten und Erfahrungen zu sammeln. Das war Thandiwes Idee. Sie ist zusammen mit High John losgezogen, um noch mehr Künstler und Bauarbeiter aus den Sandgefilden anzuwerben.«

Wie gut, dass die Prinzessin des Isihlangu und High John, der Eroberer, nicht irgendwo mit dem Kampf gegen eine gefährliche Bedrohung beschäftigt waren. Jetzt konnte ich nichts gebrauchen, was mich von meinem Vorhaben ablenkte, Nana wieder wohlbehalten nach Hause zu bringen.

»Wo ist dein Floß?«, lautete meine nächste Frage.

Als ich zum ersten Mal ins Brennende Meer gestürzt war, hatte Ayannas Zauberfloß mir das Leben gerettet. Es konnte auf die Größe eines Skateboards zusammenschrumpfen, sodass sie es einfach über ihre Schulter werfen konnte. Und ich glaube nicht, dass wir ohne dieses Floß Alke gerettet hätten – auch wenn sie eine unglaublich waghalsige Pilotin war.

Sie zuckte mit den Schultern. »Auf dem Kahn hätte es mir ja nicht viel genützt, darum habe ich es Gum Baby geliehen.«

Ich verschluckte mich. »Was?«

Gum Baby, die Geißel der Eisenmonster und aller sauberen Kleidungsstücke. Das fünfundzwanzig Zentimeter kleine Großmaul war eine weitere ganz entscheidende Person – Puppe? – im Kampf gegen die Maafa, König Cotton und die Eisenmonster, die das Land terrorisiert hatten, gewesen. Sie war vermutlich ganz okay. In kleinen Dosen.

Sehr kleinen Dosen.

»Was macht der klebrige Plagegeist gerade?«, erkundigte ich mich.

»Ist beim Wiederaufbau behilflich. Es ist schon erstaunlich ... eine ihrer Kautschukklatschen hat die Klebekraft von fünfzig Nägeln.«

Ich rieb mir den Hinterkopf und verzog dabei das Gesicht. Ziemlich oft war ich nämlich das Ziel dieser Kautschukklatschen gewesen. Nach einigen Augenblicken räusperte ich mich. »Wer ist eigentlich gerade bei John Henry?«, fragte ich so beiläufig wie möglich.

Ayanna warf Annie einen schnellen Blick zu und zog mich anschließend am Ellbogen – eine stumme Aufforderung, sie bei einer kleinen Runde um den Kahn zu begleiten. Es dauerte einen Moment, bis sie anfing zu sprechen, und ich nutzte die Zeit, um Annies Lastkahn ein wenig genauer zu betrachten. Er war groß und hatte einen flachen Kiel, gebaut aus massiven, auf Hochglanz polierten Planken. Ich berührte den Rumpf mit den Fingerspitzen und sofort vibrierten meine Finger, als hätte ich einen kleinen Elektroschock bekommen.

»Zurzeit niemand.« Ayanna blickte sich nach rechts und links um, dann biss sie sich auf die Lippe. »Er hat sich in Nyamés Palast verkrochen. Aber eigentlich darf ich gar nicht darüber reden.«

»Wegen dem Shamble Man?«

Sie blieb ruckartig stehen und packte mich an der Schulter. »Was hast du da gerade gesagt?«

»Der Shamble Man.« Ich drehte mich mit gerunzelter Stirn zu ihr um. »Und wie er John Henry verletz-ggmmmhhh!«

Ayanna schlug mir die Hand vor den Mund und drückte mich neben dem Kahn zu Boden. Dafür, dass sie mir lediglich bis zur Schulter reichte, fiel ihr das erstaunlich leicht. Ich sah den Zorn in ihren Augen blitzen und musste schlucken. Im Vergleich zu ihr war Reggie das reinste Weichei gewesen.

»Wieso weißt du darüber Bescheid? Hmm? Eigentlich darf niemand darüber reden!«

»Mmghg ffmmmg ghmmm«, erwiderte ich.

Ayanna nahm ihre Hand weg. »Was?«

»Ich habe gesagt, dass der Shamble Man hier war. Und er hat …« Aber ich konnte es nicht aussprechen.

Ayanna lockerte ihren Klammergriff an meinem Arm. »Er hat was?«

Ich holte einmal tief Luft und sagte dann: »Meine Großmutter entführt. Und er hat gesagt, dass ich wissen soll, wie sich das anfühlt.«

»Ihr beiden kennt euch?«

»NEIN! Ich glaube wenigstens nicht …«

Hastig berichtete ich ihr von der Konfrontation auf der Farm meiner Großeltern und mit jeder Sekunde wurde Ayannas Miene besorgter. Als ich fertig war, nahm sie den Stab von ihrem Rücken, umklammerte den Griff und richtete den Blick auf das goldene Gesicht, das an seinem Ende eingraviert war. Irgendwann blickte sie mich schließlich wieder an.

»Das ist schlimm. Richtig schlimm. Zuerst der Überfall auf John Henry … Nyamé und die Fliegenden Frauen versuchen, das geheim zu halten, damit keine Panik entsteht. Dann das Flussvolk. Und jetzt das. Wir kommen überhaupt nicht zum Durchatmen. Das muss ich Annie erzählen.«

»Das Flussvolk?«, hakte ich nach, aber Ayanna war bereits losgestapft und ich folgte ihr an der Außenwand des Kahns entlang. Was war denn jetzt schon wieder los? Annie stand immer noch in der Mitte der Lichtung. Die mächtigen Flaschenbäume neigten sich kaum sichtbar von ihr weg, als wollten sie auf gar keinen Fall riskieren, ihren Zorn zu entfachen. Das LTT lag in ihrer riesigen Pranke und Anansi versteckte sich hinter der Kontakte-App.

»So mit dem Leben von Menschen zu spielen«, knurrte Annie gerade, als wir näher kamen. Dann blieb ihr Blick an uns hängen. »Und, was ist euch beiden über die Leber gelaufen? Hat euch eine Flussschlange in den Hintern gebissen?«

»Nein, aber Miss Annie ...«, fing ich an.

»Bloß Annie«, fiel sie mir ins Wort. Dann zwinkerte sie mir zu. »Miss klingt viel zu niedlich.«

»Oh, äh ...«

Ayanna rollte mit den Augen. »Wir haben ein Problem.« Sie berichtete Annie von dem Überfall des Shamble Man auf John Henry und meine Großeltern.

Keelboat Annie spitzte die Lippen und legte die Stirn in Falten. »Da hast du recht. Das ist ein Problem. Tja, irgendwann müssen wir jedenfalls zu ihnen ...«

»Irgendwann?«, platzte ich heraus. »Ich muss meine Großmutter rett... Aua!«

Ayanna rammte mir ihren Stab auf den Fuß, sodass ich augenblicklich verstummte. »Lass die Göttin ausreden!«, fauchte sie mich an.

Der Blick, mit dem Annie mich anfunkelte, war sogar noch schmerzhafter. »Wie gesagt, zunächst müssen wir zu Ende bringen, was wir angefangen haben, bevor uns Mr Sechsbein hier mit seinen Zaubertricks in die Quere gekommen ist. Wir haben noch ein paar Passagiere abzusetzen. Los geht's, kommt an Bord und macht es euch bequem. Old Man River wartet bestimmt nicht ewig und ich will hier in dieser Gegend ganz bestimmt keine Wurzeln schlagen. Oh, nein. Ich spüre schon, wie die Geister an meinen Knochen zerren.«

Mithilfe der Leiter an der Seitenwand kletterten wir an Bord. Annie richtete sich auf und rollte ihre Hemdärmel nach oben. Ihre Unterarme waren so dick wie die Baumstämme im Flaschenbaumwald, der uns umgab. »Festhalten, alle zusammen, wir legen ab.«

Ich kam mir vor, als wäre ich in irgendeinen seltsamen Schulausflug geraten. Ehrlich gesagt, als ich die Bänke sah, die sich von unterhalb der Zeltplane bis zum Ende des Kahns (dem Heck, wie Ayanna mich sofort verbesserte) erstreckten, da hatte ich sofort eine Kindergruppe vor Augen, die in eine Schule am Flussufer gebracht werden sollte. Ich weiß gar nicht genau, was ich mir unter einem Lastkahn vorgestellt habe, aber jedenfalls hatte dieses Gefährt keine Ruder und kein Segel. Stattdessen wurde es mit einer langen Stange, einem sogenannten Stakholz, vorwärts geschoben.

Bei ihrem Kontrollgang über den Kahn stapfte die riesige Göttin an uns vorbei und unterzog alles einer genauen Prüfung, einmal, zweimal, dreimal. Sie spähte auch über die Seiten und redete leise mit sich selbst. »Manchmal sitzt etwas tief unten im Wasser und führt zu Unruhe an der Oberfläche.« Ja, sie wirkte eindeutig besorgt. Was auch nicht dazu führte, dass ich mich besser fühlte. Ich meine, wenn ihr in einen Schulbus einsteigen würdet und der Fahrer würde anfangen, das Lenkrad mit misstrauischen Blicken und leisen Drohungen zu bombardieren, dann wärt ihr auch in Alarmbereitschaft. Aber zu Schulbussen hatte ich ja sowieso ein problematisches Verhältnis.

In der Zwischenzeit wickelte Ayanna Seile zusammen und sorgte dafür, dass die Vorräte gut vertäut waren. Als sie ein Stückchen näher kam, gab ich ihr ein Zeichen.

»Warum ist sie eigentlich so nervös?«, flüsterte ich ihr zu und deutete mit dem Kopf auf Annie.

Ayannas Blick huschte kurz zu ihr, dann wurde sie blass und schluckte. »Bestimmt ist es gar nichts.« Sie verlieh ihrer Stimme einen fröhlichen, unbefangenen Klang. »Aber die letzten Fahrten waren ein bisschen ... anstrengend.«

»Was meinst du mit ›anstrengend‹?«

»Mach dir keine Sorgen! Sie hat das Problem bestimmt inzwischen im Griff.«

»Problem?« Ich finde es total bescheuert, wenn meine Stimme so quiekt, aber Überraschungen finde ich auch bescheuert. Ganz besonders die, wo ich am Schluss um mein Leben laufen – oder in diesem Fall: schwimmen – muss. Als ich das letzte Mal in alkeischen Wassern gebadet hatte, da hatten riesige, aus Knochen bestehende Schiffe versucht, mich zu verschlingen und aus mir einen Passagier auf Lebenszeit zu machen.

Ayanna ging nicht weiter darauf ein, darum wechselte ich das Thema.

»Und was läuft eigentlich zwischen ihr und John Henry?«, wollte ich mit gedämpfter Stimme wissen. »Es hört sich so an, als würde sie nicht viel von ihm halten.«

Ayanna verzog das Gesicht. »Ja, genau. Wir haben noch nicht wirklich darüber gesprochen, aber wenn ich es richtig verstanden habe, ist Annie der Meinung, dass er und die anderen Gottheiten zu wenig unternommen haben, um die MittLändler vor den Eisenmonstern zu retten.«

»Was?!« Ich war total empört. »Er hat sie doch im Goldenen Halbmond eigenhändig aus dem Wasser gezogen!«

»Ja, am Schluss dann. Aber davor haben die Götter des MittLandes alle ermutigt, sich im Gesträuch zu verstecken, während Annie und ein paar andere Gottheiten die Flüsse bereist haben, um Leute zu retten. So wie jetzt auch.« Als Ayanna meinen Gesichtsausdruck sah, fügte sie hinzu: »Ich will damit nicht sagen, dass ich mit ihr einer Meinung bin, aber …«

Bevor sie weitersprechen konnte, rief Keelboat Annie: »Seht zu, dass eure Schmutzfüße festen Halt haben!« Sie griff sich etwas vom hinteren Ende des Bootes und ich hielt den Atem an.

»Heiliger Strohsack«, stieß ich hervor. »Das ist ja ein Baumstamm!« Ayanna kicherte. Der Baumstamm war Annies Stakholz, auch wenn es aussah wie ein ausgerissener Baum. Ich hätte es nicht einmal mit beiden Händen umfassen können, aber Annies Finger glitten mühelos in die dafür vorgesehenen Kerben am oberen Ende. In der Mitte war eine Art Naht zu sehen, als ob die Stange einmal in der Mitte gespalten und wieder zusammengeleimt worden war.

»Dieses Stakholz begleitet mich, seit ich das Boot habe«, sagte Annie stolz. »Und es hat mir auch den einen oder anderen Halunken vom Hals gehalten, wenn es mal etwas rauer zugegangen ist. Ein Schlag mit dieser Stange und du überlegst dir zweimal, ob du dich mit Annie anlegen willst.« Sie verzog ein wenig das Gesicht. »Und jetzt ist sie das einzige Ding, das keine seltsamen Marotten zeigt! Aber das ist okay. Parkt euren Hintern irgendwo, weil ich jetzt nämlich Old Man River hier hoch hole.«

Ich klammerte mich an die Sitzkanten, während Annie das Stakholz hoch empor reckte, es anschließend in die Erde rammte und schob. Die Unterseite des Kahns scharrte über den Waldboden und wir schlingerten auf den Nebelteppich zu, der sich allmählich wieder gebildet hatte. Jedes Mal, wenn ein Fels oder eine Wurzel an den Holzplanken entlangstreifte, zuckte ich zusammen, aber es dauerte nicht lang, bis die Geräusche anders klangen. Fast wie …

»Wasser?« murmelte ich leise zu mir selbst. Ich beugte mich über den Rand. Tatsächlich, jetzt verursachte das Stakholz keinen dumpfen Aufprall mehr, sondern ein Platschen. Wir schwebten.

Als Annie meine staunende Miene bemerkte, lächelte sie und tätschelte zärtlich die Reling. »Old Man River und ich haben eine Vereinbarung. Er befördert diese alte Schüssel überallhin, wo ich hin will. Solange ein Fluss oder ein Bach in der Nähe ist, kann Keelboat Annie dich an jeden Ort in Alke bringen.« Während Old Man River immer weiter anschwoll, das Boot höher hob und uns durch den Nebelwald schob, erzählte Annie von ihrem Leben auf dem Fluss.

»In den Zeiten der Eisenmonster haben Kähne wie dieser hier alle möglichen Dinge durch das MittLand befördert.« Mit zusammengekniffenen Augen betrachtete sie eine Kerbe in ihrem Stakholz, beschloss, dass es immer noch seetauglich (flusstauglich?) war, und klopfte sich die Hände ab. Sie war so viel größer als ich. Jetzt streckte sie sich und zeigte auf die Sitzreihen. »Und Leute. Menschen, Kreaturen, sogar den einen oder anderen Geist. Manche konnten nicht sitzen, die haben dann während der ganzen Fahrt gestanden. Kannst du dir das vorstellen? Gestanden. Manche hatten ein Baby im Arm, manchen einen Sack mit ihrer ganzen Habe, aber alle trugen sie ihren Traum von einem Neubeginn im Herzen. So stelle ich es mir jedenfalls vor.« Annie winkte mich zu sich und ich folgte ihr, während sie ihre Inspektion fortsetzte.

Das LTT steckte in meiner Tasche und mir fiel ein Satz ein, den Anansi vorhin gesagt hatte. »Annie«, sprach ich sie an, »haben die Leute eigentlich auch Geschichten dabeigehabt? Wenn sie irgendwo anders hin umgezogen sind, meine ich.«

»Na, aber natürlich! Man bringt mit, was man gerne bei sich hat. Für die einen ist es die Lieblingspfanne ihrer Tante, für die anderen sind es die Geschichten ihres Vaters. Und Geschichten sind ja sehr leicht zu transportieren. Sie wiegen nichts. Sie kosten nichts. Brauchen bloß ein bisschen Platz hier oben.« Sie tippte sich gegen die Schläfe. »Bei jedem Umzug haben die Leute ein kleines Stück ihres Zuhauses mitgenommen. Und dann kommt noch jemand wie du dazu.«

»Wie ich?«

»Jawohl, Sir. Ein Anansesem. Du sammelst doch Geschichten, nicht wahr? Da geht es doch nicht bloß um Götter und Göttinnen und alles, was dahinter liegt. Ach was, du holst dir auch Geschichten von Familien, von Schwestern und Brüdern und Cousins und packst sie ein.«

»In das Telefon, meinst du?«

»Nein, da rein.« Ein riesiger Finger tippte auf meine Brust, direkt über meinem Herzen. Annie hob die Augenbrauen. »Dieses Legendentruhen-Zauberdingsbums da ist doch bloß ein Werkzeug, das dir helfen soll – *dir* –, deine Aufgabe zu erledigen. Mach dich nicht abhängiger von dem Ding, als es nötig ist. Ganz egal, was der alte Weberdödel behauptet. Hast du mich verstanden?«

Ich nickte. Gleichzeitig gab Ayanna Bescheid, dass der Fluss bereit war. Bevor ich fragen konnte, was das zu bedeuten hatte, stellte Annie sich an das Heck des Lastkahns und ließ mich nachdenklich zurück. Was hatte sie da gerade gesagt? Irgendwie fühlte ich mich an Anansis Worte von vorhin erinnert, als es um diese Diaspora gegangen war. Geschichten auf Reisen mitzunehmen, ihren Samen in neue Erde zu stecken, uns alle miteinander zu verbinden. Darüber musste ich noch länger nachdenken, besonders da ich als Anansesem mit diesem Weitertragen und Einpflanzen eigentlich ziemlich viel zu tun hatte.

Verantwortung, Mann. Die hört einfach nie auf.

Tschunk tschunk

Da rüttelte etwas am Bootsrumpf, direkt neben mir. Ich blickte mich um. Niemand war in der Nähe, alle waren irgendwie beschäftigt.

Annie schob uns vorwärts und das machte mich irgendwie stutzig. Wo waren denn die ganzen Passagiere, die wir angeblich irgendwohin bringen sollten? Ayanna stand am Bug, hielt nach Hindernissen Ausschau und gab Annie Anweisungen, wie sie sie am besten umschiffen konnte. Aber wie die beiden überhaupt etwas sehen konnten, war mir ein Rätsel. Der Nebel hatte uns inzwischen komplett eingehüllt. Milchig-weiße Fetzen umgaben den Kahn, lösten sich auf, wenn wir hindurchfuhren, und bildeten sich hinter uns von Neuem.

Tschunk tschunk

Da war es schon wieder … direkt unter der Reling.

Ich stand auf, um nachzusehen. Die Geräusche nahmen immer mehr zu. Jetzt war es nicht mehr nur das Klopfen, sondern auch ein Kratzen und Scharren und Hämmern, fast so, als … als würde da etwas die Bootswand heraufklettern …

Ich spähte über die Reling und starrte direkt in die leeren Augenhöhlen eines grinsenden Totenschädels.

12

SPRECHENDE TOTENSCHÄDEL

Der Schädel und ich starrten einander an. Immer mehr Klopfen und Rütteln hallte über das Boot und ich kämpfte gegen meine aufsteigende Panik an, als ich sah, dass Dutzende – vielleicht sogar Hunderte! – Schädel sich den Rumpf entlangschoben. Manche waren groß, andere klein, aber alle weiß gebleicht. Und sobald sie mich sahen, fingen sie an zu zittern und zu rütteln, als wollten sie jemanden warnen. Ich erstarrte. Sie waren wie kleine gespenstische Krebse, die uns entgegenschwärmten. Als ich dann endlich meinen Mund aufmachte, um entweder einen Schrei des Entsetzens oder ... Nein, kein Oder. Ich würde einfach nur einen Schrei des Entsetzens ausstoßen. Aber dann war der erste Schädel noch schneller als ich.

»Rette mich«, flüsterte er mir zu.

Der Schrei erstarb auf meinen Lippen. »Äh ...«, sagte ich. Wir starrten einander an.

»Rette mich«, meldete sich ein anderer Schädel zu Wort. Und dann noch einer. Und noch einer. Bald schon redeten die ganzen Totenschädel wild durcheinander. Ihr Flüstern hörte sich an wie eine leise Brise, die durch abgestorbene Blätter weht.

»Rette mich. Rette mich. Rette mich.«

Fast wie die Geister auf der Farm meiner Großeltern. Ihr Flehen wurde immer lauter, je näher sie kamen, während ich immer noch in Schockstarre auf meinem Platz kauerte. Vor meinem geistigen Auge tauchten jetzt andere Kreaturen aus Knochen auf. Sie waren größer und Furcht einflößender und rasten mir entgegen. Die geisterhaften Knochenschiffe, die über das Brennende Meer gefahren waren. Ich kippte rückwärts um und stieß dabei einen unartikulierten Schrei aus.

»Tristan!«

Ayanna fing mich auf, bevor ich auf dem Deck aufprallte, und ich zeigte in tödlichem Schrecken auf den Bootsrumpf. »Sie sind wieder da!«

»Wer?«, wollte sie wissen.

Mit riesigen Schritten, die den Kahn von einer Seite auf die andere schwanken ließen, stapfte Keelboat Annie an uns vorbei. Dabei schwang sie ihr Stakholz wie einen Baseballschläger durch die Luft. Sie spähte über den Bootsrand ... und ließ ein fröhliches Kichern hören. Ayanna huschte neben sie und fing zu meiner allergrößten Verwunderung vor Freude an zu quietschen.

Sie quietschte.

So etwas hatte ich aus Ayannas Mund noch nie gehört. Man hätte denken können, dass sie ein paar Katzenbabys entdeckt hatte, und nicht etwa Legionen von Kreaturen aus einem Horrorfilm. Aber jetzt lachte sie, als hätte sie alte Freunde wiedergetroffen. Und dann – ihr glaubt es nicht – besaß sie tatsächlich die Frechheit, sich zu mir umzudrehen und mich zu sich zu winken, als sei alles in bester Ordnung.

Nee, nee, nee. Auf gar keinen Fall. Das war zumindest mein Plan, bis Anansi aus dem LTT meinen Namen rief. Das Handy war mir aus der Tasche gefallen und schlitterte jetzt über das Deck.

»He, du Held des MittLands. Brennt etwa dein Handgelenk?«

»Was?«, fragte ich zurück. Als ich das Handy aufhob (Kein einziger Kratzer. Ein dreifach kräftiges Hoch auf Nyamés Schutzfolie), schaukelte Anansi sanft in einer Spinnennetz-Hängematte und hatte sich einen Strohhut über die Augen geschoben. Er hob den Arm und tippte mit den Fingern der anderen Hand gegen sein Handgelenk.

Verwirrt warf ich einen Blick auf mein eigenes Handgelenk und spürte, wie die Luft mit einem *Wuuusch* aus meiner Lunge entwich. Jetzt war mir klar, was er meinte. »Oh.« Ich kam mir ein kleines bisschen dämlich vor, weil das Anansi-Adinkra an meinem Armband weder warm geworden war noch leuchtete. Das bedeutete, dass wir gar nicht angegriffen wurden.

»Kommst du?«, rief Ayanna mir zu. »Das wirkt sonst so unhöflich. Noch unhöflicher als üblich, meine ich.«

Mit vorsichtigen Schritten trat ich näher. Da waren keine Knochenschiffe in unsere Richtung unterwegs. Die waren nur in meinem Kopf gewesen. Gespenster aus der Vergangenheit.

In einer meiner Therapiesitzungen mit Mr Richardson haben wir mal darüber gesprochen, wie unsere Ängste und Erinnerungen uns bis in die Zukunft verfolgen können. Wir haben dazu M&Ms gegessen und heißen Kakao getrunken und Mr Richardson hat gesagt: »Gespenster aus der Vergangenheit sind wie Narben. Sie verheilen und manche verblassen im Lauf der Zeit immer mehr, aber sie gehen nie wirklich ganz weg. Sie erinnern uns immer an unser Trauma.«

Da war dieses Wort schon wieder: *Trauma*.

»Tristan, nun komm schon!«

Vorsichtig spähte ich über den Rand. Da waren immer noch jede Menge Totenschädel zu sehen, aber jetzt klebten sie mit der Unterseite am Bootsrumpf wie Napfschnecken. (Ich habe mal was über Napfschnecken gelesen. Habt ihr schon mal eine gesehen? Das sind im Prinzip Schnecken mit einer Muschel als Schneckenhaus. Sehr interessant.)

Keelboat Annie eilte kopfschüttelnd zurück zu ihrem Platz im Heck.

»Haben sie mit dir geredet?«, fragte ich Ayanna.

Sie hob eine Augenbraue und legte eine Hand hinter ihr Ohr, als würde sie aufmerksam lauschen. Doch kurz darauf schüttelte sie den Kopf. »Nein. Nichts.«

Ich starrte sie empört an und nahm dann den Totenschädel in den Blick, den ich zuerst gesehen hatte. Er war auch der größte. Schweigend klebte er an dem hölzernen Rumpf. Ich stupste ihn behutsam mit einem Finger an und zuckte sofort wieder zurück, weil ich mit einer Reaktion rechnete. Doch nichts geschah. Ich runzelte die Stirn und stupste etwas fester. »Komm schon, sag was. Flüster um Hilfe, so wie vorhin!«

Hinter mir ertönte ein Geräusch, das sich verdächtig nach unterdrücktem Kichern anhörte. Ich drehte mich um und sah, dass Ayanna sich alle Mühe gab, ernst zu bleiben. Aber kaum hatten wir uns angesehen, platzte sie laut los vor Lachen. Und im Bootsheck ertönte ebenfalls ein gewaltiges HA-HA-HAAAAA. Keelboat Annies Gewieher ließ den ganzen Kahn erzittern. Sogar Anansi stimmte mit ein. Ich konnte spüren, wie das LTT in meiner Tasche synchron zu seinem Kichern vibrierte.

Schließlich fuchtelte Ayanna mit den Händen und wischte sich die Tränen aus den Augen. »Tut mir leid«, keuchte sie. »Es tut mir wirklich leid. Aber das war so witzig, verstehst du, weil es uns allen passiert ist.«

»Was denn?«, wollte ich wissen.

»Die sprechenden Totenschädel. Das machen sie mit jedem, den sie zum ersten Mal sehen.« Endlich hörte sie auf zu lachen und starrte mich fragend an. »Hast du wirklich noch nie etwas von ihnen gehört? Hätte ich niemals gedacht, ausgerechnet du ...«

Ich biss mir auf die Lippe und schüttelte den Kopf.

Aber jetzt, nachdem Ayanna das erwähnt hatte, fiel mir eine Sage ein, die Nana mir einmal erzählt hatte. Sie handelt von einem Mann, der am Ufer eines Flusses einen sprechenden Totenschädel findet. Aber sobald er seine Freunde herbeigeholt hat, damit sie es auch hören können, bleibt der Schädel stumm und alle machen sich über den Mann lustig. Das war zumindest das, woran ich mich erinnern konnte. Ich wollte es mir nicht eingestehen, aber seit Nanas Entführung fiel es mir schwer, Geschichten zu spüren.

Ayanna zuckte mit den Schultern und streckte den Arm über den Bootsrand. Der Schädel, der am dichtesten bei ihr war, klapperte den Rumpf empor und sie nahm ihn in die Hand. Dann brachte sie ihn zu den Bänken in der Mitte des Kahns und setzte ihn dort ab. Diesen Vorgang wiederholte sie mit einem zweiten Schädel. Kurz darauf fing ich an, ihr zu helfen.

Wir arbeiteten schweigend. Es waren vielleicht dreißig oder vierzig Schädel, die sich an unseren Kahn hängten, während Keelboat Annie uns durch den Nebel stocherte. Gelegentlich glaubte ich, einen flachen Schatten neben uns herfahren zu sehen, gerade so, dass er nicht zu erkennen war. Ein anderes Boot vielleicht, aber zum Glück keine Knochenschiffe. Aus der Ferne schallten Teile eines Liedes über das Wasser. Gesänge vielleicht. Mehrere Stimmen im Takt von Annies Stocherstange.

»Und eins, und zwei, immer weiter wir schweben
Und eins, und zwei, in ein besseres Leben.«

»Hast du *das* gehört?«, flüsterte ich.

Ayanna nickte. »Das hört man immer, wenn Annie ihren Rhythmus gefunden hat. Sie sagt ...«

»Sie *sagt* ...«, ertönte in unserem Rücken Keelboat Annies dröhnende Stimme, »dass ihr mit eurem Getratsche aufhören und unsere Passagiere an Bord holen sollt! Es gibt keinen Grund, diese netten Leute warten zu lassen.«

Ayanna holte fünf weitere Schädel nach oben und setzte sie auf eine Bank und schließlich angelte ich mir den letzten. Es war der, der am Anfang mit mir geredet hatte. Behutsam trug ich ihn auf den letzten freien Platz.

Keelboat Annie nickte. »Also, anscheinend hat da jemand ein, zwei Geschichten über unsere Passagiere nicht mitgekriegt. Hab ich recht?«

Ich nickte und wich Ayannas Blicken aus.

Keelboat Annie machte ihre Stange an der Reling fest, damit sie nicht ins Wasser fallen konnte, und kam zu uns. »Na ja, niemand weiß, wie ein sprechender Totenschädel sich fortbewegt. Sie sind einfach immer da, wo man sie am wenigsten erwartet. Und solltest du auf den närrischen Gedanken kommen, in ihrem Beisein zu reden ... tja, dann bekommst du auch eine Antwort. Allerdings ist sie einzig und allein für dich bestimmt. Du darfst sie nicht rumerzählen. Sobald du jemand anders dazuholst, werden die sprechenden Totenschädel stumm wie ein Stein.«

Rette mich, hatten die Schädel gesagt. Aber wovor sollte ich sie retten? Vor dem Shamble Man? Waren sie auf der Flucht vor ihm, so wie die Geister in der Scheune? Oder waren sie eine Art Sprachrohr für Nana? Ich ballte frustriert die Fäuste. Ich musste dieses Boot auf den richtigen Kurs bringen ... aber auf welchen? Das wusste ich nicht.

Der Kahn bebte und Keelboat Annie legte die Stirn in Falten. »Na, worüber regt Old Man River sich jetzt schon wieder auf?« Wir warteten ab, aber als nichts weiter passierte, kratzte sie sich am Kopf. »Das hat sich nicht gut angefühlt. Na ja, egal, das war jedenfalls die Geschichte der sprechenden Totenschädel. Was immer du gehört haben willst, es war nur für dich bestimmt. Und es liegt an dir, ob du es annehmen willst oder nicht.«

Ayanna hatte mich die ganze Zeit über eindringlich gemustert. »Tristan kennt alle Geschichten. Und wenn er sie erzählt, dann kann er sie zum Leben erwecken! Los, zeig Annie doch mal ...«

»Ist schon gut«, unterbrach ich sie. »Ich ... ich würde gerne Keelboat Annies Geschichten hören. Wie hat das angefangen, dass du die Totenschädel auf deinem Kahn mitgenommen hast?«

Ich versuchte, Ayannas fragenden Blicken auszuweichen. Ich brauchte ihr ja nicht unbedingt auf die Nase zu binden, dass der Shamble Man meine Anansesem-Fähigkeiten aus dem Gleichgewicht gebracht hatte. *Möge dein Herz verdorren. Mögen deine Tränen endlos fallen, so wie meine es einst taten.*

Keelboat Annie räusperte sich mehrfach, dann legte sich ein träumerischer Ausdruck auf ihr Gesicht. »Also, wie gesagt, ich transportiere ja alle möglichen Gestalten den Fluss hinauf und hinunter. Tja, und eines Tages, auf einer dieser Fahrten, passiert es, dass der alte Kahn hier in der Nähe eines Sees in den Graslanden auf Grund läuft.«

»In den Graslanden?«, unterbrach ich sie. Stammte nicht Ninah von dort?

Keelboat Annie nickte. »Die befinden sich hinter dem Isihlangu. Ein ganzer Landstrich voller Seen und Städte, wie sie schöner nicht sein könnten. Wie Edelsteine. Zumindest waren sie das einmal. Aber nachdem ich ein paar Leute abgesetzt hatte, hat Old Man River mich in die Gegend dort gebracht. Er trägt mich immer zum nächsten Kunden, aber ich will ein Fisch auf dem Trockenen sein, wenn er mich nicht mitten in einem ausgetrockneten See abgesetzt hat. Könnt ihr euch das vorstellen? Den ganzen Schlamm, den ganzen Matsch? Ja, genau so war es. Als hätte irgendjemand das gesamte Wasser aus den Graslanden abgesaugt. Jedenfalls, die sprechenden Totenschädel waren überall im Schilf verstreut und haben nur darauf gewartet, dass jemand über sie stolpert und sich dadurch in alle möglichen Schwierigkeiten stürzt. Aber nicht Annie, oh nein! Im Gegensatz zu manchen anderen hier Anwesenden weiß ich genau, wie's läuft. Ich hab mir gleich gedacht, dass das die Passagiere sind, die Old Man River für mich vorgesehen hatte, also hab ich sie eingesammelt. Und genau damit war ich noch beschäftigt, als ich von dir und dem alten Weberdödel hier unterbrochen worden bin.«

Anansi schnaubte von seiner Hängematte in der Ecke des LTT aus, aber mir fiel auf, dass er es nur leise tat. Wahrscheinlich hatte er keine Lust, noch einmal so zusammengestaucht zu werden wie vorhin.

»Und wo willst du jetzt hin?«, fragte ich sie.

»Zurück zum Goldenen Halbmond, schätze ich mal.« Keelboat Annie kehrte auf ihren Posten zurück und machte die Stange los. Dabei grinste sie. »Ich habe den Kahn voll mit Passagieren und einem Sagenhelden. Dann kann ich sie auch nach Hause bringen, oder? Vielleicht findest du ja dort das, was du suchst.«

Das LTT vibrierte, und als ich nachsah, zeigte Anansi mir den nach oben gereckten Daumen, als wollte er sagen, dass wir auf dem richtigen Weg waren.

Nach Hause.

Noch bevor ich die ganze Bedeutung dieser Worte erfasst hatte, zischte der Lastkahn vorwärts und glitt wie ein Surfer über die Oberfläche des Old Man River. Ayanna warf laut lachend den Kopf in den Nacken und sogar ich musste grinsen. Wassertropfen spritzten auf unsere Gesichter und Arme und Dutzende Regenbogen hingen wie bunte Bänder in der Luft. Ich konnte nur wenige Meter über den Bug des Kahns hinaussehen, aber in Keelboat Annies sicheren Händen und mit Ayannas gackerndem Lachen gleich neben mir hatte ich – ausnahmsweise mal – das Gefühl, als würde es gar nicht so schlecht laufen …

Ja, klar. Ihr habt es natürlich gewusst.

Das war ein Irrtum.

13
EMPFANG FÜR EINEN HELDEN

Von Anfang an lief eine ganze Menge schief.

Zunächst beförderte Old Man River uns grummelnd aus dem Nebel heraus, dann mit vielen Biegungen und Schleifen durch ein kleines Feld mit messerscharfen Grashalmen, bevor wir schließlich ins Meer platschten. Keelboat Annie steuerte den Kahn so behutsam wie möglich, aber jedes Mal, wenn der Rumpf unvermittelt zitterte oder schaukelte, wurden ihre Stirnfalten ein wenig tiefer. Ich sah ihr an, dass sie sich fragte, wieso ihr Reisepartner sich so unwirsch verhielt. Als wäre der Old Man River mit dem falschen Fuß aus seinem Flussbett gestiegen.

(Ha-ha-haaaaa! Und das war erst der Anfang. Macht euch auf was gefasst.)

Aber letztendlich gelangten wir unversehrt zum Goldenen Halbmond. Nass, aber unversehrt. Und ganz kurz war es auch ein absolut magisches Erlebnis. Das leuchtend blaue Wasser der Meeresbucht kräuselte sich, so weit das Auge reichte. Glitzernde Sanddünen reichten bis an die Elfenbeinmauern des Anlegers heran. Wir befanden uns auf der Nordseite der Bucht. Hier beschrieb die Küste einen Bogen, wie ein umgekehrtes C. Mehrere große Jachten mit rubinroten Adinkra-Symbolen auf den Segeln wippten in ihren Liegebuchten auf und ab. Hinter ihnen, auf der Spitze des sanft ansteigenden Hügels, ragten Paläste aus smaragdgrünen Wäldern hervor. Ihre goldgekrönten Türme funkelten in der Mittagssonne. Diese Paläste hatten der Stadt ihren Namen gegeben und ihre Schönheit und Pracht hätten mich eigentlich mit tiefer Freude erfüllen müssen.

»Fühlt sich seltsam an, stimmt's?«, sagte Ayanna leise.

Wellen schwappten gegen den Bootsrumpf, als ich die Stelle anstarrte, wo die Maafa auf Grund gelaufen war und eine Horde Eisenmonster auf alkeischen Boden losgelassen hatte. Es kam mir vor, als hätten wir erst gestern Seite an Seite gegen die Handlanger des bösartigen Sklavenschiffs gekämpft. Aber nirgendwo gab es Spuren dieser Schlacht zu sehen, abgesehen vielleicht von dem langen schwimmenden Steg, der mit dicken Pfeilern im Strand verankert war und sich bis zum Horizont und darüber hinaus erstreckte. John Henry hatte ihn gebaut und da hatte ich ihn auch das letzte Mal gesehen. Er hatte gesagt, dass das eine Möglichkeit sei, die Trennung zwischen dem MittLand und dem Festland von Alke zu überwinden.

John Henry, der jetzt in Nyamés Palast festsaß. Ging es ihm gut? Das musste ich unbedingt herausfinden.

»Wie lange ist es jetzt her?«, fragte ich und sah mich um. Vielleicht versteckte sich ja jemand in der Nähe.

Ayanna wusste sofort, was ich meinte. »Seit wir uns das letzte Mal gesehen haben, sind etliche Monate vergangen.« In den beiden Welten verging die Zeit unterschiedlich schnell, daher waren es in Alabama nur einige Wochen gewesen.

»Wir haben jeden Tag geschuftet«, fuhr Ayanna fort, während Keelboat Annie in das seichte Wasser sprang und sich ein Tau um die Handgelenke wickelte. Scheinbar mühelos begann die riesenhafte Göttin, den Kahn an den Strand zu ziehen. »Alle zusammen. Geputzt, wieder aufgebaut, erweitert. Sogar vom Horn sind ein paar Leute hier hoch gekommen und aus den Sandgefilden auch. Sie haben es geschafft, sich vor den ... Eisenmonstern zu verstecken, und jetzt kommen sie uns zu Hilfe.«

»Das klingt, als würden wirklich alle ihren Beitrag zum Wiederaufbau leisten.«

»Genau so ist es. Na ja, abgesehen von den Graslanden. Von denen habe ich noch gar nichts gehört, aber ich bin mir sicher, dass sie auch bald hier auftauchen werden, zumal wir einen Sonderbotschafter ausgesandt haben. Alles in allem: Wir kriegen das hin. Manchmal ist es schwierig, aber alle haben die MittLändler bereitwillig und ohne Murren aufgenommen.«

»Und High John?«, wollte ich wissen.

High John, der Eroberer, der lächelnde Gott vom MittLand mit seiner Gefährtin, der riesigen Schattenkrähe, war nicht besonders scharf darauf gewesen, mit den Alkeern zusammenzuarbeiten, und hatte sich deswegen mehrfach mit John Henry gestritten.

Ayanna lächelte kurz. »Ja, sogar der. Irgendwann.«

Ich ließ den Blick über den Strand schweifen und merkte, wie mich eine gewisse Unruhe ergriff. Ich versuchte zwar, mir nichts anmerken zu lassen, aber wer ist schon perfekt. »Also ... wo sind sie denn alle?«

Nach Ayannas mitleidigem Blick zu urteilen war es mir nicht ganz gelungen, meine Enttäuschung zu verbergen. Aber der Strand war leer. Keine jubelnde Menge, keine Freudenfeier. Nicht einmal ein Spruchband! Ich meine, nicht dass ich übergroße Erwartungen gehabt hätte, versteht ihr? Aber trotzdem ... ich *hatte* mitgeholfen, Alke vor dem Untergang zu retten. Okay, ich hatte die Gefahr auch selbst ausgelöst, weil ich einem Zauberbaum einen Haken verpasst hatte, aber wir müssen aufhören, ständig in der Vergangenheit zu wühlen.

»Ich schätze mal, die sind alle beschäftigt«, sagte Ayanna. »Du weißt schon, mit dem Wiederaufbau des Landes und so.«

Nachdem ich mich noch eine Sekunde lang hoffnungsvoll umgesehen hatte, seufzte ich. Kopfschüttelnd wandte Ayanna sich ab, vermutlich um die Augen zu verdrehen. Der Kahn kam knirschend zum Stillstand und Keelboat Annie klopfte gegen den Rumpf. Wir sprangen nach draußen und dann starrten wir zu dritt – zu viert, wenn man Anansi mitrechnete – den leeren Strand an. Bei meinem letzten Besuch war die gesamte Bucht voller Schiffe in allen Größen gewesen, aber jetzt ankerten hier nur einige wenige.

Anansi gähnte und stieg in seine Hängematte auf dem Handydisplay. »Also, das war eine wunderschöne Seefahrt. Kannst du mir einen Gefallen tun, Junge? Kannst du mich auf dem Kahn zurücklassen? Ich bin nicht besonders scharf darauf, dem alten Triefauge wieder zu begegnen. Vielleicht fällt ihm dann eine neue ›Aufgabe‹ für mich ein. Dabei fange ich gerade an, mich an dieses enge Metallkästchen hier zu gewöhnen.«

»Ich glaube nicht ...«, fing ich an, aber da war es schon zu spät. Der Spinnengott war bereits eingeschlafen und schaukelte leise schnarchend auf dem LTT-Display hin und her. Ich starrte ihn an und murmelte etwas vor mich hin, was mir in der Schule ganz schönen Ärger eingebracht hätte. Aber gleichzeitig musste ich ihm recht geben. Nyamé und Anansi waren nicht unbedingt beste Freunde. Eher das Gegenteil. Und ich konnte nicht riskieren, dass der Himmelsgott mir Anansi abnahm. Ich brauchte den Trickser, um hinter das Geheimnis des Shamble Man zu kommen und Nana zu retten, bevor es zu spät war. Es war zwar beunruhigend, dass er ganz alleine auf dem Kahn sein würde, aber Keelboat Annie hatte eine Lösung parat, indem sie mich mit dem dritten und letzten Problem konfrontierte.

Sosehr ich mich auch bemühte, aber sie ließ sich einfach nicht überreden, uns zu Nyamés Palast zu begleiten.

»Nein, mein Herr, ich gehe garantiert keinen einzigen Schritt diesen Hügel da hinauf«, sagte sie mit vor der Brust verschränkten kräftigen Armen und finsterer Miene. »Die haben bis zur letzten Minute gewartet, um den Kampf mit den Eisenmonstern aufzunehmen, und wenn sie dabei meine Hilfe nicht gebraucht haben, dann brauchen sie sie jetzt auch nicht. Da können sie rumdrucksen, so viel sie wollen. Ich und der Old Man River, wir bleiben schön gemütlich hier unten.« Sie wies mit dem Daumen auf die klappernden Totenschädel an Deck ihres Lastkahns. »Außerdem muss ich die Hohlköpfe da hinten ein kleines Stück die Bucht entlang in ihre neue Heimat befördern. Hast du das kapiert? Hohlköpfe?«

Ich stöhnte. Dämliche Wortspiele von Erwachsenen müssten verboten werden. »Na gut. Kannst du zumindest das da für mich aufbewahren?« Ich streckte ihr das LTT entgegen.

Sie zog zwar eine Augenbraue in die Höhe, nickte aber und ich gab ihr das Handy, wenn auch zögerlich. Das Passwort behielt ich allerdings für mich. Ich wollte die beiden ja nicht zu irgendwelchem Blödsinn einladen.

Während Annie also auf ihren Kahn zurückkletterte und das Handy verstaute, legte Ayanna zum Schutz vor der Sonne die Hand über die Augen.

»Da, schau mal«, sagte sie und zeigte den Strand entlang. Ein großer dünner Junge mit goldbrauner Haut kam uns entgegengerannt und wirbelte bei jedem Schritt eine Sandwolke auf. »Dein Begrüßungskomitee hat es anscheinend doch noch geschafft.«

»Ha, ha«, murmelte ich sarkastisch. Trotzdem zog ich meinen Hoodie glatt und wischte den Sand von meinen Chucks. Man muss schließlich einen guten Eindruck machen, ganz egal, wer sich bei einem bedanken will.

Der Junge kam schlitternd direkt vor uns zum Stehen. Sand spritzte in alle Richtungen und wir wichen erschrocken zurück.

»Hey«, sagte ich und hob schützend die Hand vors Gesicht.

Der Junge war ein bisschen älter als ich und trug eine gewobene, schwarz-goldene Tunika sowie eine dazu passende schwarze Hose. Die Haare hatte er zu winzigen, mit einer Art Silberdraht verzierten Zöpfen geflochten und dann zu einem Pferdeschwanz zusammengebunden. An den Füßen trug er Sandalen. Er hatte sich einen kleinen gold-silbernen Beutel umgehängt, der etwas Wertvolles enthalten musste, jedenfalls hatte er schützend eine Hand darauf gelegt. Sein Atem ging nicht besonders schnell, obwohl er gerade mindestens hundert Meter gesprintet war. Während er mich von Kopf bis Fuß musterte, legte sich allmählich ein Lächeln auf sein Gesicht. Er zog eine Augenbraue in die Höhe und wandte sich Ayanna zu. Mich beachtete er gar nicht mehr.

»Hey, Schwesterherz«, sagte er augenzwinkernd.

Schwesterherz? War das Ayannas Bruder?

Sie verdrehte die Augen, was keine Antwort auf meine Frage war. »Junior. Was willst du?«

Er breitete die Arme weit aus und erwiderte mit Unschuldsmiene: »Ach, komm schon, jetzt sei doch nicht so. Ich heiße euch willkommen! Alle haben schon auf deine Rückkehr gewartet. Na ja. Auf deine und die von deinem … Begleiter.« Das letzte Wort galt mir, ohne dass er mich auch nur angesehen hätte.

»Hey!«, sagte ich.

Junior zeigte mit dem Daumen auf mich. »Ist das alles, was er sagen kann?«

Ich trat einen Schritt vor, sodass er keine andere Wahl hatte, als mich anzusehen. »Ich kann jede Menge sagen, wenn es das wert ist. Ayanna, wer ist der Clown da?«

»Ach, den musst du gar nicht beachten. Das ist Junior, einer von den Leuten, von denen ich dir erzählt habe. Du weißt schon, die *eigentlich* Nyamé beim Wiederaufbau des Goldenen Halbmondes behilflich sein sollen. Aber er reißt lieber Witze und steht allen anderen im Weg rum. So wie jemand anders hier ganz in der Nähe.«

Junior und ich überhörten ihre spitze Bemerkung und musterten einander. Das war also einer der Alkeer, die dem Zorn der Eisenmonster entkommen waren. Er wirkte so … nervig. Aber zumindest war er jetzt hier, also hatte er wohl auch seine guten Seiten, oder?

Ich schluckte meinen Ärger hinunter – tief hinunter –, streckte ihm die Hand entgegen und sah ihn mit einem gezwungenen Lächeln an. »Sehr erfreut, dich kennenzulernen, Junior. Ich bin …«

»Ja, ja.« Der Junge machte eine abfällige Handbewegung und fiel mir ins Wort. »Schon kapiert. Jeder weiß, wer du bist. Der *große Held*. Was denn, hast du etwa erwartet, dass wir zu deiner Begrüßung einen Festumzug organisieren?« Junior schüttelte den Kopf. »Was du gemacht hast, das hätte doch jeder geschafft, der von allen Seiten mit dem Segen der Götter überschüttet wird.«

Mir klappte der Unterkiefer herunter. Und die Tatsache, dass ich tatsächlich auf ein kleines bisschen Feierlichkeit gehofft hatte, machte seine Worte nur noch schmerzhafter. Außerdem hatten sie eine geradezu unheimliche Ähnlichkeit mit den Worten des Shamble Man und das regte mich richtig auf. »Das ist nicht fair«, platzte ich heraus. »Du kennst mich ja nicht mal.«

»Tja, na ja, das Leben ist nun mal nicht fair.«

Er grinste und ich funkelte ihn wütend an. »Also gut, und wo warst du, als die Leute hier deine Hilfe gebraucht haben? Hast du dich womöglich in deinem Versteck verkrochen?«

»Oh-hoo.« Er griff sich mit einer Hand ans Herz und tat so, als würde er rückwärts taumeln. »Das tut weh.«

»Glaubst du. Sprich ruhig weiter, dann merkst du, was richtige Schmerzen sind.«

»Eine flinke Zunge, was? Ich frage mich, ob das alles ist, womit du flink bist.«

Ich verschränkte die Arme vor der Brust. »Was soll das denn heißen?«

»Wir alle hier kennen die Geschichten über den mächtigen Tristan Strong. Den Retter von Alke. Den großen Helden. Den Anführer im Kampf gegen das Grässliche und Entsetzliche, ein tapferer Streiter für Gerechtigkeit. Andererseits habe ich in meinem Leben schon so viele Geschichten gehört, Lügenmärchen und komplett Ausgedachtes, dass wir erst mal sicherstellen sollten, dass du wirklich der bist, der du zu sein behauptest.«

»Wie denn?«

»Mit einem Wettrennen. Bis zur Hügelspitze. Wer als Erster am Palast des Himmelsgottes ankommt, hat gewonnen.«

»Und was soll das beweisen?« Ayanna nahm mir mit ihrer Frage die Worte aus dem Mund.

Er gab keine Antwort und ich starrte ihn ungläubig an. Das konnte er doch nicht ernst meinen. Ich schüttelte den Kopf und wandte mich ab. Das war absolut lächerlich. Ich hatte keine Zeit für so einen Kinderkram. »Komm, lass uns John Henry und die anderen suchen. Wir müssen sie warnen, dass ...«

Juniors Räuspern war unüberhörbar. »John Henry ist für niemanden zu sprechen.«

Ich drehte mich um. »Was?«

»Du hast mich genau verstanden. Es heißt, er würde mit niemandem sprechen außer mit anderen Gottheiten. Und als ich das das letzte Mal überprüft habe, da warst du keine Gottheit.«

Ich rollte mit den Augen. »Also gut. Dann eben Miss Sarah oder Miss Rose.

»Sind beschäftigt.«

»High John?«

»Nicht da.«

»Er ist doch mit Thandiwe unterwegs, um noch mehr Helfer anzuwerben, weißt du noch?«, schaltete sich Ayanna ein.

Ich warf die Hände in die Luft. »Na gut, dann gehen wir eben zu Nyamé und ...«

»Wow, du kapierst es einfach nicht, was?« Junior machte Kniebeugen und fing an die Beine zu dehnen, zog an den Zehen seines einen und dann seines anderen Fußes. »Niemand will mit dir reden. Dazu bist du nicht wichtig genug. Wir müssen ein Land wiederaufbauen. Nyamé hat sogar seine Wachen an den Palasteingängen postiert, um unerwünschte Besucher fernzuhalten, während er sich mit den anderen Göttern bespricht. Und mir scheint, dass du ganz eindeutig zur Kategorie der *Unerwünschten* gehörst.«

Jetzt hatte er meine volle Aufmerksamkeit. Ich hatte Nyamés Kriegerstatuen bereits in Aktion erlebt und wollte auf keinen Fall einer von ihnen in die Quere kommen. Aber ich musste mit den Göttern sprechen. Ich musste nachsehen, ob es John Henry gut ging, und ihn fragen, ob er und die anderen mich bei meiner Suche nach dem Shamble Man unterstützen wollten. Meine Großmutter brauchte uns! Ich blickte Ayanna an, aber sie biss sich auf die Unterlippe und zuckte nur mit den Schultern. Wenn wir ihr Floß gehabt hätten, dann hätten wir uns vielleicht vom Dach aus in den Palast schleichen können, aber selbst das wäre ziemlich riskant gewesen.

Wir steckten fest.

Junior breitete die Arme weit aus und ließ sie in kleinen Kreisen rotieren, um seine Muskeln aufzuwärmen. Er grinste mich breit an. »Wenn du mich bei dem Rennen schlägst, dann zeige ich dir einen todsicheren Weg ins Innere von Nyamés Palast.«

Ich starrte ihn an. »Du lügst.«

Er streckte mir beide Handflächen entgegen. »Nein. Ich schwöre.«

Ich blickte mich an dem menschenleeren Strand um und seufzte. »Na gut. Aber wir sollten ...«

»Aber wenn ich gewinne«, fuhr er mit einem verschlagenen Lächeln fort, »dann bekomme ich fünf Minuten allein mit der Legendentruhe.«

Ganz automatisch wanderte meine Hand zu der Tasche, in der normalerweise das LTT steckte, bis mir einfiel, dass ich es ja Keelboat Annie überlassen hatte. Und noch bevor ich eine Antwort geben konnte, fiel alles aufgesetzte Gehabe von Junior ab und er richtete sich auf. »Ich spiele keine Spielchen, Anansesem. Ich trickse nicht und ich klaue nicht. Ich …« Er hielt inne und räusperte sich. »Die Legendentruhe ist so berühmt. All die Geschichten, die darin auf ewig festgehalten und in verschiedene Welten und Reiche getragen werden? Das ist … das ist ein Schatz. Und ich möchte ihr einfach nur eine Geschichte über meinen Vater erzählen und wie sehr er mich geprägt und mir Ziele gegeben hat. Er … ist verschwunden, schon vor langer Zeit. Diese Geschichte ist alles, was ich von ihm noch habe, und ich wäre ewig dankbar, wenn ich sie weitergeben dürfte.«

Tiefe Aufrichtigkeit lag in seiner Stimme. Ich wandte den Blick ab, schluckte und musste an einen anderen Jungen denken, dessen sehnlichster Wunsch es gewesen war, die Geschichten von anderen aufzuschreiben. »Keine Tricks?«, vergewisserte ich mich.

»Kein Tricks.«

Nach kurzem Zögern nickte ich. »Einverstanden. Aber wir müssen dazu kein Wettrennen machen. Warum sagst du mir nicht einfach …?«

Junior wich zurück und schüttelte den Kopf. »Ich nehme nichts an, was ich mir nicht verdient habe.« Seine Worte klangen beinahe wie ein Knurren. »Entweder ich gewinne oder du.«

Ich nickte. Das konnte ich respektieren. Und egal wie es ausging, ich würde nicht mehr verlieren als ein wenig Zeit. Ohne Juniors Hilfe würde ich jedenfalls nicht in Nyamés Palast gelangen.

»Ich bin bereit«, erwiderte ich. »Ayanna, willst du auch mitmachen?«

»Keine Chance«, gab sie zurück. »Ihr beiden könnt euch gerne lächerlich machen, wenn ihr unbedingt wollt – ich muss bei Annie bleiben.«

»Richtig. Sie bei der Arbeit beobachten.«

»*Arbeiten*, im Gegensatz zu euch.«

»Kommst du jetzt, ja oder nein?«, ließ Junior sich vernehmen. Mit wild entschlossener Miene schob er seinen Beutel auf den Rücken. Wir stellten uns nebeneinander auf und rempelten uns, während wir in Startposition gingen, mit den Schultern an.

»Gib uns wenigstens ein Startkommando«, sagte ich zu Ayanna.

»Jungs …« Sie schüttelte den Kopf. »Auf die Plätze, fertig, los.«

14

IM ZIEL WARTET ÄRGER

Seid ihr jemals über Sand gerannt? Das ist brutal. Absolut grauenhaft.

Natürlich hatte Walter Strong mich schon etliche Male dazu gezwungen, und zwar während seines alljährlich stattfindenden Walter-Strong-Winter-Box-Camps. Dieser wohlklingende Name hat ihm das Recht gegeben, mich und ein paar andere unglückliche Amateurboxer zu Sprintübungen im Sand zu zwingen. Die meisten Trainer hätten im Winter lieber südliche Gefilde angesteuert, aber Granddad nicht. Wenn es eine Möglichkeit gibt, das Training noch unangenehmer zu gestalten, dann wird Walter Strong sie finden. Zum Beispiel, neben einem teilweise zugefrorenen See so schnell zu rennen wie nur irgend möglich. Jawohl, ich spreche vom Lake Michigan in Chicago. Im Winter.

Wie gesagt. Grauenhaft.

Jetzt versuchte ich, dem Jungen mit den schlaksigen Gliedmaßen zu folgen, der die Dünen hinaufrannte und sich anschließend auf die dahinterliegende, glänzende Marmor-Plaza hinabgleiten ließ. Mit pumpenden Armen und unrunden Schritten stürmten wir quer über den großen Platz auf eine der gewundenen Hauptstraßen zu, die zum höchsten Hügel mit dem prächtigsten Palast im gesamten Goldenen Halbmond führten. Aber kurz bevor wir bei der Straße angelangt waren, bog Junior scharf nach rechts ab und jagte durch eine schmale, schattige Backsteingasse.

»Warte. Wo willst du denn hin?«, rief ich.

Junior blickte sich kurz zu mir um, zwinkerte, nahm den Kopf zwischen die Schultern und gab Gas. Ich glotzte ihm mit dämlichem Gesicht für einen Moment hinterher, bevor ich ebenfalls schneller wurde. Wir rannten durch die dunkle Gasse und hatten große Mühe, die vielen scharfen Biegungen rechtzeitig zu erkennen. Ich biss die Zähne zusammen. Er durfte mir nicht entwischen. Dieses Rennen war nicht fair! Ich kannte den Weg ja gar nicht. Aber trotzdem ... ich würde diesen Jungen auf keinen Fall aus den Augen verlieren.

Plötzlich huschte Junior um die nächste Ecke und wir landeten auf einer belebten Plaza. Die kannte ich! Hier war ich schon mal gewesen. Überall standen Springbrunnen herum und die Büsche waren in Form riesiger Tiere geschnitten worden – wir waren ganz in der Nähe des verborgenen Eingangs zu Nyamés Palast. Wir hatten lediglich die Hauptstraßen gemieden und waren dadurch den goldenen Wächtern aus dem Weg gegangen. Jetzt brauchte ich nur noch ...

BUUUMM!

Ein mächtiger goldener Fuß mit einer wunderschönen goldenen Sandale krachte nur Zentimeter von mir entfernt auf den Boden. Eine gewaltige goldene Frauenstatue mit einem goldenen Schemel in der einen und einem Speer in der anderen Hand starrte zornig auf uns herab. Mit wild funkelndem Blick umkurvte Junior ihren Fuß. Dann zog er mir über die Schulter hinweg eine Grimasse und rannte auf zwei hohe Marmorsäulen zu. Die Luft dazwischen schimmerte.

Nyamés Tor.

Junior lief mir davon!

»Hallo, Kumi«, rief ich der Statue entgegen. »Tschüs, Kumi!« Als ich ihr im Rückwärtslaufen zuwinkte, neigte die goldene Statue ihren Kopf. Ich hob meinen Arm und ließ mein Adinkra-Armband klimpern, in der Hoffnung, dass sie den Anhänger des Himmelsgottes erkannte und mich nicht mit einem einzigen Fußtritt die halbe Strecke zum MittLand zurückbeförderte. Ich hatte schon gelegentlich das Vergnügen gehabt, sie bei einem Kick zu beobachten, und eins kann ich euch sagen: Sämtliche Football-Teams der Welt hätten sich nach ihr die Finger geleckt, wenn sie von ihr gewusst hätten.

Zu meiner großen Erleichterung machte Kumi keine Anstalten, mir zu folgen. Sie nickte nur, drehte sich um und bewachte weiter die Plaza. Da schob sich ein Gedanke aus den Tiefen meines Hirns in den Vordergrund: Wonach genau hielt sie eigentlich Ausschau? Meine Überlegungen wurden jedoch jäh unterbrochen, als Junior einen Freudenschrei ausstieß, während er durch Nyamés Tor stürmte. Ich knurrte und rannte mit allem, was ich hatte, weiter.

Nachdem er das Tor hinter sich gelassen hatte, wurde Junior ein kleines bisschen langsamer. Er pfiff vor sich hin und bewunderte die Palastgärten links und rechts des Pfades. Ich musste grinsen. Er wusste nicht, dass ich ihm auf den Fersen war. Jetzt drehte er sich um, sah mich und erschrak. Das Pfeifen erstarb auf seinen Lippen und er beschleunigte wieder.

Die asphaltierte Straße flog nur so unter unseren Füßen dahin. Zentimeter um Zentimeter, Atemzug um abgehackten Atemzug holte ich auf. Dann waren wir Schulter an Schulter. Und dann, ganz, ganz langsam, schob ich mich an ihm vorbei! Junior schwitzte jetzt. Wir jagten den einen Hügel hinauf und den anderen wieder hinunter. Die Zöpfchen lösten sich aus seinem Pferdeschwanz und flatterten hinter ihm her. Ich bekam Seitenstechen, aber ich traute mich nicht, langsamer zu werden und die Schmerzen wegzuatmen. Nyamés Palast lag direkt vor uns und ich würde dieses Rennen *gewinnen*.

Zwei schwarze Schatten schwebten über den Pfad. Ich hatte zwar keine Zeit, nach oben zu schauen, aber mir fiel schon auf, dass sie ziemlich groß waren. Meine gesamte Konzentration galt einzig und allein dem gewaltigen Eingang zu Nyamés Palast. Direkt davor prasselte ein mächtiger Wasserfall herab. Gleich ... geschafft ...

Unmittelbar vor Junior klatschte ich meine Hand an die Steinmauer neben dem Wasserfall. Ich riss die Arme in die Höhe und baute mich in Siegerpose auf. »Ha!«, sagte ich und grinste, während Junior missmutig das Gesicht verzog. »Nimm dies! Und jetzt zeigst du mir den geheimen Eingang, damit ich mit John Henry sprechen kann.«

Junior wischte sich den Schweiß von der Stirn und band in aller Ruhe seine Zöpfchen wieder zusammen. Dann zuckte er mit den Schultern. »Also gut, also gut. Du hast mich geschlagen. Beim Tor habe ich gedacht, ich hätte es geschafft. Die alte Dame lässt mich sonst nie durch, aber dieses Mal hast du sie abgelenkt.«

»Ja, ja. Hör auf, das alles unnötig in die Länge zu ziehen und bring mich rein.« Junior ließ den Kopf kreisen und ließ dann ein breites, fröhliches Lächeln sehen. »Hast du das noch gar nicht geschnallt? Ist schon erledigt.« Er zeigte an den Himmel. »Deine persönliche Eskorte.«

Die riesigen schwarzen Schatten, die mir bei den Obstgärten aufgefallen waren, schwebten jetzt näher und ich hob endlich den Kopf, weil ich wissen wollte, wer dahintersteckte. Was ich sah, ließ mit einem gewaltigen *WUUUSCH* sämtliche Luft aus meiner Lunge entweichen.

Riesige, weit ausgebreitete schwarze Schwingen.

Elfenbeinfarbene Roben mit schwarz-goldenen Nähten.

Miss Sarah und Miss Rose, Göttinnen des MittLandes, schwebten mit ernsten Mienen zu Boden.

»Tristan Strong ...« sagte Miss Sarah und fixierte mich über ihren oberen Brillenrand hinweg.

»... du steckst mächtig in Schwierigkeiten«, beendete ihre Schwester den Satz.

Junior hatte gewusst, dass es so kommen würde. Er war fast genauso ein Trickser wie Anansi.

In völligem Schweigen führten die geflügelten Göttinnen uns durch marmor-goldene Gänge. Na ja ... Junior und ich schwiegen. Unsere Wächterinnen beschallten uns dagegen mit einem ununterbrochenen Strom an Kommentaren. Ihr wisst schon – das, was Erwachsene machen, wenn sie mit dir reden und dir Fragen stellen, aber *du traust dich nicht zu antworten*. Es ist eine Falle! Die wollen dich nur dazu kriegen, irgendwas zu sagen, damit sie dich mit noch mehr Belehrungen überschütten können. Ich nenne so was Mom-ologe. (Versteht ihr? Monolog. Mom-olog. Ha!)

»Ganz im Ernst, ihr beiden ...«, sagte Miss Sarah.

»... ich hätte euch mehr Vernunft zugetraut«, beendete Miss Rose ihren Satz.

»Alle hier haben so viel zu tun und ...«

»… ihr haltet sie nur davon ab.«

»Ehrlich gesagt …«

»… du solltet den anderen helfen …«

»… anstatt dumme Spiele mit dem da zu spielen …«, fügte Miss Sarah hinzu.

»… der ganz genau weiß, was los ist …«

»… und sich eigentlich unauffällig verhalten müsste.«

Junior hörte mit gerunzelter Stirn zu, ohne einmal aufzublicken. Seit wir den Palast betreten hatten, hatte er kein Wort mehr gesagt, und mir war klar, dass er schon öfter Ärger mit den Fliegenden Frauen gehabt hatte. Sein Gesichtsausdruck erinnerte mich an meinen eigenen, damals, als meine Mutter mich dabei erwischt hat, wie ich im Handstand einen Stapel Kekse essen wollte. Ja, klar war das unvernünftig, aber überlegt mal, wie cool es gewesen wäre, wenn ich es geschafft hätte! Okay, ich bin bei dem Versuch umgekippt und habe eine Million Kekskrümel auf dem Teppich verteilt, aber wer ein Omelett machen will, muss eben ein paar Eier kaputtschlagen.

»Und dann noch etwas …«, machte Miss Sarah weiter. Ich stieß ein unterdrücktes Stöhnen aus.

So ging es immer weiter hin und her. Ihre großen schwarzen Schwingen lagen wie Umhänge um ihre Schultern. Miss Sarah, groß, schlank und mit einem Fade Cut, der jeden Friseur bei mir zu Hause mächtig stolz gemacht hätte, balancierte eine Brille mit Kupfergestell auf der Nasenspitze. Miss Rose hingegen war klein und hatte einen schwarzgoldenen Turban auf dem Kopf. Sie gingen schnell und sahen beide extrem erschöpft aus.

Wir schritten durch einen Torbogen und gelangten in einen Raum mit einer hohen Decke. Sanftes, rosiges Licht umgab uns. Der Teppich bestand aus Gras mit federigen weißen Blütenblättern, die nach Vanille und Minze dufteten, und dazu wehte eine sanfte Brise. Das alles hätte sehr friedvoll und einladend wirken können, wäre da nicht der riesige Haufen aus Steinen, Bauholz und Werkzeugen in der Mitte gewesen. Im nächsten Raum sah es ganz ähnlich aus. Und im übernächsten auch. Jeder einzelne Raum war voller Baumaterialien, die benötigt wurden, um die Schäden im Goldenen Halbmond zu reparieren. Eine unmissverständliche Erinnerung daran, dass die Arbeit noch längst nicht getan war. Ich hätte mich zwar liebend gern am Wiederaufbau der zweitbesten Stadt beteiligt, die ich je gesehen habe (Chicago ist und bleibt die Nummer eins, Baby), aber ich war hier, weil ich eine andere, sehr, sehr dringliche Aufgabe hatte.

»Ähm, Miss Sarah, Miss Rose?«, sagte ich. »Wo bringt ihr uns eigentlich hin? Ich bin nämlich hierhergekommen, weil ich eure Hilfe brauche. Und zwar von euch allen. Also, ich weiß, dass John Henry verletzt ist, aber ...« Ich stockte, als die beiden Göttinnen abrupt stehen blieben und herumwirbelten. Sämtliches Sonnenlicht in dem offenen Flur schien zu versiegen, als die beiden Frauen sich mit weit ausgebreiteten Flügeln, um jede Flucht zu verhindern, vor uns aufbauten.

»Was weißt du darüber?«, zischte Miss Rose. Ihre Augen huschten ununterbrochen hin und her. »Wer hat dir das verraten?«

Mit einem einzigen kraftvollen Flügelschlag erhob sich Miss Sarah ein, zwei Meter vom Boden und sah nach, ob womöglich jemand in der Nähe war und uns belauschte. Kurz darauf landete sie wieder, nickte Miss Rose zu – die einen vollkommen verdatterten und ununterbrochen protestierenden Junior ans hintere Ende des Korridors schickte – und verschränkte die Arme vor der Brust. »Sprich«, forderte sie mich auf.

Ich hatte gar keine andere Wahl, als den Göttinnen mit leiser Stimme von den Ereignissen zu berichten, die Anansi und ich durch das LTT beobachtet hatten. Als ich bei der Stelle angelangt war, wo der Shamble Man John Henry angegriffen hatte, versagte mir beinahe die Stimme. Das war für mich immer noch ein Schock – der Mann, den ich für unbesiegbar gehalten hatte, der Stärkste aller Zeiten, war bezwungen worden! Als ich mit meinem Bericht fertig war, verstummte ich und sah die beiden voller Hoffnung an.

Miss Sarah und Miss Rose wechselten etliche besorgte Blicke.

»Dann war es also der …«, murmelte Miss Rose.

»… den wir im Verdacht hatten«, ergänzte Miss Sarah.

»Wer denn?« Ich konnte mich einfach nicht länger beherrschen. »Ich muss ihn finden. Wenn ihr wisst, wer es ist …«

»Wenn du wüsstest, wer er ist und wozu er fähig ist, Tristan, dann wärst du jetzt nicht hier. Das musst du uns überlassen.«

»Werdet ihr ihn suchen, wer immer der Shamble Man auch ist?«

Sie schüttelten gleichzeitig den Kopf. »Der Goldene Halbmond hat sich immer noch nicht vom Kampf gegen die Eisenmonster erholt«, erwiderte Miss Rose. »Brer Rabbit ist nach wie vor nicht bei hundert Prozent und John Henry … nun ja, solange High John nicht wieder zurück ist, sind es nur Nyamé und wir beiden. Und es wird sehr viel mehr Kräfte brauchen, um den … den Shamble Man aufzuhalten.«

Noch bevor ich widersprechen und ihnen von Nana erzählen konnte, kam ein junges alkeisches Mädchen von hinten zu uns gelaufen und sprach die Göttinnen an. Die Kleine war ganz außer Atem, sodass die Fliegenden Frauen sich zu ihr hinunterbücken mussten, um ihre Flüsterstimme zu verstehen.

Miss Rose hörte kurz zu, dann verzog sie ärgerlich das Gesicht. »Schon wieder?«

Das kleine Mädchen nickte.

Miss Sarah seufzte. »Ich kümmere mich darum. Und jetzt lauf wieder zu deinen Eltern.«

Das Mädchen hüpfte davon und die Fliegenden Göttinnen wandten sich mir zu.

»Wir müssen dieses Gespräch später fortsetzen«, sagte Miss Rose. »Ihr beiden kommt jetzt erst mal mit uns mit.« Gemeinsam gingen wir zu Junior, der mit verwirrtem Gesichtsausdruck am Ende des Korridors stand. Die Göttinnen brachten uns zu einer Sitzgruppe vor einem winzigen Springbrunnen. In der Mitte des Springbrunnens war eine Statue in Form eines kleinen tanzenden Kindes zu erkennen. Aus ihrem Mund sprudelte ein Wasserstrahl, der in dem kreisförmigen Marmorbecken landete. Glänzend weiße Wände umgaben den ovalen Raum, der ebenfalls keine Decke besaß, sodass das graue Licht des dicht bewölkten Himmels hereinfiel. Die Göttinnen warfen den Wolken beunruhigte Blicke zu, murmelten einander etwas zu und wandten sich dann an uns.

»Ihr wartet hier ...«, sagte Miss Sarah.

»... bis Nyamé zurückkommt«, ergänzte Miss Rose.

»Und kein Wort mehr über John Henry.«

»Aber ...« Ich versuchte es noch einmal, aber sie beachteten mich schon wieder nicht.

In diesem Augenblick ertönte draußen eine dröhnende Stimme: »KUMI, WO SIND ROSE UND SARAH?«

»Oh, nein«, stieß ich im Flüsterton hervor. Der Himmelsgott war offensichtlich schlecht gelaunt. Perfekt. Genau das hatte mir jetzt noch gefehlt. Wenn es so weiterging, dann sammelte ich im selben Tempo Belehrungen, wie Eddie und ich früher Pokémons gesammelt hatten. Nyamé war vermutlich der Luft-Typ. Der Heiße-Luft-Typ. Wir kannten uns, seitdem ich ihn aus den Fängen eines riesigen Eisenmonsters befreit hatte, das ihn ganz allmählich vergiftet hatte, um ihm all seine Kräfte zu rauben. Aber weil er gegenüber Fremden grundsätzlich misstrauisch war, hatte er Kumi, die Wächterstatue vor dem Palast, damit beauftragt, mich und meine Abenteurer-Truppe vor seinen Thron zu bringen, wo er uns dann erbarmungslos verhört hatte.

Es sah mir ganz nach einem Déjà-vu aus.

»Na, großartig«, murmelte ich leise. »Der ideale Ort, um angeschnauzt zu werden.«

Seufzend zeigte Miss Rose mit dem Finger auf Junior und mich. »Ihr beiden ... benehmt euch. Verstanden?«

Wir nickten und die geflügelte Göttin spitzte misstrauisch die Lippen. Dann breiteten sie und Miss Sarah ihre Flügel aus und schwebten hinauf an den grauen Himmel. Sekunden später standen Junior und ich allein im Wohnzimmer des Himmelsgottes. Ich blickte mich resigniert um. Vergesst das Adinkra-Armband, vergesst meine ohnehin brach liegenden Talente als Anansesem. Meine Superkraft hieß: zurechtgewiesen werden. Jeden Augenblick würde Nyamé mir gegenübertreten und ...

Klonk!

Etwas flog durch die Luft und traf mich am Hinterkopf. »He!«, sagte ich empört, drehte mich wütend zu Junior um und rieb mir die schmerzende Stelle. »Was soll das?«

Er sah mich mit zusammengekniffenen Augen an. »Was denn?«

»Tu doch nicht so unschuldig. Und hör auf mit dem Blödsinn, bevor wir noch mehr Ärger kriegen.«

Er schüttelte den Kopf, drehte sich um und ging weg. Ich bombardierte seinen Rücken mit giftigen Blicken und ging in die entgegengesetzte Richtung. Aber schon nach den ersten Schritten hörte ich Junior aufschreien.

»Aua!« Als ich mich umdrehte, rieb er sich den Arm und starrte mich wütend an. »So hast du dir das also vorgestellt?« Er griff nach einem Stein und warf ihn nach mir. Ich konnte mich gerade noch wegducken, sodass er knapp an meinem Ohr vorbeisegelte.

»Ist das dein Ernst?«, brüllte ich ihn an. Dieser Typ raubte mir den letzten Nerv! (Ich habe keine Ahnung, woher diese Redewendung kommt, aber Dad benutzt sie ständig, wenn ich irgendetwas von ihm will. Kann man jemandem die Nerven rauben? Und was fängt man dann damit an? Gibt es irgendwo einen Schwarzmarkt für geraubte Nerven? Erwachsene sind echt merkwürdig, das kann ich euch sagen.)

»Du hast zuerst einen geschmissen«, schrie Junior zurück.

»Hab ich nicht. Was ist denn los mit dir? Seit ich hier bin, führst du dich auf wie ein verzogenes Kleinkind!«

»Ich bin nicht derjenige mit dem Superhelden-Komplex«, erwiderte der Junge mit zusammengebissenen Zähnen. »Ich hab es satt, dass einem ständig von dir erzählt wird. ›Tristan hat dies getan. Tristan hat das gerettet. Tristan, Tristan, Tristan.‹ Aber wenn es wirklich mal drum geht, echte Arbeit zu leisten, Zerstörtes wiederaufzubauen, dann ist der große Superheld plötzlich wie vom Erdboden verschwunden.«

Mir klappte der Unterkiefer runter. Meinte er das wirklich ernst? »Was glaubst du eigentlich, mit wem du hier redest?«

»Du …« Plötzlich verstummte er und blickte sich um. »Warte mal. Hier stimmt doch was nicht.«

Ich trat einen Schritt auf ihn zu und schüttelte wütend den Kopf. »Oh, nein, das mache ich nicht mehr mit. Seit ich hier bin, provozierst du mich und redest irgendwelchen Blödsinn, als würde das alles an mir abprallen. Aber jetzt ist Schluss damit. Entweder du stellst dich oder du hältst endlich die Klappe.«

»Nein, ich mein's ernst.« Er sah sich nervös nach allen Seiten um.

»Ja, genau. Ich auch.« Wild entschlossen stapfte ich auf ihn zu. Jetzt wurde abgerechnet. Ich wusste natürlich, dass mir das jede Menge neuen Ärger einbringen würde, aber das war mir in dem Moment egal. Der Shamble Man hatte Nana in seiner Gewalt, alle in Alke hatten irgendwelche Geheimnisse und dieser Typ da, dieser Prince Popular, behauptete, dass ich ein Versager war. Ich ertrug das alles nicht länger. Ich war nicht mal mehr einen halben Meter von ihm entfernt, da erstarrte er und blickte an mir vorbei.

»Hey«, sagte er sehr vorsichtig. »War da nicht gerade eben noch ein Springbrunnen?«

Verwirrt blieb ich stehen. Aber als ich mich umdrehte, stellte ich fest, dass er recht hatte. Die Kinderstatue war verschwunden und es war ganz still im Raum geworden. Nur das Wasserbecken war noch da. Alle meine Sinne witterten Gefahr, doch bevor ich mich umdrehen und wegrennen oder meine Fäuste hochnehmen oder wenigstens laut anfangen konnte zu kreischen, löste sich ein dunkler Schatten vom oberen Ende der Wand und kam wie eine Rakete auf mich zugerast.

15

WENN DIE GÖTTER VERBLASSEN

Der dunkle Schatten traf mich wie ein rechter Haken. Ich landete der Länge nach auf dem Boden und riss dabei auch noch Junior von den Füßen. Er schrie verblüfft auf und ich brüllte laut, während ich mich gegen diese hinterlistige Attacke wehrte. Der kleine Angreifer kreischte dazu in den höchsten Tönen.

Dann löste er sich von mir – nicht ohne mir dabei etliche Armhärchen auszureißen – und hüpfte, jawohl: hüpfte durch den Raum. Ich musterte die Gestalt mit zusammengekniffenen Augen vom Boden aus. Sie hatte die richtige Größe, das schon. Aber irgendwie ...

Wenige Meter vor mir stand ein kleines tiefbraunes Geschöpf mit einem riesigen Kopf. Große leere Augen starrten mich an und seine übergroßen Hände baumelten bis fast auf den Boden hinab.

»Ach, und mit einem Mal willst du einen nicht mehr erkennen?«

Ich verzog das Gesicht, so unangenehm kreischend klang die Stimme. Junior hatte unseren Streit bereits vergessen und beugte sich mit vorsichtig neutralem Gesichtsausdruck zu mir. »Du kennst dieses ... Ding?«, flüsterte er mir zu.

Ich schüttelte den Kopf.

Falsche Entscheidung.

Die Kreatur stemmte die Hände in die Hüften oder versuchte es zumindest, bevor sie aufgab und auf uns zustapfte. »Wisst ihr nicht, dass Flüstern unhöflich ist? Nach allem, was wir zusammen durchgemacht haben, kennst du mich also nicht mehr? Der Herr ist jetzt wohl viel zu berühmt. Du bist doch übergeschwappt.«

Ich fing an, rückwärts zu rutschen. Was passierte hier eigentlich gerade? »Ich ... du meinst *übergeschnappt*? Gum Baby, bist du das?«

»Geht das schon wieder los? Ständig musst du irgendjemanden verbessern. Natürlich bin ich Gum Baby. Wer soll ich sonst sein? Bum Gaby? Du bist der dümmste Schlaukopf, den Gum Baby kennt. Großes Ehrenwort.«

Während die kleine Gestalt auf uns zugestapft kam, geschah etwas Verblüffendes. An der Spitze ihres Riesenkopfes wurde eine Art Naht sichtbar, die nun anfing, sich wie ein Reißverschluss zu öffnen. Dampfwölkchen drangen aus dem Spalt hervor, während die beiden Hälften auseinanderfielen und eine kleine braune Puppe mit Box Braids zum Vorschein brachten. Und dazu trug sie allem Anschein nach einen schwarz-goldenen Einteiler.

Gum Baby baute sich mit in die Hüften gestemmten Fäusten vor mir auf und funkelte mich wütend an. »Nachdem Gum Baby dir den Hintern gerettet hat, tust du so, als würdest du sie nicht mehr kennen. Und dabei wollte Gum Baby dich einladen, bei ihrer nächsten streng geheimen Mission dabei zu sein.«

Ich stand auf und Junior tat es mir nach. »Welche Mission? Und … Moment mal, was soll eigentlich die Verkleidung?«

Jetzt zeigte sich ein stolzes Lächeln auf Gum Babys Miene. »Das ist ein Kautschukanzug. Hat Gum Baby selbst entwickelt. Na ja, sozusagen. Die Idee hat Gum Baby sich von Anansi abgeguckt. Er hat sich doch als Brer Rabbit ausgegeben, aber in Wirklichkeit hat er sich nur verkleidet. Also hat Gum Baby sich gedacht, dass sie sich auch eine Verkleidung ausdenkt. Damit niemand weiß, dass sie es ist!«

Ich betrachtete ihren Anzug, der allmählich von seinem eigenen Gewicht erdrückt wurde, und anschließend den Springbrunnen. »Und … dann hast du dich als Springbrunnen ausgegeben? Aber wie hast du das Wasser aus deinem Kautschukanzug fließen lassen?«

Gum Baby schüttelte eine Hand in meine Richtung, sodass überall Kautschukbröckchen durch die Luft flogen, und fing an, den Anzug zusammenzulegen, bis er nur noch so groß war wie ein klebriges Taschentuch. Das band sie sich um die Schultern wie einen Umhang. »Fließen? Gum Baby hat einfach Wasser ausgespuckt. Hat eklig geschmeckt.«

Ich warf einen Blick auf das Wasserbecken. Hatte ich vorhin nicht meine Finger in das Springbrunnenwasser gesteckt? Mir wurde übel.

»Jedenfalls«, fuhr Gum Baby fort, »haben wir eine neue Mission. Und solltest du dich entscheiden mitzumachen – was anderes kommt sowieso nicht infrage, Gum Baby hat schließlich nicht literweise Schmutzwasser ausgespuckt, nur damit du weiche Knie bekommen kannst –, dann müssen wir sofort los. Du darfst sogar deinen Freund mitbringen.«

Junior und ich sahen einander an. »Er ist nicht mein Freund«, sagten wir wie aus einem Mund.

»Jinx. Jetzt dürft ihr kein Wort mehr sagen, bis Gum Baby es euch erlaubt. Gehen wir. John Henry erwartet uns.«

Mit diesen Worten stapfte das kleine Großmaul los und gab dabei – ob ihr es glaubt oder nicht – ununterbrochen Stapfgeräusche von sich.

»Ist die eigentlich immer so?«, wollte Junior wissen.

Ich nickte seufzend und ging ihr nach. Hatte ich eine andere Wahl? Sie wusste anscheinend, wo John Henry sich aufhielt, und wenn ich herausfinden wollte, wer der Shamble Man war, wo er meine Großmutter gefangen hielt und warum er einen so offensichtlichen Hass auf mich hatte, tja, dann (ich gebe es wirklich nur äußerst ungern zu) … musste ich auf Gum Baby hören.

Nyamés Palast erinnerte mich an ein Einkaufszentrum, erbaut aus Sonnenuntergängen und Träumen. Polierte Steinfußböden, so glänzend, dass ich mich darin spiegeln konnte, brachten goldene Wände hervor. Noch mehr Wasserfälle bildeten die Türen zu verschiedenen Zimmern in den unterschiedlichsten Größen. Schlafzimmer, Gemächer, Foyers, Auditorien, Erker, Atrien und – mehr als ich zählen konnte – Sonnenzimmer. Natürlich hatte der Himmelsgott unzählige Sonnenzimmer. Ich stellte mir vor, wie Nyamé in einem goldenen Schaukelstuhl saß und Zeitung las, und schnaubte leise.

»Gum Baby ist sich ganz sicher, dass du nicht gelacht hast.«

Ich hob den Blick und sah sie auf Juniors Schulter sitzen. Die beiden waren offensichtlich mitten im Gespräch. Dass sie dabei fast wie alte Kumpels wirkten, versetzte mir einen schmerzhaften Stich, aber wieso eigentlich? Sollte sie zur Abwechslung ruhig mal auf *seiner* Schulter sitzen. Mal sehen, wie es *ihm* gefiel, wenn er siebenmal hintereinander die Haare waschen musste, um den ganzen Kautschuk wieder rauszukriegen.

Gum Baby beugte sich dicht vor Juniors Ohr und flüsterte ihm etwas zu. Dabei drehte sie sich mehrfach zu mir um, um sicherzugehen, dass ich auch wirklich alles mitbekam. »Und dann sind wir geflogen und *irgendjemand* hat gebrüllt wie am Spieß …« Ich verdrehte die Augen und ging weiter.

Wir gelangten zu einem großen Gemach mit einer riesigen Türöffnung. Ich meine, wirklich riesig. Davor platschte ein mächtiger Wasserfall zu Boden und verbreitete einen ohrenbetäubenden Lärm. Dieser Raum war so auffällig wie ein Pickel mitten auf der Stirn. Schwarze steinerne Säulen, übersät mit sorgfältig gearbeiteten Gravuren, flankierten das Eingangstor, das bis nach oben an die Decke reichte.

»Hui, wer mag sich dahinter wohl verbergen?«, sagte ich.

Gum Baby schüttelte den Kopf, sodass ihre Rastazöpfe in alle Richtungen Kautschuk verspritzten. »Manche Leute hören einfach nie zu. Gum Baby hat es dir doch schon gesagt. Dreimal!«

»Nein, das war doch bloß eine … ach, egal.«

Junior verbiss sich das Grinsen und ich starrte ihn finster an, während ich mich dem Wasserfall näherte. Ich trat noch einen Schritt vor …

Und wurde von tausend Eimern Wasser auf den Hintern befördert. Gum Baby sah mich kopfschüttelnd an, hüpfte zu Boden, ging, ohne den Blick von mir zu lösen, zur linken Seite der Tür und drückte auf eine Taste, die ich übersehen hatte. Schweigend, aber immer noch kopfschüttelnd und immer noch ohne mich aus den Augen zu lassen, marschierte sie zurück zu Junior, kletterte auf seine Schulter und zeigte nach vorne. Eine gewaltige Naht schien die Wasserwand in zwei Hälften zu teilen, bis sie allmählich versiegte.

»Also dann«, sagte sie langsam. »Willst du's noch mal versuchen?« Es wäre schön, wenn ich auch mal nach Alke kommen könnte, ohne bis auf die Knochen nass zu werden.

Wir betraten den Raum. Als Erstes fiel mir die Dunkelheit auf. Damit hatte ich nicht gerechnet, weil, na ja, Nyamé war schließlich der Himmelsgott. In meiner Vorstellung war er untrennbar mit dem Licht der Sonne verbunden, von seiner Kleidung angefangen bis hin zu seinen goldenen Augen. Aber hier drin, so kam es mir vor, schien eine ewige Nacht zu herrschen. Ich konnte kaum einen Meter weit sehen und so bewegten wir uns vorsichtig weiter, bis …

»Ich würde sagen, das ist weit genug.«

Aus der hinteren Ecke rumpelte uns eine tiefe Stimme entgegen, ließ meine Knochen beben und meine Zähne klappern. Aber mein Herz jubilierte angesichts des vertrauten Klangs, auch wenn mir dabei ein unangenehmes Kribbeln den Nacken hinunterhuschte.

»John Henry?«, rief ich. »Ich bin's, Tristan.«

Ein tiefes Seufzen ertönte. »Das habe ich mir gedacht. Schon als ich dich zuletzt gesehen habe, war mir klar, dass du irgendwie, irgendwann hier auftauchen würdest.«

Ich trat noch einen Schritt vor. »Ich habe gesehen, was passiert ist, was der …« Vorsichtig blickte ich mich um, bevor ich mich noch ein Stückchen näher schob. »… was der Shamble Man dir angetan hat. Ich muss ihn finden.«

Ein lautes Rumpeln erfüllte den Raum. Erst nach etlichen Sekunden hatte ich kapiert, dass das John Henrys Kichern war. Ich konnte die Vibrationen in meinen Fußsohlen spüren! Die winzige Puppe sah einigermaßen besorgt aus und Junior versteckte sich mit weit aufgerissenen Augen hinter meinem Rücken. Gut so. Hatte er also endlich mal weiche Knie bekommen.

»Nun hör sich das einer an. Ich wusste, du würdest deine Stärke finden, Tristan. Dass es ein bisschen länger dauern würde, war auch klar, aber du bist ein Anführer. Die Leute schauen zu dir auf. Man könnte sogar so weit gehen zu behaupten, dass sie auf dich angewiesen sind.« Jetzt tönte ein knarrendes Geräusch durch die Dunkelheit, als würde jemand seine Sitzposition verändern, und ich legte die Stirn in Falten. Aber John Henry redete weiter. »Daher musst du mir jetzt sehr gut zuhören. Hörst du mir zu?«

»Ja, ja, ich höre dir zu.«

»Und wer ist sonst noch da? Gum Baby? Bist du das?«

»Gum Baby ist hier.« Ihre Stimme klang so leise und besorgt, dass ich sie ansah. Wusste sie etwas, wovon ich nichts ahnte? Kannte sie den Grund dafür, dass John Henry hier in der Dunkelheit hockte? Wie schwer waren seine Verletzungen?

»Ich bin auch hier.« Junior räusperte sich. »Wenn Sie einverstanden sind, Sir.«

John Henry knurrte. »Ich hab dir doch gesagt, was ich von diesem *Sir*-Geschwätz halte. Lässt Nyamé dich immer noch nicht nach draußen?«

Junior trat mit der Fußsohle gegen den Boden. »Nein.«

Was hatte *das* nun wieder zu bedeuten? Warum wollte Nyamé einen nervtötenden Besserwisser wie Junior im Palast festhalten? Stand er unter Hausarrest? Bis auf mich schienen alle etwas über dieses magere Kerlchen zu wissen und so langsam ging mir das auf die Nerven.

»Soll mir gerade recht sein«, erwiderte John Henry. »Du musst es ohnehin erfahren und jetzt spitzt ihr am besten alle die Ohren.« Er legte eine kurze Pause ein, dann wurde es mucksmäuschenstill im Raum. Es war wie die Ruhe vor dem Sturm oder der Rückzug des Meeres vor einer Sturmflut. Wieder hörte ich einen Stuhl knarren.

»Sucht. Nicht. Nach. Dem. Shamble Man.«

Jedes einzelne Wort war wie ein Hammerschlag. Ungläubig starrte ich in die Dunkelheit. Wie konnte er das sagen? Warum wollte John Henry nicht, dass wir den Kerl suchten, der ihn überfallen hatte? Was konnte John Henry solche Angst einjagen? War der Shamble Man ein Verbündeter der Maafa und der Eisenmonster? Ich hatte so viele Fragen und keine Antworten und mein Geduldsfaden war kurz davor zu reißen.

»Du verstehst das nicht. Er hat meine …«, fing ich an, aber John Henry fuhr mir über den Mund.

»Oh, ich verstehe sehr wohl. Jetzt ist nicht die Zeit für Heldentaten, Tristan. Jetzt ist die Zeit, ein Anführer zu sein. Und manchmal ist das nicht dasselbe.«

»Aber …«

»NEIN!« Der Schrei ließ die Steinwände zittern. Staub rieselte auf uns herab. Schwere, mühevolle Atemzüge waren zu hören, dann ein Knarren, wie wenn jemand sich auf ein Bett sinken lässt, gefolgt von einem lang anhaltenden Ausatmen.

»Er ist gefährlich, Tristan«, fuhr John Henry fort. »Du kennst ihn nicht so wie ich. Er ist wütend. Auf uns alle, aber besonders auf dich. Lass ihn allein in den Sturm-Auen. Im Moment hat er meinen Hammer und ich …« Für einen kurzen Moment versagte ihm die Stimme. Als sie wieder zu hören war, schwang darin Erschöpfung mit, als hätte er seine Niederlage bereits akzeptiert. »Ich habe Gum Baby gebeten, dich hierherzubringen, damit ich es dir von Angesicht zu Angesicht sagen kann. Überlass das den anderen Göttern. Sie werden das regeln.«

Er hat meine Großmutter entführt! Ich wollte schreien, aber bevor ich das konnte, wurde mir bewusst, was John Henry gerade eben gesagt hatte. Was meinte er mit *Sie werden das regeln?* Wollte er mir nicht helfen? Das Einzige, was John Henry davon abhalten konnte, das Richtige zu tun, war …

Ich drückte das Gye-Nyamé-Amulett an meinem Armband und aktivierte die Kräfte des Himmelsgottes. Als ich dann die Augen aufschlug, wurde mir der ganze Raum enthüllt wie ein Gemälde mit unsichtbarer Tinte. Der Fußboden, die Wände, die Decke, alles war umrahmt von Worten in Gold und Silber. Sie waren ineinander verschlungen, um dem Raum Gestalt zu geben, und ich schüttelte ungläubig den Kopf. Ganz egal, wie oft ich diese Kraft anwandte, sie versetzte mich jedes Mal wieder in grenzenloses Erstaunen. Alke war in der Tat eine einzige gewaltige Geschichte und es war kein Wunder, dass die Anansesem hier so verehrt wurden.

Dann sah ich das Bett.

Und die Gestalt, die sich darauf befand.

John Henry lag auf dem Rücken, den Kopf auf ein Kissen so groß wie ein Lehnstuhl gestützt, die Hände auf der Brust gefaltet. Die obere Körperhälfte des hünenhaften Gottes sah unversehrt aus. Seine Geschichte wirbelte um ihn herum, einzelne Bruchstücke von Sagen, die eine Legende von solcher Strahlkraft bildeten, dass sie für Millionen in seiner und in meiner Welt eine große Inspiration war.

Aber seine Füße – vor allem der rechte – schienen allmählich zu verblassen.

Die Geschichte, die seinen Körper umgab und aus John Henry erst John Henry machte, seine Geschichte, sie löste sich ganz allmählich auf und verschwand in der Dunkelheit.

Zuerst dachte ich, dass mit meinen Augen etwas nicht stimmte. Oder mit dem Adinkra. Was immer ich da sah, es konnte einfach nicht wahr sein und ich wollte es nicht glauben. Doch dann sah ich, wie der im Bett liegende Gott den Kopf hob und mich ansah. In diesem Augenblick wusste ich Bescheid und er wusste, dass ich es wusste. Kein Wunder lag er in einem abgedunkelten Raum. Kein Wunder wollte niemand darüber sprechen, damit keine Panik entstand. Wenn das dem Anführer des MittLandes und einem der stärksten Götter von ganz Alke passieren konnte, dann konnte es jedem anderen auch passieren.

John Henry verblasste allmählich.

16
STOTTERZUNGE ÜBER BORD

Ganz ohne mein Zutun ballten meine Hände sich immer abwechselnd zu Fäusten und lockerten sich wieder.

Wir hasteten den Flur entlang. Gum Baby und Junior warfen mir zwar ab und zu Blicke zu, ließen mich ansonsten aber in Ruhe. Niemand sagte ein Wort. Die schiere Größe dessen, was ich gesehen hatte, fegte mir wie ein Sturm durch den Kopf und ich fand nicht einmal ansatzweise Worte dafür, von Sätzen ganz zu schweigen. John Henry. Verblasst.

Wie hatte der Überfall des Shamble Man bloß dazu geführt, dass seine Geschichte sich allmählich auflöste?

Bevor wir den mächtigen Sagenhelden allein ließen, versprach ich ihm, dass ich das alles wieder in Ordnung bringen würde, egal, was die anderen sagten. »Wenn es deine Großmutter wäre, würdest du dann einfach sitzen bleiben und nichts machen?«, hatte ich ihn gefragt.

John Henry hatte nur geseufzt und erwidert: »Wahrscheinlich nicht. Aber dafür sind Freunde da, Tristan. Um dir zu helfen, Dinge zu sehen, die du selbst nicht sehen kannst, weil du viel zu aufgeregt bist. Lass dich nicht von deiner Wut beherrschen. Sonst stellst du womöglich mit einem Mal fest, dass du auf der Seite des Shamble Man stehst. Aber ich kann dich nicht aufhalten. Du sollst nur wissen, dass du, wenn du nicht aufpasst, die Dinge noch viel schlimmer machen könntest.«

Wie hätte das alles denn noch schlimmer werden können? John Henry war kurz vor dem endgültigen K. o. Der Shamble Man hatte Nana in seiner Gewalt. Hatte er auch ihr etwas angetan?

Dutzende furchterregende Antworten auf diese Frage ratterten mir durch den Kopf und ließen für nichts anderes mehr Platz. Ich konnte kaum einen Fuß vor den anderen setzen, daher war ich sehr überrascht, als ich plötzlich von einer Hand an der Schulter gepackt und zum Stehenbleiben gezwungen wurde.

»Hey. Alles in Ordnung?«

Ich hörte Juniors Stimme und hob verwirrt den Blick. Wir waren wieder zurück in dem Wartezimmer, in dem Miss Rose und Miss Sarah uns zurückgelassen hatten. Gum Baby hatte sich irgendwohin verzogen und mich mit dem Neuen allein gelassen. Na, toll.

»Alles bestens«, erwiderte ich. »Wo ist Gum Baby denn hin?«

»Sie hat irgendwas gesagt, dass sie die Band wieder zusammentrommeln will. Keine Ahnung, was das heißen soll. Aber zurück zum Thema. Bei dir ist keineswegs alles bestens.« Er nahm die Hand von meiner Schulter und legte sie wieder an den Beutel, der über seiner Schulter hing. »Das spüre ich.«

»Ach, ja? Und wie genau spürst du das?«, gab ich herausfordernd zurück.

Er zuckte mit den Schultern. »Weil ich diesen Gesichtsausdruck nicht zum ersten Mal sehe. Genau den, den du jetzt gerade aufgesetzt hast. So sieht man aus, wenn man gemerkt hat, dass jemand, zu dem man immer aufgeschaut hat, nicht unverwundbar ist. Nicht perfekt ist. So habe ich auch schon ausgesehen. Und ich war mit dir zusammen in dem Raum da hinten. Alle kennen die Geschichten über dich, Tristan. Der Junge mit den Gaben der Götter. Als wir da bei dem großen Mann waren, da haben deine Augen golden geleuchtet. Das ist Nyamés Kraft – du kannst die Geschichten sehen, stimmt's? Willst du wissen, was ich glaube?«

»Was denn?«

»Ich glaube, du hast da drin etwas Schreckliches gesehen. Etwas, worüber die ganzen Götter hier Bescheid wissen, worüber sie aber nicht reden. Sie wollen es mir nicht sagen und ich schätze mal, dir haben sie's auch nicht gesagt. Aber du hast es gesehen. Du hast es *gesehen*!«

In Juniors Stimme lag ein ganz bestimmter Ton. Irgendwie gereizt. Eifersucht? Nein, ein bisschen subtiler. Er war neidisch. Auf mich. Diese Erkenntnis riss mich aus der Erstarrung, in die mich John Henrys Zustand versetzt hatte. Ich würde bereitwillig auf alle meine Kräfte verzichten, wenn ich dafür meine Großmutter zurückbekommen konnte. Nichts wünschte ich mir mehr, als mit Nana zusammen auf unsere Farm in Alabama zurückzukehren, wo alles wieder normal wurde.

»Willst du wissen, was ich gesehen habe?«, fragte ich ihn.

Junior nickte und in seinem Blick lag eine verzweifelte Gier. »Ja.«

Ich hatte schon den Mund geöffnet, da hielt ich noch einmal inne. Auf seiner Miene spiegelte sich eine Mischung aus Angst und hoffnungsvollem Entsetzen. In diesem Moment wurde mir klar, dass die

Wahrheit ihm womöglich schaden konnte. Wenn die Götter verblassten, dann konnten auch die Leute von Alke verblassen. Waren sie letztendlich nicht auch Geschichten? Granddad hatte gesagt, dass die Leute seltsame Dinge machen, wenn sie mit ihrer eigenen Sterblichkeit konfrontiert werden. Ich wollte keine Panik lostreten. *Jetzt ist die Zeit, ein Anführer zu sein.* John Henrys Worte hallten mir in den Ohren. Darum sagte ich ihm nicht die ganze Wahrheit.

»John Henry ist … krank.«

»Krank?« Junior blickte mich forschend an. »Ist es schlimm?«

Ich zögerte und seufzte dann. »Vielleicht. Ich weiß es nicht. Aber was ich sicher weiß, ist, dass ich den Shamble Man finden muss. Sonst wird John Henry nicht der Einzige bleiben, der leidet. Das ist im Moment das Allerwichtigste.«

Er nickte, dann fiel sein Blick auf meine Hände. »Hey, hast du nicht vorhin noch Handschuhe getragen?«

Ich verzog das Gesicht. Der Typ war nicht dumm. Ich hatte gehofft, es würde niemandem auffallen, dass ich sie ausgezogen hatte. »Ja, schon, ich … na ja, die habe ich mal von John Henry bekommen und jetzt wollte ich sie ihm zurückgeben.« Was ich ihm nicht sagte, war, dass die Handschuhe von der Kraft des Mannes mit dem stählernen Hammer durchtränkt waren und dass ich hoffte, sie würden ihm einen kleinen Teil seiner Stärke zurückgeben. Das war zwar nicht besonders wahrscheinlich, aber trotzdem.

Zum Glück musste ich nicht noch mehr Erklärungen abgeben, weil jetzt nämlich Gum Baby ins Zimmer zurückkam. Dieses Mal saß sie auf Ayannas Schultern, die sich ein sehr vertrautes, rechteckiges Holzstück auf den Rücken geschnallt hatte. Bedauerlicherweise sah es nicht besonders gut aus.

»Dein Floß!«, stieß ich hervor. »Was ist denn damit passiert?«

Ein dicker Riss verlief mitten durch das Zaubergefährt. Jemand hatte ihn mit Pech verschmiert und das Holz zusätzlich mit einer dünnen Schnur umwickelt, damit der Riss nicht noch breiter wurde.

Ayanna warf Gum Baby einen strengen Blick zu, die ihrerseits alles daransetzte, jeden Blickkontakt zu vermeiden. »Irgendjemand hat es sich für eine Stunde ausgeliehen, um Nachschub zu den Arbeitern zu bringen, die den Markt wiederaufbauen, aber *irgendwie* ist dieser Irgendjemand mit einem Minarett zusammengestoßen, sodass der Turm beinahe eingestürzt wäre.«

»Gum Baby dachte, sie hätte einen Regenbogen gesehen«, warf die kleine Schurkin schmollend ein.

»Was immer auch passiert sein mag, wir müssen los. Und zwar jetzt«, sagte ich. »Bevor uns wieder jemand über den Weg läuft und uns klarmacht, dass wir nicht mehr alle Tassen im Schrank haben.« Hastig fasste ich mein Gespräch mit John Henry zusammen, auch dieses Mal wieder ohne näher auf seine Krankheit einzugehen. Ich wusste nicht genau, wie viel Ayanna und Gum Baby wussten, und geteiltes Leid war doppeltes Leid. Es lag an mir ganz allein, dieses Durcheinander wieder in Ordnung zu bringen.

»Der Shamble Man hält sich in den Sturm-Auen auf?«, hakte Ayanna nach. »Das hört sich nicht gut an. Wenn er da ist, wo ich glaube, dass er ist, dann könnten wir alle große Schwierigkeiten bekommen.«

»Wie meinst du das?«

»Die Sturm-Auen, so nennen wir Nyanza, die Stadt der Seen in den Graslanden. Annie hat erzählt, dass dort eine mächtige Göttin lebt. Wenn der Shamble Man sie überfallen will ...«

Ayanna brachte ihren Gedanken nicht zu Ende und das war auch nicht nötig. Das Bild, wie John Henry allmählich verblasste, hatte sich mir eingebrannt. »Ich muss dafür sorgen, dass das niemals passiert«, sagte ich grimmig.

»*Wir* müssen dafür sorgen«, verbesserte mich Ayanna.

»Ja, genau, hör auf, den ganzen Ruhm für dich einzuheimsen, Stotterzunge.« Gum Baby faltete ihren Kautschukanzug auseinander und machte sich bereit hineinzuschlüpfen. Wir starrten sie an und sie blickte sich um. »Was denn? Noch nicht? Oh, entschuldigt bitte vielmals, aber Gum Baby hat gedacht, jetzt geht es los. Aber ihr wollt noch länger hier herumtrödeln. Gum Baby entschuldigt sich, na los, macht schon und vergeudet noch ein paar Sekunden. Sie wartet.«

Ich schüttelte zwar den Kopf, aber sie hatte recht. Es wurde Zeit. Bevor ich den ersten Schritt machen konnte, räusperte sich Junior. »Ich kann nicht mitkommen.«

Ayanna runzelte die Stirn. »Wieso nicht?«

Mir persönlich war das vollkommen egal. Es war ja nicht so, dass ihn jemand eingeladen hätte. Aber ich hielt den Mund und versuchte, erschrocken auszusehen. »Oh, nein. Warum denn das?«

Er rollte mit den Augen. »Nyamé will, dass ich in der Nähe bleibe, damit er mich im Blick behalten kann.«

»Wieso ist ihm das eigentlich so wichtig?«, wollte ich wissen. Es kam mir so vor, als hätte Junior Hausarrest, und das machte mein Vertrauen zu ihm nicht unbedingt größer.

Junior zuckte mit den Schultern. »Ich weiß bloß, dass jedes Mal, wenn ich mich mehr als ein paar hundert Meter vom Palast entferne, unsere geliebte Wächterstatue durch den Goldenen Halbmond stapft und mich sucht. Oder Miss Sarah und Miss Rose kommen aus dem

Nichts vom Himmel gesaust und schreien mich an. Wobei ... ich könnte sie zumindest ablenken, sodass ihr einen kleinen Vorsprung bekommt.«

»Oh.« Sein Angebot überraschte mich. »Das ... ist ehrlich gesagt ganz schön cool. Danke.«

Junior hob eine Augenbraue. »Das mache ich nicht für dich.« Er drehte sich um und zeigte Ayanna sein strahlendes Lächeln. »Das mache ich für *sie*.«

Ayanna besaß tatsächlich die Frechheit zu erröten.

Uuuuund mit einem Mal war es Zeit zur Abfahrt.

Wir entdeckten Keelboat Annie in der Marina an Deck ihres Lastkahns, von wo sie das Wasser anbrüllte.

»Ist mir doch egal, ob die Wellen jucken! Du fängst jetzt endlich an, dich vernünftig zu benehmen, oder ich sorge dafür, dass du sehr viel ernsthaftere Probleme bekommst als ein paar juckende Wellen.« Die Göttin hob den Blick, als ich mit erhobenen Augenbrauen näher kam. Ayanna, Gum Baby und Junior waren dicht hinter mir. Sie trug jetzt ein langes geblümtes Kleid und hatte die Haare zu einem Zopf geflochten, der ihr über die rechte Schulter hing. Jedes Mal, wenn sie den Kopf schüttelte, drehte sich der Zopf im Kreis. »Entschuldigt das Geschrei. Aber manche Flüsse sind immer nur am Rummaulen.«

In meinem Rücken scharrte Junior unruhig mit den Füßen. »Streitet sie ... streitet sie sich etwa mit dem Wasser?«, hörte ich ihn flüstern. »Ooooooder ...«

Gum Baby tätschelte ihm den Knöchel. Sie hatte es sich in Juniors Hosenaufschlägen bequem gemacht – viel Glück beim Saubermachen. An dem Morgen nach meiner Rückkehr aus Alke hatte Granddad mich geschlagene fünf Minuten lang dabei beobachtet, wie ich versuchte hatte, die Spuren meiner ersten Begegnung mit Gum Baby aus der Bettwäsche zu bekommen. Ihr kennt diesen Blick. Diesen *Junge, wenn du nicht ...*-Blick. Dann war er murrend und kopfschüttelnd davongestapft. Am nächsten Tag hatte ich auf der Kommode in meinem Zimmer zwei Seifenstücke und einen nagelneuen Waschlappen entdeckt.

Ayanna musste sich das Lachen verkneifen, als Gum Baby in sehr ernsthaftem Tonfall anfing, Junior zu belehren. »Wenn eine Göttin und der Zauberfluss, der sie überall hinträgt, einander lieben, dann kommt es manchmal vor, dass sie sich streiten. Gum Baby kennt das schon. Die Antwort lautet also: Nein, es geht nicht um dich. Setz dich hin.«

Ich lief zu dem Kahn. »Hey, Annie, meinst du, du kannst uns mitnehmen? Wir müssen in die Graslande, und zwar schnell. Nach, äh ...« Ich blickte Ayanna hilfesuchend an.

Sie schnaubte. »Nyanza.«

»Genau. Nach Nyanza.«

Keelboat Annie pfiff durch die Zähne. »Nyanza, hmm? Das ist keine Vergnügungsreise. Schon gar nicht, wenn der alte Schaumschläger da unten grummelig ist.«

»Bitte!«, drängelte ich. »Es ist ein Notfall.«

»Und was ist mit den hohen Tieren da im Palast? Können die euch nicht weiterhelfen? Müsst ihr unbedingt zu mir kommen und mich um eine Fahrt anbetteln?«

»Nein, nein, so ist es nicht.« Ich stolperte über meine eigenen Worte, während ich nach einer Möglichkeit suchte, um die gereizte Göttin zu besänftigen. »Es ist nur ...«

»BRU-HA-HA-HA-HAAAA!« Schallendes Gelächter platzte aus Keelboat Annies Kehle. Der ganze Kahn wackelte, als sie den Kopf in den Nacken warf und auf den Rand klopfte. »Hu-huu-hiiiii! Dein Gesichtsausdruck ... Na los, steigt ein, ist alles kein Problem. Leute von einem Ort zum anderen zu befördern, das ist doch mein Ding. Es soll niemand behaupten, Keelboat Annie wäre kleinlich. Mächtig, ja. Pünktlich, auf jeden Fall. Aber kleinlich? Das überlasse ich den Hochwohlgeborenen da oben im Palast.«

Alle stiegen die Leiter empor. Als Ayanna das Deck betrat, wies Keelboat Annie mit dem Kinn auf die Ruderpinne im Heck. »Du brauchst es dir gar nicht erst gemütlich zu machen, junge Frau – es wird Zeit, dass du mal ein bisschen Praxis sammelst.«

»Ich?« Ayanna riss die Augen auf.

»Deswegen bist du doch hier, oder etwa nicht? Außerdem habe ich nicht vor, mein Lieblingskleid schmutzig zu machen.«

Die Floßpilotin schluckte, aber dann nickte sie, band ihren Stab mit der Goldspitze los, flüsterte dem Gesicht am oberen Ende etwas zu und marschierte mit grimmiger Entschlossenheit in Richtung Ruderpinne. Sie wollte dieses mickrige Ding doch nicht etwa als Stakholz benutzen, oder? Ich grinste und schob mich dann neben Keelboat Annie. »Wo ist das ... LTT?«, fragte ich sie leise. Es mussten ja nicht alle erfahren, dass ich die Legendentruhe und Anansi aus den Händen gegeben hatte.

Keelboat Annie verzog das Gesicht. »Das Ding habe ich in einen meiner alten Stiefel in dem Schrank da gelegt. Nicht dass der alte Weberdödel noch irgendwas anstellt. Geh nur und hol es dir. Viel Erfolg.«

Mit schnellen Schritten ging ich zu dem Schrank, den Annie mir gezeigt hatte, fand den zerschlissenen stinkenden Stiefel, von dem sie gesprochen hatte, holte vorsichtig das LTT heraus und stieß einen tiefen Seufzer der Erleichterung aus. Anansi lag immer noch schnarchend in seiner Spinnennetz-Hängematte. Aus seinem Mundwinkel hing ein Spuckefaden und den Hut hatte er sich über die Augen gezogen. Gott sei Dank. Alle waren da, wo sie sein sollten.

Na ja, fast alle.

Als ich zur Reling zurückkehrte, trat Junior auf dem Anleger immer noch von einem Fuß auf den anderen und fuhr mit dem großen Zeh eines der ausgetretenen Muster nach. Von hier aus wirkte er längst nicht mehr so selbstsicher wie vorhin am Strand, als er mir alle möglichen Frechheiten an den Kopf geworfen hatte. Ehrlich gesagt sah er eher so aus wie ein Junge, dessen Freunde (UND ICH BENUTZE DIESES WORT HIER SEHR ALLGEMEIN) ihn gleich zurücklassen würden. Während die anderen also mit Reisevorbereitungen beschäftigt waren, rief ich ihm zu: »Machst du dir immer noch Gedanken, dass Miss Sarah oder Miss Rose dich finden könnten?«

Er warf mir einen grimmigen Blick zu. »Ich hab keine Angst.« Seine Miene entspannte sich und er fügte hinzu: »Im Prinzip sind die beiden gar nicht so übel. Sie machen sich eben Sorgen. Eigentlich nervt mich vor allem Nyamé. Ich habe einfach keine Lust mehr auf die ständigen Vorträge über meine Zukunft und dass ich es doch bestimmt besser machen kann als mein Vater, bla bla bla.«

Also, *das* konnte ich total verstehen. Erwachsene quatschen ständig über die Zukunft, dabei müssen *wir* die *Gegenwart* ertragen. Es ist schwer, an nächste Woche zu denken, wenn das Heute einem ständig ins Gesicht schlägt. Aber wahrscheinlich kriegt man das mit dem Alter immer besser hin.

Junior tat mir leid. Er war zwar manchmal ein Idiot (viel zu oft eigentlich), aber ... ich weiß auch nicht, aber manchmal, wenn die Leute eine harte Zeit durchmachen müssen, haben sie sich nicht mehr so gut unter Kontrolle. In den Wochen nach Eddies Tod habe ich in der Schule jede Menge Verweise kassiert, weil ich mit allen möglichen Leuten Streit angefangen habe. Jede Beleidigung, egal ob sie echt war oder nur eingebildet, hat mir als Anlass genügt. Wenn der Ärger, den Junior mit seinem Vater hatte – wer immer das sein mochte –, ihn genauso stresste, dann sollte ich ihm vielleicht noch eine Chance geben. Was hatte Keelboat Annie neulich vor sich hingemurmelt? *Manchmal sitzt etwas tief unten im Wasser und führt zu Unruhe an der Oberfläche.* Das galt auch für Menschen.

»Okay!«, rief Ayanna. »Wir sind bereit! Moment mal, das gehört doch eigentlich ... oh, alles klar!«

Ich traf eine spontane Entscheidung. Während Keelboat Annie an Deck verschiedene Leinen löste und sich so gut es eben ging bemühte, nicht auf Gum Baby zu achten, die hinter ihr herstapfte und ausgedachte Segelkommandos herauströtete, zeigte ich auf die Leiter.

»Komm mit«, sagte ich zu Junior. »Das Schlimmste, was dir passieren kann, ist, dass sie dich anschreien. Wieder mal.«

Junior kniff die Augen zusammen und sah mich misstrauisch an. Aber als er gemerkt hatte, dass ich ihn nicht veräppeln wollte, fuhr er sich mit beiden Händen durch die Haare. »Ist das dein Ernst?«

Ich nickte.

»Ha! Du bist ja gar nicht so eingebildet, wie alle immer sagen.« Er kletterte die Leiter empor, legte eine Hand an die Reling und sprang mit einem Satz an Deck. Mit der anderen Hand hielt er seinen Beutel fest. Er versetzte mir einen Klaps auf die Schulter und lief zu Ayanna, die die Hand an der Ruderpinne hatte. Jetzt sagte er etwas zu ihr und sie lachte. Ihre Schultern entspannten sich.

»Sehr netter Kerl, stimmt's?« Gum Baby balancierte mit ausgestreckten Armen wie eine Seiltänzerin auf der Reling entlang. »Gum Baby könnte jeden Tag mit ihm verbringen.«

»Ja, ja, ja«, murrte ich, rieb mir die Schulter und wandte mich ab. »Echt nett.«

»Ach, sei doch nicht eifersüchtig, Stotterzunge. Gum Baby könnte auch mit dir jeden Tag verbringen. Obwohl, na ja, es müsste schon ein bestimmter Tag sein. Nachmittags. Früh am Morgen kann Gum Baby dich noch nicht ertragen. Also ... sagen wir Dienstagnachmittags. Dann kannst du vorbeikommen und wir verbringen Zeit miteinander.« Sie sah mich einen Augenblick lang durchdringend an und schüttelte dann den Kopf. »Ich hab's mir überlegt. Sagen wir jeden *zweiten* Dienstag.«

Der Kahn schaukelte hin und her und Keelboat Annie starrte wütend in das blaue Wasser der Bucht. »Fang bloß nicht wieder damit an«, sagte sie in warnendem Tonfall.

Ich runzelte die Stirn. Das war das zweite oder dritte Mal, dass sie sich über Old Man River ärgerte. Allmählich schrillten in meinem Kopf die Alarmglocken. Ich legte die Hand an das Anansi-Adinkra an meinem Armband. Es war warm. Nicht heiß, nur warm. Was hatte das zu bedeuten? Dass ein halbes Eisenmonster in der Nähe war? Dass irgendwo eine Ekelbestie saß und mich beschimpfte? Was sollte ich mit dieser Information anfangen?

Ayanna reckte ihren Stab nach hinten und flüsterte leise Worte vor sich hin. Dann riss ich die Augen weit auf, als ich sah, dass Keelboat Annies mächtiges Stakholz jede ihrer Bewegungen nachmachte. Wenn

Ayanna ihren Stab höher hob, schwebte auch die Stocherstange nach oben, und wenn sie ihren Stab senkte, setzte der Kahn sich in Bewegung und glitt ein wenig ruckelig aus seinem Liegeplatz. Ziemlich unruhig steuerte er eine der Flussmündungen an, die sich in die Bucht ergossen. Große Felsbrocken mit tiefen Schatten lagen in der Fahrrinne.

Der Kahn neigte sich zur Seite. »'tschuldigung!«, rief Ayanna. Sie wirkte sehr entschlossen. »Ich wollte nicht, dass es so doll ruckelt.«

Ich biss mir auf die Zunge.

Im Gegensatz zu Gum Baby. »Pass bloß auf, dass Gum Babys Haare nicht nass werden. Heute ist kein Waschtag.«

Der Stab hob und senkte sich behutsam und die Stange machte es ihm nach. Der Kahn schoss jedoch ruckartig nach vorne, vibrierte und wurde, nachdem wir uns zwischen den riesigen Felsen hindurchgeschlängelt hatten, immer schneller.

»Äh …«, sagte ich und klammerte mich mit aller Kraft an der Reling fest. Auf unsicheren Beinen kam Junior zu mir getorkelt. Er hatte die Zähne fest zusammengebissen und hielt sich starrsinnig an seinem Beutel fest statt am Kahn. Der Typ musste unbedingt an seinen Prioritäten arbeiten.

»Dafür kann ich nichts!«, rief Ayanna mit Panik in der Stimme. »Schaut doch, ich bewege ihn gar nicht!«

Und tatsächlich, sie reckte ihren Stab in die Luft und auch das gewaltige Stakholz hatte sich aus dem Wasser gehoben. Trotzdem raste der Kahn den Fluss hinauf, platschte um Biegungen und scharrte über seichte Stellen.

Anansi wachte auf und das LTT vibrierte. »Bei allen sieben Netzen, was ist denn hier los? Junge, was hast du jetzt wieder angestellt?«

Junior verkrampfte sich sofort. Ich warf ihm einen Blick zu und zeigte ihm das Handy. »Gar nicht beachten. Das ist bloß …«

Aber noch während ich versuchte, ihm klarzumachen, wie unhöflich der Tricksergott manchmal sein konnte, sauste Junior ans andere Ende des Kahns. Dabei rutschte er bei jedem Schritt aus und ich sah ihm fassungslos hinterher. Was hatte ich denn gesagt?

Keelboat Annie schüttelte den Kopf und kniff die Augen zusammen. »Da stimmt was nicht«, sagte sie leise. »Lass mich mal übernehmen, vielleicht hat Old Man River vorhin nicht einfach nur so vor sich hingeschimpft. Vielleicht kann ich …«

Sie hatte nicht einmal die Chance, das Stakholz in die Hand zu nehmen, bevor der Kahn wie eine Kanonenkugel losjagte und alle an Bord auf die Bretter schleuderte. Eine gewaltige Welle schwappte über die Reling und überschüttete uns mit eiskaltem Wasser. Ich hatte einen metallischen Geschmack im Mund, spuckte angewidert aus und erstarrte.

Metallisch.

Eisen.

»Moment ma…«, wollte ich rufen, als die nächste Welle über dem Kahn zusammenbrach, mich hochhob und mich mit dem Kopf voran auf das Deck krachen ließ. Die Welt verschwamm vor meinen Augen. Ich spürte, wie der Kahn sich zur Seite neigte, und dann hörte ich nur noch einen lauten Schrei, bevor wir alle zusammen in den bitterkalten Fluss fielen.

17

KULTURE VULTURE

Zu Hause in Chicago, im Sommer, wenn es richtig heiß ist, kommt es gelegentlich vor, dass jemand einen der Feuerhydranten in der Mitte unseres Häuserblocks aufdreht. Manchmal kommt die Feuerwehr mit einem ihrer Löschfahrzeuge in unsere Gegend, mit Blinklichtern, aber ohne Sirene, und ein Feuerwehrmann verteilt Bonbons, während ein anderer den Hydranten öffnet und uns einen dicken Wasserstrahl zum Abkühlen beschert. Aber manchmal macht es auch einfach jemand aus dem Block. Dann hüpfen die Kinder durch den Regen und spielen und sogar ein paar Erwachsene stecken vorsichtig ihre Zehen ins Wasser.

Einmal, als ich noch ganz klein war und mich sehr mutig gefühlt habe, habe ich mich direkt vor den Wasserstrahl gestellt. Er ist mit der Wucht eines Güterzugs auf meine Brust geprallt und hat mich kopfüber die Straße hinunter gespült, bis ich gegen einen Laternenpfahl geknallt bin. Ab und zu muss ich an dieses furchterregende Gefühl zurückdenken, wie ich plötzlich keinerlei Kontrolle mehr gehabt hatte und hilflos einer gewaltigen Kraft ausgeliefert war, ohne etwas dagegen tun zu können.

Genau so fühlte ich mich jetzt gerade.

Nur mit Mühe gelang es mir, den Kopf über Wasser zu bringen und Luft zu holen. Außer den grauen Fluten konnte ich nichts erkennen und dabei dröhnten mir ununterbrochen die Ohren. Old Man River hatte große Schmerzen ... ich konnte seine Schreie hören, weil er gegen seinen Willen in eine bestimmte Richtung gezwungen wurde. Ich wurde vorwärts geschubst, schluckte noch mehr Wasser und konnte nur hoffen, dass da nichts Ekliges drin herumschwamm. Blut zum Beispiel. Oder Limo ohne Kohlensäure. Igiiitt.

»Uuumpff!«, keuchte ich, als ich gegen etwas Festes, Rundes prallte. Es fühlte sich an wie ein Laternenmast und ich hielt mich daran fest, um nicht noch weitergespült zu werden. Meine Beine wurden nach hinten gezogen, als die wilde Strömung mich mit sich reißen wollte. Meine Arme wurden schwer, während ich mich an diesen Pfahl klammerte, als wäre er mein Lieblings-Teddybär.

Ich meine ... das Stofftier, das ich verloren habe.

Vor langer Zeit.

Das auf keinen Fall immer noch auf meinem Bett in Chicago saß.

JEDENFALLS ...

Als ich mich kaum mehr halten konnte, floss das Wasser mit einem Mal ab, als hätte jemand den Zauberfluss-Wasserhahn abgedreht. Total erschöpft sackte ich zu Boden. Es kam mir so vor, als würde bei meiner Landung die Erde beben, und ich stöhnte laut.

»Es muss doch eine bessere Reisemöglichkeit durch Alke geben«, sagte ich, setzte mich auf und verzog dabei das Gesicht. Als die Erde noch einmal bebte, wenn auch nur ein bisschen, erstarrte ich. Was war denn hier los?« »Zuerst ein flammendes Loch im Boden und jetzt ein starrsinniger Fluss. Was kommt als Nächstes? Schneestürme, die sich über unseren Haarschnitt lustig machen?«

Niemand lachte. Niemand sagte ein Wort. Ich war allein. Der Nebel legte sich allmählich und ich stellte fest, dass ich auf einem Flecken Gras hockte, das so grün war, dass es eigentlich nicht echt sein konnte.

»Hey!«, rief ich. »Ayanna. Annie? Junior?«

Keine Reaktion. Wo waren sie denn alle hin? Es ist gar nicht so einfach, einen sieben Meter langen Lastkahn zu verstecken. Mein Rucksack hing schlaff über meiner Schulter und ich geriet schon in Panik, doch nach einem schnellen Blick ins Innere stieß ich einen erleichterten Seufzer aus. Der innere Saum war wasserdicht. Nanas Decke bestand zwar nur noch aus Fetzen, aber die waren wenigstens trocken.

»Puuh. Da hab ich aber einen Schrecken gekriegt.« Ich klopfte auf meine Tasche und holte das LTT heraus. »Anansi, wo …«

Mitten im Satz brach ich ab und starrte voller Entsetzen das Handy an.

»Nein.«

Das war nicht möglich.

»Oooohh, nein!«

Ein gewaltiger Riss spaltete das Display genau in der Mitte. Das Telefon war ausgeschaltet, das dunkle Display zeigte keine Reaktion. Und das Schlimmste von allem: Anansi war nirgendwo zu sehen.

»Oh, nein. Oh, nein, nein, nein, nein, nein.«

Als ich das LTT umdrehte, lief zwischen den Rändern und der Rückenabdeckung Wasser heraus. Irgendwie war es nass geworden! Aber Anansi hatte doch gesagt, das Ding sei wasserdicht. Hatte er sich geirrt? Oder hatte er gelogen? Ich traute ihm alles zu, aber jetzt gerade hätte ich meinen rechten Arm für einen kleinen Tipp von ihm gegeben. Was sollte ich denn bloß machen?

Ich musste das Handy trocknen, und zwar zügig.

Während ich dasaß und mir (ein bisschen) Sorgen machte und (okay, sehr viel) Panik kriegte und versuchte, wieder zu Atem zu kommen, blickte ich mich um. Der Nebel hatte sich vollständig verzogen.

»Heiliger Strohsack.«

Das Ding, mit dem ich zusammengestoßen war, das war gar kein Laternenpfahl. Es war der seltsamste Baum, den ich je gesehen hatte. Sein gerader, türkisfarbener Stamm schien sich fortwährend zu kräuseln, während der Wind ihn umwehte. Die Äste reckten sich wie Arme in die Luft und die Farbe der Blätter wechselte ständig zwischen korallenblau und smaragdgrün, je nachdem, in welche Richtung ich meinen Kopf drehte. In der Nähe standen noch mehr Bäume von der Sorte. Dazwischen wuchsen winzige, hübsche Büsche und ganze Büschel von bunten Blumen. Der Rest der Landschaft wurde von hohen, steifen Grashalmen überwuchert. Es war ein Garten, klein und sehr schön, sodass ich für einen kurzen Moment glaubte, wieder zurück in Nyamés Palast im Goldenen Halbmond zu sein.

Aber es gab hier keine Wasserfälle, keinen Blick auf das Gebirgsmassiv im Norden oder auf die Bucht und das Brennende Meer im Süden und Westen. Stattdessen lag eine gewaltige Wolkenmasse über dem Land. Sie wirkte wie ein dicker, trister Vorhang und ließ alles holzkohlegrau erscheinen. War das der Sturm, den wir am Horizont gesehen hatten?

»Schluss jetzt mit der Besichtigung«, murmelte ich leise vor mich hin. Ich hatte Dinge zu erledigen. Musste das LTT reparieren. Nach Nyanza gehen und den Shamble Man suchen. Und zu guter Letzt musste ich auch meine Nana zurückholen. Voller Entschlossenheit marschierte ich durch den Garten bis zur … Grundstückskante?

Moment mal.

Nichts als grauer Himmel umgab mich und den Garten. Eine Windbö fegte durch die Bäume und ich spürte, wie die Erde bebte. Mit angehaltenem Atem klammerte ich mich am nächsten Baum fest, beugte mich nach vorne und linste über die Kante.

»Ohhh«, sagte ich.

Ich war gar nicht auf dem Erdboden gelandet, sondern auf einem Dach.

Einem sehr hoch gelegenen Dach, wo der Wind toste und an meinen Kleidern zerrte.

»Ohhh, nein.«

Tief unter mir breitete sich, so weit das Auge reichte, ein beinahe ausgetrocknetes Flussbett aus. Brauner Schlamm und Sand umgaben einige wenige Wasserpfützen. Aber das Verblüffendste daran war, dass mitten aus dem Schlamm und den Pfützen eine Stadt emporwuchs.

Ihr habt euch nicht verlesen.

Eine richtige Stadt.

Einfamilienhäuser und Wolkenkratzer auf riesigen Seerosenblättern, die im Moment im Schlamm lagen. Am Ufer standen gewaltige Pflanzen, die Schatten spendeten. Zwischen den Seerosen wuchs hohes Gras, während die Wolkenkratzer von Miniwäldern gekrönt wurden. Und in genau so einem war ich offensichtlich gelandet. Ich war sehr dankbar, dass dieser Baum mich vor dem Absturz gerettet hatte.

In der Mitte des Ganzen war, wie ein Edelstein in einem Ring aus Bernstein und Jade, eine große, türkisfarbene Kuppel zu sehen, so groß wie ein Fußballstadion und gemustert wie ein Schildkrötenpanzer. Sie sah aus wie eine umgedrehte Schüssel aus lauter Buntglasscheiben, hell und halb transparent. Selbst aus dieser Entfernung waren in ihrem Inneren noch mehr Häuser und Gebäude zu erkennen.

Über der Kuppel schwebten umgekehrte Torbögen aus Smaragd, so als hätte jemand lächelnde Münder in die Luft gemalt. Sie bildeten einen Kreis, sodass sie wie die Zacken einer Krone wirkten. Gelegentlich rumorte es im Boden und dann schwappte jedes Mal Wasser aus einem Loch in der Spitze der Kuppel. Nur das wenigste davon landete im See. Das meiste floss in die u-förmigen Bögen, wo Geysire das Wasser in die Wolken über der Stadt schossen. Nicht in die mächtige Gewitterwolke am Horizont, sondern in kleinere Regenwolken, die die darunterliegende Ebene mit Wasser versorgten.

Alles in allem machte das hier einen ziemlich coolen Eindruck.

Ich meine, abgesehen davon, dass ich mich auf einem schmalen Dach befand und mich krampfhaft irgendwo festhalten musste.

»Tief ein- und ausatmen«, sagte ich. »Tief ein- und ausatmen. Es ist alles in Ordnung. Es ist alles in bester Ordnung. Du bist in einem Land mit blauen Bäumen und redest mit dir selbst, aber alles ist gut. Du musst bloß ... zusehen, dass du irgendwie hier runterkommst.« Ich hatte immer noch das nasse LTT in der rechten Hand und verspürte den irrationalen Wunsch, es in eine Schale mit Reis zu legen.

So konnte man doch nasse Handys wieder zum Laufen kriegen, oder? Mit Reis? Oder war es Hafer?

Ich stellte mir vor, wie das LTT aus einer Schale mit Haferflocken hervorragte, während Anansi mich anflehte, mich vor seinem gesunden, leicht nach Zimt schmeckenden Ableben zu bewahren. In diesem Augenblick schwebte ein Schatten über das Dach. Ein Windstoß brachte einen fauligen Gestank mit sich und irgendetwas streifte mein Ohr. Ich zuckte zurück.

»Gaaanz ruuhig bleiben, Kleiner«, sagte eine gedehnte Stimme in meinem Rücken. »Gaaanz ruuhig. Noch so'n halb ertrunkener Fisch auf'm Trockenen. Steckst im Schlamm fest, wa? Einfach still liegen blei'm und nich' so viel rumzappeln, dann tut's gar nich' weh, versproch'n.«

Ich drehte mich um und erstarrte.

Über mir im Baum hockte ein zwei Meter großer Vogel mit einem scharfen, gebogenen Schnabel und Flügeln. Er starrte mich hungrig an und streckte seine messerscharfen Krallen nach mir aus.

Dieser Vogel ... dieser Vogel war riesig. Gigantisch. Ein halber Dinosaurier vielleicht, ich weiß es nicht. Das seltsame Monstrum hatte einen kahlen Schädel und Schwingen so lang wie Sofas. Er wurde von verfilzten, schlaffen, gräulich braunen Federn bedeckt und ...

Wow.

Okay.

Der Vogel trug eine zerlumpte Jeans mit ungleich abgerissenen Beinen. Aber das Seltsamste und Furchterregendste an dieser Kreatur (falls euch der letzte Satz nicht schon genügend Grauen eingeflößt hat) war ihre Halskette, die aus mit allerhand Schnickschnack bedeckten Knochen zu bestehen schien.

Jetzt flatterte der Vogel vom Baum herab und baute sich direkt vor mir auf. Ein Übelkeit erregender Gestank wehte mich an. Er drehte den Kopf zur Seite, sodass er mich mit einem seiner großen Augen ausgiebig mustern konnte, und dann fing er an zu sprechen. Bei jedem Wort klapperte sein mächtiger Schnabel.

»Ahhh, *krächz*, was ha'm wir, was ha'm wir denn hier? Einen fliegenden Wurm? Ein schwimmendes Tier? So 'nen kleinen Happen für zwischendurch? Na los, *krächz krächz*, komm her, du Lurch!« Der Vogel machte einen kleinen Hüpfer und schlug mit den Flügeln. Ich musste würgen. Dieser Gestank war echt eklig. Und ... rappte der mich gerade an?

Erst jetzt fiel mir auf, dass er nicht alleine war.

Eine Gruppe kleinerer Vögel – Elstern, Falken, sogar drei Meisen – kreisten über uns und feuerten ihren Anführer an.

»Schnapp ihn dir, Boss!«

»Mach ihm klar, wer hier den Takt angibt!«

»Immer auf die eins und auf die drei!«

Na, toll. Background-Rapper. Background-Vögel? Egal.

Der mächtige Vögel stapfte vorwärts und schüttelte seine Federn. »Was is' eigentlich los mit dir, du Feierabend-Snack. Du kommst zu mir und du glaubst, ich schau weg? Ich regier diese Stadt, Nyanza is' meine Hood. Und jetzt halt still, sonst mach ich dich kaputt.«

Nyanza. Ich hatte es also bis in die Stadt der Seen geschafft. Aber ... die lag doch in den Graslanden. Wie war ich so weit entfernt vom Goldenen Halbmond gelandet? Was hatte Old Man River sich dabei gedacht? Und wo waren die anderen?

»Ich rede mit dir, du kleine Made.«

Ich hielt es nicht für klug, eine Kreatur, die aussah, als könnte sie mich auf viele unterschiedliche Arten in Stücke reißen, zu beleidigen, darum schüttelte ich nur den Kopf und vergrub Nase und Mund in meiner Ellenbeuge.

»Wer bist du?«, fragte ich ihn mit erstickter Stimme.

»Ich?« Der Vogel vollführte schon wieder einen kleinen Hüpfer.

»Ich? *Krächz krächz*, ich bin der Meister der Worte, von der reimenden Sorte, an jedem Orte. Cooler als ich, das geht gar nich', mein kleiner Snack, nich' mal mit 'ner Riesentiefkühltruhe. Ich schweb auf Rhythmus und flieg auf Melodie. Du darfst mich DJ Kulture nennen, mit großem K. Und zum Schluss krieg ich ein ›mein Herr‹, weil, Respekt muss sein.«

Okay, erstens passte es mir überhaupt nicht in den Kram, dass dieser Vogel – DJ Kulture oder so was – mich als eine Art Mahlzeit betrachtete. Und zweitens passte es mir noch viel weniger in den Kram, wie seine Krallen mit jedem kleinen Hüpfer näher kamen. Ich musste runter von diesem Dach und endlich wieder festen Boden unter die Füße bekommen, aber von hier oben konnte ich unmöglich springen. Wo war Ayannas Floß oder von mir aus auch Thandiwe mit ihrem Urahn, wenn ich sie mal brauchte? Ich hätte alles in Kauf genommen, sogar ihre gutmütigen Frotzeleien, wenn sie mir jetzt hätten helfen können.

Der Vogel flatterte erneut mit den Flügeln und beim Anblick seiner ausgebreiteten Schwingen fühlte ich mich ganz winzig und klein. Wahrscheinlich hätte er mich ohne Probleme in sein Nest oder wo immer er wohnte mitnehmen und mich dort verspeisen können.

Moment mal.

Mitnehmen.

In meinem Kopf nahm ein Plan Gestalt an. Ein bescheuerter Plan. Sterbewahrscheinlichkeit: 85 Prozent. Aber etwas anderes fiel mir nicht ein. Ich rutschte rückwärts, bis ich mit dem Rücken an einen Baum stieß, und richtete mich dann zu voller Größe auf. Der Vogel hüpfte mir nach und drehte den Kopf nach links und nach rechts, sodass er mich immer abwechselnd mit einem seiner beiden großen Augen betrachten konnte. »Also gut.« Ich warf einen schnellen Blick nach hinten und verzog beim Anblick des gähnenden Abgrunds mit dem schlammigen Boden das Gesicht.

»Also gut, du Meister der Worte, meinst du, dass du mir behilflich sein könntest, hier runterzukommen? Ich bin ...«

Der Vogel warf den Kopf in den Nacken und ließ ein lautes Kreischen hören. Erst als ich sah, wie seine Federn zitterten und sein Kopf auf und nieder wippte, wurde mir klar, dass er lachte. Über mich.

Ich spürte die Wut in mir hochkochen und verschränkte die Arme vor der Brust. »Was ist denn daran so witzig?«

Der Vogel ließ seinen Schnabel klappern und sah mich mit schief gelegtem Kopf an. »Na, du, mein kleines arrogantes Appetithäppchen. Für dich gibt's bloß einen Weg nach unten, und der führt durch meinen Schnabel direkt in meinen Magen.«

Immer an den Plan denken. Ich drückte mich mit dem Rücken an den Baum, während der Vogel mit den Flügeln schlug. »Ich hätte nicht gedacht, dass Krähen Menschen fressen«, schrie ich gegen die stinkenden Windböen an.

»Krähen?! Krähen?!« DJ Kulture klappte seine Flügel wieder ein und hüpfte ärgerlich von einem Fuß auf den anderen. »Sehe ich aus wie ein *krächz krächz* hirnloser Murmelsammler? Ich bin ein Fleischfresser, ein Raubtier! Ein Geier vom Scheitel bis zur Sohle, hast du kapiert? Eine Krähe? Weißt du was, Kleiner? Ich sollte dich ...«

Ich konnte nichts dagegen machen. Ganz ehrlich, es ging einfach nicht. Ich fing an zu lachen. »Warte mal, warte. Ein rappender Aasfresser? Ein Hip-Hopper, der auf Geier macht? DJ Kulture Vulture? Mit großem K?« Erneut fing ich an zu lachen, während das stinkende Monster mit den Flügeln schlug und in wütendes Gekrächze ausbrach.

Allmählich wurden das überhebliche Verhalten des Vogels und sein blasiertes Gequatsche von einer zunehmenden Wut überlagert. »Ich *mache* nicht auf Geier. Ich *bin* der Geier. Ein König der Lüfte, der die Himmel beherrscht. Vielleicht hast du ja schon von mir gehört? Ich bin es, der diese Eisenbiester zurück ins Meer gejagt hat, wo sie hergekommen sind. Ich bin der Retter des Himmels, derjenige, der den brennenden Saum am Firmament mit einem Flügelschlag gelöscht hat.«

Mo-ment!

Dieser Vogel wollte den Ruhm für Dinge einheimsen, die meine Freunde und ich vollbracht hatten. Und was das Ganze noch schlimmer machte: Seine Halskette kam mir bekannt vor. *Seeeehr* bekannt. Mehrere Gegenstände, die er um seinen Hals trug, erkannte ich. Zumindest ein paar. Soweit ich das erkennen konnte, hatte Kulture Vulture Trophäen aus ganz Alke zusammengetragen und sie in einer Halskette versammelt. Ein lebloser Feuerbrummer und ein kleiner Fetterling. Ein Kierie aus dem Gebirgsmassiv und Pflanzenfasern aus dem Gesträuch, und alles das hatte er um winzige, bleiche Totenschädel und Fingerknochen gewickelt.

»Wenn *ich* nicht gewesen wäre«, fuhr Kulture Vulture fort, »dann hätten sie den Netzweber niemals gefunden.«

Das brachte das Fass zum Überlaufen. Ich zog das LTT aus meiner Tasche und wollte Anansi zeigen, wie dieser ... dieser Dieb unsere Heldentaten – nein, *meine* Heldentaten – verdreht hatte, um sich selbst als strahlender Retter zu präsentieren. Unfassbar! Aber als ich den Blick auf das Display warf, ließ ich die Schultern sinken. Ich hatte ganz vergessen, dass es kaputt war.

»So, so, so«, sagte Kulture Vulture und stand mit einem Mal so dicht vor mir, dass ich bei seinen Worten jede einzelne schmutzige, schäbige Feder auf seiner Brust zittern sah. »Was ist denn das? Huiuiui, du steckst voller Überraschungen, du kleiner Leckerbissen. Ich könnte ja ... Oh, nein, das machst du nicht!«

Bevor ich das LTT wieder einstecken konnte, machte Kulture Vulture einen Satz auf mich zu, schnappte mit dem Schnabel nach dem Handy und zog sich mit einem Flügelschlag und einem Hüpfer wieder zurück.

»He!«, rief ich.

Der Vogel stieß ein raues *Krächz krächz* aus und drehte sich um, um sich mit seiner Eroberung in die Lüfte zu erheben.

Ich warf alle Bedenken über Bord ... ich hatte keine andere Wahl. Mit gesenktem Kopf stürmte ich los und sprang ab, landete auf dem Vogel und klammerte mich an seinen Hals. Dann torkelten wir gemeinsam vom Dach herab.

Ich war bereits auf dem Rücken einer Schattenkrähe mitgeflogen, die so groß war wie ein Bus. Und auf einem fliegenden Zauberfloß. Auf einem Metallschild, der sich in ein Hoverboard verwandeln ließ. Ich war mit dem L-Train in Chicago gefahren – mit der roten, der blauen, der orangenen Linie, alle Farben, und ich war schon in Autos mitgefahren, in denen man nicht einmal tot aufgefunden werden möchte.

Aber das hier – und ich kann es gar nicht genug betonen – war das Schlimmste von allem.

Auf dem Rücken eines kreischenden, mannsgroßen Geiers zu sitzen, der stank, als hätte er sich in verdorbenem Fleisch gewälzt (kurz bevor er es gefressen hat), das war mehr als genug Anlass für einen gehörigen Brechreiz. Und erbrochen hätte ich mich auch bestimmt, wenn wir nicht in Überschallgeschwindigkeit dem Boden entgegengerast wären. Aber dann wäre mir alles, was ich aus dem Mund kommen ließ, direkt wieder ins Gesicht geklatscht.

Na, habt ihr das bildlich vor Augen?

»*Kräääächz! Geh weg, geh weg!*«

Kulture Vultures Worte sausten an meinen Ohren vorbei. Der Wind war so laut, dass ich sie kaum verstehen konnte. Wenigstens versuchte der seltsame Vogel sich nicht mehr als Rapper. Er flatterte wie wild mit den Flügeln, um sich zu stabilisieren. Ein smaragdgrünes U zischte an uns vorbei und hätte ihn beinahe einen Flügel gekostet. Dann raste uns ein anderes Flachdach entgegen, das über und über von grünen Ranken bedeckt war, aber auch daran stürzten wir vorbei. Ohne die wunderschönen Dachgärten, die kaleidoskopartigen, aus Edelsteinen bestehenden Fenster und die Kristallbalkone, die in regelmäßigen Abständen aus den Hausfassaden hervorragten – wenn man sie nicht aus einem ganz bestimmten Winkel betrachtete, waren sie unsichtbar –, hätte es ausgesehen, als würde ich im Sturzflug auf Chicago hinabstürzen. So viele Wolkenkratzer standen hier auf so engem Raum beisammen, so viele Pflanzen wuchsen auf jeder freien Fläche.

»Gib mir mein Handy wieder!«, brüllte ich.

»*Krächz krächz!*«

Der Boden kam rasend schnell näher. Der Alte Stinkeschnabel breitete die Flügel weit aus und versuchte, sein Tempo zu verlangsamen. Erst im allerletzten Moment, als wir direkt über der blaugrünen Oberfläche des Teichs waren, sprang ich auf die Füße und stieß mich von dem riesigen gefiederten Rücken ab. Von einem wutschnaubenden Laut begleitet klatschte der Vogel ins Wasser, während ich mit Wucht am Ufer aufschlug. Ein heftiger Stich jagte durch mein rechtes Handgelenk und ich rappelte mich mit schmerzverzerrtem Gesicht auf. Zwar konnte ich die Hand noch bewegen, aber sie war eindeutig verstaucht und pochte bei jeder einzelnen Bewegung.

Meine Sneakers schmatzten durch den dicken Matsch und ich stöhnte. »Jedes. Verflixte. Mal! In Zukunft ziehe ich Sandalen an. Oder Schwimmschuhe. Offensichtlich muss man sich entscheiden: entweder cool aussehen oder die Welt retten. Aber beides zusammen, das geht anscheinend nicht.«

Als mein Nacken kribbelte, hörte ich auf zu reden. Ich fühlte mich beobachtet. Dann sah ich mich um und legte die Hand über die Augen, um nicht von den Edelsteinfenstern der Kuppel geblendet zu werden. Nichts. Keine Spur von Leben weit und breit.

Bis auf Kulture Vulture. Er lag prustend im Wasser und arbeitete sich mit mühsamen Flügelschlägen ans Ufer. Schließlich stand er mit wutentbrannter Miene und tropfnass vor mir.

Ich hob beide Fäuste und nahm Boxhaltung ein. »Gib mir das Telefon zurück«, knurrte ich ihn an. »Sofort.«

Ich musste das LTT unbedingt wiederhaben. Ich musste rauskriegen, wie ich es reparieren konnte. Falls mir das nicht gelang, hing ich hier fest. Dann konnte ich keine Hilfe holen, konnte Nana nicht suchen, konnte von niemandem gefunden werden und hatte keine Möglichkeit, in meine Welt zurückzukehren. Dann blieb mir nichts anderes übrig, als herumzusitzen und darauf zu hoffen, dass ich irgendwann gerettet wurde.

»*Krächz!* Ein Telefon?! Ein Telefon?! Du hättest uns beide umbringen können und jetzt machst du dir Gedanken wegen so einer lächerlichen Kleinigkeit?« Der Geier schüttelte sein Federkleid, sodass es in alle Richtungen spritzte. »Ich sollte dich in Stücke reißen und das

Mark aus deinen Knochen schlürfen. Weißt du eigentlich, wer ich bin? Ich …«

Der müffelnde Geier brüllte mir eine Drohung nach der anderen entgegen und schüttelte dabei seine Flügel trocken. Wieder hatte ich das Gefühl, beobachtet zu werden. Aus jeder Richtung. Da waren Leute in der Nähe, das wusste ich genau. Aber warum kamen sie mir nicht zu Hilfe? Worauf warteten sie?

Ich bekam keine Gelegenheit, um Hilfe zu rufen. Kulture Vulture flatterte näher und jetzt fiel mir an der Kette, die er um den Hals trug, etwas auf. Sie flimmerte wie aufsteigende Hitze über Asphalt. Ich machte die Augen zu und schlug sie wieder auf, wobei ich Nyamés Adinkra zwischen die Finger nahm.

Der Geier hatte sein Geschrei inzwischen eingestellt und starrte mich mit schief gelegtem Kopf an. »Was ist denn los mit dir?«, wollte er wissen. »Warum leuchten deine Augen?«

Ich beachtete ihn nicht, sondern betrachtete mit wachsendem Entsetzen seine Halskette. Was ich für einfachen Schnickschnack gehalten hatte, für kleine Amulette und Kinkerlitzchen, waren in Wirklichkeit Teile von Geschichten. Um sie rankten sich matt goldene Buchstaben, Bruchstücke von Sätzen und Sprüchen, und alles wurde von der Knochenkette zusammengehalten. Um einen dunklen, herzförmigen Armreif ringelten sich die Worte: MEINE LIEBE, MEIN HERZ WIRD IMMER. Und um einen Anhänger die Worte: FÜR MEINEN BES-TEN FREUND AUF DER GANZEN. Ich hatte das bestimmte Gefühl, dass der Geier keinen dieser Gegenstände freiwillig geschenkt bekommen hatte.

»Ich habe keine Lust mehr auf deine Spielchen!«, sagte er jetzt. »Was glaubst du eigentlich, wer du bist, dass du in mein Reich eindringen und dich mit mir anlegen kannst? Mit mir! Weißt du denn gar nicht, wer ich bin? Ich regiere diese jämmerliche Schlammpfütze, du kleiner Wurm. Ich! Und du glaubst, du kannst mich einfach beiseiteschieben?«

Die Halskette hüpfte auf und nieder, während das Monster wütend mit den Flügeln schlug. Ein Teil der Kette wurde von einem Klumpen aus verfilzten, schlammverkrusteten Federn verdeckt. Das faszinierte mich. Ich konnte an nichts anderes mehr denken als daran, welches Souvenir sich wohl darunter verbarg. Der Geier breitete die Flügel aus, um sich auf mich zu stürzen, als die Halskette verrutschte.

Und da sah ich es.

Der gold-schwarze Rand, das schlanke, reflektierende Gehäuse.

Das LTT.

Aber womit ich nicht gerechnet hatte und was mir einen erstickten Schrei entlockte, in dem sich Frustration und Wut und Angst und Verzweiflung gleichermaßen ausdrückten, das war eine sehr vertraute, leicht verbogene, goldene Nähnadel, die um einen kleinen, bleichen Knochen gewickelt worden war.

18

GLEICH UND GLEICH

Nana.

Dieser Kulture Vulture war Nana begegnet! Da war ich mir sicher. Irgendwann in der letzten Zeit musste der Vogel mit dem fauligen Federkleid dem Shamble Man vor die Füße gelaufen (oder geflogen) sein! Ich musste herausfinden, wohin die Entführer sie gebracht hatten. Ging es ihr gut? Das Bild des verblassenden John Henry, während Bruchstücke seiner Geschichte von ihm aufstiegen wie Asche aus einem brennenden Haus, legte sich wie eine Hand um mein Herz und drückte zu.

Bei der Vorstellung, dass dieses verfaulte Vogelhirn *überhaupt* etwas berührt hatte, was Nana gehörte, ballten sich meine Fäuste noch fester. Das Wasser des seichten Sees schwappte um meine Knöchel, während ich mir einen sicheren Stand suchte. Kulture Vulture stieß einen kreischenden Schlachtruf aus, schlug mit seinen schlammigen Flügeln und stürzte sich, umhüllt von einer Wolke aus Federn und Seewasser, auf mich.

»Ich reiße dich in Stücke, du kleiner Wurm! Deine Finger werden die Vorspeise. Deine Kniescheiben das Dessert! Du – blääärrrgghhh.« Ich hatte ihm einen Klumpen Sand und Matsch ins Gesicht gekickt. Die Straße (oder in diesem Fall das Seeufer) kennt keine Regeln. Der Riesenvogel landete klatschend auf dem Rücken und fuchtelte mit seinen schmutzigen Riesenflügeln herum, während er versuchte, sich den Schlamm aus seinen Augen und seinem Schnabel zu wischen.

»Wo ist meine Großmutter?«, schrie ich ihn an.

Kulture starrte mich mit tränenden Augen an. »Was laberst du da?«

»Meine Großmutter. Die Nadel an deiner Halskette – die hat ihr gehört.«

»Alles, was um meinen Hals liegt, gehört mir, du Wurm. *Krächz krächz.* Was immer du für Ansprüche zu haben glaubst, sie sind null und nichtig. Passé. Tot und begraben, hast du kapiert? Vor dir steht der übelste, coolste, talentierteste Wortperformer überhaupt. Wen immer du da suchst, ich kann dir nicht helfen, aber eins kann ich dir versprechen: Diese Welt hält ungeahnte Schmerzen für dich bereit.«

Er flatterte mit den Flügeln, so als wollte er gleich abheben. Aber das würde ich nicht zulassen.

Ich rannte los. Bei jedem Schritt hob ich die Knie hoch, um so wenig wie möglich vom Wasser gebremst zu werden. Ich schätze mal, das Training mit Granddad am Ufer des Lake Michigan hat was genützt. Jedenfalls brauchte ich nur wenige Sekunden, um meinen gefiederten Gegner zu erreichen. Dann ballte ich die Fäuste, um die Akofena-Schattenboxhandschuhe zu aktivieren, und machte mich zum Angriff bereit.

Ein stechender Schmerz durchzuckte mein rechtes Handgelenk.

Ich hatte völlig vergessen, dass ich es mir bei der Landung verstaucht hatte.

»Aaahh!« Ich verzog das Gesicht. Die Handschuhe pulsierten kurz, bevor sie allmählich wieder verblassten. Ihre Kraft schien nicht zu funktionieren. Aber es war zu spät, sich jetzt wieder zurückzuziehen, darum ballte ich die Fäuste, so fest es nur ging, und überzog Kulture Vulture mit einer ganzen Serie von Schlägen. Einige trafen ihn sogar. Der pinkfarbene Glatzkopf des Geiers zuckte nach hinten, Schlammbröckchen flogen durch die Luft. Aber der Riesenvogel blieb auf den Beinen und schnappte nach mir. Ich verlagerte mein Gewicht, drehte die Hüften und feuerte eine linke Gerade ab. Auch dieser Schlag war ein Treffer, aber der Vogel machte keine Anstalten, zu Boden zu gehen. Stattdessen versuchte er, mich mit einer seiner Krallen zu erwischen. Der Rucksack mit dem Proviant und Nanas zerfetzter Decke behinderte mich, sodass meine Schläge unpräzise wurden und nicht die Wirkung erzielten, die ich eigentlich erwartet hatte. Gerade als ich einen dritten Versuch unternehmen wollte, sprang Kulture Vulture mit einem Satz hoch in die Luft. Mit zwei mächtigen Flügelschlägen erhob er sich schlingernd in die Luft und schleuderte dabei Wasser und Schlamm in alle Richtungen.

»*Krächz*, du miese Made! Für wen hältst du dich?« Der Geier drehte einen weiten Kreis. Wie eine Ölschicht glitt sein Schatten über die Wasseroberfläche des Sees. Über ihm, in der Ferne, lauerte drohend der Gewittersturm. »Ich ziehe dir das Fleisch von den Knochen und benütze dich als Marionette.«

Die kleineren Vögel, die ihrem Boss bis hierhin jede Menge Platz gelassen hatten, umflatterten mich jetzt und hinderten mich an der Flucht. Ich musste mir schützend die Hände vor den Kopf halten, während sie mir irgendwelche Beleidigungen entgegenschleuderten und ihren Anführer anfeuerten.

»Genau, Kulture, mach 'ne Marionette aus ihm!«

»Lass dich nicht von diesem Erdwurm erwischen, Boss!«

»Ach, du willst dich echt von dem da wegklatschen lassen?«

Mit einem einzigen kräftigen Flügelschlag schoss Kulture Vulture jetzt Richtung Erde, die Schwingen angelegt und die Krallen weit nach vorne gestreckt. Ich versuchte ihm auszuweichen, aber als ich den Kopf nach links bewegte, rutschten meine Füße auf dem matschigen Seegrund nach rechts. Zum Glück verfehlten seine Krallen mein Gesicht, aber sie verfingen sich in meinem Hoodie und brachten mich dadurch noch mehr aus dem Gleichgewicht.

PLATSCH!

Mit dem Gesicht voraus landete ich im See und schluckte eine Handvoll Schlamm.

Ihr habt richtig gehört.

Schluckte. Schlamm.

»Buuäääähhh!« Ich spuckte mehrere Kieselsteine und ein zappelndes Etwas aus, über das ich lieber nicht allzu lange nachdenken wollte. Meine Klamotten waren wieder einmal total durchnässt. Ich wischte mir den Sand aus den Augen und sah mich um. Kulture Vulture war nirgendwo zu sehen, aber seine Vogelbrigade piepste und zwitscherte ununterbrochen. Mit wackeligen Knien kam ich wieder in die Senkrechte. Ich war so erschöpft, dass ich das Gefühl hatte, durch Beton zu waten. Lange konnte das nicht mehr weitergehen. Ich musste Nana finden. Ich musste den Shamble Man aufhalten und … und … und …

Die Erschöpfung ließ mich auf einem Knie ins Wasser sinken.

Das war der Moment, in dem Kulture Vulture zuschlug.

Wwwuuumms!

Es kam mir vor, als hätte Reggie mir seine Faust in die Rippen gedonnert. Die Krallen des Geiers legten sich um meinen Brustkorb, mit Rucksack und allem, und rissen mich in die Höhe. Mächtige, staubigschwarze Schwingen pflügten links und rechts von mir durch die Luft und lautes Kreischen dröhnte mir in den Ohren.

»*KRÄCHZ!* Deine großen Worte, wo sind sie geblieben, kleiner Wurm, sag mir wo? Du wolltest die Stirne mir bieten, aber jetzt schlag ich zu und versohl dir den Po!«

Ach du meine ... Er rappte schon wieder.

Während Kulture Vulture etwas machte, was weder in meiner noch in seiner Welt etwas mit Hip-Hop zu tun hatte, rückte der Boden in immer weitere Ferne, bis ich irgendwann insgesamt sechs Seen erkennen konnte. Sie waren alle so gut wie ausgetrocknet und reichten bis zum Horizont. In ihrer Mitte erhob sich die smaragdgrüne Stadt und darüber schwebten die u-förmigen Torbögen. Immer wieder brach eine tosende Welle aus der achteckigen Kuppel nach draußen und füllte auf ihrem Weg in die Wolken die Halbringe.

Es war wunderschön.

Ich hätte mir das Schauspiel wirklich gerne noch länger angesehen, aber, ihr wisst schon, ich wollte auch nicht gefressen werden.

»Wenn du so gerne vom Himmel fällst, warum probierst du's dann nicht noch mal?« Und schön öffneten sich die Krallen und ich stürzte dem Erdboden entgegen. Die Seen purzelten wild durcheinander, während ich mich kreuz und quer um die eigene Achse drehte. Ich wollte schreien, aber der Wind riss mir jeden Laut aus dem Mund. Die schlammige Wasseroberfläche kam auf mich zugerast. Im letzten Moment klappte ich die Augen zu und machte mich auf den Aufprall gefasst.

Scharfe Krallen packten mich erneut und ich stöhnte auf vor Schmerz.

»Nein, du kleiner Wurm, ich bin noch nicht fertig mit dir. Ich spiel nämlich gern mit meinen Delikatessen und fang dann erst später an mit dem Fressen.« Dieses Mal hatte Kulture Vulture mich so gepackt, dass mein Rücken zum Boden zeigte und ich direkt nach oben in seine lauernden Augen schaute. Eine lilafarbene, schlangenähnliche Zunge strich über seinen Schnabel und ich schauderte. Aus dem Augenwinkel sah ich, wie die Vogelbrigade zurückkehrte und uns folgte. Dabei pfiffen und zwitscherten sie ununterbrochen.

»Was ist denn los mit dir, kleiner Snack? Hat die Spottdrossel sich deine Zunge geholt? Wie schade, die Delikatesse hätte ich mir gerne bis zum Schluss aufgespart. Na ja, wenn du gar nichts mehr zu sagen hast, dann, so schätze ich mal, ist die Party zu Ende, hmm? Es sei denn, es ist eine Dinnerparty ... in dem Fall bist du herzlich eingeladen!« Seine gelben Augen verengten sich voller Erwartung. »Ich bestehe drauf!«

Ich zappelte nach links und zappelte nach rechts, wollte mich irgendwie losmachen, aber Kulture Vultures Krallen hielten mich fest wie stählerne Klammern. Sein Schnabel klappte nur wenige Zentimeter vor meinem Gesicht auf und zu. Ich konnte ihm nicht entkommen. Das war's also. Das war das Ende von Tristan Strong, Einmal-Held und Enkel-Niete. Todesursache: Verdauung.

Kulture Vultures gefiederte Freunde lachten und johlten über meine vergeblichen Versuche und riefen mir wertvolle Tipps zu, nur um mich zu verhöhnen.

»Du musst noch mehr zappeln, kleiner Wurm. Gleich hast du's geschafft!«

»Ooh, das war aber knapp!«

»Ich kann's kaum erwarten, bis Kulture diese Geschichte noch mal erzählt.«

Da sah ich etwas in der Ferne. Einen dunklen Fleck, der unter den Wolken entlangraste. Das würde das Letzte sein, was ich sah, bevor ich am Stück in einem mächtigen Schnabel verschwand.

Kulture senkte den Kopf und sein nach Geflügelpest stinkender Atem raubte mir beinahe das Bewusstsein ... als ein Stein durch die Luft zischte und gegen den riesigen Schnabel des Vogels prallte. Der Geier krächzte und geriet aus dem Gleichgewicht. Da kam schon der nächste Stein angeflogen und dann noch einer. Bald schon prasselte ein regelrechter Hagelsturm aus glatten Kieseln, so groß wie meine Faust, auf Kulture Vulture nieder. Er schlug ein wenig ungelenk mit den Flügeln und ließ sich vom Himmel fallen, sodass wir in einer riesigen Schlammpfütze landeten. Ich konnte auf allen vieren davonkrabbeln, aber jetzt stürzte sich die Vogelbrigade auf mich und fing an, mir auf die Nerven zu gehen.

Bis auch sie von den Steinen getroffen wurden.

Zing

Zing

Zing

Drei Steine reichten, um drei Piepmätze aus Kultures Schlägertruppe flügelschlagend und stinksauer in den Schlamm zu befördern. Es war unglaublich. Noch nie hatte ich jemanden so gut zielen sehen. Ich schaffte es kaum, den Müll in die Mülltonne zu werfen. Die anderen Vögel ließen mich in Ruhe und zogen sich zurück. Einer nach dem anderen änderten sie die Richtung und flogen davon, wurden von immer neuen Steinen in die Flucht getrieben.

»He!«, schrie Kulture Vulture seinen geflügelten Leibwächtern hinterher. Er war ziemlich wackelig auf den Beinen und schüttelte die Federn. »Kommt sofort zurück, ihr Feiglinge! Das sind doch bloß drei Appetithäppchen!«

Drei?

In diesem Augenblick hörte ich eine vertraute Stimme. »Tristan!«

Ich drehte mich um und sah, wie Ayanna, ihren Stab wie einen Baseballschläger gepackt, durch den Schlamm auf mich zugerannt kam. Zu meiner großen Überraschung war Junior dicht hinter ihr. Er trug seinen Beutel vor sich auf dem Bauch und hatte eine Hand hineingesteckt. In der anderen hielt er einen Stein wie die, die gerade eben durch die Luft gesaust waren.

Kulture Vulture ließ ein ohrenbetäubendes Krächzen hören, worauf seine gefiederten Lakaien kehrtmachten und kleinlaut zurückgeflogen kamen. Bald schon würden sie wieder in der Überzahl sein. Kulture Vulture wandte sich zu uns und ließ seinen Schnabel klacken.

»Das war's!«, schrie der Geier. »Ich habe schon viel zu lange mit dir gespielt, aber jetzt sind ja noch ein paar Beilagen dazugekommen. Alle drei zusammen ergebt ihr vielleicht sogar eine anständige Mahlzeit.«

Mit diesen Worten beugte das riesige Monster sich nach vorne. Seine Flügel lagen auf dem Boden und sein fieser, gebogener Schnabel war direkt auf mein Gesicht gerichtet. Aber jetzt tauchte hinter ihm, über seinem Kopf, wieder diese seltsame Silhouette am Himmel auf. Nur dass sie inzwischen deutlich näher gekommen war. Sie bewegte sich irgendwie merkwürdig, als würde sie immer von links nach rechts und wieder nach links zucken.

Das war doch unmöglich …

»Tristan! Was machst du denn da?«, rief Ayanna mir zu.

Ich ließ den Kopf kreisen. »Achtet auf mich«, sagte ich. »Wenn ich das Signal gebe, greift ihr an.«

»Hast du eine Idee?«

»So was Ähnliches.«

»Sehr mitreißend«, murmelte Junior. »Hören deine heldenhaften Ansprachen sich immer so an?«

Ich ging nicht darauf ein. Im Augenblick brauchte ich seine Zielsicherheit. Ayanna hob ihren Stab und Junior nahm einen Stein in die Hand. Und ich? Ich brachte nicht einmal eine vernünftige rechte Faust zustande, um das Akofena zu aktivieren. Aber deswegen war ich keineswegs hilflos. Als Kulture zum Angriff überging, rannte ich ebenfalls los, direkt auf ihn zu. Die Knie schön hoch, genau wie Granddad es mir beigebracht hatte. Das Timing musste genau passen. Wenn ich zu früh da war, würde mein schöner Plan sich in Luft auflösen. Und wenn ich zu spät war, dann würde ich gefressen werden. Was schätzungsweise auch nichts anderes war als ein in Luft aufgelöster Plan.

Aber zum Glück war ich genau rechtzeitig an Ort und Stelle.

Mit schlitternden Sohlen kam ich zum Stehen, spreizte die Finger meiner linken Hand, drehte mich um die eigene Achse und verpasste dem Riesenvogel eine Ohrfeige.

Alle erstarrten.

»Hast du etwa …?«, fing Ayanna an.

»Hast du ihn etwa gerade geohrfeigt?«, fiel Junior ihr ins Wort.

Die kleineren Vögel flatterten stumm vor Schreck über uns hinweg. Kulture Vulture legte einen Flügel an seinen Kopf und sah mich verwirrt an. »Du hast mich geohrfeigt!«, sagte er in anklagendem Tonfall.

»Das ist richtig.« Ich verschränkte die Arme vor der Brust und schüttelte demonstrativ enttäuscht den Kopf. »Du hast mir keine andere Wahl gelassen.«

»Aber ...«

»Ehrlich gesagt, du solltest dich schämen. Hier rauszukommen und alle zu terrorisieren und das ohne dir vorher die Zähne zu putzen. Was für eine Unverschämtheit.«

Kulture Vulture sah mich an, als würden seine Augen jeden Moment aus ihren Höhlen hüpfen. »Ich habe keine Zähne!«

»Das kommt davon, wen man sie nicht putzt. Genau wie meine Großmutter immer gesagt hat.«

Einer der Lakaienvögel kicherte und der Riesengeier stieß einen lauten, frustrierten Schrei aus. »KRÄCHZKRÄCHZ! Jetzt reicht's. Ich hab die Schnauze voll. Ich spiele nicht länger mit meinem Essen. Zuerst die alte Frau, die mir fast den Schnabel abgekaut hätte, bevor der Shamble Man aus der glitzernden Stadt da drüben gekommen ist und sie wieder mitgenommen hat, und jetzt du. Alle aus demselben Stall. Nun ja, aber jetzt wird geschlachtet. Komm her zu mir!«

Ich zog scharf den Atem ein. Kulture war Nana also doch begegnet. Und dem Shamble Man auch. »Du wolltest meine Großmutter fressen?«

Der Geier schauderte und seine schlammigen Federn verteilten den Matsch in alle Richtungen. »Nee, nee, kleiner Wurm, die war nicht mein Geschmack. Außerdem hat dieser maskierte Riese gesagt, dass sie tabu ist. Du hingegen ...« Kulture schlug einmal mit seinen Schwingen und wollte mich schnappen. Aber er hatte zu lange gewartet. In seinem Rücken kam unser Retter aus den Wolken geschossen.

»Jetzt!«, rief ich.

Junior warf einen Stein in die Luft, Ayanna holte mit ihrem Stab aus wie ein Baseball-Profi und traf den Stein mit voller Wucht, sodass er Kulture Vulture direkt ins Auge krachte. Der Vogel wankte und taumelte nach hinten. Junior holte bereits noch mehr Steine aus dem Beutel. Er ließ sie mit solcher Wucht durch die Luft sausen, dass ich sie beim Vorbeifliegen summen hörte. Der Geier stolperte und stürzte schließlich zu Boden. Ich rannte zu ihm, schnappte mir seine Halskette und brachte mich in Sicherheit. Meine Beute steckte ich in meinen Rucksack.

Kulture Vulture krächzte laut vor Wut und wollte aufstehen, aber solange die Steine auf ihn herabregneten, schaffte er das nicht. Irgendwann hatte er sich schließlich doch aufgerappelt und schwang sich in die Lüfte, kreiste höher, um sich außer Reichweite zu bringen …

Und prallte mit Gum Baby auf Ayannas fliegendem Floß zusammen.

»VORSÄRGLICHE MASSNAHMEN!«, krähte die winzige Puppe. Das Floß war mit Kautschuk bedeckt – und wenn ich sage bedeckt, dann meine ich auch bedeckt. Berge davon. Klebrige Fäden hingen über die Ränder wie die Tentakeln einer Qualle. Das Floß schwenkte ruckartig nach links und nach rechts und klaubte Kulture Vulture und seine Mannschaft zu einem einzigen klebrigen Knoten zusammen. Sie flatterten und zappelten vergeblich. Ich verzog das Gesicht, weil ich aus eigener Erfahrung wusste, wie wenig man gegen diesen Kautschuk ausrichten konnte.

Als sie dicht bei uns angelangt war, sprang Gum Baby mit einem Rückwärtssalto vom Floß, während es hoch an den Himmel schoss. Ich war so sehr damit beschäftigt, voller Schadenfreude den Vogelhirnen hinterherzuwinken, dass ich nicht darauf achtete, wo sie landen würde. Bis es zu spät war. Großer Fehler.

»Uuumpff!«

Ayanna und Junior sahen kichernd zu, wie Gum Baby sich von meinem Kopf schälte, mir dabei ein ganzes Büschel Haare ausriss und in meine Kapuze rutschte. Sie tätschelte mir die Wange, nicht ohne mir dabei Kautschuk ins Gesicht zu schmieren. »Habe ich dir gefehlt?«

»Nein«, erwiderte ich stöhnend und schrubbte mir die Wange sauber. »Und was hast du mit dem Floß gemacht? Wie sollen wir jetzt von hier wegkommen?«

»›Wie sollen wir jetzt von hier wegkommen?‹«, äffte Gum Baby mich mit weinerlicher Stimme nach. »Gum Baby hat dir gerade deinen matschigen Hintern gerettet und das ist der Dank? Du Rüpel.«

Bevor der Streit eskalieren konnte, schaltete Ayanna sich ein. »Vielen Dank, Gum Baby, du warst großartig.«

»Ja, genau«, ergänzte Junior und verneigte sich sogar ein wenig vor dem kleinen Großmaul. »Du hast wenigstens was unternommen.«

»He, das war doch alles mein Plan!«, sagte ich.

Junior pfiff durch die Zähne. »Toller Plan. Lass die anderen die Arbeit erledigen, nachdem du das Monster wütend gemacht hast. Tolle Leistung, wirklich.«

»Jedenfalls …« Ayanna funkelte uns beide aufgebracht an. »… kommt das Floß gleich zurück. Auch wenn es nicht mehr allzu viel taugen wird.«

Ich konnte nur hoffen, dass Gum Baby jetzt ein bisschen Zerknirschung an den Tag legte. Aber wo steckte sie eigentlich?

»Aber bis es da ist, gehen wir zu Fuß«, sagte Ayanna zu guter Letzt. Sie folgte der schlammigen Wasserkante in Richtung der smaragdgrünen Stadt Nyanza, die in der Ferne funkelte. Junior setzte sich auf ihre Fersen, während Gum Baby sich gähnend in meine Kapuze kuschelte.

»Sei eine brave Stotterzunge und trag Gum Baby. Du hast ja sonst nicht viel zu tun.« Und noch bevor mir eine Erwiderung einfiel, fing sie an zu schnarchen. Mit zusammengebissenen Zähnen schloss ich mich den anderen an, um meine Großmutter zu suchen.

19

DIE STADT DER SEEN

»Hör zu, Gum Baby hat doch gesagt, dass es ihr leidtut.«

Nachdem wir fast eine Stunde lang durch die schrumpfenden Seen von Nyanza gewatet waren, ohne dass die smaragdgrüne Stadt spürbar näher gekommen wäre, kehrte Ayannas fliegendes Floß endlich zu ihr zurück. Es war mit einer dicken Schicht aus schmutzigen, mit Kautschuk verklebten Federn überzogen. Ich wusste nicht, was mit Kulture Vulture und seiner Bande geschehen war, aber sie hatten eine ganz schöne Schweinerei hinterlassen, so viel stand fest. Es sah aus, als wäre in einem Backofen voller Bratfett eine Pute explodiert.

Ja, genau. Stellt euch das mal bildlich vor.

Ayanna legte ihren goldenen Stab an das Floß und flüsterte ein paar Worte. Allmählich schmolz der Kautschuk und rutschte mitsamt den Federn fast vollständig zu Boden.

»Kommt«, sagte sie und wir kletterten an Bord. »Gum Baby, du steuerst, während ich den Rest sauber mache.«

Junior stellte sich an den Bug des Floßes, um nicht im Weg zu sein.

Ich beobachtete ihn. Irgendetwas an ihm machte mich immer noch unruhig, aber ich war so sehr mit Gum Babys grauenhaften Flugmanövern und meinen Versuchen, mich nicht in eine Kautschukpfütze zu setzen, beschäftigt, dass ich mich nicht auch noch mit einem schlecht gelaunten Jugendlichen befassen konnte. Und als wäre das alles noch nicht genug, drohte am Horizont im Westen ein gewaltiger Gewittersturm. Dicke, hässliche, graue Wolken. Wir gondelten (wenn man es so nennen wollte) der Stadt mit der Kuppel entgegen. Ich hatte Zeit, sie und die Umgebung ein wenig ausführlicher zu betrachten – also, ohne von fliegenden Beutegeiern angegriffen zu werden.

Ursprünglich hatte ich angenommen, dass die Kuppel komplett geschlossen war, aber das stimmte nicht. Durch kleine Zwischenräume im Glas konnte ich im Inneren schemenhaft Häuser erkennen. Rauch drang zu ausgeklügelt konstruierten Schornsteinen heraus, die man von oben gar nicht sehen konnte. Aus den Rissen des gewaltigen, türkisfarbenen Schildkrötenpanzers wucherten Pflanzen hervor und schlängelten sich bis zu dem unterhalb liegenden See mit riesigen Seerosen, deren Blüten aussahen wie Kanus. Obwohl ... ich kniff die Augen zusammen ... das *waren* Kanus, riesige Blütenkanus mit großen Blättern, die gleichzeitig als Paddel dienten. Anscheinend waren die Seerosen so was wie Anleger. Schwebende Einfahrten für eine Stadt am See.

Wenn die Seen nur nicht austrocknen würden.

»Wer lebt denn hier?«, fragte ich Ayanna mit leiser Stimme.

Sie verzog das Gesicht, während sie unter Seufzen einen hartnäckigen Federklumpen anstupste. »Das dauert ja ewig. Vielleicht könnte ich ... was hast du gesagt? Wer lebt wo? Oh ... also, es gibt Gerüchte, die behaupten, dass da drin eine Göttin haust, die es mithilfe von einigen drastischen Maßnahmen geschafft hat, ihre Leute vor den Eisenmonstern zu beschützen. So ähnlich wie Keelboat Annie.«

Ich runzelte die Stirn. »Aber Annie hat sich auf die Flucht gemacht, zusammen mit Old Man River.«

»Ja, aber soweit ich gehört habe – das hast du nicht von mir –, hat die besagte Göttin die Stadt der Seen vollkommen abgeriegelt.«

Ich hatte gerade den Mund aufgemacht, um sie zu fragen, was das bedeuten sollte, da ging das nächste Zittern durch das Floß.

»Kannst du vielleicht einfach mal geradeaus fliegen?« Juniors Bemerkung ließ mich aufhorchen. Gum Baby auch.

»Gum Baby ist Pilotin. Also keine Respektlosigkeiten bitte.«

Der kurze Wortwechsel machte mich wieder auf unsere momentan schwierige Situation aufmerksam. Ich drehte mich um und sah, wie Gum Baby am Heck des Floßes mit dem Ruder kämpfte, wie sie von einer Seite auf die andere sauste, um das Gefährt auf Kurs zu halten, und manchmal sogar auf die Spitze des Steuerstabs hüpfte, um ihn in die richtige Position zu zwingen. Aber ich gab kein einziges Kichern von mir. Nicht einen Laut.

Trotzdem sah Gum Baby mich an. »Lachst du Gum Baby etwa aus, Stotterzunge? Das würde ich dir nicht raten. Sonst reißt Gum Baby dir dein Grinsen aus dem Gesicht und benützt es als Zahnseide.«

Ich hob beide Hände, was in jeder Welt *Ich doch nicht* bedeutet, und gab mir alle Mühe, weiterhin keine Miene zu verziehen.

Junior blickte abwechselnd zu ihr und zu mir und hob die Augenbrauen in die Höhe.

»Warum haben sie dich eigentlich zur Pilotin ernannt?«, erkundigte er sich dann.

Gum Baby ließ das Ruder los und stemmte stolz die Hände in die

Hüften. Allerdings stieß sie kurz darauf einen lauten Schrei aus, weil das Floß nach vorne kippte, und lehnte sich hastig wieder auf die Pinne. »Weil Gum Baby es verdient hat! Hat auch lang genug gedauert. Gum Baby musste noch zwei Missionen bestehen, bevor sie ihr eine Chance gegeben haben, und selbst dann hat Henry, der alte Klappspaten, gesagt, dass es bloß vorläufig ist und dass Gum Baby sich noch mehr beweisen muss. Als wäre Gum Baby nicht überall die Beste, in allem, was sie tun will.« Sie schniefte, spähte mit zusammengekniffenen Augen zur Kante des Floßes, dann zum Ruder, sauste zur Kante, um nachzusehen, in welche Richtung wir flogen, und dann zurück zum Ruder, damit wir nicht abstürzten. »Gum Baby ist ein Profi.«

Ich wandte mich schnaubend wieder der Aufgabe zu, die Umgebung nach Hinweisen auf den Shamble Man oder Nana abzusuchen. Nach irgendeinem Fingerzeig, was ich als Nächstes tun könnte. Aber, sosehr es mich auch schmerzt, das zuzugeben, ohne Anansi kam ich nicht weiter.

Was blieb mir anderes übrig? Ich holte einmal mehr das Handy heraus, um nachzusehen.

Nichts.

»Oh-ooh, Gum Baby verpetzt dich gleich.« Das Floß sackte ruckartig ab, während die Terrorpuppe die Ruderpinne losließ und auf meine Schulter kletterte, um das kaputte Smartphone in Augenschein zu nehmen. »Du hast keine Schmutzfolie draufgemacht? Wow, Stotterzunge, du musst aber richtig reich sein. Wahrscheinlich kaufst du dir einfach noch so ein Zauberhandy, das aus den kostbaren Schätzen und dem Vermächtnis der Götter gemacht ist. Ach so, Moment mal…«

Mit dem Blick, den ich der klebrigen Nervensäge zuwarf, hätte ich einen ganzen Liter Milch gerinnen lassen können, auch wenn sie recht hatte.

»Ich habe sehr wohl eine *Schutz*folie, aber ...«

»Was, du hast die Legendentruhe kaputt gemacht?«, unterbrach mich Ayanna. Sie kam näher und auch Junior reckte neugierig den Hals. »Was Nyamé wohl dazu sagen wird?«

»Gar nichts«, erwiderte ich. »Weil ich es nämlich reparieren lasse, bevor er das mitkriegt.«

»Junge, Junge, wie du meinst«, erwiderte Gum Baby. Sie hüpfte von meiner Schulter, kehrte an die Pinne zurück und zeigte auf einen glänzenden Ansteckbutton am linken Träger ihres Overalls. »Dir kann man wirklich gar nichts anvertrauen. Deswegen hast du nicht mal ein Abzeichen! Als Gum Baby Pilotin geworden ist, da hat sie eins gekriegt. Vor dir steht Pilotin Gum N. B. Baby.«

Ich sah sie fragend an. »Was bedeutet *N. B.*?«

»Nichfürdich Bestimmt, wenn du's genau wissen willst. Immer musst du neugierig sein. Deswegen wirst du auch nie irgendwo eingeladen. Ständig ...«

Tschump

Der Aufprall riss uns alle um und wir kugelten kreuz und quer über das Deck des Floßes. Ich stöhnte, als ich mit dem Gesicht voraus auf die rauen, klebrigen Holzplanken gedrückt wurde, und es dauerte einen Moment, bis ich begriffen hatte, dass Gum Baby auf mir gelandet war.

Alles, was ich sagen konnte, war ein ersticktes »Geh rumpaa!«.

»Sei still, Junge. Dein Dickkopf ist wie eine Couch. Gum Baby könnte sich richtig bequem darauf ausstrecken.« Doch dann hüpfte die kleine Nervensäge mit einem klebrigen *Plopp* herunter und ich verzog das Gesicht. Kennt ihr das Gefühl, wenn euch jemand ein Pflaster abreißt? Genau so hat sich das angefühlt. Außerdem bin ich mir ziemlich sicher, dass sie mir dabei schon wieder ein Haarbüschel ausgerissen hat. Gum Baby blickte sich um, klopfte sich den Staub von den Handflächen und zog ihre Kohlestift-Augenbrauen so dicht zusammen, dass sie aneinander kleben blieben. »Perfekte Landung. Zehn von zehn Punkten«, sagte sie.

Wir hatten eine der riesigen Seerosen auf dem seichten See mit der Smaragdkuppel gerammt. Ayanna und Junior sprangen vom Floß und ich machte es ihnen nach. Sie kletterten die Uferböschung hinauf und dann standen wir vor einem ausgetrockneten Flussbett, das so breit war wie eine Straße. Es führte in die Stadt hinein. »Wo ist bloß das ganze Wasser geblieben?«, murmelte ich. »Und wo sind die Leute?«

Niemand gab eine Antwort. Gum Baby kletterte auf meine Schulter und Ayanna machte ihren Stab bereit, während Junior einen Stein aus seinem Beutel holte. (Wie viele hatte er eigentlich da drin?) Wir schlichen los. Um uns herum herrschte nervtötende Stille. Kein Gezwitscher, keine Tiere, kein einziger Laut war aus der Stadt zu hören.

Als wäre Nyanza verlassen worden.

Immer noch im Flussbett erreichten wir die Spitze eines kleinen Hügels und landeten vor einem stabilen grünen Metalltor. Hier ging es nicht mehr weiter. Hinter dem Tor befand sich ein Wasserfall, laut wie Donner und in allen Regenbogenfarben. Er hüllte die ganze Umgebung in einen feinen Nebel, den unsere Blicke nicht durchdringen konnten.

»Ein Schleusentor«, sagte Ayanna mit großen Augen. »Keelboat Annie hat mir davon erzählt. Sie regeln den Wasserfluss und nicht einmal Old Man River kommt gegen so ein geschlossenes Tor an. Diese Leute wollen offensichtlich ganz unter sich bleiben.«

Während wir uns dem Tor näherten, um es etwas genauer zu betrachten, dachte ich über ihre Worte nach. Welchen Grund konnten die Bewohner der Stadt gehabt haben, sich gegen einen magischen Fluss abzuschotten? Ob das etwas mit den ausgetrockneten Seen und Flüssen in Nyanza zu tun hatte? Oder mit dem Shamble Man?

Als wir das Tor und die Wildgrasstauden, die links und rechts davon wucherten, erreicht hatten, sauste ein greller Blitz vor meinem Gesicht vorbei.

Tschump!

»Das ist dicht genug!«

Der Ruf verblüffte mich, allerdings weit weniger als der blaugrüne Speer, der zitternd vor uns im Boden steckte. Am hinteren Ende des Speers war ein Seil befestigt, das zum Rand des Flussbetts führte und in den hohen Grasbüscheln verschwand. Ich wollte wissen, wer den Speer geschleudert hatte, konnte aber niemanden erkennen. Gerade als ich einen Schritt nach vorne machen und das Ding etwas näher untersuchen wollte, landete ein zweiter Speer in unserer Nähe. Ich wich zurück, als ein dritter sich hinter mir in die Erde bohrte und mir den Rückweg versperrte.

Wir stellten uns dicht zusammen und starrten in alle Richtungen. Nirgendwo ließ sich jemand blicken. War Kulture Vulture womöglich zurückgekehrt? Hatte er Verstärkung mitgebracht?

»In den Kanal, ihr alle«, ließ sich jetzt eine zweite Stimme vernehmen. Im selben Moment war ein lautes Ächzen zu hören, als das

Schleusentor sich öffnete. Klares blaues Wasser sprudelte durch die Öffnung und um unsere Füße. »Jetzt!«

Ich schluckte. Ein ernüchterndes Gefühl – *Geht das schon wieder los* – machte sich in meiner Magengrube breit und ich watete hindurch.

Wunderschön.
Unglaublich.
Atemberaubend.

Das waren nur einige der Worte, die mir durch den Kopf ratterten, als wir die Stadt Nyanza betraten, allerdings nicht sofort. Zunächst wirkte die Stadt der Seen nämlich nicht annähernd so ehrfurchtgebietend wie der Isihlangu oder der Goldene Halbmond. Wir wateten durch einen düsteren Tunnel, bis wir zu einer verschrammten grauen Tür ohne Klinke gelangten. Ich beäugte sie ängstlich. Hoffentlich führte sie nicht in ein Gefängnis. Kurz bevor wir sie erreicht hatten, öffnete sie sich automatisch und wir gingen hindurch. So betraten wir die Welt unter der Kuppel. Mit offenem Mund und angehaltenem Atem sah ich mich um.

Helles Sonnenlicht in unterschiedlichen Grüntönen hüllte alles in einen sanften Schimmer. Zu meiner Linken befand sich eine kleine Plantage mit Bäumen, eine Art Obstgarten oder so. Ich kannte die Früchte zwar nicht, aber der leicht süßliche Duft erinnerte mich daran, dass ich schon eine ganze Weile nichts mehr gegessen hatte. Vor uns führte eine breite Allee, gesäumt von riesigen Wildblumen mit sanft gebogenen Stängeln, über einen Hügel in Richtung Stadtmitte, wo sich Häuser, die halb Gebäude und halb Pflanze waren, dem Licht entgegenreckten. Ich hob den Blick zu der hoch über uns thronenden Kuppel und sog die Düfte dieser unfassbaren Oase tief ein.

Es war so friedlich.

Zumindest wäre es das gewesen, wenn nicht unter all der Schönheit diese Anspannung gelauert hätte. Wir gingen weiter und bekamen von unseren unsichtbaren Wachen alle paar Meter neue Anweisungen.

»Nehmt diese Fußgängerbrücke.«

»Etwas schneller jetzt.«

Die Stimmen schwebten an unsere Ohren, aber von den Sprechern war weiterhin nichts zu sehen. Gelegentlich hörte ich ein leises Rascheln am Straßenrand oder ich glaubte, einen dieser spitzen Speere aufblitzen zu sehen, aber jedes Mal, wenn ich in das Gebüsch hineinspähte, sah ich nur hüfthohe Grashalme. Sie schwankten sanft in der warmen Brise, die einen Hauch von Zitrus- und Honigduft mit sich führte.

Wurden wir etwa gerade gefangen genommen? Dafür hatte ich wirklich keine Zeit – ich musste schließlich Nana suchen.

Meine Beine wurden immer schwerer. Als ich irgendwann das Gefühl hatte, keinen Schritt mehr gehen zu können, erreichten wir die Spitze des Hügels … und all meine Beschwerden waren wie weggeblasen. Unter uns lag die Stadt, ausgebreitet wie eine von Nanas Decken, ein funkelndes Gewebe aus saphirblauen Strömen, vielgeschossigen Pflanzenhäusern und Dutzenden von bunten Obstgärten mit übervollen Bäumen.

Aber im Zentrum des Ganzen, auf einem gewaltigen, vergoldeten Seerosenblatt, das allen Gesetzen der Schwerkraft zum Trotz in der Luft schwebte, erhob sich ein funkelnder Palast in derselben smaragdgrünen Farbe wie die Kuppel. Wasserfälle, funkelnd wie Diamanten, ergossen sich über die Ränder des Seerosenblatts und sammelten sich in Dutzenden Seen und Teichen am Fuß der Kuppel. Das musste die Quelle für all die Ströme sein, die sich durch die Stadt zogen.

Es war wahrhaftig die Stadt der Seen.

Aber wenn es hier drin so viel Wasser gab, wieso war das Land außerhalb dann so ausgetrocknet? Sammelte Nyanza etwa Wasser, um es nur für sich zu behalten? Während mir all diese Fragen durch den Kopf gingen, hätte ich am liebsten in alle Ewigkeit hier gestanden und den Anblick genossen. Aber es gab da etwas, was mir keine Ruhe ließ.

»Hey«, sagte ich. »Wo sind die denn alle?«

Unsere unsichtbaren Wachen gaben keine Antwort. Nicht dass ich das erwartet hätte. Mit gespitzten Lippen betrachtete Ayanna die dunklen Häuser und die leeren Obstgärten. Juniors Blick war hart geworden und die Anspannung in jedem einzelnen seiner behutsamen Schritte war nicht zu übersehen. Noch immer hielt er einen Stein in der Hand.

Gum Baby tätschelte mir den Kopf und zeigte auf den Palast. »Bewegung, Stotti. Schluss mit der Trödelei. Geradeaus, zu diesem riesigen schwebenden Haus da.«

Seufzend ging ich den Hügel hinunter. Manche Dinge ändern sich nie.

»Stehen bleiben.«

Die Stimme kam aus einem schattigen Loch neben einem kleinen Teich. Der Wasserfall, der sich vom Palast hoch oben ergoss, war so glatt und ebenmäßig, dass er aussah wie eine Skulptur aus Glas. Daneben schwebte ein Seerosenblatt so groß wie ein Doppelbett, aber von den Blumenkanus war keines zu sehen. Wir sahen uns um und warteten auf weitere Anweisungen.

»Einsteigen«, ertönte der nächste Befehl.

»Wo denn einsteigen?«, wollte ich wissen.

»Ich glaube, er meint das Seerosenblatt«, sagte Ayanna.

»Wie sollen wir denn sonst zum Palast kommen?« Gum Baby schüttelte den Kopf, kletterte von meiner Schulter und sprang auf das Blatt. Dann hüpfte sie ein paarmal auf der Stelle und spritzte uns andere nass. »Gum Baby ist sooo froh, dass du nicht der Kopf dieser Operation bist. Wenn es in diesen Zeiten nicht so schwierig wäre, gutes Personal zu finden, Gum Baby würde sich sofort nach einem neuen Assistenten umschauen.«

Ayanna kicherte und Junior prustete leise, während sie das Blatt betraten. Ich durchbohrte sie alle mit finsteren Blicken und setzte vorsichtig ebenfalls einen Fuß darauf. Zu meiner Überraschung erwies es sich als feste Unterlage und wirkte ziemlich stabil. »Ich bin ganz bestimmt *nicht* dein Assistent. Niemals.«

Sie schniefte. »Nicht mit so einer Attitüde. Gum Baby degradiert dich demnächst zum Handlanger.«

»Ich ...«

Noch bevor ich ihr klarmachen konnte, was ich wirklich dachte, setzte sich das Seerosenblatt in Bewegung. Durch den Ruck geriet ich ins Straucheln und landete auf der wachsweichen Oberfläche. Das Blatt schwebte wie ein Fahrstuhl immer höher und trug uns den Wasserfall hinauf dem Palast entgegen.

»Heiliger Strohsack«, murmelte ich, drückte mich platt auf den Boden und starrte an den Himmel. Feiner Nebel rieselte über uns hinweg.

»Unser Tristan. Immer noch ganz der alte«, sagte Ayanna. »Hey, hörst du wohl auf damit!«, fauchte sie dann Gum Baby an, die sich an die Kante gehängt hatte und die Füße in den Wasserfall schlenkerte. Ich schluckte einen dicken Klumpen Nervosität hinunter und zählte bis fünfzig. Aber obwohl ich mich nicht wohl dabei fühlte, verlief die Fahrt relativ ruhig.

Vor einem Eingang zum Palast hielten wir an. Der Torbogen wurde von kleinen Zierbäumchen flankiert, die aus kristallklaren Teichen hervorwuchsen. In den Zweigen trillerten Vögel. Winzige silberne, rubinrote und saphirblaue Fische mit neonfarbenen Flossen umkreisten uns und zischten so schnell durch die Luft, dass es aussah wie ein Regenbogen.

»Aussteigen!«, ließ sich die körperlose Stimme vernehmen. Verwirrt blickte ich mich um. In der Ferne sah ich einen Schatten davonhuschen. War das unser Entführer? Ob die geheimnisvolle Göttin im Inneren des Palastes auf uns wartete? Wir mussten vorsichtig sein und die erste Möglichkeit zur Flucht nutzen. Nana wartete auf mich. Wenn wir in einem smaragdfarbenen Kerker landeten, würde das niemandem etwas nützen.

Aber Gum Baby war natürlich das Gegenteil von vorsichtig. »Beeilt euch! Gum Baby hasst Ungewissheiten«, rief sie uns zu und trippelte sofort ins Innere des smaragdgrünen Prachtbaus.

»Hey!«, rief ich. Ayanna und Junior liefen ihr hinterher und ließen mich stehen. Ich murmelte einige unanständige Worte vor mich hin und rannte ihnen nach. Als ich mich an den Bäumchen vorbeischob, nahm ich einen minzigen Duft wahr, kurz bevor ich die beiden grünen Säulen, die den Eingang markierten, hinter mir ließ.

»Gibt's doch nicht.« Mit rutschenden Sohlen kam ich zum Stehen.

Ich stand in einem gewaltigen Freiluft-Atrium. Auf zahlreichen Podesten wuchsen winzig kleine Obstbäume. Überall waren mit Marmor gesäumte Teiche zu sehen und die Fische, die darin schwammen, waren so bunt, dass ich sie zuerst für Blütenblätter hielt. In der Mitte des Ganzen befand sich ein tiefes Wasserbecken, das so blau war, dass ich es zunächst für ein Gemälde hielt. An der Spitze schwebte ein Thron – ein lebender Zierbaum, dessen Äste so ineinander verwoben waren, dass sie einen Stuhl bildeten, der mit Wildblumen in den unterschiedlichsten Farben übersät war.

Und am Fuß dieses Stuhls, umgeben von farbigen Stiften und allen möglichen Papieren voller Zeichnungen, hockte ein winziges Kaninchen, das mir sehr, sehr bekannt vorkam. Ich lächelte so breit, dass es sich anfühlte, als würde mein Gesicht in zwei Hälften gespalten. Als wir näher kamen, hob das Kaninchen den Blick und stieß ein freudiges Quieken aus.

»Tristan!«

»Chestnutt!«, erwiderte ich lachend und nahm sie in die Arme. »Was machst du denn hier?«

Wir saßen um einen kleinen Teich herum, in dem noch mehr von den kleinen Fischen schwammen, die Chestnutt Buntbarsche nannte. Diese hier waren neonlila mit leuchtend blauen Flossen. In regelmäßigen Abständen katapultierten sie sich aus dem Wasser durch die Luft und verblüfften uns mit ihren Sprungkünsten. Es hätte so wunderschön sein können, hätte Gum Baby nicht ständig versucht, sie mit Kautschukkugeln abzuschießen.

Leute gibt's, ich kann euch sagen.

»Wie toll, euch zu sehen«, sagte Chestnutt. »Aber ihr hättet nicht herkommen dürfen. Es ist sehr gefährlich geworden – die unberechenbaren Überfälle des Shamble Man und dann noch dieser Riesengeier, der alle fressen will. Wie habt ihr das überhaupt gemacht? Hat Anansi euch hergeführt?« Das winzige braun-weiße Kaninchen knabberte eine Frucht von einem der vielen Bäume und auch ich hatte eine in der Hand – eine gehörnte Melone namens Kiwano. Sie schmeckte wie eine Kreuzung aus einer Gurke und einer Kiwi.

Ich steckte mir das nächste Stück in den Mund, kaute, schluckte und beugte mich dann nach vorne. »Nein. Das war Annie. Keelboat Annie.«

Chestnutt grinste. »Natürlich. Wo steckt sie denn?«

Ich schüttelte den Kopf und zog eine Grimasse. »Wir sind getrennt worden.« Dann berichtete ich ihr alles, was seit meinem Kampf mit Reggie passiert war. War das wirklich erst gestern Nachmittag gewesen? Es kam mir vor, als seien Jahre vergangen. Als ich zu der Stelle mit John Henry kam, zögerte ich. Ich spürte genau, wie Juniors Blick mir ein Loch in die Wange brannte, aber trotzdem ließ ich auch jetzt wieder unerwähnt, dass der Sagenheld allmählich verblasste.

Das Kaninchen zitterte. »Alles fällt auseinander«, murmelte sie.

»Wie meinst du das?«, hakte Ayanna nach.

Chestnutt hüpfte zu ihrem Stapel mit den Zeichnungen und wühlte darin herum, bis sie drei Blätter hervorzog und vor uns ausbreitete. »Seht ihr das?« Sie tippte mit der Pfote auf das erste Bild. Es zeigte eine gewaltige Gewitterwolke, grau und schwarz, in der grüne Blitze zuckten.

»Ja, das ist der Sturm da draußen, stimmt's?« Ich starrte das Bild an. »Ich hatte ganz vergessen, wie gut du zeichnen kannst.« So, wie Chestnutt das Gewitter gezeichnet hatte, dicht über dem Boden und mit sehr scharfen Kanten, sah es sehr bedrohlich aus. Beinahe tödlich.

»Danke! Aber diese Gewitterwolke hängt jetzt schon seit Wochen über ein und derselben Stelle.« Chestnutts Stimme bekam einen grimmigen Unterton. »Und sie wird immer größer. Das allein ist schon schlimm genug, aber wenn man diese beiden Dinge dazunimmt ...«

Sie nahm auch das zweite und das dritte Bild zur Hand. Auf einem war eine maskierte Gestalt zu erkennen, die ich nur allzu gut kannte – das war der Shamble Man. Augen so rot wie glühende Kohlen starrten mich an und ich konnte den Hass in seinem Blick geradezu spüren. Schnell wandte ich mich dem nächsten Porträt zu und hielt inne. Die Person darauf kam mir irgendwie bekannt vor, aber ich wusste nicht genau, woher.

Es war eine wunderschöne Frau mit brauner Haut. Die Haare hatte sie zu einem Zopf geflochten, der sich über ihren Rücken schlängelte. Ihre Augen waren wie Opale und ihre Haut schien zu schimmern. Ich beugte mich noch etwas dichter über das Bild. Sie hatte große Ähnlichkeit mit dem Geistermädchen aus der Scheune, Ninah.

Er hat meine Mutter entführt.

Ninahs Worte hallten mir in den Ohren und ich richtete mich kerzengerade auf. »Ist das ...?«

»Das ist Mami Wata, die Göttin von Nyanza, die Quelle der Stadt der Seen«, sagte Chestnutt. »Und seit zwei Tagen wird sie vermisst.«

20

WO IST MAMI WATA?

Vermisst.

Als dieses Wort durch die Umgebung des Palastes hallte, erstarrten sämtliche Seen und Wasserfälle, wenn auch nur für den Bruchteil einer Sekunde. Ich dachte schon, ich hätte mir die Unterbrechung nur eingebildet, aber Junior schaute sich ebenfalls um. Unsere Blicke begegneten sich und dieses Mal funkelte er mich nicht wütend an. Ich schätze, wir hatten beide ein bisschen Angst.

Ich beugte mich etwas dichter zu Chestnutt und dachte an Ninahs Worte. »Ist sie ... entführt worden?«

Das kleine Kaninchen nickte. »Vermutlich. Deshalb bin ich hier. Im Auftrag des Kaninchenbaus. Sie wollen, dass jemand Watas Verschwinden aufklärt.«

Ich brauchte kein Netzwerk von niedlichen, flauschigen Spionen, um zu wissen, was geschehen war. »Der Shamble Man, stimmt's?«

Sie nickte noch einmal. »Höchstwahrscheinlich. Und der Zeitpunkt könnte gar nicht schlechter sein.«

»Was soll das denn heißen?«, wollte Junior wissen.

Chestnutt ließ die Ohren sinken. »Eigentlich war ein großes Gipfeltreffen geplant, an dem alle Götter teilnehmen sollten, die aus den Sandgefilden, dem Horn, aus den Graslanden und aus dem MittLand. Nyamé wollte sie bei sich im Goldenen Halbmond empfangen. ›Die Zukunft von Alke‹, so hat er das Treffen genannt. Aber dann ist Mami Wata spurlos verschwunden und gleichzeitig ist dieser Riesengeier aufgetaucht. Sie haben mich hierhergeschickt, um herauszufinden, wo die Göttin sein könnte.«

»Und?«, erkundigte ich mich. »Hast du schon eine Spur?«

»Ja, genau, genau!« Chestnutt zögerte. »Na ja, die eine oder andere. Aber ich muss sie erst noch verifizieren.«

Ich schüttelte den Kopf und sah sie mit einem schiefen Lächeln an. »Was sagt man dazu. Du kannst ein Geheimnis bewahren. Du bist eine echte Meisterspionin, Chestnutt. Brer Rabbit wäre stolz auf dich. Der *echte* Brer Rabbit natürlich, nicht der Hochstapler in meinem LTT.«

Sie rümpfte die Nase. »LTT?«

Gum Baby, die immer noch dabei war, die springenden Fische mit Kautschukklumpen zu bewerfen, und sie jedes Mal verfehlte, stampfte mit dem Fuß. »Legendentruhen-Telefon. Stotterzunge will weniger stottern und denkt sich deswegen irgendwelche Wörter aus.«

Ich beachtete sie gar nicht. »Chestnutt, dieses Monster, der Shamble Man ... er hat meine Großmutter in seiner Gewalt. Er ist in meine Welt gekommen! Ist da rumgetrampelt und hat das Haus meiner Großeltern verwüstet. Und dann hat er meine Großmutter mitgenommen. Ich muss ihn finden. Ich *muss* sie retten.«

Ein gewaltiger Seufzer, viel zu mächtig für so ein winziges Kaninchen, drang zwischen ihren Schnurrhaaren hervor. »Ich habe seinen genauen Standort immer noch nicht ermittelt. Dabei versuche ich das schon seit Tagen.«

Frustriert ließ ich mich zurücksinken. Die anderen blieben stumm. Ayanna starrte ihren Stab an und Junior warf ein paar Steine in die Luft. Die wenigen Puzzlestücke, die wir zusammengesammelt hatten, reichten bei Weitem nicht. Warum war Mami Wata entführt worden? Was konnte die Göttin haben, das der Shamble Man haben wollte? Warum Nana? Ich suchte nach Antworten, aber es kam mir vor, als würde ich mit nackten Füßen versuchen, einen fettigen Eiswürfel zu greifen. *Un-mög-lich.*

Ich schnaufte laut. »Wenn ich doch nur auf Ninah gehört hätte, als sie mich warnen wollte. Aber ich habe mich benommen wie ein kompletter Hohlkopf.«

Chestnutt richtete sich auf. »Moment mal, hast du gerade gesagt, dass du Ninah gesehen hast? Wir haben alle gedacht, sie wäre zusammen mit Mami Wata verschwunden. Schließlich ist sie eine ihrer Lieblingstöchter. Wo steckt sie? Wenn überhaupt jemand dafür sorgen kann, dass die Seen sich wieder füllen, solange wir auf Mami Wata warten, dann sie.«

Ich verzog das Gesicht. »Ich habe leider keine Ahnung. Mit der Ankunft des Shamble Man ist alles irgendwie durcheinandergeraten. Und wieso ist das ganze Wasser versickert? Es ist alles so ausgedörrt da draußen.«

»Von wegen Stadt der Seen. Das ist eher eine Stadt zum Gehen«, sagte Gum Baby und dann traf sie mit einer ihrer Kautschukkugeln einen Fisch. »Erwischt! Warte. Oh, nein, Fischlein! Was hat Gum Baby getan?«

Chestnutt hüpfte aufgeregt umher. »Es muss etwas mit Mami Wata und ihrer Macht zu tun haben. Kennst du vielleicht ihre Geschichte? Wenn ich sie hören oder sehen könnte, vielleicht bekommen wir dann eine Idee, was wir als Nächstes machen sollen.«

Ayanna und Junior sahen mich erwartungsvoll an und meine Wangen wurden immer heißer. Ich murmelte: »Ich ... kann mich an keine einzige Geschichte mehr erinnern. Das hängt mit Nana zusammen. Seit sie entführt wurde ... jedes Mal, wenn ich mich an eine von ihren Erzählungen erinnern möchte, bekomme ich ... ich kann es einfach nicht. Mir ist klar, dass ich es versuchen muss, um die Widerstände zu überwinden ...«

»Und? Hast du es versucht?«

Ich sah Ayanna an. »Nein.«

Schweigen breitete sich wie eine Decke über uns aus, nur durchbrochen von Gum Babys Schluchzen, die den Fisch, den sie getroffen hatte, im Arm hielt. Doch kurz darauf hellte sich Chestnutts Miene auf und sie hüpfte nachdenklich im Kreis herum. »Warte mal. Du hast doch Anansi, oder? Er müsste dir die Geschichte eigentlich erzählen können. Schließlich hat ihm die Legendentruhe eine Zeit lang gehört. Warum fragen wir ihn nicht?«

Ich zuckte zusammen, aber noch bevor ich etwas sagen konnte, platzte Junior heraus: »Kann er nicht. Sie ist nämlich *kaputt*.« Er verschränkte die Arme vor der Brust und nickte mir zu. »Na los. Zeig's ihr.«

Ich hatte keine andere Wahl. Ich holte das zerbrochene LTT aus meiner Tasche und legte es vor uns auf den Boden. Chestnutt ließ die Ohren so weit sinken, dass ich Angst hatte, sie würde gleich darüber stolpern.

»Tut mir leid«, sagte ich. »Es muss bei der Landung kaputtgegangen sein. Dann ist es nass geworden und jetzt kann ich es nicht mehr einschalten.«

Chestnutt betrachtete es. »Hast du es in Reis gelegt?«

Da traf mich etwas am Hinterkopf. »Aua!«, sagte ich. Als ich die Stelle betastete, wurden meine Finger klebrig. Ich hob den Kopf und sah, wie Gum Baby ihren Finger auf mich richtete. Kautschuktränen hatten auf ihrem Gesicht zahlreiche klebrige Spuren hinterlassen.

»Da…da…das hat Gum Baby diesem Dummkopf auch gesagt, aber er wo…wo…wollte nicht hören. Hochnäsig und auch noch dickköpfig. Ihn hätte ich mit meinen Kautschukkugeln abschießen sollen, nicht das Fi…Fi…Fischleeeeein!« Sie brach schluchzend zusammen und verteilte überall klebrigen Kautschuckschnodder.

Ich warf die Hände in die Luft, stand auf und stapfte zu Gum Baby hinüber. Als Erstes nahm ich ihr den Fisch aus der Hand und warf ihn ins Wasser. Nach wenigen Sekunden fing er an zu zappeln und schwamm davon. »Da. Siehst du? Ihm geht's prima. Und Schluss jetzt mit diesem Reis-Gequatsche. Das nützt überhaupt nichts bei einem zerbrochenen Handy!«

»Kommt ganz auf den Reis an. Und …« Chestnutt unterbrach sich und erstarrte. Dann stürzte sie sich mit einem Mal ganz aufgeregt auf einen Stapel mit Papieren und fing an darin herumzuwühlen. Gum Baby und ich sahen verwirrt zu, während der Stapel bebte und irgendwann förmlich explodierte. Das Kaninchen zitterte vor Aufregung, als es mit einem zusammengerollten Stück Papier im Maul aus dem Durcheinander gekrochen kam. Ich nahm den Zettel und faltete ihn auseinander.

»Da!«, sagte Chestnutt. »Lady Night! Sie kann euch helfen.«

»Wer?«, wollte ich wissen.

»Ich hab schon mal das eine oder andere von ihr gehört«, schaltete Ayanna sich ein. »Sie ist eine Albhexe, stimmt's?«

Chestnutt nickte. »Ja, genau, genau. Sie kann euch helfen.«

Ich rührte mich nicht von der Stelle. »Eine Albhexe?«

»Ja, genau, genau! Sie lebt irgendwo in den Außenbezirken des Goldenen Halbmondes, in der Gegend, wo die Leute aus dem Mitt-Land hingezogen sind. Nach den Notizen des Kaninchenbaus kann sie magische Gegenstände reparieren und sogar selbst welche verzaubern. Wenn du sie überreden kannst, die Legendentruhe – ich meine das LTT – zu reparieren, dann kannst du mit Anansi zusammen rauskriegen, wo sich der Shamble Man befindet, und Mami Wata und deine Großmutter retten.«

»Moment mal, Moment.« Ich hob die Hand. »Wie soll das denn gehen?«

»Die Legendentruhe wird doch von Geschichten angezogen. Hast du irgendwas dabei, was deiner Großmutter gehört?«

Ich wollte gerade verneinen, doch dann schlug ich mir mit der Hand gegen die Stirn. »Hab ich. Nanas Steppdecke!«

»Sehr gut«, erwiderte Chestnutt. »Von genau solchen Dingen wird die Legendentruhe angelockt. Sie spürt die Geschichten in den Gegenständen auf, so wie ein Wolf die Fährte eines Kaninchens aufnimmt.« Dieser Vergleich jagte ihr einen sichtbaren Schauder über den Rücken. »Vielleicht ist das tatsächlich eine Möglichkeit, deiner Großmutter auf die Spur zu kommen. Und wenn das nichts nützt, dann kannst du immer noch Anansi bitten, dir eine Geschichte über die Götter zu erzählen. Dann zieht er die Legendentruhe an wie ein Magnet.«

Ich kapierte gar nichts mehr. »Wen meinst du denn mit ›er‹? Anansi? Was redest du denn da?«

»Nein … ist auch egal. Bloß eine Theorie. Der Kaninchenbau will nicht, dass ich irgendwelche Gerüchte verbreite.«

»Bitte, Chestnutt, wenn du etwas weißt, was mir weiterhelfen könnte, dann will ich das erfahren. Ich muss Nana wiederfinden. Wer weiß, wie lange sie noch durchhält. Bitte, sag's mir«, bettelte ich.

Chestnutt ließ die Ohren tiefer sinken als je zuvor. Sie wurde zu einer winzigen Fellkugel und ihr Flüstern klang so schwach, dass ich mich zu ihr hinunterbeugen musste, um sie überhaupt zu verstehen. »Ich glaube, der Shamble Man ist ein Gott aus dem MittLand.«

21
ALBHEXEN-BLUES

Das Floß schwebte Richtung Westen durch die Luft, den drohenden Gewitterwolken entgegen. Wir waren sofort aufgebrochen und Chestnutt hatte uns eine ihrer berühmten handgemalten (pfotengemalten?) Landkarten mitgegeben. Sie hätte uns nur zu gerne begleitet, durfte aber ihren Posten nicht verlassen. Die Sonne stand tief über dem Horizont, sodass die Stadt der Seen in unserem Rücken wie ein Prisma wirkte und leuchtende bunte Strahlen über den Himmel schickte – wie eine Regenbogenführung durch Alke. Es war ein wunderschöner Anblick, aber wenn wir die Wassergöttin nicht finden konnten, würde er bald schon für alle Zeiten verschwinden.

Vor uns lauerte das Gewitter wie ein hässlicher blauer Fleck, der uns zu überrollen drohte, ein allerletzter, entscheidender Faustschlag zum Abschluss einer niederschmetternden Runde für Alke. Mami Wata spurlos verschwunden. Nana spurlos verschwunden. John Henry verblasste immer mehr.

Und für das alles verantwortlich war ... eine Gottheit aus dem MittLand?

Ich meine, für Chestnutt würde ich meine Hand ins Feuer legen, versteht ihr? Nur ein Dummkopf würde nicht auf sie hören. Und trotzdem war mir klar, weshalb der Kaninchenbau nicht wollte, dass diese Information an die Öffentlichkeit kam. Wenn alle das MittLand für das momentane Chaos verantwortlich machten, wie sollte dann jemals wieder so etwas wie Vertrauen entstehen? Würden die Leute, die von der abgebrannten Insel flüchten mussten, dann überhaupt noch irgendwo Aufnahme finden?

Eine Gottheit aus dem MittLand. Wer konnte das sein?

Bilder zuckten vor meinem inneren Auge auf und jedes einzelne versetzte mir einen schmerzhaften Stich. Ich wollte einfach nicht glauben, dass jemand aus dem Kreis der Gottheiten, die ich kannte, sich in ein solches Monster verwandelt hatte. Dass diese Gottheit Plat-Eyes entfesselt und sie gezwungen hatte, die Geister und die Lebenden zu schikanieren. Dass sie mit dem Kulture Vulture und seiner Plündererbande gemeinsame Sache machte.

Miss Sarah und Miss Rose?

Brer Rabbit?

High John?

Ausgeschlossen. Oder?

Ich schüttelte den Kopf und sackte auf dem Floß zusammen. Darüber wollte ich gar nicht länger nachdenken. Jetzt musste ich erst einmal diese Lady Night finden und hoffen, dass sie das LTT reparieren konnte. Dann würden wir weitersehen.

Trotzdem wurde ich ein bestimmtes Bild nicht wieder los. Es drängte sich immer wieder auf, vergiftete meine Gedanken und drehte mir den Magen um: Der Shamble Man mit John Henrys Hammer in der Hand. Wo würde er als Nächstes zuschlagen?

»Wir sind da!«, rief Gum Baby ungefähr eine Stunde später. Bei dem Wind, der über das Floß hinwegwehte, war ihr schwaches Stimmchen kaum zu verstehen. Sie hatte große Mühe, das Luftfahrzeug zu stabilisieren, trotz des Fußschemels aus Kautschuk, den sie sich gebastelt hatte, um sicher stehen zu können. Die Sonne war gerade untergegangen und hatte Alke mit dem aufkommenden Sturm und einem neuen Grauen zurückgelassen: Die finsteren Wolken hatten an den Rändern einen blassgrünen Schimmer bekommen.

Nervös griff ich nach Anansis Adinkra, aber es fühlte sich kühl an. Vorerst. Vielleicht bildete ich mir die Bedrohung nur ein.

Das Floß bebte. Es kam mir vor, als hätten wir urplötzlich zu sinken begonnen, zunächst nur langsam, aber dann immer schneller.

»Gum Baby?« Meine Stimme klang unsicher. Der Erdboden konnte nicht mehr allzu weit entfernt sein. In der Ferne flammte ein Lichtstrahl auf und dann ein zweiter. Das mussten die Paläste des Goldenen Halbmondes sein. Im Nordosten erhob sich eine dunkle Masse bis hinauf zu den Sternen, eine Wand, die die silbernen Wolken verdeckte. Das war die Bergfestung des Isihlangu.

Wir befanden uns also irgendwo in der Mitte zwischen den beiden Regionen Alkes. Aber wo genau? Tja, so, wie es aussah, würde ich das sehr schnell erfahren.

»Gum Baby!«, rief Ayanna. Auch sie wirkte ein kleines bisschen beunruhigt.

Unter uns befand sich eine Hügellandschaft und auf der Spitze des höchsten Hügels waren zahlreiche blinkende Lichter rund um ein ausgedehntes Anwesen zu erkennen, das aus einem großen, flachen Gebäude und mehreren kleineren Holzhütten bestand. So was wie eine Ranch vielleicht. Leise Jazzmusik drang an meine Ohren.

Es hörte sich fast so an, als würden wir Lady Nights Party sprengen.

Und zwar buchstäblich!

»Gum Baaaabyyy!«, kreischte Junior.

Das Floß landete und schlitterte einen Grashügel hinunter, direkt auf den Holzzaun zu, der das Anwesen umgab. Ich machte mich auf den Aufprall gefasst und kniff die Augen zusammen.

TSCHUUUMP!

Wir wurden nach vorne geschleudert und dann schlug ich zum zweiten Mal am heutigen Tag mit dem Gesicht nach unten und einem klebrigen Dämon auf dem Kopf auf der Erde auf. Ich stöhnte und brachte kein einziges Wort heraus, weil sämtliche Luft aus meiner Lunge gequetscht worden war.

Gum Baby kletterte vom Floß herab und wischte sich ein paar Grashalme von den Kleidern. »Gum Baby ist eine richtig gute Pilotin geworden. Eine Landung in der Dunkelheit ohne Beleuchtung? Zehn von zehn Punkten, vielen Dank, dass Sie sich für eine Reise mit Kautschuk-Air entschieden haben, bitte achten Sie darauf, alle ihre Stotterzungen mitzunehmen.«

»Kautschuk-Air ist ein grässlicher …«

Eine Kautschukkugel traf mich an der Schläfe. Ich schluckte den Rest meines Satzes hinunter und malte mir stattdessen aus, auf wie viele verschiedene Arten man eine winzige Sagengestalt diskret entsorgen konnte.

In diesem Augenblick wurde mir klar, dass die Jazzmusik verstummt war. Im Hauptgebäude öffnete sich eine Tür und Licht drang nach draußen. Bevor ich irgendetwas machen konnte, wurden wir von sechs oder sieben groß gewachsenen Männern und Frauen mit Äxten und Mistgabeln umringt und misstrauisch beäugt. Wie ein geölter Blitz verzog sich Gum Baby ins hohe Gras und überließ es mir, Ayanna und Junior, die Suppe, die sie uns eingebrockt hatte, wieder auszulöffeln. Ich starrte ihr hinterher und war drauf und dran, ihr ein paar bissige Bemerkungen mitzugeben, da wurden mir plötzlich mehrere spitze Gegenstände unter die Nase gehalten. Ich sparte mir also alles, was ich eigentlich sagen wollte, und versuchte, möglichst unschuldig auszusehen, während ich mich langsam und mit erhobenen Händen aufrichtete.

»Sind doch bloß ein paar Kinder«, murmelte eine der Frauen. »Vielleicht sollten wir sie einfach in Ruhe lassen.«

Ein paar andere nickten, zogen ihre improvisierten Waffen zurück und entspannten sich. Ich fühlte mich gleich ein bisschen besser und trat einen Schritt vor.

»Guten Abend«, sagte ich. »Wir würden gern mit ...«

»WER STÖRT DA MEINE PARTY?«, dröhnte eine markerschütternde Stimme durch die Nacht. Zu meiner Überraschung schienen die Erwachsenen zu zögern. Sie sahen einander an, als wollte niemand den ersten Schritt machen. Jetzt ertönte die Stimme erneut: »BRINGT SIE REIN, DAMIT ICH IHRE KNOCHEN ALS BECHERHALTER BENUTZEN KANN!«

Damit schien die Entscheidung gefallen zu sein. Verwirrt beobachtete ich, wie die Männer und Frauen sich in sich selbst zurückzogen. Sie waren ungefähr so alt wie meine Eltern. Vielleicht hätten sie sich sogar gut mit ihnen verstanden und irgendwelche Sachen zusammen gemacht. Was Erwachsene eben so machen. (Mundharmonika üben? Makkaronifiguren basteln? Wer weiß das schon?) Raue Hände packten mich an den Armen und schoben mich hinein. Über dem Türsturz hing ein Spruchband. Darauf stand: HAPPY BIRTHDAY, BIG BIG! Es dauerte einen Moment, bis meine Augen sich an das grelle Licht im Inneren gewöhnt hatten, aber als es so weit war, hielt ich unwillkürlich den Atem an.

Wir standen in einem riesigen Saal, der mich an unsere Schul-Cafeteria in Chicago erinnerte. Nur dass an den Wänden keine Bilder von unserem Flickflack schlagenden Schulmaskottchen hingen, sondern eine Sammlung seltsamer Gegenstände. Ein riesiger Schild. Ein altes Banjo. Drei Wurfmesser-Sets, die ziemlich scharf aussahen. Eine Reihe Bücher. Ich meine, das Ganze machte einen ziemlich merkwürdigen Eindruck, wenn ihr versteht, was ich meine.

Auf einer Bühne auf der rechten Seite des Saals hingen mehrere Leute und ein großer Keiler herum (ja, genau, ein Wildschwein, ein männliches mit Hauern, um genau zu sein). Sie hielten Musikinstrumente in den Händen. (Ja, der Keiler auch. Ich schwöre.) Und neben ihnen standen noch mehr Instrumente.

Nein.

Moment.

Sie *schwebten.*

»Heiliger Strohsack«, murmelte ich.

In der Mitte des Saals befand sich eine Tanzfläche, während die Wände mit Tischen und Stühlen gesäumt waren. Dort saßen Partygäste, andere standen auf der Tanzfläche oder lehnten an den Wänden. Männer, Frauen, Kinder und Tiere – ganz hinten sah ich sogar zwei gigantische Ochsen sitzen. Sie trugen merkwürdige, übergroße

Sonnenbrillen, als wollten sie nicht erkannt werden. Alle starrten uns an. Nervöse Anspannung legte sich über den Saal. Ich musste schlucken.

Die Menge auf der Tanzfläche teilte sich und dann kam der breiteste Mann zum Vorschein, den ich je gesehen hatte. Er war nicht groß, sondern einfach nur breit. Seine Schultern schienen von einer Saalwand bis zur anderen zu reichen und statt zwei Beinen hätten auch zwei Fässer in seiner Hose stecken können. John Henry war größer als alle, denen ich bisher begegnet war, aber er war eben groß gewachsen, während dieser Typ hier aussah wie zwei Footballspieler, die nebeneinander in einem Trenchcoat steckten.

Außerdem war seine Haut aschfahl, also wahnsinnig aschfahl, als hätte sie noch nie so was wie Lotion oder Kakaobutter oder wenigstens einen Klecks altes Schweinefett gesehen.

Er trug eine raue graue Hose, weder Schuhe noch Socken (seine Zehen sahen aus wie zehn schmutzige Marshmallows), aber dafür ein verschwitztes weißes T-Shirt. Und er hatte sich ein eigentümliches Kleidungsstück um den Hals geschlungen. Zuerst dachte ich, es wäre ein schwarzer Seidenschal, aber als der Mann näher kam und sich vor mir aufbaute, da schien der Schal zu schillern und wirkte gleichzeitig braun wie Milchschokolade. Und er flatterte. Obwohl hier drin, soweit ich es beurteilen konnte, kein Wind wehte und die Leute, die uns gefangen genommen hatten, die Tür geschlossen hatten. Ich wollte mir den Schal mithilfe von Nyamés Adinkra etwas genauer anschauen, doch dann packte mich eine starke Hand.

»Na, was haben wir denn da?« Mühelos umschloss er mein verletztes Handgelenk, sodass ich den Anhänger des Himmelsgottes nicht mehr berühren konnte. Dafür verzog ich das Gesicht. Er hob meinen

Arm höher, um mein Armband zu betrachten. »Nun?«, wandte er sich an die anderen.

»Sie haben auf einem Haufen vor der Tür gelegen, Big Big«, erwiderte eine Frau. Ihre Stimme klang entschuldigend und sie sah uns mit trauriger Miene an. »Als wären sie vom Himmel gefallen.«

Der Mann – Big Big – ließ die Adinkras nicht aus den Augen. Schließlich musterte er mich nachdenklich. »War sonst noch jemand dabei? Irgendwelche Erwachsenen?«

»Nun ja, wir haben nicht extra nachgesehen, aber ...«

»Dann geht und seht nach! Vielleicht sind ja noch mehr von diesen Schmarotzern da draußen.« Angewidert spuckte Big Big aus, sah mich an und riss mir, noch bevor ich wusste, wie mir geschah, das Armband vom Handgelenk.

»He, das gehört mir!«

»Hmm, das sehe ich aber anders«, erwiderte Big Big und grinste hinterhältig. Dann deutete er auf die Wände. »Ich bin Sammler, falls du das noch nicht mitgekriegt hast. Antiquitäten. Einzelstücke. Schmuck.« Er hielt das Armband in die Höhe, und während mein Blick sich daran festsaugte, wurde sein Grinsen immer breiter. Dann sah er Ayanna auffordernd an und sie übergab ihm zögerlich ihren Stab. Junior umklammerte seinen Steinbeutel, als sei er das Wertvollste auf der ganzen Welt, doch nachdem Big Big ihn grimmig angestarrt und die Hand zu einer massiven Faust geballt hatte, überließ er ihm den Beutel.

»Aber als Allerwichtigstes«, fuhr Big Big fort, »sammle ich Geheimnisse. Gerüchte. Veränderungen im unablässigen Strom der Launen Alkes. Und wenn ein kleines Vögelchen mir zwitschert, dass da ein Junge mit göttlichen Gaben durch die Gegend rennt, dann höre ich möglicherweise zu. Vielleicht überlege ich mir, dass es die eine oder andere interessierte Partei geben könnte, die bereit wäre, mir für diese Gaben ein Vermögen zu bezahlen.«

Ich wehrte mich, doch der Mann hielt mein Handgelenk nach wie vor fest umklammert.

»COOKIE!«, brüllte er dann. »Wo steckt dieses …? COOKIE! Wo bist du?«

Eine Bewegung ging durch die Menge und dann tauchte neben uns eine Gestalt auf. Sie war von Kopf bis Fuß in einen Umhang gehüllt und trug Kapuze. Sie war etwas kleiner als ich und für einen kurzen Moment bekam ich zwei rot geränderte Augen zu sehen. Ob das allerdings ihre natürliche Farbe war oder ob es vom vielen Weinen kam, das konnte ich nicht erkennen.

»Wird auch Zeit«, sagte Big Big ärgerlich. Er schubste mich, sodass ich mit dem Neuankömmling zusammenstieß, und ich überlegte kurz, ob ich mich wehren sollte. Ich hätte eine Kombination vom Stapel lassen können, die meinen Granddad stolz gemacht hätte.

Da spürte ich eine sanfte Berührung an der Schulter. Das war die verhüllte Gestalt. Sie schüttelte kaum sichtbar den Kopf. *Noch nicht*, schien das zu bedeuten.

»Cookie, du sperrst die Kinder da hinten ein. Und dann heizt du deine Töpfe an. Ich hab schon wieder tierischen Kohldampf. Aber nicht dieses ewig gleiche Reisgericht. Ich will mal was anderes.«

Die Gestalt wand sich. »Aber wir haben nichts anderes als das Reisgericht, da Ihr den Bauern nicht erlaubt, die Felder zu bestellen.«

Big Big lief rot an im Gesicht und packte frustriert das schalähnliche Kleidungsstück, das um seinen Hals lag. »Keine Widerrede jetzt, Cookie. Oder muss ich etwa …?«

Sämtliche Luft schien aus der Gestalt im Umhang zu weichen.

»Nein. Ich ... ich will sehen, was ich tun kann.«

»Schon besser.«

Verwirrt verfolgte ich diesen Wortwechsel und ließ den Blick dann über die Umstehenden schweifen. Alle wirkten irgendwie nervös und angespannt. Big Big erkannte das auch und fuchtelte mit den Händen. »Also gut, Schluss jetzt! Ich will Musik. Ich hab schließlich Geburtstag! Und gerade hab ich das beste Geschenk von allen gekriegt.« Er reckte mein Armband – *mein Armband* – in die Höhe und lachte. Dann drehte er sich um und schob sich durch die Menge zu einem Tisch am Rand der Tanzfläche. Heiße Wut sammelte sich in meinem Inneren, fing an zu blubbern und kroch in meine Gliedmaßen, bis ich das Gefühl hatte, dass mein Körper explodieren würde, wenn ich dieses Armband nicht zurückbekam.

Die Band fing wieder an zu spielen (ein Hammer, was dieser Keiler mit dem Saxofon alles anstellen konnte), und zwar zusammen mit den schwebenden Instrumenten. Zwei Trommelstöcke schlugen – ohne dass sie von jemandem festgehalten wurden – einen flotten Rhythmus und unter Big Bigs wachsamen Blicken fingen die Leute allmählich wieder an, das Tanzbein zu schwingen. Hier ging irgendetwas Seltsames vor sich, aber solange dieser riesenhafte Rüpel mein Armband hatte, konnte ich nicht erkennen, was das war.

Da spürte ich, wie jemand behutsam an meinem Ärmel zog. Das war die Gestalt im Umhang. Ich gehorchte der Aufforderung ihrer zarten, behandschuhten Finger. Gefolgt von Ayanna und Junior schoben wir uns am Rand der Menge entlang, bis wir vor einem dunklen Lagerraum am hinteren Ende des Saals standen. Menschen und Tiere machten uns bereitwillig Platz und verneigten sich, als wir an ihnen vorbeikamen. Was hatte das zu bedeuten?

»Schnell«, murmelte die Gestalt namens Cookie leise. Ihre Stimme klang weiblich. »Ich erkläre euch alles später.« Sie brachte uns in den Lagerraum und machte die Tür zu. Ich stand regungslos da. Es war so finster, dass ich überhaupt nichts erkennen konnte. Da scharrte etwas über den Fußboden. Ein Funke zuckte, dann noch einer und schließlich flammte eine Fackel auf. Ihr orangefarbenes, zuckendes Licht warf tanzende Schatten auf Cookies Umhang, während sie auf mich zukam. Aus den tiefen Schatten unter ihrer Kapuze starrten mir ihre rot geränderten Augen entgegen.

»Ich brauche eure Hilfe«, sagte Cookie. »Und als Gegenleistung helfe ich euch, die Adinkras wiederzubeschaffen.«

Ayanna kniff die Augen zusammen. »Du weißt, welche Bedeutung sie haben?«

»Das weiß ich. Und, ja, ich besorge euch auch den Stab und die Steine deines Vaters.« Bei diesem letzten Satz sah sie Junior an.

Die Steine seines Vaters?

Doch bevor ich rauskriegen konnte, was das heißen sollte, fuhr die Gestalt fort. »Ich weiß, was du bist, Tristan, und dass du mir helfen kannst. Bitte. Wir haben nicht viel Zeit. Big Big hat bereits eine Botschaft ausgesandt. Der Shamble Man kann jeden Augenblick hier eintreffen und dann wird unsere Lage noch sehr viel misslicher.«

Der Shamble Man! Ich zögerte, aber hatte ich eine Wahl? Ich hatte keine Ahnung, wo Gum Baby abgeblieben war. Vielleicht holte sie ja Hilfe, aber viel wahrscheinlicher war, dass sie sich verlaufen hatte. Nein, das hier war die einzige Chance, wie wir den Klauen des

Shamble Man entkommen konnten. Ich musste ihm zu meinen Bedingungen entgegentreten, nicht zu seinen.

»Einverstanden«, sagte ich. »Was sollen wir für dich tun?«

Ich hörte, wie Cookie tief Luft holte und mit bebender Stimme sagte: »Ihr müsst mir behilflich sein, meine Haut wiederzubeschaffen.«

22

WILDE SAUSE
IN DER TANZSCHEUNE

Ich weiß noch, einmal als ich klein war und Dad zusammen mit Granddad in einem Trainingslager, da hat Nana uns in Chicago besucht, um Mom zu unterstützen. (Kleine Bemerkung am Rand: Habt ihr gewusst, dass Erwachsene Mittagsschläfchen machen? Ich damals jedenfalls nicht. Und das machen die freiwillig! Unfassbar. Wie auch immer ...) Einmal bin ich mitten in der Nacht schreiend aufgewacht, weil ich Angst hatte, dass irgendetwas zu mir ins Zimmer kommen und mich mitnehmen wollte. Vielleicht durchs Fenster, vielleicht von unter dem Bett ... ganz egal, woher es kam, aber ich war mir sicher, dass es mich entführen wollte. Dann kam Nana in mein Zimmer gestürzt und fand mich zitternd unter der Decke liegen.

»Eine Hexe ist hinter mir her«, sagte ich und spähte in jede Ecke.

Nana beruhigte mich zunächst einmal und nahm mich dann mit in die Küche, damit ich ihr beim Aufräumen und Saubermachen half. Während ich also das Geschirr abtrocknete, erzählte Nana mir eine ihrer Märchengeschichten, wobei ... es war eher eine Art Geschichtsunterricht als eine Märchenstunde. Aber ihr kennt ja Nana. Irgendwie könnte jede ihrer Erzählungen auch ein preisgekröntes Drehbuch sein.

»Habe ich dir eigentlich schon einmal vom Inselvolk erzählt?«, fragte sie mich und reichte mir einen Teller. Wir standen vor der Spüle, sie auf Socken und ich barfuß auf einem Hocker.

Ich schüttelte feierlich den Kopf.

»Dann wird's aber Zeit. Zu schade, dass ihr so was nicht in der Schule lernt, aber das spielt jetzt keine Rolle. Ich bin zur Lehrerin berufen und du darfst gleich etwas lernen. Hier, trockne mal den Topf ab, Schätzchen.« Sie räusperte sich, überlegte kurz und dann fing sie an.

»Für das Inselvolk gibt es unterschiedliche Namen, je nachdem, wen du fragst. Die Gullah. Die Geechee. Die Gullah-Geechee. Aber ganz egal, wie du sie ansprichst, sei immer respektvoll. Sie haben sich ihre eigene Kultur, ihre Rituale, ihre Sprache bewahrt. Das alles wurde von Generation zu Generation weitergegeben und sie haben ihre Tradition immer gepflegt. Ihre Geschichten auch. Und in einer von diesen Geschichten geht es um die sogenannten Albhexen. Das sind Kreaturen, die nachts ihre Haut abstreifen. Sie schleichen sich in dein Haus, während du schläfst, setzen sich auf deine Brust und saugen dir die Luft aus der Lunge. Du wachst völlig erschöpft auf, als hättest du gerade eine riesige Anstrengung hinter dir. Inzwischen ist die Albhexe schon lange wieder in ihrem Bau und in ihre Haut geschlüpft. Wenn man diesen Geschichten glaubt, dann kann man die Albhexe zum Beispiel dadurch besiegen, dass man ihr die Haut wegnimmt, bevor sie sie wieder anlegen kann. Dann hat man Macht über sie. Manche Leute haben sich auch an Wurzelhexen gewandt, die magische Kräfte besitzen, und sie um einen Schutzzauber gebeten, um die Albhexen fernzuhalten.«

Ich starrte sie völlig entsetzt an. »Wurzelhexen? Sind die nicht auch böse?«

Sie gab mir nicht gleich eine Antwort. Irgendwann seufzte sie und lächelte sanft.

»Ja und nein, Schätzchen. Ja und nein. Du musst wissen, dass manche Menschen unglaubliche Kräfte in sich tragen. Magische Kräfte, wie man sie nur aus Legenden kennt. Und wie bei allen anderen gibt es auch unter ihnen die Guten und die Schlechten. Das Problem ist, dass es manchen Menschen nicht passt, wenn andere Macht haben, nicht einmal dann, wenn sie diese Macht für das Gute einsetzen. Nein, sie müssen diese Macht kontrollieren, selber besitzen, und wenn ihnen das nicht gelingt, dann wollen sie sie zerstören. Dann nennen sie dich eine Albhexe, obwohl du bloß eine ganz normale Zauberhexe bist und den Leuten helfen willst. Besonders wenn sie es sind, die die Geschichten über dich schreiben. Letzten Endes kannst du nur kontrollieren, wie du deine eigene Macht gebrauchst.«

Nana unterbrach sich und sah mich sehr ernsthaft an. »Was deinen Albtraum angeht? Dieses Wesen, das dich mitnehmen wollte, hat keine Macht über dich. *Du* hast die Macht. Lass sie wissen, dass es eine Zauberhexe gibt, die auf dich aufpasst. Ich kenne übrigens welche persönlich.«

»Und woher soll ich wissen, ob eine Hexe gut oder böse ist?«

Sie fing wieder an, einen Topf zu schrubben. »Du musst dir überlegen, wem du glauben willst – der Hexe oder demjenigen, der die Geschichte der Hexe aufschreibt.«

Jetzt stand ich also einer Albhexe persönlich gegenüber. Ich starrte Cookie ungläubig an. Da hatte ich mich doch bestimmt verhört, oder nicht? »Was soll ich machen?«

»Du bist es«, sagte Ayanna. »Du bist Lady Night.«

Der von der Kapuze verhüllte Kopf hob sich trotzig – so kam es mir zumindest vor, obwohl ich bis auf den Kapuzenstoff gar nichts erkennen konnte. »So ist es. Und ich bin die rechtmäßige Besitzerin dieser Tanzscheune. Ihr sollt mir helfen, diesem trampeligen Einfaltspinsel da draußen meine Haut wieder abzunehmen. Bevor er die Macht an sich gerissen hat, war das hier ein Ort der Zuflucht. Des Schutzes. Ein Platz, an dem die Erschöpften und Ausgelaugten und Niedergeschlagenen sich ausruhen und ein wenig entspannen konnten, in Sicherheit und zusammen mit anderen, denen ein ähnliches Schicksal widerfahren war.«

»Eine Tanzscheune ...«, sagte Junior nachdenklich. »Mein Vater hat immer gesagt, dass das Oasen für unser Volk sind.«

Lady Night neigte den Kopf, so, als wollte sie ihm eine Frage stellen. Sie starrte ihn mit glühenden Augen unter ihrer Kapuze hervor an und dann nickte sie, als sei ihr etwas klar geworden. »In der Tat. Nun denn, als Gegenleistung für eure Hilfe werde ich euch eure mächtigen Gegenstände wieder zurückgeben. Das Armband, den Stab ... und diese seltsamen Steine.«

Ich machte den Mund auf und klappte ihn wieder zu. Sie wusste etwas über Junior und wieder einmal hatte ich dieses unangenehm nagende Gefühl, dass mir irgendetwas entgangen war. Aber ich hatte keine Zeit, länger darüber nachzudenken. Das war die verrückteste Abmachung, die ich je gehört hatte. Was sollte man zu einem solchen Deal sagen? *Okay, ich besorg dir deine Haut?* Als müsste ich bloß zum nächsten Laden laufen und eine Packung Chips besorgen. Haut konnte man doch nicht einfach verlegen wie einen Schlüsselbund. Andererseits, ihr war ihre Haut abhandengekommen und damit hatte ich einen Vorteil ...

»Ich brauche übrigens ebenfalls deine Hilfe«, sagte ich.

»Mit dem Armband? Ja, gewiss, ich ...«

»Nein. Ich meine, ja, das mit dem Armband, klar, aber auch noch wegen etwas anderem. Ich habe etwas kaputt gemacht, aus Versehen, und solange es kaputt ist, habe ich keine Chance, meine Großmutter zu finden. Chest..., äh, eine Freundin hat gesagt, dass du magische Dinge reparieren kannst. Also, auch wenn sie wirklich richtig schlimm kaputt sind. Stimmt das?« Ich fand es grässlich, dass meine Stimme so verzweifelt klang, aber ... na ja, ich *war* ja auch verzweifelt. Behutsam holte ich das LTT aus meiner Hosentasche. Es kostete mich unendlich viel Überwindung, es aus der Hand zu geben, aber ich hatte keine andere Wahl. Irgendjemand musste es reparieren, und zwar schnell.

Lady Night nahm es mir aus der Hand und betrachtete es. »Ist das das, was ich glaube, dass es ist?«

Ich nickte.

»Hast du es schon in Reis gelegt?«

Ich biss mir auf die Lippe, um nicht laut loszukreischen. Sie bemerkte es und ihre Schultern bebten. Es dauerte einen Moment, bis mir klar wurde, dass sie lachte.

»Ganz ruhig, Anansesem,«, sagte sie dann. »Weißt du was? Ich bringe dein Telefon wieder in Ordnung ...«

Ich fing an zu grinsen.

»... sobald du mir meine Haut zurückgebracht hast.«

Mein Grinsen erstarrte.

Sie zuckte mit den Schultern. »Wenn nicht, dann kann ich dir nicht helfen. Und zwar im wortwörtlichen Sinn. Ohne meine Haut bin ich machtlos. Darum hat dieser diebische Riese da draußen sie die ganze Zeit bei sich. Aber sobald ich sie zurückbekommen habe, wird er bitter bereuen, dass er je einen Fuß in meine Tanzscheune gesetzt hat.«

Ich machte die Augen zu, holte tief Luft und versuchte, mir einen Plan zurechtzulegen. Wie konnten wir Big Big dazu veranlassen, Lady Nights Haut für den Bruchteil einer Sekunde abzulegen? So, wie er sie ununterbrochen festhielt, und so, wie alle hier sofort kuschten, wenn er ihnen etwas befahl, machte es nicht den Eindruck, als sei er jemand, der auf die Stimme der Vernunft hörte. Wir mussten also schlau vorgehen. Jetzt war nicht die Zeit für abenteuerliche Heldentaten und fliegende Fäuste. Wir brauchten ...

BUUUMMM!

Ein mächtiger Donnerschlag ließ die Wände zittern. Verblüfft hob ich den Kopf. Das kam aus dem großen Saal. War Big Big gestolpert und gestürzt oder so? Lady Night und ich sahen einander an, als eine laute und vertraute Quietschestimme das Chaos übertönte.

»HEY, BLA BLA! GUM BABYS FÄUSTE WOLLEN DEINEM GESICHT EIN PAAR EINDRINGLICHE FRAGEN STELLEN!«

»Oh, nein«, flüsterte ich und schlug die Hände vors Gesicht.

Lady Night huschte an mir vorbei und machte die Tür einen Spalt weit auf. »Was ist das? Wer ist das? Kennt ihr die? Das hört sich an, als wäre eure Verstärkung eingetroffen.«

»Nein«, erwiderte Junior an meiner Stelle und versuchte, einen Blick durch den Türspalt zu werfen. »Sie ist einfach bloß laut.«

Wir spähten alle nach draußen. Und ... na ja, jeder und jede von euch kennt wahrscheinlich eine bestimmte Person, die einfach immer

»extra« ist. Extralaut, extraenergiegeladen und so weiter. Deren gesamte Persönlichkeit darauf ausgerichtet ist, alles, was sie macht, ein bisschen zu übertreiben. Das war Gum Baby.

»Oh, nein«, stieß Ayanna hervor. »Ich hab's doch *gerade erst* sauber gemacht.«

Lady Night riss die Augen – das Einzige, was von ihr zu sehen war – weit auf vor Verwunderung.

Junior lachte. Er lachte tatsächlich. In Zeiten wie diesen!

Und ich? Ich seufzte nur.

Gum Baby, die winzige Horrorgestalt, war *auf Ayannas Floß* durch den Eingang der Tanzscheune gerast und surfte jetzt wie in einem Strudel im Kreis durch den Saal. Die untere Hälfte ihres Gesichts wurde von einem schmutzigen weißen Tuch verdeckt, sodass wir nur ihre Augen und ihre wütend gerunzelte Stirn sehen konnten. Während sie ihre Kreise drehte, zeigte sie auf Big Big. Musiker, schwebende Instrumente und die Zuhörerinnen und Zuhörer warfen sich auf den Fußboden, wenn sie auf sie zuraste. Der Keiler ließ einen verblüfften Laut hören und machte sich so flach wie nur möglich, um einen Zusammenprall zu vermeiden.

»Schluss jetzt!«, rief Big Big. Er schlug mit der flachen Hand auf den Tisch und stand auf, sodass sein Stuhl nach hinten flog. Dann schob er etliche Möbelstücke beiseite und stapfte in die Mitte der Tanzfläche. Lady Nights Haut benutzte er inzwischen nicht mehr als Schal, sondern hatte sie fest um eine Faust gewickelt, so wie Granddad vor dem Boxtraining immer meine Knöchel umwickelt. »Für wen hältst du dich eigentlich, dass du glaubst, du kannst einfach meine Geburtstagsparty stören? Weißt du nicht, wer ich bin? Ich habe schon Krümel zwischen meinen Zähnen hervorgeholt, die größer waren als du!«

»Hört sich ganz so an, als müsstest du dir gründlicher die Zähne putzen!«, erwiderte Gum Baby. Nur verschwommen sah ich, dass sie ihren Arm bewegte, dann landete ein kleiner Kautschukklumpen an Big Bigs Kopf. »Braucht der kleine Bla Bla vielleicht auch Hilfe mit der Zahnseide?«

»Ich heiße *Big Big*!«, brüllte der Mann. Er sprang hoch und schlug nach ihr, aber Gum Baby wich ihm einfach aus und lachte dabei.

»Zu langsam, Bäh Bäh. Was ist denn los mit dir?«

Big Big knurrte etwas, was ich hier nicht wiedergeben kann, und schlug erneut nach ihr. Dann verfolgte er sie, aber Gum Baby blieb immer knapp außerhalb seiner Reichweite, setzte sich auf die Kante des Floßes und ließ die Beine zur Seite herabbaumeln. Sie wirkte vollkommen entspannt und schleuderte träge ein paar Kautschukkugeln nach ihrem Verfolger, ganz so, als würde sie an einem warmen Sommertag Steine über einen See hüpfen lassen. Gleichzeitig aber überschüttete sie ihn mit einer Flut an Beleidigungen.

»Kautschukklatsche! Wow, ich glaube, gerade ist mir dein Riesenschädel in die Quere gekommen.«

»Willst du deinen Freunden etwa demonstrieren, wie sie sich *nicht* benehmen sollten?«

»Kautschukklatsche! Zwei Kautschukklatschen! Gum Baby kann ewig so weitermachen, weißt du? Aber sag gerne Bescheid, wenn du ein Päuschen brauchst. Vielleicht eine kleine Stärkung zwischendurch? Wie wär's mit einem Gummibecherchen, Bumm Bumm?«

Lady Night wollte den Saal betreten, aber ich hob die Hand. »Warte ... ich glaube, ich weiß, was sie vorhat. Und – ich kann nicht fassen, dass ich das sage – es könnte funktionieren.«

»Was denn? Will sie ihn wütend machen?«

»Ehrlich gesagt ... ja. Und glaub mir, das kann sie wirklich sehr, sehr gut.«

Als hätte Gum Baby mich gehört, schickte sie noch eine Kautschukkugel auf die Reise, bevor sie sich höchst dramatisch auf den Rücken fallen ließ und die Hände im Nacken verschränkte. »Gum Baby ist langweilig. Sie hat gedacht, hier wäre ein bisschen mehr los. Gum Baby hätte ihr Strickzeug mitbringen sollen. Dann hätte sie wenigstens eine Schmusedecke für den kleinen Blubb Blubb stricken können.«

Big Bigs Miene nahm eine seltsam violette Färbung an und sein Mund verzog sich zu einer faltigen Grimasse. Ich kannte diesen Gesichtsausdruck. Genau den bekam ich auch jedes Mal, wenn ich in der Nähe des kleinen Großmauls war. Ich zog die Tür ein kleines Stückchen weiter auf und flüsterte: »Mach dich bereit. Und sobald der richtige Zeitpunkt gekommen ist, schnappst du dir deine Haut.«

»Der richtige Zeitpunkt?« Lady Night klang beunruhigt. »Welcher Zeitpunkt denn? Was hast du vor?«

Ayanna setzte sich auf den Boden und bedeutete Junior, es ihr gleichzutun. »Es ist das Beste, wenn wir hierbleiben und zuschauen. Gleich muss er mal wieder den Helden spielen. Er tut zwar so, als würde er sie hassen, aber in Wirklichkeit sind Tristan und Gum Baby ein richtig gutes Team.«

Entsetzt sah ich sie an. »Wir? Ein Team? Bitte sag das nicht. Sonst wird es womöglich noch wahr.«

In diesem Augenblick stieß Big Big einen gewaltigen Schrei aus, sprang in die Luft und packte das Floß mit beiden Händen. »ICH! HEISSE!! BIG BIG!!!« Das fliegende Wasserfahrzeug zog ihn noch ein paar Schritte vorwärts, bevor er genügend Widerstand aufbrachte und es langsam zu Boden zerrte. Gum Baby war ans andere Ende des

Floßes gerannt und schleuderte Kautschukkugel um Kautschukkugel auf den Glatzkopf des Riesen. Es sah so aus, als würde ihm allmählich ein klebriger Afro wachsen.

»Mach dich bereit«, flüsterte ich Lady Night noch einmal eindringlich zu, bevor ich die Tür aufriss und nach draußen stürzte.

Niemand achtete auf mich. Sie waren alle viel zu sehr mit der Schlacht zwischen der bierglasgroßen Piratin und dem Troll beschäftigt. Darum waren sie ziemlich verdutzt, als ich auf die Bühne stürmte, Anlauf nahm und mit einem großen Satz auf Big Bigs breiten Rücken sprang. Ich meine, ich *selbst* war verdutzt. Aber es dauerte nicht lang, bis ich mich wieder im Griff hatte und über die frischen, klebrigen Haare des Kerls fuhr.

»Das steht dir aber gut, Bumm Bumm«, sagte ich, bevor ich ihm die Albhexenhaut aus der Hand riss und in die Menge warf. »Lady Night! Jetzt!«

Big Bigs Augen wurden groß und er ließ das Floß so unvermittelt los, dass es ruckartig vorwärtsschoss. Laut jaulend schlitterte Gum Baby über die Tanzfläche bis in das Hinterzimmer, aus dem ich gerade gekommen war. Big Big drehte sich um und fasste sich an den Hals, aber die Haut war nicht mehr da. »Nein!«, brüllte er. »Neeeiiin!« Er packte mich am Arm und schleuderte mich über seine Schulter auf den Boden.

»*Uuuummpfff!*« Zum zweiten Mal an diesem Abend wurde mir sämtliche Luft aus der Lunge gepresst, und bevor ich mich davon erholt hatte, riss mich Big Big mit seinen mächtigen Pranken nach oben, sodass ich direkt vor seinem Gesicht baumelte. Unbändige Wut verzerrte seine Züge und er sah aus wie eine Raubkatze aus dem Dschungel.

»Du!«, fauchte er mich an. »Ich hätte dich gleich beim ersten Mal aus dem Weg räumen sollen. Der Shamble Man kriegt nicht mal eine Chance, dich zu begraben, weil ich ein Loch buddeln werde, das so tief ist, dass niemand jemals deine Knochen wiederfindet. Hast du gehört? Ich ...«

»Clifford!«, ließ sich da vom anderen Ende des Saals eine scharfe Stimme vernehmen.

Big Big zuckte zusammen. Ohne mich loszulassen, drehte er sich um und ich riss die Augen weit auf.

Lady Night stand ganz allein auf der Bühne. Sie trug immer noch den Umhang und hatte ihre Haut in den Händen.

Nein. *Auf* den Händen. Das schimmernde Kleid schien wie Honig ihre Arme entlang und in ihren Umhang zu kriechen. Sie richtete sich ein wenig auf, dann legte sie die Hände an ihre Kapuze und schlug sie zurück.

Vor uns stand eine wunderschöne Frau. Ihre Haut war dunkel wie das Dämmerlicht und ihre Augen strahlten wie Diamanten. Ihre Haare bildeten eine Art lockigen Irokesenschnitt, der wie eine Krone auf ihrem Kopf saß, und dann fiel der Umhang zu Boden und gab den Blick auf ein langes Kleid frei, das schimmerte wie Mondlicht auf schwarzer Tinte. Die silbernen Pumps leuchteten so intensiv, dass man, wenn man sie zu lange anstarrte, das Gefühl hatte, eingesaugt zu werden.

Lady Night ließ den Blick einmal über den ganzen Saal schweifen, bevor sie sich auf Big Big konzentrierte und ihn an Ort und Stelle festnagelte. Mit bewussten, kräftigen Schritten trat sie an den Rand der Bühne. Mehrere Leute aus dem Saal beeilten sich, ihr die Hände entgegenzustrecken. Mit huldvoller Geste ergriff sie eine davon und schritt auf die Stelle zu, wo Big Big und ich standen. Da bemerkte ich im Augenwinkel eine Bewegung.

Ich reckte den Hals und sah, wie Gum Baby näher schlurfte. Zu meiner großen Verblüffung kletterte sie auf Lady Nights Schulter und setzte sich, als wäre sie die rechte Hand der Königin. Lady Night schenkte ihr ein warmes Lächeln, bevor sie sich wieder an Big Big wandte.

»Clifford, lass ihn los.« Ihre Stimme klang leise, aber sehr eindringlich. Big Big schluckte, setzte mich auf dem Fußboden ab, nahm seine Wurstfinger von meinem Kragen und tätschelte mir sanft die Schultern.

»So. Ich wollte dir ja gar nichts tun, Jungchen, stimmt's? War alles nur Spaß.«

Ich bombardierte ihn mit wütenden Blicken und schüttelte den Kopf. »Clifford?«

Er zuckte zusammen. »Deswegen ja Big Big.«

»Und du findest, das ist besser? Ehrlich gesagt, ich bin enttäuscht von dir.«

»Sehr richtig«, sagte Lady Night, aber ihre Worte klangen eher wie eine Drohung. »Das sind wir alle.«

Big Big – ich meine Clifford – schluckte nervös und trat zwei Schritte zurück. Zwei gigantische Schritte. Ehrlich gesagt, als ich Lady Nights Gesichtsausdruck bemerkte, war auch ich versucht zurückzuweichen, aber ich wollte keine unnötige Aufmerksamkeit erregen.

Aber natürlich nickte Gum Baby mit dem Kopf und sah sich auffordernd um. »Ach, komm schon, Bing Bong, du hast genügend Mist gebaut. Das ist dir doch klar, dass du am Ende bist oder? Ja, klar ist dir das klar.«

Big Big hob flehentlich beide Hände und seine grollende Stimme klang mit einem Mal sehr nervös. »Hören Sie, Madam, ich wollte Ihre Haut ja nicht für immer behalten. Ich hätte sie irgendwann wieder zurückgegeben, ganz ehrlich. Ich hatte bloß keine Lust mehr, ständig so rumkommandiert zu werden.«

»Ich habe dir eine *Arbeit* gegeben!« Lady Nights Worte klangen wie ein Peitschenhieb. »Ich habe dich bei mir aufgenommen und dir ein Dach über dem Kopf geboten, nachdem dein Heim auf dem Mitt-Land abgebrannt war. Ich habe dir zu essen gegeben. Aber dir hat es nicht gefallen, dass ich dir Anweisungen gegeben habe? Und kaum hat der Shamble Man dir ein Angebot unterbreitet, hast du mich verraten?«

»Ich habe bloß ...«

»Schluss jetzt!« Lady Night sah mich an und richtete den Blick dann wieder auf Big Big. »Gib zurück, was du ihnen gestohlen hast.«

Er zögerte, doch als ihre Augen schmal wurden, steckte er die Hand in seine Tasche und holte das Adinkra-Armband hervor. Widerwillig warf er es mir zu. Ayanna und Junior kamen näher und holten sich den Stab und den Beutel mit den Steinen ab. Ich band mir das Armband um und überlegte kurz, ob ich das Akofena-Amulett benutzen und ihm eine Abreibung verpassen sollte, aber ich ließ es bleiben. Zum einen tat mir immer noch das Handgelenk weh und zum anderen hatte Lady Night die Situation fest im Griff.

»Nun denn«, fuhr sie fort. »Was könnte die angemessene Strafe für einen Dieb und Tyrannen sein?« Sie tippte sich mit einem langen, manikürten, schwarz lackierten Fingernagel an das Kinn. »Wie kann ich dir am besten eine Lektion erteilen?«

Gum Baby, die angefangen hatte, mit Kautschukkugeln zu jonglieren, machte einen Vorschlag: »Du könntest ihm vielleicht die Haut abziehen?«

»Ich glaube nicht, dass das funktionieren würde«, sagte ich und zog eine Grimasse.

»Wer hat dich gefragt, Stotterzunge?«

Die Andeutung eines Lächelns huschte über Lady Nights Lippen. »Seine Haut kann ich ihm nicht nehmen, Kleines, aber ich kann dafür sorgen, dass er sich darin nicht mehr wohl fühlt.« Sie schnipste mit dem Finger in Richtung Fußboden und der Umhang flog in ihre Hand. Sie drückte ihn an ihr Gesicht und flüsterte etwas hinein, lud den Stoff durch ihre Worte mit Energie auf.

Ich konnte nicht widerstehen – ich musste ihren Zauber sehen. Also legte ich die Finger um Nyamés Amulett und machte die Augen zu. Als ich sie wieder aufschlug, atmete ich scharf ein und hielt den Atem an. Bruchstücke einer Fabel wirbelten über den Umhang, zogen ihn in die Breite und dehnten die Kapuze. Lady Night warf ihn in die Luft und er flog auf direktem Weg zu Big Big und hüllte ihn vollkommen ein. Seine erstickten Schreie erfüllten die Luft, aber der Zauberstoff wickelte ihn ein, als wäre er ein Baby, schlang sich um seine Arme und Beine, sodass er krachend auf dem Boden aufschlug. Er zappelte noch einige Sekunden lang, dann wurde er still.

Ich blinzelte, sodass der Zauber verblasste. »Ist er ...?« Ich konnte meinen Satz nicht zu Ende bringen.

»Nein.« Lady Night kicherte leise. »Er ... trägt jetzt nur eine passendere Haut. Seine eigene hat ihm ja nicht gefallen.«

Gum Baby sprang zu Boden und trat den Umhang beiseite. Zum Vorschein kam ein großes Wiesel mit schrumpeliger Haut. Gum

Baby kreischte vor Vergnügen und hüpfte auf den Rücken des Wiesels. Dann zeigte sie zur Tür. »Auf geht's, Plem Plem, Galooooppp!«

Big Big, das Wiesel, machte einen Schritt, hielt inne und machte noch einen. So schob es sich Zentimeter um Zentimeter vorwärts, sehr langsam und behutsam. Gum Baby hob die Hand. Noch ein Schritt. Sie runzelte die Stirn. »Schneller geht's nicht? Gum Baby hat Haare gesehen, die schneller wachsen. Gum Baby will dich wieder zurückgeben.«

Die Menschen und Tiere in der Tanzscheune jubelten laut und drängten sich um Lady Night. Sie wandte sich jedem einzelnen zu, schließlich war sie eine hervorragende Gastgeberin. Alle bekamen ein Lächeln und sie kannte jeden Namen. Die Band hüpfte wieder auf die Bühne und der Keiler (»Eber Eberhard«, so stellte er sich selbst vor) spielte eine schmissige Melodie. Die anderen fielen ein und mein Kopf wippte im Takt des Schlagzeugs mit. Irgendjemand reichte Tassen mit gekühltem Pfefferminztee herum und am hinteren Ende blubberten die Töpfe.

»Wo kommt das alles denn so plötzlich her?«, fragte ich verwundert.

Lady Night lachte und hakte sich bei mir unter. »Ich bin eine Hexe, weißt du noch? Na komm, sehen wir mal nach, ob wir einen Topf mit Reis für dein Telefon finden.«

23

JOLLOF-REIS

Begleitet von den trägen Schlägen der Zaubertrommeln gingen wir in den hinteren Teil der Tanzscheune.

In der Ecke befand sich eine Nische mit einer c-förmigen Sitzbank und einem sehr fleckigen, zerkratzten Tisch. In dessen Mitte lagen drei silberne Steine, jeder ungefähr so groß wie eine Grapefruit. Und auf den Steinen stand ein großer schwarzer Kochtopf. Ich beäugte ihn misstrauisch. Sah der nicht sehr nach Hexenkessel aus?

Mit einem Seufzer schob Lady Night sich auf die Sitzbank und winkte uns zu sich. Ayanna, Junior und ich zwängten uns auf die andere Seite und drückten uns nervös aneinander.

Lady Night ließ ein leises Kichern hören. »Entspannt euch, Kinder. So wie eure Freundin da drüben. Die scheint sich ja pudelwohl zu fühlen.« Sie zeigte auf die Tanzfläche, wo Gum Baby zusammen mit den anderen jubelte und tanzte und klebrige Fußspuren hinterließ.

»Also dann«, wandte Lady Night sich an mich. »Ich glaube, ich habe dir versprochen, dein magisches Telefon zu reparieren.«

Ich holte das LTT aus der Tasche, und nachdem ich mich umgesehen hatte, ob wir auch nicht beobachtet wurden, schob es ihr zu.

Ayanna schüttelte niedergeschlagen den Kopf.

Junior beugte sich nach vorne. »Das kann man doch noch reparieren, oder?«

Ich verdrehte die Augen. »Ach, komm schon, jetzt hör doch mal auf damit.«

»Ich frag ja bloß. Manche von uns achten nämlich auf die Dinge, die ihnen anvertraut werden.«

»Hör zu«, sagte ich und sah ihm direkt in die Augen. »Wenn du noch ein einziges Mal ...«

»Kinder!«, fiel Ayanna mir mit lauter Stimme ins Wort. Dann zog sie eine Grimasse und blickte Lady Night an. »Bitte entschuldige. Wir hören zu.«

Die Frau musterte uns der Reihe nach, griff nach dem LTT und seufzte. »So ein kleines Ding. Und doch ... so mächtig. Wenn ich es repariere, junger Mann, dann musst du mir versprechen, dass du in Zukunft besser darauf achtgibst.«

Bei ihren strengen Worten lief ich knallrot an und versuchte, Juniors hämische Blicke zu ignorieren. »Versprochen«, murmelte ich leise.

»Gut. Denn wenn das hier in die falschen Hände gerät, sind wir alle in tödlicher Gefahr. Das ist dir doch klar, oder? Mit diesem Ding könnte jemand unvorstellbaren Schaden anrichten und vielen Leuten sehr, sehr große Schmerzen zufügen.«

»Jemand? Der Shamble Man?«

»Ich weiß nicht, welches Ziel er letztendlich verfolgt, aber theoretisch, ja.«

Ich spielte mit meinen Daumen, während ich über ihre Worte und meine nächste Frage nachdachte. Schließlich holte ich tief Luft und platzte einfach raus damit: »Die Person – also, das Kaninchen –, die mir geraten hat hierherzukommen, glaubt auch, dass der Shamble Man aus dem MittLand stammt. Dass er eine Gottheit ist. Das kann doch nicht sein, oder?«

Lady Night gab keine Antwort. Sie trommelte mit den Fingern auf der Tischplatte und ließ den Blick über die Menge schweifen. Gum Baby war auf die Bühne geklettert, wo sie auf zwei Trommeln einhämmerte, und das, zu meiner großen Überraschung, gar nicht mal so schlecht. Die Leute feierten sie, aber ich war mir nicht so sicher, was die magischen Trommelstöcke davon hielten, dass sie immer verklebter wurden.

»Ich möchte nicht vorschnell irgendwelche Schlussfolgerungen ziehen«, sagte Lady Night schließlich. »Wir haben alle gesehen, wie das mit Anansi und Brer Rabbit abgelaufen ist.«

Ich nickte. Die Konfrontation zwischen dem MittLand und dem Rest von Alke hatte so viel Aufmerksamkeit beansprucht, dass es dem Tricksergott gelungen war, sich als Brer Rabbit auszugeben, und zwar so lange, bis es fast zu spät gewesen war.

Trotzdem registrierte ich, wie ein leiser Schatten über ihr Gesicht huschte, dieses winzige Zögern, das sich bei Erwachsenen immer dann bemerkbar macht, wenn sie nicht lügen wollen. Sie hatte meine Frage nicht beantwortet, weil sie sich auch unsicher war.

Und das machte mir Angst.

»Apropos Anansi ...« Sie nahm das LTT und warf es in den Topf.

Wir starrten sie mit offenem Mund an.

»Was hast du ...?«, stammelte ich.

»Hey!« Junior war bereits halb aufgesprungen.

»Entspannt euch«, sagte Lady Night. »Ich habe es bloß in Reis gelegt.«

Mein Unterkiefer landete mit voller Wucht auf der Tischplatte, aber dann stand ich auf und warf einen Blick in den Topf. Tatsächlich, da lag das LTT auf einem Haufen Reis. Aber es war nicht, wie ich erwartet hatte, der übliche weiße Reis. Vielmehr hatte er eine leicht orangene Färbung, war mit Erbsen und Karottenstückchen vermischt und mit einer Schicht klein gehackter Pepperoni bestreut worden. Würziger Duft stieg mir in die Nase.

»Was ist denn das für Reis?«, erkundigte ich mich besorgt. Womöglich richtete er noch mehr Schaden an. Bei dem Satz *Leg dein Handy in Reis* hatte ich mir jedenfalls etwas anderes vorgestellt.

Lady Night runzelte die Stirn. »Das ist natürlich Jollof-Reis. Jollof kann alles reparieren.«

»Natürlich«, murmelte ich und war ein bisschen – nein, bis zum Anschlag verwirrt. Ich sah, wie sie jeden der drei Steine berührte und mit leiser Stimme etwas flüsterte, so wie vorhin schon unter dem Umhang. Die Steine begannen zu glühen und dann stiegen die ersten Dampfwolken aus dem Topf auf. Der Duft ließ mir das Wasser im Mund zusammenlaufen und das Herz höher schlagen. Das duftete wie ... also, es duftete tröstlich. Wie ein Sonntagsmahl oder ein neues Buch oder frischer Regen an einem Frühlingsmorgen. Es war schwer zu erklären, aber als ich mich umsah, stellte ich fest, dass Ayanna und Junior genauso verblüfft dreinschauten wie ich.

»Könnt ihr auch was riechen?«, fragte ich die beiden.

Ayanna lächelte verträumt. »Eine frische, kühle Brise, während ich durch die Luft schwebe.«

Junior hatte den Blick fest auf das Handy gerichtet und gab zunächst keine Antwort. Irgendwann rutschte er unruhig auf seinem Platz hin und her. »Kochbananen«, sagte er leise. »Gebratene Kochbananen mit einer dünnen Knusperschicht, die zum Abkühlen auf dem Fensterbrett liegen.«

Eine Sekunde später sagte ich: »Ein neues Buch, dessen Seiten noch ganz steif sind.«

Lady Night nickte. »Das ist der Duft der Geschichten, die dich rufen, und die Zeiten, zu denen du ihren Ruf gehört hast. Aber mir scheint, ich werde deine Hilfe benötigen, junger Anansesem. Diese ... Legendentruhe, sie lebt, allerdings nur schwach, und sie reagiert nur teilweise auf mich. Ein Kraftstrom fließt durch sie hindurch, der sich jedoch aus irgendeinem Grund nur durch dich wieder in seine ursprüngliche Form bringen lässt.«

Als ich meinen Blick von ihr löste und in den Topf hineinschaute, sah ich, dass der Riss im Display verschwunden war. Aber das Handy war immer noch ausgeschaltet. Ich biss mir auf die Lippe. Mein Magen ballte sich zusammen. Was konnte ich da tun? Ließ sich das Handy mit einem Fingerabdruck entsperren? Mit einem Augen-Scan? Einem geheimen Passwort? Oh, Mann, hoffentlich war es kein Passwort. Ich hatte bloß ein einziges, das ich für alles benutzte (ich weiß, ich weiß, aber es ist echt richtig gut, glaubt mir), und das würde ich auf gar keinen Fall laut aussprechen. Ganz bestimmt nicht. Keine Chance.

Gum Baby war mit ihrem Trommelsolo fertig und kam jetzt auf unsere Nische zugehüpft, genau rechtzeitig, um Lady Night sagen zu hören: »Du bist ein Anansesem. Also ...«

»... braucht sie eine Geschichte«, vollendete ich ihren Satz. Dann blickte ich mich unsicher um. Das klang sinnvoll. Ich hatte die Legendentruhe vernachlässigt, einfach weil so viel anderes los war. Ich hatte aufgehört, Geschichten zu sammeln, wie es eigentlich meine Aufgabe gewesen wäre. Ich musste mich der bitteren Erkenntnis stellen, dass ich als Anansesem versagt hatte.

Lady Night nickte. »Sie wird eine Menge Geschichten brauchen, und zwar kraftvolle Geschichten. Aber darin liegt auch eine Gefahr. Denn der, der deine Großmutter gefangen hält, trägt eine Rüstung aus Eisenmonstern. Und das sind genau die Kreaturen, die ...«

»... von Geschichten angezogen werden.« Grimmig verzog ich das Gesicht. Na, toll. Ich brauchte Anansi und das LTT, um Nana zu finden, aber gleichzeitig bestand die Gefahr, dass ich damit den Shamble Man auf mich aufmerksam machte. Natürlich war es denkbar, dass er dann Nana mitbrachte, aber darauf konnte ich mich nicht verlassen. Was, wenn mir keine mächtige Geschichte einfiel? Und wenn ich es versuchte und schon wieder versagte, was würden die anderen davon halten? Vielleicht hielten sie mich dann für unwürdig, den Titel des Anansesem zu tragen und das LTT zu besitzen ... vielleicht hatte Junior ja recht.

Lady Night bemerkte meine verzweifelte Miene, doch bevor sie etwas sagen konnte, hüpfte Gum Baby auf den Tisch und steckte die Nase in den Topf. »Oh, haa!«, sagte sie. »Was brutzelt denn da? Gum Baby möchte was abhaben. Das duftet, als würde es einem die Nebelhöhlen freipusten.«

»Die was?«, erkundigte sich Lady Night mit gerunzelter Stirn.

»Die Nebelhöhlen.«

Ayanna räusperte sich. »Die *Nebenhöhlen*, Gum Baby. Das pustet die Nebenhöhlen frei.«

»Vorausgesetzt, du hast welche«, fügte ich hinzu.

Gum Baby warf mir einen giftigen Blick zu und steckte die Hand in den Topf, verharrte kurz und sah nach. »Igitt, Stotterzunge, ist das dein Handy? Du hast das Telefon ins Essen geschmissen? Das ist ... Ist Gum Baby die Einzige hier, die eine Erziehung genossen hat?« Sie stapfte über die Tischplatte auf mich zu und baute sich vor mir auf, die eine Hand in die Hüfte gestützt, während sie mit der anderen auf den Topf zeigte. »Gum Baby gibt sich wirklich alle erdenkliche Mühe, um dir Manieren beizubringen, aber das geht alles zum einen Ohr rein und zum anderen wieder raus. Gum Baby wird sich mit deiner Großmutter unterhalten, sobald wir sie gefunden haben. Was glaubst du wohl, was deine Nana dazu sagen wird?«

Ich verdrehte die Augen, aber dann erstarrte ich.

Nana.

»Das ist es«, flüsterte ich. »Was würde Nana sagen?«

»Was? Was redest du da?«

»Gum Baby, du bist ein Genie.«

Das kleine Großmaul schniefte nur. »Wird langsam Zeit, dass du das kapierst.«

Ich blickte Lady Night aufgeregt an. Meine Verzweiflung hatte sich schlagartig in Luft aufgelöst. »Ich weiß, wie ich die Legendentruhe wiederbeleben kann. Ich muss ja nicht unbedingt eine Geschichte *erzählen*. Das hat Nana, meine Großmutter, mir beigebracht. Es reicht, wenn ich *zuhöre*.«

Lady Night sah mich verwirrt an, aber ich schob mich bereits an dem verdutzten Junior vorbei, grinste Ayanna an und rutschte von der Bank. »Lady Night, darf ich den Topf und die Steine vielleicht auf die Bühne bringen?«

»Von mir aus ...«, erwiderte sie. »Ich kühle sie erst noch ab, damit du dich nicht verbrennst.« Sie blies einmal auf die Außenseite des Topfes. »So. Das müsste reichen.«

Vorsichtig berührte ich den Topf mit der Fingerspitze. Er fühlte sich kühl an. »Danke.« Ich legte den Deckel darauf und hob den Topf hoch. »Gum Baby«, rief ich über die Schulter, »schnapp dir die Steine und bring sie zur Bühne.«

»Wieso?«

»Wir machen ein Crowdfunding.«

Ich trug den Topf, während Gum Baby es sich auf meinem Schuh bequem machte, mit den Kochsteinen jonglierte und mir Richtungsangaben zurief.

»Ein bisschen weiter nach links!«

»Nein, das *andere* links!«

»Pass auf, da kommt …«

Ich stieß mit dem Zeh gegen den Bühnenrand und fiel nach vorne. Wenigstens konnte ich verhindern, dass der Jollof-Reis auskippte, aber ich stieß mir das Knie und ging zu Boden. Gum Baby landete nach einem perfekten Salto in der Mitte der Bühne, wo sie sich unter dem donnernden Applaus der Menge verneigte.

Ich starrte sie wütend an und stellte den Kochtopf auf die Steine, die Lady Night vom anderen Ende des Saales aus wieder zum Glühen gebracht hatte. »Du bist mir eine tolle Hilfe.«

»Ist ja nicht Gum Babys Schuld, dass du so tollpatschig bist«, erwiderte sie.

Ihr kennt doch diesen Blick, den Erwachsene manchmal aufsetzen, wenn du gerade was falsch gemacht hast und sie am liebsten ein gewaltiges Donnerwetter auf dich runterregnen lassen würden, aber das geht nicht, weil ihr irgendwo in der Öffentlichkeit seid? Genau so einen Blick warf ich Gum Baby jetzt zu. Die Leute drängten sich schon um die Bühne, darum biss ich die Zähne zusammen und gab ihr ohne Worte *Wart's bloß ab, das dicke Ende kommt noch!* zu verstehen. Sie ignorierte mich einfach. Ich drehte mich um und betrachtete die Gäste der Tanzscheune, die immer näher rückten.

Es waren ganz unterschiedliche Gestalten. Bauern mit schlammverkrusteten Gummistiefeln waren ebenso darunter wie elegant gekleidete Paare mit teurem Schmuck. Der Keiler aus der Band hielt in der einen Hand sein Saxofon und strich sich mit der anderen die Borsten auf seinem Kopf glatt. Drei Dachse, so groß wie Golden Retriever, kauerten dicht zusammengedrängt am Rand der Menge. Die beiden merkwürdigen Ochsen, die mir vorhin schon aufgefallen waren, trugen immer noch ihre seltsamen Sonnenbrillen. Und immer mehr Alkeer strömten zur Tür herein, sodass der Saal bald schon überfüllt war.

Dann fiel mir am Rand der Tanzfläche ein leerer Tisch auf. Spontan griff ich nach dem Armband mit der silbernen Perle, das mir die Amagqirha auf dem Isihlangu geschenkt hatte.

So sah ich, dass der scheinbar leere Tisch mit fünf oder sechs Geistern besetzt war. Sie hatten ihre goldenen Augen neugierig und voller Erwartung auf mich gerichtet.

Lady Night hatte gesagt, dass die Tanzscheune, bevor Big Big das Ruder an sich gerissen hatte, ein Ort der Zuflucht gewesen sei, an dem man alle Sorgen vergessen konnte, und sei es nur für wenige Stunden. Hier gab es Unterhaltung und Geschichten und Spaß. Die Nachricht von Big Bigs Sturz hatte sich offensichtlich schnell herumgesprochen.

Und jetzt schauen sie alle auf mich, dachte ich. *Gar kein Druck.*

Ich klatschte einmal, zweimal, dreimal in die Hände. »Alkeer«, sagte ich mit lauter Stimme. »Leute. Tiere. Geister. Mein Name ist Tristan Strong.«

»Ich kenn dich«, sagte jemand. Das war der Keiler. Er zeigte mit dem Saxofon auf mich. »Du bist dieser Geschichtenerzähler. Der gegen die Eisenmonster gekämpft hat.«

Raunen ertönte im Saal und ich nickte. »Ja, genau der bin ich.«

»Erzählst du uns eine Geschichte? Eine magische?« Bei dieser Frage schienen sich alle nach vorne zu beugen. Ich schluckte den dicken Klumpen in meiner Kehle hinunter und schüttelte den Kopf. Das würde ich nicht einmal versuchen.

»Nein. Heute nicht.« Die Enttäuschung war richtiggehend hörbar. Allen Anwesenden schien irgendwie die Luft zu entweichen. »Heute brauche ich *eure* Geschichten.«

Stille.

»Alke ist in Gefahr«, sagte ich und zwang mich, so laut zu sprechen, dass meine Stimme auch in die hintersten Winkel des Saales drang. »Eine große Bedrohung zieht durch das Land, nimmt uns jede Freude und lässt nur Angst zurück.«

»Irgendeine Bedrohung gibt es doch immer«, ließ sich eine Stimme vernehmen.

»Das stimmt. Immer wieder taucht ein neues Übel am Horizont auf und versucht, unsere Unaufmerksamkeit zu nutzen, um sich in unser Leben einzuschleichen und sich zu nehmen, was ihm nicht gehört. Wir müssen pausenlos auf der Hut sein.«

Jetzt schlängelte sich Lady Night mühelos durch das Gedränge, bis sie links neben mir vor der Bühne stand. Sie nickte mir aufmunternd zu. Big Big, das Wiesel, hatte sie inzwischen auf den Arm genommen, so wie es irgendwelche reichen Leute mit ihrem Chihuahua machen. Ayanna und Junior traten zu ihr. Ich konnte mich also auf ein paar freundliche Gesichter konzentrieren und dadurch fiel es mir leichter, meine Nervosität in den Griff zu bekommen. Ich holte tief Luft und breitete die Arme aus.

»Ich ... brauche eure Hilfe.« Diese vier Worte auszusprechen fühlte sich an, als würde ich mir sämtliche Fingernägel ausreißen, aber danach wurde es leichter. »Es gibt da jemanden – den Shamble Man –, der mir etwas weggenommen hat.« Als ich den Namen des Unholdes aussprach, verstummte die Menge. »Nein, nicht *etwas*, sondern *jemanden*. Einen besonderen Menschen. Aber ich werde diesen besonderen Menschen zurückholen.«

Nach einer kurzen Pause sprach ich diese Worte noch einmal aus, und zwar ganz langsam. »Ich werde sie zurückholen. Ganz egal, was es kostet. Ganz egal, wie lange es dauert. Ich weiß, dass das viel verlangt ist und dass wir riskieren, die Aufmerksamkeit des Shamble Man auf uns zu lenken. Ihr *müsst* mir nicht helfen. Aber ... ich wäre euch sehr dankbar, wenn ihr es tätet.«

Ich brach ab. Als hätte ich mit einem Mal keine Worte mehr, als wäre mir nichts mehr geblieben bis auf die unbeschreiblichen Gefühle, die in meinem Inneren tobten. Die Menge scharrte mit den Füßen, Gemurmel breitete sich im Saal aus. Ausnahmsweise hatte Gum Baby einmal nichts zu sagen.

Weil sie schlief.

Sie lag auf der linken Bühnenseite auf dem Rücken, hatte einen Arm über die Augen gelegt und schnarchte leise, während eine Kautschukblase sich im Rhythmus ihrer Atemzüge weitete und wieder zusammenzog.

Also, ehrlich. Leute gibt's.

Gerade als ich das Gefühl hatte, völlig auf mich allein gestellt zu sein, weil niemand für mich sein oder ihr Leben riskieren wollte, registrierte ich eine Bewegung. Eine Mutter und ihre Tochter, die sich im Hintergrund gehalten hatten, arbeiteten sich nun bis zur Bühne vor. Das kleine Mädchen war nicht älter als vier. Sie trug ein einfaches graues Kleid und schwarze Schuhe mit silbernen Schnallen. Die Haare hatte sie zu zwei Zöpfen gebunden, die jeweils von einer weißen Schleife zusammengehalten wurden.

Ihre Mutter nickte mir mit müden Augen, aber einem freundlichen Lächeln zu. »Wie können wir dir behilflich sein?«

Ich lächelte dankbar zurück und ging in die Knie. »Ich bin ein Anansesem. Ich erzähle und sammle Geschichten, um sie an andere weiterzugeben. Und jetzt gerade benötige ich eure Geschichten.« Ich richtete mich auf, sah mich im Saal um und fuhr mit lauter Stimme fort: »Ich benötige Geschichten über die Menschen in eurem Leben, die euch unterstützt haben, als niemand anders das konnte oder wollte. Ihr wisst genau, wen ich meine. Die Menschen, die euch, als ihr kaum mehr die Kraft hattet, den Kopf über Wasser zu halten, ein Seil zugeworfen und euch an Land gezogen haben. Erzählt mir von ihnen, damit ich die Person wiederfinden kann, die mir auf genau diese Weise geholfen hat.«

Einen Augenblick lang war alles still, dann hob das kleine Mädchen die Hand. Ich lächelte sie an. »Ja? Von wem handelt deine Geschichte?«

Schüchtern senkte sie den Blick und spielte an ihren Fingern herum, während sie anfing zu sprechen: »Von meinem Großvater. Als meine Mommy in dem bösen Schiff eingesperrt war, hat er sich um mich gekümmert. Wenn ich geweint habe oder Angst hatte, dann hat er mit der Kerze lustige Schattenspiele gemacht und mir Geschichten erzählt.«

Ihre Mutter hielt sie mit beiden Händen fest und ich sah sie erschrocken an. Sie war in der Maafa gewesen, dem Sklavenschiff, das die Eisenmonster ausgesandt hatte. Diese Erfahrung, dieses Trauma … das war etwas, was man niemals vergessen konnte.

Das wusste ich.

Ich nickte dem kleinen Mädchen zu. »Dein Großvater ist ein wunderbarer Mann.« Das entlockte ihr ein Lächeln und sie umarmte ihre Mutter. Sie war froh, dass sie einen Beitrag geleistet hatte.

»Meine Schwester«, rief ein Mann am anderen Ende des Saales, ein Bauer, der an der Wand lehnte. »Als das MittLand-Feuer mein Haus vernichtet hat, da hat sie mich und einige andere bei sich aufgenommen und uns wieder auf die Beine geholfen.«

Lady Night sah mich an und wies mit einer Kopfbewegung auf den Kochtopf. Er glühte. Die Geschichten entfalteten ihre Wirkung!

»Noch jemand?«, erkundigte ich mich. »Wer ist für euch eingetreten, als sonst niemand es getan hat?«

Die Dachse erhoben sich gleichzeitig. »Der Rabe, der in dem Baum über unserer Höhle gelebt hat! Er hat uns geholfen, dem Feuer zu entkommen.«

»Meine Tante.«

»Mein Bruder.«

»Mami Wata aus Nyanza.«

Immer mehr Leute riefen die Namen derjenigen, die in ihrem Leben einen Fußabdruck hinterlassen hatten.

Wie meine Nana.

Gelächter erfüllte die Tanzscheune, als die Leute Geschichten über ihre persönlichen Heldinnen und Helden austauschten. Der Kochtopf zu meinen Füßen fing an, silbrig-blau zu leuchten. Ich ging in die Knie, als Gum Baby gerade gähnte und sich reckte.

»Wie waren wir?«, wollte sie wissen.

»*Ich* war ganz gut.« Ich hob den Topfdeckel hoch und wurde von einer Dampf- und Gewürzwolke eingehüllt, die mir die Tränen in die Augen trieb und meinen Magen knurren ließ. Aber sosehr ich mir auch die Lippen nach dem leckeren Jollof-Reis leckte, das elegante, schwarz-goldene Handy, das auf dem Reis lag, machte mich noch mehr an.

Es erwachte zum Leben und der Sperrbildschirm tauchte auf: eine winzige Spinne, die über das Display krabbelte. Dann verschwand sie und der altbekannte Startbildschirm war zu sehen. Und tatsächlich war dort, in der oberen Ecke, Anansi zu sehen, der schlafend in seiner Spinnennetz-Hängematte lag.

Nie zuvor hatte ich mich mehr gefreut, jemanden zu erblicken, dem ich nicht über den Weg traute.

Mit einem Taschentuch, das mir der Keiler gereicht hatte, wischte ich das Handy ab. (Ja, ich weiß. Akzeptiert es einfach.) Zum ersten Mal seit einer Ewigkeit spürte ich wieder festen Boden unter den Füßen. Vielleicht hatte ich ja doch eine Chance, den Shamble Man zu finden, Nana und Mami Wata zu retten und sicher in meine Welt zurückzukehren.

Aber dann kehrten die Plat-Eyes zurück.

24

DIE GESCHICHTE
DER PLAT-EYES

Es war eine riesige Party.

Ich stand mit dem LTT in der Hand auf der Bühne und starrte grinsend Anansi an, der das ganze Chaos und das Gewimmel einfach verschlief. Als ich das leuchtende Telefon in die Höhe hielt, fing die Menge an zu jubeln. Ayanna und Lady Night klatschten sich ab. Alle lächelten und riefen laut die Namen derjenigen, von denen sie Hilfe bekommen hatten ... die Stimmung in der Tanzscheune war unbeschreiblich.

Nur bei Junior nicht. Er starrte mich verbittert an. Was war denn jetzt schon wieder los?

Gleichzeitig rannte Gum Baby kreuz und quer über die Bühne und forderte die Leute auf, noch mehr Geschichten zu erzählen. »Was ist mit dir? Irgendjemand muss dir bei deinem Outfit geholfen haben, weil – Gum Baby hat dich letzte Woche gesehen und da hast du ausgesehen wie eine Vogelscheuche. Erzähl schon!«

Alle lachten und ich hatte eine Idee. Ich tippte das Icon der Hörgut-zu-App an, mit der sich Geschichten aufnehmen und übersetzen ließen, damit ich sie auf meinen Reisen weitergeben konnte. In einer Ecke des Displays erschien ein blinkendes rotes Licht, genau an der Stelle, wo eine der Leinen von Anansis Hängematte befestigt war. Die Leine wurde gekappt und der Tricksergott plumpste auf den unteren Rand des Displays.

»He!«, rief er empört. Ich beachtete ihn nicht, sondern hielt das LTT möglichst ruhig in der Hand, um die Menge zu filmen. Voller Ehrfurcht sah ich, wie jeder laut ausgesprochene Name in goldenen Sprechblasen über den Köpfen der jeweiligen Sprecher erschien. Anschließend zerplatzten die Sprechblasen zu flirrendem Konfetti, das nach oben in die Ladeanzeige meines Akkus schwebte.

»Ihre Geschichten laden die Legendentruhe auf«, sagte ich voller Staunen. Lady Night trat auf die Bühne neben mich und schaute mir über die Schulter.

»Das ist doch klar«, murrte Anansi. Er rappelte sich auf und klopfte sich den Staub von der Hose. »Das hätte ich dir auch sagen können, wenn du ... oh, pardon.« Sein Blick fiel auf die Albhexe und von einem Augenblick auf den anderen veränderte sich seine gesamte Haltung. »Ich bitte um Verzeihung, Madam. Ich glaube, wir sind einander noch nicht vorgestellt worden. Mein Name ist ...«

»Anansi«, unterbrach sie ihn. »Der Große Weber. Der Tricksergott. Geschichtenspinner und Architekt von Lügengespinsten. Ich weiß, wer du bist.«

Ich gab mir alle Mühe, nicht zu grinsen, während Anansi vor lauter Hüsteln und Stammeln keinen geraden Satz hervorbrachte. So akkurat beschrieben zu werden, das war er nicht gewohnt. Lady Night zwinkerte mir zu und ich betrachtete weiterhin die Menge. Da drang eine Stimme an mein Ohr.

Er kommt.

Dieses seltsame Flüstern wieder. Wie in der Scheune meiner Großeltern, als ich diese Geister gesehen hatte. Kurz bevor ...

Ein Schauer lief mir den Rücken hinunter. Kurz bevor die Plat-Eyes aufgetaucht waren.

Suchend starrte ich in die Menge. Am hinteren Ende des Clubs sah ich eine der Kreaturen, die ich für Ochsen gehalten hatte, die mit den merkwürdigen Sonnenbrillen.

Ihr wundert euch vielleicht, dass ich von *einer der Kreaturen, die ich für Ochsen gehalten hatte* rede, und das kann ich total verstehen. Trotzdem ist es mir wichtig, eines ganz unmissverständlich klarzumachen: DAS WAR KEIN OCHSE!!!

»Anansi«, flüsterte ich. »Wir haben ein Plat-Eye im Saal.«

Er starrte mich an. »Halt bloß die Klapp...« Er verstummte, als er sah, auf wen ich das Objektiv der LTT-Kamera gerichtet hatte. Ich tat zwar so, als würde ich damit durch den Saal schwenken, aber es war die meiste Zeit auf das Plat-Eye gerichtet. Jetzt, wo ich mir den Geist etwas genauer ansah, fragte ich mich, wie ich mich je hatte täuschen lassen können.

Die Sonnenbrille reichte kaum aus, um die riesigen weißen Augen der Kreatur zu bedecken. Ein Horn war abgebrochen und baumelte seitlich an seinem Kopf herab. Sein Fell war grau und verfilzt. Aus seinen Nasenlöchern stiegen Dampfwolken auf. Das LTT verlieh der Kreatur einen blassgrünlichen Umriss – dieselbe Farbe, die das Anansi-Adinkra annahm, wenn Eisenmonster in der Nähe waren, aber diesen Schluss wollte ich noch nicht ziehen. Das hier war kein

Eisenmonster, sondern eine Sagengestalt. Wie hatte Nana sie gleich noch mal beschrieben? Sie konnten ihr Erscheinungsbild wandeln und wachsen ...

Noch bevor ich mich erinnern konnte, was sie alles gesagt hatte – obwohl, das war ja erst gestern gewesen ... wow, die Zeit rast, wenn man die Welt rettet –, ertönte ein lauter, gellender Schrei.

Ich riss den Kopf herum und sah den zweiten Ochsen – halt, stopp, das war natürlich auch ein Plat-Eye – neben dem kleinen Mädchen mit den Zöpfen stehen. Ihre Mutter hatte sich schützend vor sie geschoben, während der Geist sich auf die Hinterbeine gestellt hatte und laut schnaubte. Er besaß drei Hörner, wobei das dritte unter seinem Hut hervorlugte. Wieso hatte ich diese schlampige Verkleidung nicht schon viel früher durchschaut? Vielleicht muss ich mal einen Kurs besuchen oder so. Wenn das die beiden waren, die schon gestern in der Scheune über mich hergefallen waren, dann hatten sie als Rottweiler-Katzen deutlich besser ausgesehen.

»Gibt es hier auch jemanden, der *kein* Plat-Eye ist?«, rief ich und sprang von der Bühne. »Gum Baby, du kommst mit mir mit! Ayanna, Junior, Lady Night, ihr bringt die Leute in Sicherheit.«

Die drei nickten und verteilten sich, lenkten die Menge zu einem Seitenausgang. Lady Night machte mit klarer, ruhiger Stimme ihre Ansagen, während Ayanna und Junior denen behilflich waren, die nur langsam vorwärtskamen. Glücklicherweise folgten die Gäste ihnen ohne zu murren, sodass ich zusammen mit einer fünfundzwanzig Zentimeter großen Kautschukpuppe und einer in einem Smartphone eingesperrten Gottheit den beiden Plat-Eyes gegenübertreten konnte.

Kleinigkeit.

»Also gut, ihr wollt anscheinend unbedingt unsere Party crashen«, sagte ich. »Dann legen wir mal los!«

Gum Baby nahm Anlauf und sprang auf meine Schulter. Sie hatte mehrere Kautschukkugeln vorbereitet und wartete nur darauf, dass die Geister den ersten Schritt machten. Ich steckte das LTT in die Tasche meiner Shorts und nahm mir ganz fest vor, es nicht wieder kaputt zu machen. Dann hob ich die Fäuste, zog meine verletzte Hand ein Stückchen zurück und nahm die Grundstellung ein. »Na los. Macht schon!«

Etliche angespannte Sekunden vergingen. Dann eine Minute. Niemand rührte sich von der Stelle. Die beiden Plat-Eyes scharrten mit den Füßen (Hufen?) und tauschten immer wieder Blicke aus. Es kam mir fast so vor, als wollten sie uns hinhalten. Ich ließ meinen Fuß nach vorne schnellen, um einen Angriff anzutäuschen, und sie wichen zurück. Inzwischen hatte die Tanzscheune sich vollständig geleert. Das magische Schlagzeug trommelte einen gemäßigten Rhythmus und die Basstrommel begleitete ihn in regelmäßigen Abständen mit einem kräftigen Schlag. Ayanna und Junior kehrten in den Saal zurück und stellten sich an zwei gegenüberliegenden Seiten auf. Wir hatten die Plat-Eyes umzingelt.

Gum Baby auf meiner Schulter wurde unruhig. »Fangen diese Cowboys jetzt endlich mal an zu kämpfen oder was? HEY! FANGT IHR JETZT MAL AN ZU KÄMPFEN?«

Aber es machte nicht den Eindruck, als hätten die Monster das vor. So, wie sie schnaubten und auffordernd mit den Köpfen ruckelten, sah es eher aus, als würde jeder von ihnen versuchen, den anderen dazu zu überreden, den ersten Schritt zu machen. Wie eine Art Mutprobe. Oder als müssten sie erst Mut sammeln, um dann …

»Sie haben uns etwas mitzuteilen«, sagte ich nachdenklich.

»Was?« Gum Baby schmierte mir versehentlich einen Kautschukklumpen ins Gesicht, als sie sich zu mir umdrehte. »Etwas mitzuteilen? Was denn? Muuh? Spuck's aus, Stotterzunge. Du kannst nicht einfach mit Gum Baby reden und dann mitten im Satz aufhören.«

Ich wischte mir den Kautschuk von den Lippen und starrte sie wütend an. »Ich habe *gesagt*, ich glaube, dass sie uns etwas mitzuteilen haben, aber ich weiß auch nicht, was. Ich kann sie nicht verstehen. Wir brauchen einen Übersetzer, irgendwas, das mir hilft, sie …«

In dem Augenblick, in dem mir die Lösung für mein Problem klar wurde, vibrierte das LTT. Als ich es aus der Tasche holte, lehnte Anansi am Rand des Displays und kaute einen Apfel, den er … ehrlich gesagt, ich hatte keine Ahnung, wo er den her hatte. Er warf das Kerngehäuse weg und während er sich die Hände an der Hose abwischte, löste es sich in viele kleine Pixel auf. »Nun? Bist du bereit zuzuhören?«

»Ja.« Ich richtete mich auf. »Ja, ich bin bereit.«

»Gut. Ich meine mich dunkel zu erinnern, dass deine Großmutter dir von den Plat-Eyes erzählt hat und davon, wofür sie stehen. Du dich auch?«

Ich überlegte und runzelte dabei die Stirn. »Es handelt sich um Geister, die nicht weiterkommen. Sie haben noch irgendwas zu erledigen und suchen die Person heim, von der sie sich Hilfe erhoffen.«

Anansi nickte, griff in seine Tasche und holte einen riesigen Geldbeutel hervor. Er klappte ihn auf und suchte darin herum wie ein reicher Mann, der genau weiß, dass da noch irgendwo was Kleineres als ein Hunderter sein muss. Aber was er dann hervorzog, war kein Geldschein.

»Ah, da ist es ja.« Er steckte erst die Finger und dann den ganzen

Arm in den Geldbeutel, bis auch die Schulter fast völlig darin verschwunden war. Dann brachte er ein App-Symbol mit vier abgerundeten Ecken zum Vorschein. Das Icon bestand aus einem einzigen großen, flackernden D, das ununterbrochen von rot nach grün und wieder zu rot wechselte, vor einem schwarz schimmernden Hintergrund. Anansi warf es in die Luft, sodass es in der Mitte des Bildschirms verharrte und sich langsam um die eigene Achse drehte.

»Was ist das?«, wollte ich wissen, ohne die Plat-Eyes aus den Augen zu lassen.

»Das, mein Junge, ist die Diaspor-App.«

»Sie ist größer als die anderen.«

»Das ist auch gut so. Die ganzen Freigaben, die du mir freundlicherweise erteilt hast? Sie waren alle nur zur Konstruktion dieser Schönheit gedacht. Das ist deine Anlaufstelle für alles, was mit der Diaspora zu tun hat. Die Geschichten, die du gesammelt hast? Hier werden sie sortiert und geordnet, sodass du ihren Ursprung ebenso nachvollziehen kannst wie die Verhältnisse und Beziehungen, die sie zueinander haben. Hast du dich mal gefragt, wieso Brer Rabbits Geschichten so viel Ähnlichkeit mit meinen haben? Dann sieh dir die Wurzeln an. Meine sind selbstverständlich die Originale, aber diese Lektion bewahren wir uns für einen anderen Tag auf. Was du jetzt brauchst, das ist ein Übersetzer. Also dann, öffne diese einzigartige App und sieh, wie die Sprachbarriere sich in Luft auflöst.«

Ich hob eine Augenbraue.

»Nun mach schon«, sagte Anansi. »Probier's aus. Ist allemal besser, als rumzustehen und gar nichts zu unternehmen.«

»Tristan?«, rief Ayanna mir zu. »Alles in Ordnung?«

Gum Baby spielte drohend mit ihren Kautschukkugeln. »Nein, gar nichts ist in Ordnung. Er will darüber reden! Ist das denn zu glauben? Gum Baby ist hierhergekommen, um eine große Kautschukschlacht zu veranstalten, und eine Verschiebung kommt überhaupt nicht infrage.«

Ich ignorierte sie alle und tippte das Icon an. Das LTT vibrierte zweimal, dann wurde der Bildschirm schwarz. Wenige Sekunden später tauchte eine schimmernde, bernsteinfarbene Kugel auf und fing an zu rotieren. Ich war gespannt, was als Nächstes passieren würde, aber es passierte nichts.

»Tjaaa«, sagte ich und verstummte, als ich sah, dass die Kugel bei diesem Wort zusammengezuckt war. Sie reagierte auf meine Stimme. Ich sah erst die Kugel an, dann die Plat-Eyes, dann wieder die Kugel. »Niemals«, murmelte ich leise. Die Kugel wurde zu Anansis Gesicht und er zwinkerte mir zu, bevor er wieder verschwand. »Also gut.«

Ich holte lange und tief Luft, bevor ich von der Bühne auf die Tanzfläche trat. Langsam – und ich meine wirklich sehr, *sehr* langsam – näherte ich mich den beiden Plat-Eyes. Sie stampften nervös mit den Hufen, schnaubten ununterbrochen und stießen dabei gigantische Dampfwolken aus, aber sie griffen mich nicht an. Ich schob mich ganz langsam näher und streckte ihnen das Handy entgegen.

»Okay«, sagte ich und ließ den Blick von einem zum anderen huschen. »Ich bin hier. Ich höre zu. Was habt ihr mir zu sagen?«

Die goldene Kugel zog sich zusammen und dehnte sich wieder aus, während die beiden Plat-Eyes in Ochsengestalt anfingen zu schnauben und zu stampfen und zu röhren. Das Icon streckte sich, entfaltete sich und aus einem undurchsichtigen Gewirr schälten sich allmählich Umrisse hervor. Aus den Umrissen wurden Häuser und Bäume, Leute und Kreaturen und irgendwann sah ich, wie auf meinem Display das

MittLand zum Leben erwachte. Das ist die Geschichte, die die Plat-Eyes mir erzählten:

Es waren einmal zwei Geschwister – ein Junge und ein Mädchen –, die lebten zusammen mit ihrem Vater auf einem kleinen Bauernhof. Wenn ihr Vater bei der Arbeit war, machten die Kinder das, was die meisten Kinder machen, wenn die Eltern nicht da sind – sie spielten, sangen und bemühten sich, kein *allzu* großes Durcheinander anzurichten. Jeden Tag, wenn der Vater abends nach Hause kam, schloss er die Kinder in seine mächtigen Arme, spazierte mit ihnen über den Bauernhof, erzählte ihnen Geschichten und kitzelte sie, bis ihre Bäuche kurz vor dem Platzen waren. Es war eine wunderbare Zeit, aber wie immer ging auch diese Zeit einmal zu Ende.

Die Geschwister hatten auch einen Onkel – in Wirklichkeit war er einfach ein sehr guter Freund ihres Vaters –, aber da er fast immer bei ihnen war, nannten sie ihn eben »Onkel«. Er und ihr Vater kannten sich schon sehr lange und sehr gut. Es war die Art von Freundschaft, wo jeder weiß, was der andere denkt, auch ohne dass sie ein Wort miteinander sprachen. Abend für Abend saßen die beiden Freunde, lange nachdem die Kinder im Bett sein mussten, auf der Veranda und unterhielten sich leise über den Zustand der Welt und die heraufziehenden Bedrohungen. Sie schmiedeten Pläne für den Notfall – Pläne, die hoffentlich nie in die Tat umgesetzt werden mussten – und saßen dann schweigend da, bis der Onkel ein sanftes Lächeln sehen ließ, ihrem Vater auf den Rücken klopfte und im Wald verschwand.

Die Geschwister dachten sich nichts dabei. Sie spielten unter dem Dach des Waldes, sangen am Bachufer ihre Lieder und gaben sich alle Mühe, kein *allzu* großes Durcheinander anzurichten.

Eines Nachmittags glaubte der Bruder, in der Tiefe des Waldes Schreie zu hören.

Eines Morgen glaubte die Schwester, zwischen den Bäumen Rauchschwaden zu riechen.

Sie erzählten ihrem Vater nichts davon, weil sie ihn nicht in Sorge stürzen wollten. Sie sehnten sich nach seinen Geschichten, nach seinem Lachen, nach der kribbelnden Furcht vor seinen Kitzelfingern. Sie wollten nicht, dass er ängstlich und traurig wurde. Darum ignorierten sie das wachsende Unbehagen des Waldes und machten, was Kinder eben machen.

Sie spielten.

Sie sangen.

Sie bemühten sich, kein *allzu* großes Durcheinander anzurichten.

Dann hörten die Besuche des Onkels auf. Die Geschwister vermissten sein freundliches Lächeln und die Ritte auf seinem rötlich grauen Schweif, während er so tat, als würde er nach ihnen suchen. Ihr Vater vermisste ihn auch. Er wurde launisch und distanziert und abends stand er nun auf der Veranda und starrte in die Dunkelheit. Die Geschwister versuchten, ihn mit Spielen und Singen aufzuheitern, aber Tag für Tag wurde es mühsamer, ihren Vater aus seiner Niedergeschlagenheit herauszuholen.

Eines Morgens, wie jeden Tag, ging er los, um etwas zu suchen. Er fand es nie, aber er war immer auf der Suche. Die Geschwister wussten nicht, was es war, nur dass es etwas Besonderes, sehr Wertvolles sein musste, hinter dem viele Leute her waren.

An diesem Nachmittag fegten die Feuer durch den Wald.

Und mit ihnen kamen die Ungeheuer.

Als der Rauch sich verzogen hatte, warteten die Geschwister auf die Rückkehr ihres Vaters. Und warteten. Sie wollten von ihm in die mächtigen, behaarten Arme genommen und von seinen riesigen Tatzen gekitzelt werden. Sie hätten gerne gespielt und gesungen, aber aus irgendeinem Grund konnten sie das nicht.

Endlich kam Vater nach Hause, erschöpft und heiser, weil er so viel und so laut gerufen hatte. Sein zerfetzter Pelz rauchte und seine Augen waren feucht. Die Geschwister versuchten mit ihm zu reden, aber er konnte sie nicht sehen. Seine Augen glitten einfach an ihnen vorbei. Er konnte sie nicht hören, ganz egal, wie laut sie schrien. Seine Tatzen fuhren einfach durch sie hindurch. Was war denn da los? Warum fand er sie nicht mehr?

Sie sahen ihn da sitzen und Träne um Träne vergießen. Die Geschwister weinten mit ihm, auch wenn er ihr Schniefen nicht hören konnte. Tag für Tag sahen sie, wie er nach ihnen suchte, wie er ihre Namen rief, obwohl sie direkt neben ihm waren.

Dann fing Vater an, mit sich selbst zu reden. Er raunte etwas über einen Jungen, der mit Geistern sprechen konnte, der die Lebenden und die Toten sehen konnte. Einen Jungen, der ein Loch in den Himmel geboxt hatte, der sich mit den Göttern angefreundet und mit dem Bösen angelegt hatte. Einen Jungen, der die Ungeheuer in den Wald gelockt und der sich alles genommen hatte. Er wollte diesen Jungen finden, wollte ihn anbrüllen und ihn fragen, warum, warum er seine Kinder nicht mehr finden konnte.

Die Geschwister wollten den Jungen ebenfalls finden.

Er konnte ihnen helfen, Kontakt zu ihrem Vater aufzunehmen.

Ich ließ den Arm mit dem LTT sinken und starrte die Plat-Eyes an. Sie waren ... das mussten die Geschwister aus der Geschichte sein. Sie hatten so viel Schlimmes durchgemacht. So vieles verloren. Und sie hatten so lange versucht, ihren Vater dazu zu bringen, sie zu sehen, zu verstehen, dass sie zwar Geister waren, aber immer noch bei ihm. Das war ihr Auftrag, der Grund dafür, dass sie immer noch hier waren.

Und ich konnte ihnen helfen, das zu erreichen.

Es gab nur zwei große Probleme, die mich daran hinderten. Erstens: Ihr Vater gab mir die Schuld an ihrem Verschwinden. Um ehrlich zu sein, mir war nicht klar, wieso eigentlich. Ich hatte ein Loch in den Himmel geboxt, hatte dadurch einem Dämon den Zutritt zu Alke verschafft und den Zorn der Eisenmonster sowie der Maafa, die sie steuerte, angefacht. Ja, ich hatte meinen Fehler wiedergutgemacht (mithilfe von anderen), aber ich hatte vielen Leuten damit großen Schaden zugefügt.

Das zweite Problem war, dass ich wusste, wer der Vater der Geschwister war. Es war der Shamble Man. Aber das habt ihr sowieso geahnt. Was ihr vermutlich nicht geahnt habt, ist, dass ich auch wusste, wer unter seiner Maske steckte. Und so, wie Anansis Adinkra gerade mein Handgelenk verbrannte, war er bereits auf dem Weg hierher. Um genau zu sein, konnte er jede Sekunde ...

BUUUMM!

Der hintere Teil der Tanzscheune bebte, als etwas sehr Schweres auf dem Dach landete. Die Plat-Eyes lösten sich in Luft auf. Das Letzte, was ich von ihnen sah, waren ihre verängstigten Gesichter. Gewaltige Fußtritte stapften zum vorderen Teil des Gebäudes und ließen es bis in die Fundamente erzittern. Dann ertönte vor der Tür ein mächtiger Rums. Ich trat einen Schritt nach vorne und versuchte, meine flatternden Nerven in den Griff zu bekommen, während ich mich innerlich für die Begegnung mit meinem Erzfeind wappnete.

Ihr müsst nämlich wissen, dass ich in der Geschichte der Plat-Eye-Geschwister jemanden erkannt hatte. Dieser rötlich-silberne Schweif wäre mir immer und überall ins Auge gesprungen. Der gehörte Brer Fox, auch wenn er, als ich ihn kennengelernt hatte, nur Fox genannt werden wollte. Und das bedeutete, dass der Shamble Man ...

WUUMMS!

Ein gewaltiger Fußtritt traf die Doppeltür, sodass sie mit lautem Knall nach innen flog. Junior schrie auf und schleuderte einen Stein, warf sich aber sofort zu Boden, als eine Tatze nach ihm schlug. Der Shamble Man stampfte durch den Staub. Seine Eisenmonster-Rüstung leuchtete sanft glimmend wie erkaltende Kohlen, aber das bemerkte ich kaum. Stattdessen musterte ich das Profil des Bösewichts, der Nana und Mami Wata entführt und die Waffen der Götter gestohlen hatte, um damit wer weiß was anzurichten. Wieso hatte ich ihn bloß vorher nicht erkannt? Sicher, er hatte die Kapuze tief ins Gesicht gezogen und das Fell wies mehrere kahle Stellen auf. Seine Rüstung verdeckte vieles davon, aber jetzt, wo ich die Geschichte gesehen hatte, war kein Zweifel mehr möglich.

»Kleiner Held, *grum grum*. So sieht man sich wieder.«

Ich spreizte die Schultern und blickte direkt in die verzerrte, bernsteinfarbene Maske und die blutunterlaufenen Augen, die sich dahinter verbargen.

»Hallo, Brer Bear.«

25

ICH WILL NICHT KÄMPFEN

In Nanas Geschichten war Brer Bear immer der riesenhafte Gegenspieler von Brer Rabbit. Er war der Muskelprotz in Fox' listigen Plänen, derjenige, der – wenn nötig – knurrend oder zähnefletschend im Hintergrund lauerte. Er tat eigentlich nie etwas aus eigenem Antrieb. Er war ein Vollstrecker, ja, genau, so ließ er sich wohl am ehesten bezeichnen. Und wie alle anderen größeren Gegenspieler von Brer Rabbit landete auch Brer Bear zum Schluss meist am falschen Ende der Geschichte.

In der Regel beendete Nana ihre Geschichten damit, dass Brer Rabbit entkam, während Fox und Bear wieder einmal wie die Deppen dastanden. Nur manchmal – und darüber freute ich mich jedes Mal besonders – hob sie die Hand, bevor ich von meinem Sitzplatz zu Füßen ihres Schaukelstuhls aufspringen konnte. Diesen Schaukelstuhl hatten meine Eltern nur für sie und ihre Besuche bei uns angeschafft und das Knarren des Holzes, während sie damit hin und her schaukelte, klang wie Musik in meinen Ohren. Manchmal beugte sie sich also nach vorne, hob die Hand und dann huschte ein ganz bestimmter Ausdruck über ihr Gesicht.

»Nur noch einen Moment, mein Junge«, sagte sie dann. »Ich bin noch nicht fertig. Die Geschichte geht noch weiter.«

Dann blieb ich sitzen und Nana starrte ins Nichts, sammelte ihre Gedanken und fügte sie zusammen, so wie ihre Steppnadeln die Wolle zu einer stetig wachsenden Decke zusammenfügten.

Nach einer Geschichte über Brer Rabbit, Fox und Bear sagte sie: »Du kannst nicht jedes Mal alle überlisten, die dir ans Leder wollen. Du kannst dich nicht überall rausreden, nicht jeden Gegner austricksen. Eines Tages kommt jemand, der größer, stärker und schneller ist als du und der dich bis zum Äußersten fordert. Hast du mich verstanden, Kind?«

»Jawohl, Ma'am.«

Ihre Steppnadel klickte und ihr Schaukelstuhl knarrte. »Das hoffe ich. Denn egal, ob zu Recht oder zu Unrecht, du wirst immer und immer wieder vor neuen Herausforderungen stehen. Die Brer Bears dieser Welt werden dich jagen, von einer Ecke bis in die andere. Sie haben die Macht und die Kraft und die Ausdauer dazu, ob mithilfe des Gesetzes oder mit Wasserschläuchen, ganz egal. *Sie werden es tun.* Vergiss das niemals.«

Ich weiß noch, wie Nana da saß, den Blick weit zurück in die Vergangenheit gerichtet, bis sie sich zu mir umdrehte und mit Nachdruck sagte: »Weißt du, wie du gegen so eine Macht kämpfen musst? Gegen eine Macht, die dich zu Boden wirft und dir befiehlt liegen zu bleiben, wenn du weißt, was gut für dich ist? Weißt du, wie du so etwas besiegen kannst?«

Ich schüttelte stumm den Kopf.

Nana richtete ihre goldene Steppnadel auf mich und beugte sich nach vorne.

»Du. Stehst. Wieder. Auf.«

Bumm tsss bumm tsss rat-a-tat-tat
Bumm tsss bumm tsss rat-a-tat-tat
Die Konfrontation stand jetzt unmittelbar bevor und die magischen Trommelstöcke klopften einen leisen Rhythmus. Hintergrundmusik für ein Kräftemessen, das mir eine Heidenangst einjagte. Immer noch hingen träge Staubwirbel in der Luft, aufgewirbelt von der zertrümmerten Eingangstür, und alle paar Sekunden flackerte das Licht. Ich stand auf einer Seite der Tanzfläche, flankiert von Ayanna und Junior, während Bear sich gegenüber am anderen Ende des Saales aufgebaut hatte. Trotzdem kam es mir so vor, als würde er uns meterhoch überragen. Das Mondlicht, das seine Gestalt umhüllte, verlieh ihm einen unwirklichen Schimmer. Aber wenigstens hatte er John Henrys Hammer nicht dabei. Er trat aus dem Lichtkegel einen Schritt nach vorne, sodass sich seine schief sitzende Bernsteinmaske verschob.

Bear lächelte.

»Der schlaue, kleine Held. Glaubt, dass er alles bedacht hat. Verleiht ihm einen Orden, *grum grum*.« Er klatschte zweimal in seine mächtigen Pranken – ein spöttischer Applaus – und ich musste schlucken, als das Licht sich in seinen Krallen spiegelte. Jede war so groß wie einer meiner Finger und sah beängstigend spitz und scharf aus.

»Ich möchte nicht gegen dich kämpfen«, sagte ich bedächtig. Meine Stimme zitterte kein bisschen und das machte mich stolz. »Ich weiß, was du suchst. Ich möchte dir helfen. Du musst das, was du vorhast, nicht tun. Wir können zusammenarbeiten und ...«

Bears Lachen dröhnte durch den Saal und ließ beinahe den Fußboden beben. Seine Fetterling-Rüstung klirrte und klapperte, als er seine Tatzen auf den Bauch legte und seinen Kopf in den Nacken warf. Ich biss die Zähne zusammen und ballte die Fäuste.

»Hör auf damit!«, brüllte ich ihn an. »Ich weiß doch, dass du deine beiden Kin…«

»Beweg dich, du Trottel!«, schrie Gum Baby.

Wenn sie mich nicht gewarnt hätte, ich wäre schlicht pulverisiert worden. Bear setzte sich in Lichtgeschwindigkeit in Bewegung, was für eine Kreatur von seiner Größe absolut unfair war. Mit einem einzigen Satz, den ich nur verschwommen wahrnehmen konnte, überquerte er unter lautem Knurren die Tanzfläche. Eine verfilzte Tatze, die in einer aus Teilen von Ekelbiestern und Eisenmonstern bestehenden Rüstung steckte, krachte genau an der Stelle, wo ich eben noch gestanden hatte, auf den Fußboden. Ich schätze, den Hammer hatte er gar nicht nötig. Ich warf mich nach rechts, überschlug mich mehrere Male und warf dabei ein paar Stühle um. Das Herz pochte mir bis in die Kehle.

Gum Baby sprang in die Luft, schleuderte Kautschukkugel um Kautschukkugel auf die Maske, doch Bear wehrte sie mit dem Rücken seiner Tatze, dort, wo die Fetterling-Rüstung am dicksten war, mühelos ab. Bei alledem war Gum Baby ihm zu nahe gekommen. Sie gab sich zwar alle erdenkliche Mühe, genügend Abstand zu gewinnen, aber Bear kickte sie einmal quer durch den ganzen Saal. Sie prallte zweimal auf dem Boden auf und rutschte durch die zerborstene Tür ins Freie. Anschließend hieb Bear noch einmal wutentbrannt mit seinen beiden Vordertatzen auf den Boden ein.

»DU NIMMST IHRE NAMEN NIE WIEDER IN DEN MUND!«, brüllte er.

Mit wild klopfendem Herzen rollte ich mich auf die Füße. Meine Finger wollten sich zu Fäusten ballen, drängten mich, die Akofena-Schattenboxhandschuhe hervorzuholen. Aber der massige Koloss ging nicht sofort zum Angriff über. Stattdessen stellte er sich auf die Hinterpfoten, während zahlreiche, von den Dielenbrettern stammende Splitter zu Boden rieselten. Seine Maske wellte sich, als ein schwarzer Schatten darüber hinwegschwebte. Ich stutzte. Irgendwie kam mir das bekannt vor ...

»Du darfst«, sagte er langsam, sodass ich mich nicht länger auf die Maske konzentrierte, »nie wieder ihre Namen in den Mund nehmen. Dieses Recht hast du verwirkt. Die anderen hast du vielleicht getäuscht, *grum grum*, aber ich weiß, was du wirklich bist.«

»Ach ja? Was denn?«

»Tristan«, warnte mich Junior. Ich sah ihn an und er machte eine Handbewegung, die so viel bedeutete wie *Beruhige dich*. Wieso denn das? War ich etwa derjenige, der Leute überfiel und bedrohte? Das wollte ich ihm gerade sagen, als Bear mir das Wort abschnitt.

»Du bist ein Feigling«, höhnte er. »Ein Verräter. Ein Betrüger.«

Ich schüttelte den Kopf. Die Wut überwand die Angst in meiner Brust. »Sagt einer der Götter vom MittLand. Bin ich es etwa, der seine Freunde angreift und andere entführt, und zwar in dieser und außerhalb dieser Welt? Du bist der Verräter! Ist dir eigentlich klar, was du John Henry angetan hast? Er *stirbt*!«

Ein leises Schluchzen ertönte. Ayanna hatte beide Hände vor den Mund geschlagen und starrte mich ungläubig an. Sie wandte sich an Junior, der ernsthaft nickte. »Was soll das heißen, er stirbt?« Mit Tränen in den Augen blickte sie Bear an. »Du hast deinen eigenen *Freund* angegriffen?«

»Alles, was ich tue, dient dem Wohl Alkes.« Ein Hauch von Traurigkeit lag in Bears Stimme, wurde aber schon bald vom dumpfen Klang der Ekelbiest-Brustplatte übertönt, die er mit seinen Pranken bearbeitete. Das Echo seiner Schläge bildete einen unheimlichen Gleichklang mit den magischen Trommeln. »Ich trage Alkes Feinde am Leib, damit es die Last nicht selbst schultern muss.«

»Aber ich habe diese Feinde besiegt!«

»Du hast dich feige verkrochen, während deine Freunde erbarmungslos angegriffen wurden«, erwiderte Bear und beugte sich nach vorne. »Warst du es etwa, der diese Kreatur besiegt hat, oder war es eine Zauberaxt? Als die Flammen das MittLand verschlungen haben, hast du etwa die Schwachen und die Kranken über das Brennende Meer getragen? Wer hat denn die Monster überhaupt erst so erzürnt? Wo warst du, als das MittLand dich am allermeisten benötigt hat? Nun? Sag! WO?«

Seine Fragen erschütterten mich bis ins Mark. Meine ganze Wut verrauchte. »Ich habe versucht ...«

»Du hast versagt.« Wie Giftpfeile spie Bear diese Worte aus. »Und das Ergebnis war, dass wir alle zu leiden hatten.«

Von draußen drang ein leises Stöhnen in den Saal. Gum Baby? Ich hätte mich gerne um sie gekümmert, aber wie sollte ich den gepanzerten Gott umgehen? Jetzt konnten mir weder Anansi noch das LTT helfen. Es sei denn ...

Plötzlich kam mir ein Gedanke. Das LTT steckte in der Tasche meiner Shorts. Ich ließ die linke Hand sinken und tippte das Telefon durch den Stoff hindurch an. Als Reaktion bekam ich ein paar gedämpfte Worte zu hören, die ich wohl besser hier nicht wiederholen sollte.

»Wenn die anderen Götter dich erwischen«, sagte ich laut und hob die Fäuste, »dann wirst du noch mehr leiden. Es ist bloß eine Frage der Zeit.«

Bear schnaubte verächtlich. »Diese Narren sind doch viel zu beschäftigt mit sinnlosen Gipfeltreffen. Da streiten sie sich darüber, wer eigentlich für was verantwortlich ist, wie Mäuse sich wegen ein paar Brotkrumen zanken. Ohne seinen Hammer ist John Henry zahnlos und stirbt den langsamen Tod der Vergessenen. Dein Krähenfreund, High John, ist wieder einmal spurlos verschwunden, und selbst wenn er hier wäre, er würde keinen Finger krümmen, um einem Alkeer zu helfen. Er und Nyamé liegen sich ununterbrochen in den Haaren. Und deine beiden geflügelten Göttinnen würde ich auf der Stelle ratzekahl rupfen, wenn sie auch nur mit einer Feder in meine Richtung flattern würden. Nein, kleiner Held, du bist auf dich allein gestellt, *grum grum*.«

»Ist er nicht«, sagte Ayanna und reckte ihren Stab in die Höhe.

Junior stöhnte und maulte: »Jetzt geht das schon wieder los«, aber trotzdem holte er zwei Steine aus seinem Beutel, einen mit jeder Hand. Schulter an Schulter stellten sie sich neben mich. In diesem Augenblick spielte es keine Rolle, ob mein Handgelenk schmerzte oder ob ich nicht alle meine Adinkra-Amulette benutzen konnte, ja, nicht einmal, ob unsere Chancen verschwindend gering waren. Sie standen mir zur Seite und ich ihnen. Das war das Einzige, was zählte.

Dann wandte Bear sich an Junior.

Der wich seinem Blick aus. Er hielt die Steine zum Wurf bereit in der Hand, aber er trat von einem Bein auf das andere, wippte erst auf dem einen und dann auf dem anderen Fußballen auf und ab. Es sah aus, als wäre er nervös, als hätte er Angst, Bear direkt in die Augen zu sehen. Angst davor, dass …

»Dich kenn ich doch«, knurrte Bear. Die Maske verzog sich, während Bear Junior musterte. »Jaahhhh, ich glaub, ich kenn dich.«

Ich trat einen Schritt vor. »Lass ihn in Ruhe. Du hast es hier mit mir zu tun.«

Die Maske drehte sich zu mir, dann wieder zurück zu Junior und dann – zu meiner großen Verblüffung – fing Bear an zu lachen. »Er weiß es nicht. Der kleine Held, *grum grum*, der Besserwisser, er hat keine Ahnung. Nicht einmal mit den Augen der Götter erkennt er, was da direkt vor seinen Augen liegt. Nun ja. Schon bald spielt das alles keine Rolle mehr.«

Was redete er da? Ich sah Junior fragend an, aber jetzt wich er auch meinem Blick aus.

Voller Enttäuschung und Wut zeigte ich mit dem Finger auf den riesenhaften Gott, der zum Verräter geworden war. »Wir haben alle deine Helfershelfer zurückgeschlagen. Kulture Vulture. Big Big. Und dich können wir auch zurückschlagen.«

Anstatt jetzt loszubrüllen, so wie ich es erwartete, seufzte Bear nur. »Genau darauf habe ich ja gehofft. Deine Großmutter hat es mir schon angekündigt.«

Ich erstarrte.

Nana.

»Sie hat so große Hoffnungen in dich gesetzt. Aber wenn du nicht einmal deine Feinde von deinen Freunden unterscheiden kannst, dann hat sie sich offensichtlich geirrt. Wie wir alle. Du bist ein Junge, der vorgibt, ein Mann zu sein, der ohne jeden Plan mit der Macht der Götter herumfuchtelt. So ist es und so wird es bleiben.« Bear machte auf der Stelle kehrt und wandte sich dem Ausgang zu, um die Tanzscheune zu verlassen.

Seine Worte hatten mich getroffen. Ich ballte die Fäuste, ohne auf die Schmerzen in meinem Handgelenk zu achten. »Das soll es also gewesen sein? Du wendest der ganzen Zerstörung, die du angerichtet hast, einfach den Rücken zu? So wie immer? Du interessierst dich doch nur für dich selbst. Die anderen sind dir egal. Hast du auch nur ein bisschen um Fox getrauert? Oder um Brer Rabbit?«

Er blieb ruckartig stehen.

Das LTT in meiner Hosentasche vibrierte. Anansi war klar, was ich vorhatte. Jetzt musste ich nur noch Zeit gewinnen. Wenn ich Bear in ein Gespräch verwickeln konnte, dann machten sich die anderen Gottheiten vielleicht, aber wirklich nur vielleicht, auf den Weg hierher und halfen uns, einen der Ihren niederzuringen. Nach dem Blick zu urteilen, den Bear mir jetzt zuwarf – eine unheilvolle Grimasse, die beinahe glühend unter seiner Maske hervorleuchtete –, war das vermutlich meine allerletzte Chance.

»Was hast du da gesagt?« Seine Stimme, leise und schneidend, grollte wie ein Rennwagen kurz vor dem Start. »Was ... was hast du da gerade gesagt?«

»Was war eigentlich mit Brer Rabbit und Fox, das habe ich gesagt. Mit deinen Freunden. Ihr seid schließlich immer zusam...«

Wie der Blitz sauste der mächtige Grizzly über die Tanzfläche, packte mich mit seiner Riesenpranke am Hals, hob mich hoch und rammte mich mit voller Wucht gegen die Wand. Mir wurde sämtliche Luft aus der Lunge gepresst und der Schmerz bohrte sich durch meinen Schädel. Ayanna kreischte laut auf und Junior wurde von Bears anderer Tatze beiseitegewischt. Das magische Schlagzeug fiel um und die Möbel zitterten, als wollten sie nicht mitansehen, was gleich passieren würde.

Bear beugte sich dicht vor mein Gesicht, dass ich jede faulige Beule, jeden blubbernden Eiterpickel auf der elastischen, bernsteinfarbenen Maske erkennen konnte. Der ölige Schatten darunter, den ich vorhin schon bemerkt hatte, huschte hin und her. Ich kniff die Augen zusammen, was meine Kopfschmerzen auch nicht besser machte, aber dann konnte ich mich nicht länger damit beschäftigen, weil Bear das Maul aufmachte. Ein bösartiges Knurren drang zwischen seinen messerklingengroßen Zähnen hervor.

»Du darfst diese Namen nicht in den Mund nehmen«, sagte er leise, nur wenige Zentimeter von meinem Gesicht entfernt. »Deine Existenz allein ist schon eine Beleidigung für ihr Leben. Fox ist tot, dank dir. Brer Rabbit wurde entführt und eingesperrt und jetzt hängt sein Leben an einem seidenen Faden, nur wegen dieser kleinen Wanze, deinem ach so dicken Kumpel, dessen Sprössling direkt vor deiner Nase seine Ränkespiele treibt. Du ... widerst mich an.«

Für einen kurzen Moment wurde ich ganz still. Ich sah Junior an.

Dieser machte den Mund auf, hielt inne ... und wandte sich ab.

»Jaahhhh«, fauchte Bear. »Jetzt erkennst du es. Zu unfähig, zu spät, *grum grum.*« Er hielt mich immer noch mit der einen Tatze gepackt und hob mit der anderen mein linkes Handgelenk in die Höhe. Ich hatte schreckliche Angst, dass er mir das Adinkra-Armband wegnehmen würde, doch er tat nichts weiter, als mit einer seiner grausam scharfen Krallen den Umrissen meiner Hand zu folgen. »Wo sind denn deine wundersamen Boxhandschuhe geblieben, hmm? Hast du sie womöglich verloren, so wie kleine Jungen das eben machen?«

Ich wand mich unter seinem Griff und rang um Atem.

»Tristan Strong hat ein Loch in den Himmel geboxt«, sagte Bear mit Flüsterstimme. »Und hat das Böse eingelassen.«

Ein eiskalter Schauer lief mir den Rücken hinunter. »Nein.«

»Städte haben gebrannt, und was haben wir daraus gelernt?« Er fletschte die Zähne. »Wir dürfen so etwas nie wieder zulassen.«

Er ließ mich los und ich schlug so heftig auf dem Boden auf, dass der Aufprall mich am ganzen Körper durchschüttelte. Ich musste husten und rieb mir die Kehle, dort, wo seine Krallen mir die Haut angeritzt hatten. »Wo ist meine Nana?«, sagte ich heiser. »Was hast du mit ihr gemacht?«

Zum ersten Mal zeigte Bear eine Reaktion und zuckte leicht zusammen. »Die alte Jammerschachtel ist in Sicherheit. Vorerst. Aber das kann sich schnell ändern ... wenn ich nicht bekomme, was ich haben will.«

»Und was ist das? Die Legendentruhe?«

Er lachte, hob mich mit einer Bewegung vom Boden hoch und schleuderte mich quer durch den Saal. Ich landete sehr unsanft auf meiner Schulter. Ein Blitz zuckte durch meinen gesamten rechten Arm. »Deine Geschichten kannst du behalten, kleiner Held. Vielleicht kannst du damit deine Freunde unterhalten, wenn ich deine Welt über dir zusammenstürzen lasse.«

»Aber was willst du dann?« Ich schrie auf vor Schmerz. »Gib mir einfach meine Großmutter zurück.«

»DU KANNST SIE ABER NICHT ZURÜCKHABEN!«, brüllte Bear. »Ich will, dass du leidest! Hast du mich verstanden? Du sollst leiden! Ich nehme dir, was du mir genommen hast. Jemanden, der dir etwas bedeutet, *grum grum*, und sie wird sterben, genau wie du, in dem Wissen, dass du versagt hast. Dass du sie nicht retten konntest, so, wie du auch das MittLand nicht retten konntest.«

»Deine Kinder ...«

Ohrenbetäubendes Gebrüll ließ die Tanzscheune erzittern, als Bear sich auf mich stürzte. Seine Hinterpfote traf auf meine Brust und drückte mich unerbittlich zu Boden. Sterne tanzten vor meinen Augen. Kraftlos tastete ich nach dem LTT in meinen Shorts.

Bear schüttelte lachend den Kopf. »Was denn, du glaubst, dass ich nicht weiß, was du vorhast?«

Er nahm die Tatze weg und ich erstarrte.

»Nur zu. Ruf deine Gottheiten an. Sie werden nicht kommen, auch wenn du sie anflehst, dir zu helfen. Sie sind ohne Führung, uneins, und streiten sich wie kleine Kinder, die man gezwungen hat zu teilen. Du bist allein, Tristan Strong, strahlender Held des MittLandes, Kämpfer in der Schlacht an der Bucht. Ruf nach deinen Göttern. Wenn sie es tatsächlich wagen sollten, sich hier blicken zu lassen, dann reiße ich sie vor deinen Augen in Stücke. RUF AN!«

Meine Finger schwebten über meiner Hosentasche. Mein Atem ging pfeifend und in meinen Augen brannten die Tränen.

Hatte er recht? Hatte John Henrys Verschwinden sie alle in tiefe Verwirrung gestürzt? Fürchteten sie sich? Die Angst umhüllte mich, legte sich wie ein Eisblock um meine Brust und Bear fing an zu gackern.

Kein Lachen, nein. Er gackerte.

Ich ließ die Hand sinken.

»Jämmerlich«, sagte Bear. »Ich hatte eigentlich vor, dich am Leben zu lassen, damit du mit eigenen Augen die Zerstörungen sehen kannst, für die man dir die Schuld geben wird. Aber jetzt ist deine Gegenwart ein schmutziger Fleck auf den Opfern, die alle – *außer dir!* – gebracht haben. Es ist besser, dich einfach zu zertreten wie diese Wanze in deiner Tasche, *grum grum.*«

Er ging kurz nach draußen und ich hörte den verblüfften Schmerzensschrei einer Frau. Dann kehrte Bear mit John Henrys Hammer zurück. Das mächtige Symbol des stärksten MittLand-Gottes wirkte in Bears Krallen schief und krumm, und als er den Schaft packte, brachten blassgrüne Flammen den Kopf zum Glühen. »Deine Welt wird brennen, kleiner Held. Und alle werden glauben, dass das dein Werk ist. Schon wieder.«

Bear packte den Hammer mit beiden Pranken und hob ihn hoch über seinen Kopf, das Gesicht zu einer hämischen Grimasse verzerrt. Ich machte die Augen zu.

Tschok, tschok, tschok.

Steine prallten gegen Bears Maske, ließen sie verrutschen und brachten Bear aus dem Gleichgewicht, sodass er wutschnaubend rückwärts taumelte. Junior stand auf der Bühne und schleuderte in unfassbarem Tempo und ebenso unfassbar präzise einen Stein nach dem anderen auf den Koloss. Die Angst war ihm deutlich ins Gesicht geschrieben, aber er hatte die Lippen fest aufeinandergepresst und zuckte nicht, als Bear bei jedem Treffer erneut aufbrüllte.

Ich krabbelte hastig weg und versteckte mich unter einem Tisch im hinteren Teil.

KRACH!

Bear taumelte, als sich das Schlagzeug von der Bühne auf ihn herabstürzte. Die Snare-Trommel und die Hi-Hat-Becken prallten gegen seine Maske. Die Basstrommel flog quer durch den Saal gegen seine Beine, sodass er mit lautem Rums zu Boden krachte. Die Trommelstöcke bearbeiteten seinen Schädel und stachen ihn durch die Löcher in der Maske in die Augen.

Ich konnte nur mit offenem Mund zusehen.

»Dies hier ist mein Zuhause und ich lasse nicht zu, dass mir jemand in meinen eigenen vier Wänden respektlos gegenübertritt.«

Es war eine schmerzerfüllte Stimme, die da von der zerborstenen Eingangstür her ertönte. Lady Night stützte sich auf Ayanna. Lavendelrauch schwebte über ihrer rechten Hand. Sie flüsterte den Schwaden etwas zu und richtete den Zauber dann auf die umgestürzten Tische und Stühle. Dort explodierte er in einer silber-lavendelfarbenen Wolke. Die Anstrengung war fast zu viel für sie und sie krümmte sich vor Schmerz zusammen.

Rumpeln und Scharren dröhnte durch den Saal, während die Tische und Stühle sich zu fünf großen Gestalten formten und sich auf Bear warfen. Der Gott brüllte ihnen seine ganze Wut entgegen und zertrümmerte die ersten beiden mit seinem gestohlenen Hammer.

»Lange halte ich das nicht mehr durch«, ächzte Lady Night. Sie richtete sich auf und schubste Ayanna in Richtung Tür. »Ihr müsst jetzt gehen. Beeilt euch! Der Zauber wird ihn noch eine Weile beschäftigen. Tristan, such deine Großmutter und Mami Wata und mach dem allem hier ein Ende, bevor es zu spät ist.« Sie aktivierte den nächsten Zauber und eine zweite Angriffswelle aus Musikinstrumenten schwappte über Bear hinweg.

»Komm, Junior, wir gehen!«, rief ich.

Er sah mich an, schüttelte den Kopf und verdoppelte seine Anstrengungen. Die Steine, die er bereits geworfen hatte, flogen wieder zurück in seine Hände, sodass er Bear erneut unter Beschuss nehmen konnte. Wie hatte mir nur entgehen können, dass er einer von Anansis sechs Söhnen war? Mit einem Mal war es so offensichtlich. Dieselbe braune Haut, das schüchterne Lächeln und dazu noch seine besondere Begabung: Er konnte Steine mit der Präzision eines Lasers werfen. Kein Wunder wollte Nyamé ihn nicht aus den Augen lassen.

Ich zögerte kurz, dann rief ich: »Stone Thrower!«

Das LTT in meiner Tasche summte aufgeregt. Ich verzog das Gesicht. Der Junge auf der Bühne lächelte und schüttelte den Kopf. »Geht!«, rief er. »Geht einfach los!« Drei Steine landeten kurz hintereinander in einer schmalen Lücke zwischen den Rüstungsteilen auf Bears Handgelenk. Der Gott brüllte laut und ließ den Hammer fallen.

»Tristan, nun mach schon!«, rief Ayanna.

Mühsam kam ich auf die Beine, doch dann hielt ich noch einmal inne. Ich war verunsichert. Junior warf noch mehr Steine nach Bear, bevor er mich ansah und spöttisch salutierte. »Mach es besser, du Held«, sagte er und schleuderte mir einen Stein gegen die Brust, sodass ich rückwärts durch die geborstene Tür taumelte. »Irgendwann muss ich meinem Vater noch diese Geschichte erzählen.«

Draußen hatte der nächtliche Horizont bereits erste hellere Streifen bekommen. Gum Baby lag regungslos und von einer Staubschicht bedeckt auf dem Boden. Ich nahm sie hoch und hinkte zum Floß, zögerte kurz und kletterte an Bord. Nana war immer noch irgendwo da draußen und wartete auf mich. Ayanna kam hinterher und übernahm das Ruder, lenkte uns mitten hinein in die Gewitterwolken. Als das nächste gewaltige Gebrüll die Dunkelheit durchdrang, drehten wir uns entsetzt um.

26

STEH WIEDER AUF

»Tristan Strong hat ein Loch in den Himmel geboxt«, murmelte ich vor mich hin. Ich hatte die Fäuste so fest geballt, dass meine Fingernägel kurz davor waren, meine Handflächen zu durchlöchern. Die Schmerzen aus meinem rechten Handgelenk bohrten sich in meinen Ellbogen, aber ich ignorierte sie. »Und hat das Böse eingelassen.«

»Tristan?«

Was sollte ich jetzt unternehmen? Bear war zu stark. Die anderen Gottheiten hatten Angst vor ihm und John Henry klammerte sich nur noch mit letzter Kraft an seine Geschichten. Welche Chance konnte ein magerer Junge aus Chicago da schon haben?

»Tristan? Hörst du mir überhaupt zu? Tristan!«

Ich hatte mich in die Mitte des Floßes gesetzt und den Kopf auf die angezogenen Knie gelegt. Jetzt blickte ich auf. Wir schwebten über einem ausgetrockneten Flussbett Richtung Norden, dem Goldenen Halbmond entgegen. Der Anblick erinnerte mich wieder einmal daran, dass Alke gerade zerbrach und ich nichts dagegen tun konnte.

Wenn ich mit meinen Freunden zusammen versuchte, Leute aus Lebensgefahr zu retten, versagte ich. Wenn ich etwas auf eigene Faust unternahm, versagte ich auch. Ich kam mir vor, als hätte sich ein Felsblock auf meinen Schultern niedergelassen, der mich zu Boden drückte und festhielt.

»Tristan?«

Ayanna kniete mit dem LTT in der Hand und einem besorgten Gesichtsausdruck vor mir. In Gedanken sah ich die Tanzscheune zusammenbrechen, während Lady Night und Junior noch darin gefangen waren, und die Tränen schossen mir in die Augen. Lady Night hatte so vielen Flüchtlingen aus dem MittLand geholfen, aber jetzt lebte sie nicht mehr. Und ich hatte Stone Thrower zu Anfang so gemein behandelt, obwohl er immer nur versucht hatte, seinem Familienerbe zu entfliehen.

Zu diesem Thema hätte ich auch das eine oder andere sagen können und trotzdem hatte ich ihn im Stich gelassen. Ich hatte sie alle beide im Stich gelassen.

»Tristan!« Anansi spähte mit besorgter Miene zum Display heraus, während Ayanna sich nach vorne beugte und ihre Hand auf meine Schulter legte. »Wir müssen uns beeilen.«

»Wozu?«, murmelte ich.

»Deine Großmutter! Deine Freunde, deine Welt, einfach alles!« Ayanna riss die Arme hoch. »Was soll das denn heißen: Wozu? Deine Welt und meine sind in Gefahr, wenn wir diesen räudigen Widerling nicht aufhalten!«

Ich blickte mich um. Die Sonne schob sich gerade über die Spitze des Isihlangu im Osten. Sie überzog das ganze Gebirge mit einer pinkgoldenen Decke aus Licht, die mich an Nanas Steppdecke erinnerte, ein warmer Überzug, der Trost und Gewissheit vermittelte. Ich hatte immer noch meinen Rucksack auf dem Rücken, obwohl ich beim besten Willen nicht wusste, wieso. Für einen kurzen Moment überlegte ich, ob ich in die Festungsstadt des Bergvolkes fliegen und sie bitten sollte, mich zu verstecken. Aber wenn alle anderen mich ebenso verdammten wie Bear, würden sie mir dann überhaupt die Tür öffnen?

Funkelnd wie eine frisch polierte Krone lag der Goldene Halbmond vor uns. Wie ein früher Sonnenaufgang in einer Welt der Dunkelheit, so erschien die vergoldete Stadt als ferner Schimmer am Horizont. Aber ihre Schönheit ließ mich vollkommen kalt. Wer sollte sich inmitten all dieser Zerstörung an so etwas erfreuen? Bei ihrem Anblick musste ich unwillkürlich daran denken, wie die Eisenmonster die Ufer der Stadt am Meer überflutet hatten, wie der verfaulte Leichnam der Maafa gleich einem hungrigen Drachen in der Bucht gelegen hatte. So etwas wollte ich auf gar keinen Fall noch einmal mitansehen müssen. Aber was konnte ich tun?

»Tristan. Es wird Zeit zu handeln, Junge.«

Ich blickte nach unten und sah, wie Anansi mich anstarrte. Wie sehr sein Gesicht dem des Jungen ähnelte, den ich gerade eben Bears wütendem Zorn ausgeliefert hatte. Und zum ersten Mal war in den Augen des Spinnengottes kein listiges Grinsen, kein hinterhältiges Funkeln zu sehen, sondern nur Traurigkeit.

»Stimmt das?«, fragte ich ihn, obwohl ich die Antwort kannte. Aber ich wollte, dass der Tricksergott es ausspracht. Vorher konnte ich keinen Finger rühren. »War Junior … Ist Junior dein Sohn?«

Ayanna blickte abwechselnd auf das Handy und zu mir. Sie empfand einerseits Resignation, andererseits auch den Drang weiterzuziehen, zu handeln, um sich nicht mit der Tatsache auseinandersetzen zu müssen, dass sie einen Freund verloren hatte. Ich kannte dieses Gefühl gut.

»Es ist verrückt...«, sagte ich. »Die letzte Geschichte, die Nana mir berichtet hat, die einzige, die ich noch ganz klar und eindeutig in Erinnerung habe, die handelt von Anansi und seinen sechs Kindern. Jedes Mal, wenn der Tricksergott sich in irgendwelche Schwierigkeiten gebracht hat, müssen seine Söhne kommen und ihn aus der Patsche ziehen. Ganz egal, ob er von einem riesigen Fisch oder einem mächtigen Vogel gefressen wurde, völlig gleichgültig, wie groß die Schwierigkeiten auch sind, seine Söhne halten immer zu ihm.« Ich schüttelte den Kopf. »Ich schätze mal, da ist was dran ... selbst wenn er in einem Handy eingesperrt ist.«

Anansi lächelte milde. »Ach ja. Das sind schon brave Jungs, meine Söhne. Trouble Seer, Road Builder, River Drinker, Game Skinner, Ground Pillow ... und Stone Thrower.«

Vor meinem geistigen Auge tauchte jetzt Juniors Gesicht auf und dazu der Beutel, den er immer vor der Brust hängen hatte. Es sah ganz so aus, als würde er die Geschichte seines Vaters nie mehr erzählen können ... Ob Anansi wusste, dass Stone Thrower sich für das Überleben der anderen geopfert hatte?

In diesem Augenblick fing Gum Baby an zu stöhnen und unruhig zu werden und das war sehr gut. Ich hatte mir allmählich schon ernsthaft Sorgen um sie gemacht. Wie lange kann eine Puppe bewusstlos bleiben, ohne Schaden zu nehmen?

»*Unnngh.* Nächstes Mal darf Gum Baby nicht so viel Schokomilch trinken.« Sie setzte sich vorsichtig auf und hielt sich dabei mit beiden Händen den Kopf.

»Alles in Ordnung?«, erkundigte ich mich.

»Ja, klar, Gum Baby hat schon wildere Partys mitgemacht.« Dann ließ sie die Hände sinken und sprang auf, ballte die Fäuste und blickte sich suchend um. »Wo steckt er? Wo ist dieser bösartige Teddybär abgeblieben? Gum Baby haut ihm das Gesicht zu Matsch!«

Als ihr klar wurde, dass wir gar nicht mehr in der Tanzscheune waren, ließ sie verwirrt die Fäuste sinken. »Was ist denn los? Warum bringt ihr Gum Baby nicht gleich zum nächsten Kampf? Haben wir gewonnen?«

»Nein.« Ich ließ mich seufzend auf die Kante des Floßes sinken, baumelte mit den Beinen und starrte in die schlammigen Überreste eines von Mami Watas Flüssen. »Nein, wir haben nicht gewonnen. Wir haben verloren. Wir haben Mami Wata verloren, meine Nana und Alke. Bear hat gewonnen. Ich habe es nicht geschafft, ihn zu besiegen.«

»Hast du's denn versucht?« Gum Baby kletterte in Ayannas Schoß und nahm das LTT in die Arme. Anansi betrachtete mit unglücklicher Miene einen Kautschukstreifen auf dem Display.

»Sie hat recht«, meinte Ayanna. »Wenn du es nicht versuchst, kannst du nie gewinnen.«

»Aber welchen Sinn hätte das? Er würde mir bloß eine gewaltige Abreibung verpassen. Hat er ja schon zweimal gemacht. Er hat sogar John Henry geschlagen! Was soll ich gegen so jemanden ausrichten? Hoffen? Ich habe keine Hoffnung mehr. Ich bin leer.«

»Was würde deine Großmutter dazu sagen?«, schaltete Anansi sich ein, bevor er sich unter eine App duckte, um dem Kautschuk auszuweichen, der langsam das Display hinunterlief. »Würde sie wollen, dass du aufgibst, ohne dass du es nicht wenigstens versucht hast?«

»Ich. Kann. Nicht. Gewinnen.« Warum kapierten die das denn nicht? Jetzt war der Zeitpunkt, das Handtuch zu werfen. Damit beendet man einen aussichtslosen Kampf. Ich musste einen anderen Helden suchen, um die Welt zu retten. Nana würde das verstehen, oder nicht?

Oder nicht?

Endlich erhob sich die Sonne über dem Isihlangu – vielleicht zum letzten Mal. Bear würde irgendetwas Grauenhaftes tun, die Gottheiten des MittLandes und von Alke konnten sich nicht entscheiden, was sie dagegen unternehmen sollten, und ich war zu nichts nütze.

Steh wieder auf.

Urplötzlich war dieser Gedanke in meinem Kopf, als würde Nana persönlich in mein Ohr sprechen. Ich schüttelte den Kopf und versuchte, ihn zu ignorieren.

Steh wieder auf.

»Nein«, sagte ich laut. »Bloß, um noch mal zu verlieren? Nein.«

Anansi und Gum Baby wechselten einen Blick. Wahrscheinlich dachten sie, dass der Stress mir allmählich zusetzte. Vielleicht hatten sie ja recht. Ich stritt mich mit mir selber ... und zog dabei den Kürzeren.

Steh. Wieder. Auf.

»Er gewinnt doch sowieso, also was soll's?« Ich verschränkte die Arme vor der Brust, obwohl mir klar war, dass es aussah, als würde ich schmollen. Aber das war kein Problem. Schließlich schmollte ich ja tatsächlich.

»Äh, Stotterzunge?«, sprach Gum Baby mich vorsichtig an. »Mit wem redest du da?«

Ich wischte ihre Frage beiseite und sprang auf, sodass das Floß gefährlich ins Wanken geriet. »Was soll ich denn gegen irrationale Gefühlsausbrüche machen? Oder gegen fehlgeleitete Wut. Ja, sicher, beim ersten Mal habe ich den Himmel aufgerissen, aber ich habe doch das MittLand nicht angezündet. Das waren die Eisenmonster und König Cotton. Und wir haben sie zurückgeschlagen bis auf den Grund des Meeres, gemeinsam! Aber Bear will das alles nicht hören. Er ist ... er ist ...«

»Bear hat ein Trauma zu verarbeiten«, sagte Anansi leise. »Aber er macht es nicht gut.«

Das brachte meinen Redefluss ins Stocken. Ein Trauma. Nana hatte einmal erwähnt, dass ein Trauma etwas sehr Verstörendes war. Ich schätze, ich habe noch nie richtig darüber nachgedacht, aber jemanden zu verlieren, den man sehr gern gehabt hat, das war ein traumatisches Erlebnis – etwas, das man tagelang, monatelang, manchmal auch jahrelang nicht loswurde.

Eddies Tod beschäftigte mich nach wie vor.

Und allein der Gedanke, Nana zu verlieren, riss mir das Herz in Stücke.

All die MittLändler, die mitangesehen hatten, wie ihre Häuser verbrannt oder ihre Liebsten entführt worden waren, hatten solch ein Trauma erlebt.

Und Bear ... er hatte seine Kinder verloren. Seinen besten Freund. Sein Zuhause.

Ja, das alles waren traumatische Erfahrungen.

»Aber«, sagte ich nachdenklich, »wieso hat er dann den Spieß umgedreht und vielen anderen noch mehr Traumata zugefügt?«

Gum Baby hüpfte von Ayannas Schoß und kletterte auf meine Schultern, während ich in die Knie ging, das LTT aufhob und das Display an meinen Shorts abwischte.

Ayanna spitzte die Lippen. »In den ersten Tagen nach ... na ja, nachdem die Eisenmonster besiegt waren, da gab es etliche MittLändler, die einfach in blinder Wut um sich geschlagen haben. Aber niemals so heftig.«

Anansi nickte. »Irgendwas hat sich in Bears Kopf festgesetzt und seine Gedanken vergiftet. Als würde er sich gegen die ganze Welt stellen. Gegen beide Welten. Es kommt mir vor, als wäre ihm einfach alles egal, als wollte er so viel Unglück und Zerstörung schaffen wie irgend möglich.«

Bei diesen Worten regte sich etwas in meinem Unterbewusstsein. »Seine Gedanken vergiftet ...«

Die bernsteinfarbene Maske.

Der ölige Schatten.

Seine Gedanken vergiftet.

»Oh, nein«, flüsterte ich entsetzt. Ich stürzte zum Ruder am Heck des Floßes, rammte es nach vorne und ließ das Gefährt an den Himmel schießen, Kurs nach Westen – jenseits des Goldenen Halbmondes.

»Moment mal, Tristan, wo bringst du uns denn hin?«, rief Ayanna.

Ich biss mir auf die Lippe, überkreuzte Finger und Zehen und hoffte inständig, dass ich unrecht hatte. Dass ich auf dem Holzweg war. Nichts wäre mir lieber gewesen. Aber falls nicht ... Heiliger Strohsack, daran wollte ich nicht einmal denken.

»Tristan?«

Wir jagten durch die anbrechende Dämmerung. »Ich muss mich mit einem alten Freund unterhalten.«

Vor nicht allzu langer Zeit haben Archäologen das letzte Schiff entdeckt, mit dem Menschen aus Afrika über den Ozean nach Amerika gebracht worden waren. Die *Clotilda*, so lautete der Name des hölzernen Kahns, war voll mit Albträumen und Grässlichkeiten. Man hat sie im Mobile River in Alabama entdeckt. Verrückt, oder? Ich hatte überlegt, ob ich meine Großeltern bitten sollte, mit mir zusammen in die Ausstellung zu gehen und dieses Werkzeug des Schreckens, das immer und immer wieder Familien, Freunde und ganze Dörfer auseinandergerissen hatte, zu besichtigen.

Aber ich habe sie nie gefragt.

Vielleicht hat mich die Erinnerung an ein anderes Sklavenschiff davon abgehalten. Der ganze Rumpf bis zum Rand gefüllt mit Krankheit und Verzweiflung, die Laderäume voller Gefangener in Ketten … In manchen Nächten wurde ich diese Bilder nicht wieder los. Die Leute, die ich nicht hatte retten können.

Nachdem ich das mit der *Clotilda* erfahren hatte, fragte ich mich, ob ihr Auftauchen – auch wenn inzwischen Jahrhunderte vergangen waren – bei den Nachfahren der entführten Afrikaner Traumata ausgelöst hatte.

Oder womöglich genau das Gegenteil? Nana hat manchmal gesagt, dass man eine Eiterbeule nur dadurch loswerden kann, dass man sie aufschneidet. Was sie damit sagen wollte: Der Schmerz ist der erste Schritt zur Heilung.

Und wenn Alke das Trauma heilen wollte, das König Cotton und die Eisenmonster hervorgerufen hatten, dann mussten wir zuallererst eine Eiterbeule aufschneiden, und diese Eiterbeule, das war Bear.

Aber um das zu schaffen, musste ich ein Sklavenschiff an die Oberfläche holen.

Ich musste mit der Maafa sprechen.

27
DIE RÜCKKEHR DER MAAFA

Das Floß zischte durch zartpink gefärbte Wolken und die kühle Luft der Morgendämmerung. Zu unserer Rechten wurden allmählich die Türme und Minarette des Goldenen Halbmondes erkennbar. Es sah aus, als hätte Nana ihre Steppnadeln mit den goldenen Spitzen in die Erde gesteckt. Der Anblick ließ mein Herz höher schlagen. Die ersten Zweifel schoben sich in mein Bewusstsein, aber ich verdrängte sie sofort wieder. *Es geht ihr bestimmt gut*, sagte ich mir immer und immer wieder und drückte die verbliebenen Fetzen ihrer Decke fest an meine Brust. Bear hatte gesagt, dass meine Großmutter in Sicherheit war – vorerst. Aber wenn sich der Verdacht bewahrheitete, der in mir heranwuchs, dann war womöglich bald niemand mehr in Sicherheit.

Allmählich tauchten die prachtvollen Paläste des Goldenen Halbmondes vor uns auf, wuchsen mit all ihrem Glanz aus dem Horizont hervor. Bei jeder anderen Gelegenheit hätte ich den Anblick mit offenem Mund genossen. So war es bis jetzt jedes Mal gewesen. Aber dieses Mal sah ich kaum hin. Mein Blick war vielmehr auf den blauen Streifen westlich davon gerichtet.

Wir zischten am Waldpalast der Mmoatia vorbei, der Elfen des Waldes, die viele Verletzte aus dem Kampf mit den Eisenmonstern gepflegt und gesund gemacht hatten. Ayanna hatte inzwischen das Ruder übernommen und murmelte irgendetwas von wegen Fliegen ohne Pilotenlizenz vor sich hin. Wir schwebten an Nyamés Palast vorbei, der prächtiger und größer war als alle anderen, sahen die riesigen goldenen Statuen, die ihm als Leibwächter dienten. Dort waren immer noch Reparaturarbeiten im Gang und mein Blick verharrte für einen kurzen Moment dort, während ich John Henry aufmunternde Gedanken schickte.

Bitte, halte durch, sagte ich ihm.

Anscheinend sagte ich das in letzter Zeit zu allen.

Und dann erreichten wir die Bucht. Ayanna legte einen Zahn zu und sah mich immer wieder an, weil ich ihr die Richtung vorgeben sollte. Wir flogen über die stille, tiefe Wasserfläche. In der Ferne war ein grauer Streifen mit einzelnen, orangefarbenen Punkten zu erkennen. Das war das MittLand, umgeben vom Brennenden Meer. Im Moment sah es so aus, als seien die Feuerwellen unter Kontrolle, aber ich wollte nicht länger als unbedingt nötig über den gefährlichen Wassern schweben. Zu deutlich konnte ich mich an die Knochenschiffe und ihre gespenstischen Rufe erinnern, als sie mich und Gum Baby gejagt hatten.

Schließlich holte ich einmal tief Luft und rief laut: »Hier!«

Ayanna zog die Augenbrauen in die Höhe, ließ das Floß jedoch behutsam sinken, bis wir dicht über der Wasseroberfläche schwebten. Eine Windbö wirbelte um uns herum und ließ weiße Schaumkronen auf den Wellen entstehen.

»Ich hoffe, du weißt, was du tust, Junge«, sagte Anansi. Ich umklammerte das LTT mit meiner linken Hand. In der rechten hielt ich das Adinkra-Armband, ließ es langsam kreisen und ballte ab und zu die Faust, um mein verletztes Handgelenk ein wenig zu lockern. Es tat immer noch weh, aber nicht mehr so schlimm wie zuvor.

»Das hoffe ich auch«, murmelte ich leise.

Also ... wie ruft man das zersplitterte Wrack eines Geister-Sklavenschiffs herbei?

Per Telefon natürlich. Anansi und ich hatten uns etwas überlegt.

»Los geht's.« Ich öffnete die Kontakte-App auf dem LTT, gab M-a-a-f-a in das Suchfeld ein und sah, wie ein Icon mit einem kleinen Schiff auf dem Display erschien. Ich war jedes Mal wieder baff, wenn ich sah, wie dieses Telefon, das hundertprozentig ein Telefon und keineswegs eine magische Legendentruhe war, funktionierte. Ich tippte also das Icon an, stellte das Handy auf das Deck des Floßes und nahm die Imbongi-Perle, die ich von der Amagqirha des Bergvolks bekommen hatte, fest zwischen die Finger. »Maafa!«, rief ich. »Maafa! Ich muss mit dir reden.«

Die Wasseroberfläche rührte sich nicht.

Ich holte noch einmal tief Luft, konzentrierte mich auf ein Bild des Schiffes, das in Trümmern auf dem Meeresgrund lag, und rief erneut: »MAAFA! Ich weiß, dass du mich hören kannst. Das ist ein Ferngespräch, also Beeilung!«

Gum Baby kratzte sich verwirrt am Kopf. »Was soll denn ›Ferngespräch‹ bedeuten?«

Ich zuckte mit den Schultern. »Weiß ich auch nicht. Aber Granddad hat das jedes Mal gesagt, wenn jemand zu lange gebraucht hat, um ans Telefon zu gehen.«

»Oh. Das ist bestimmt so eine Art Drohung. Das kann Gum Baby übernehmen. ›Hier, meine Fäuste haben ein Ferngespräch für dich, du Dumpfbacke!‹«

Bevor ich etwas erwidern konnte (dass diese Puppe immer nur Gewalttätigkeiten im Kopf hatte …), fing das Wasser ein paar Dutzend Meter entfernt plötzlich an zu blubbern. Erste Dampfwolken stiegen auf, dann bildeten sich feurige Wasserstrahlen. Angesichts unserer Position wurde ich etwas nervös, rührte mich aber nicht von der Stelle. Das Ganze war bestimmt bald wieder zu Ende. Hoffentlich.

Wwuuusch!

Ein gewaltiger, verfaulter Holzbalken schoss aus dem Wasser und wie eine Rakete hoch in die Luft. Bäche aus brennendem Wasser trieften zu beiden Seiten herab, bevor er krachend wieder auf der Oberfläche aufschlug und eine mächtige Welle unter uns hindurchjagte. Wenn Ayanna uns nicht ruckartig ein Stück zurückbefördert hätte, wir wären womöglich bei lebendigem Leib gegrillt worden. Ich spürte, wie die Hitze mir die Augenbrauen versengte. Jetzt durchbrach der nächste Balken die Wasseroberfläche und dann noch einer. Planke um Planke stieg mit gespenstischer Präzision aus der Tiefe empor. Ein Gewirr aus Tauen und schleimigen schwarzen Algen umschlang die Trümmerteile und verband sie zu einem seltsamen Gebilde, das mit der Zeit immer vertrauter wurde.

Ein gebogener Rumpf.

Ein abgebrochener Mast.

Zerfetzte Segel.

Es dauerte nicht lange, bis der aufgedunsene Kadaver eines Sklavenschiffs vor mir lag. Dicht über der Wasserlinie war ein Loch so groß wie John Henry im Rumpf zu sehen und zusammen mit den beiden abgebrochenen Sparren, die aus den Überresten des darüberliegenden Decks hervorragten, schien es fast so, als hätte die Maafa ein Gesicht bekommen.

Eine hämisch grinsende, hungrige Fratze.

Außerdem war das Sklavenschiff riesig. Das hatte ich schon wieder vergessen. Mit seiner Größe überragte es mühelos viele der Paläste auf dem Festland. Aber trotzdem ... ich hatte eine Aufgabe zu erfüllen und zwei Welten zu retten.

»Kannst du uns ein bisschen dichter ranbringen?«, fragte ich Ayanna.

Sie warf mir einen ihrer patentierten Blicke zu – *Ist das dein Ernst?* –, legte aber die Hand an ihren Stab und dirigierte das Floß ein kleines Stückchen näher zu dem Schiff.

Tschump. Tschump. Tschump.

Da stapfte etwas Großes über das Wrack. Die Maafa war zwar in einem extrem verwahrlosten Zustand, aber das Deck lag trotzdem höher als unser Floß. Und wenn wir versucht hätten, höher zu steigen, wären wir im Gewirr der Takelage und an den abgebrochenen Masten, die wie Krallen über uns schwebten, hängen geblieben.

Tschump. Tschump. Tschump.

Was immer das da oben war, es hörte sich gewaltig an. Ich holte tief Luft und machte mich auf das Schlimmste gefasst, was ich mir vorstellen konnte.

»Ah, der Anansesem. Gut. Gut.«

Ich erstarrte. *Damit* hatte ich wirklich nicht gerechnet. Was sich da über die Reling beugte und uns mit einem blinden, ausdruckslosen Eisenbügelkopf anstarrte, das war ein Bossling. Der übergroße Fetterling, fünfmal so groß und zehnmal so gewalttätig wie die kleineren normalen Eisenmonster, war eine furchterregende Kreatur. Ich meine, vier von ihnen hatten es schließlich schon einmal geschafft, den Himmelsgott bewegungsunfähig zu machen.

Aber was noch furchterregender war ... der Bossling *sprach*.

»Werden unsere Geschichten weitererzählt?«, wollte die Maafa aus dem Mund des Bosslings wissen. Es war wirklich seltsam, mithilfe eines gigantischen Eisenmonsters mit einem Schiff zu sprechen. Wobei ... dass ich mich überhaupt mit einem Schiff unterhielt, war ja schon eigenartig genug. Von daher ...

Ich drückte den Rücken durch und stellte einen Fuß zurück, nahm Boxhaltung ein. Dadurch kam ich besser ins Gleichgewicht, bekam mehr Stabilität, und das gab mir ein Gefühl der Sicherheit. Ich nahm das Eisenmonster fest in den Blick und fing an zu sprechen. Meine Stimme klang dabei selbstbewusster, als ich in Wirklichkeit war.

»Ich habe deine Geschichte schon viele Male erzählt. In dieser Welt und darüber hinaus.«

Der Bossling neigte den Kopf. »Du hast dein Wort gehalten. Wir sind beeindruckt.«

»Hast du etwas anderes erwartet?«

»Die Ereignisse der jüngsten Vergangenheit haben uns ... missfallen.«

Das hörte sich an wie eine Untertreibung. Ich konnte spüren, wie mir aus dem Schiff Wogen des Hasses entgegenkamen. Leises Trippeln und Krabbeln drang aus dem riesigen Loch im Rumpf nach draußen, aus diesem Maul des Bösen, das so aussah, als wollte es uns alle einschließlich des Floßes am liebsten auf der Stelle verschlingen. Ich musste so schnell wie möglich Antworten auf meine Fragen bekommen – und dann nichts wie weg hier.

»Was immer auch passiert sein mag, es tut mir leid, aber ich möchte dir eine Frage stellen«, sagte ich.

Bevor ich weiterreden konnte, rasselte der Bossling drohend mit seinen Ketten, sodass sie mit ohrenbetäubendem Lärm gegen das Deck schlugen. Das Eisenmonster kreischte laut und zu meinem Entsetzen schlugen mir aus dem Inneren der Maafa mehrere Stimmen entgegen.

»ES STEHT DIR NICHT ZU, VON UNS ANTWORTEN ZU VERLANGEN!«, röhrte die Maafa beziehungsweise der Bossling. »Wir hatten eine Abmachung. Du hast dich einverstanden erklärt. Der Anansesem erzählt unsere Geschichte und wir legen uns wieder zur Ruhe.«

Ich nickte. »Ja, genau. Das war abgemacht. Darum ...«

»Also sag uns, warum wir im Schlaf aufgestöbert wurden, warum unser Schlafplatz zerstört und geplündert wurde. Eure Agenten des Verrats sind mit den widerlichen Werkzeugen eurer Gottheiten in *unser* Reich eingedrungen und haben sich Dinge genommen, die ihnen nicht gehören. Ist unsere Abmachung nichtig, Anansesem? Sollen unsere Kinder zurückkehren und die, die das Land bewohnen, bestrafen?«

Hunderte Ketten rasselten in der Dunkelheit im Inneren der Maafa. Ein fauliger Gestank nach Sumpfwasser und brennendem Metall drang aus den überschwemmten Laderäumen zu uns herüber und ich musste würgen.

»Nein! Unsere Abmachung gilt! Ich erzähle eure Geschichte weiter. Und ich weiß nicht, wer ...«

Mitten im Satz und mitten im Husten hielt ich inne. Ich wusste sehr wohl, wer. Die Maafa hatte gerade meine schlimmsten Befürchtungen bestätigt.

»Der eine, der euch bestohlen hat«, hakte ich nach. »Was hat er sich geholt? Hat er ... hat er König Cotton mitgenommen?«

Schlagartig verstummte das Rasseln. Der Bossling auf dem Oberdeck stieß einen allerletzten kreischenden Schrei aus, bevor er in hundert faustgroße Kettenglieder zerfiel. Ich wartete. Das hatte ich schon öfter erlebt und tatsächlich drangen jetzt erneut schwere Schritte zum zerklüfteten Maul der Maafa heraus. Ein knorriges hölzernes Ungeheuer zeigte sich, sodass das Licht der Dämmerung auf seine Fratze fiel.

Ein Ekelbiest.

Als es anfing zu reden, konnte ich im Hintergrund das Summen der Brandfliegen hören, die nur darauf warteten, herausgehustet und auf ihre Opfer losgelassen zu werden.

»Der Körper des Vergifteten«, röchelte das Ungeheuer mit rauer Stimme, »wurde nicht entführt. Seine Gliedmaßen sind von der Strömung zerfetzt, die Samenkapseln seines Fleisches in die brennenden Strudel unserer Heimat gerissen worden, bis alles zu Asche verbrannt war. Nein, diesen Körper hätte niemand sich nehmen können.«

Ich seufzte erleichtert. Bear hatte also wohl einzelne Eisenmonsterteile vom Meeresgrund aufgesammelt und sich daraus seine Zauberrüstung gebaut. Okay. Damit kam ich klar. Es würde zwar immer noch ein schwerer Kampf werden, aber wenn die Gottheiten des MittLandes und Alke zusammenarbeiteten, dann ...

»Aber ...«, fuhr die Maafa fort.

Ich erstarrte zu Stein, als Hunderte Fetterlinge sich um das Ekelbiest scharten und das Loch im Rumpf der Maafa besetzten wie hungrige Küken, die nur darauf warteten, dass ihre Eltern ihnen das Abendessen brachten.

Da wollte ich auf gar keinen Fall auf dem Speiseplan stehen.

»Aber was?«, hakte ich nach und warf Ayanna einen Blick zu. Sie packte ihren Stab, jederzeit bereit, uns hier wegzubringen.

»Der Zornige hat uns etwas genommen.«

Der Zornige. Bear.

Noch mehr Fetterlinge überschwemmten die Maafa. Sie besetzten jede verfügbare Fläche, beugten sich über das Oberdeck, schlängelten sich um den abgebrochenen Mast und klammerten sich wie rostige Blutegel an die zerfetzten Segel. Gum Baby, die bis hierhin ungewöhnlich stumm geblieben war, zupfte an meinen Shorts.

»Gum Baby hat keine Angst vor niemandem, nicht dass du sie falsch verstehst, aber sie hat ihre ausgelatschten Stiefel vergessen.«

»Du trägst doch gar keine Stiefel«, flüstere ich zurück.

»Weil Gum Baby sie vergessen hat. Ich glaube, jetzt wäre der richtige Zeitpunkt, um sie zu suchen.«

Ayanna blickte sich nervös um. »Ich finde, Gum Baby hat recht. Lass uns von hier verschwinden.«

»Hört sich sehr vernünftig an«, flüsterte Anansi.

Das Schiff ließ ein unheilvolles Rumpeln hören. Ich stand auf und rief: »Was hat Bear euch gestohlen?«

»Oh, wir glauben, dass du das bereits weißt. Du willst nur, dass jemand anders es laut ausspricht und die Verantwortung übernimmt, der du so verzweifelt aus dem Weg zu gehen versuchst. Für uns macht es keinen Unterschied. Sobald wir dich und den Spinnengott bei lebendigem Leib verschlungen haben, erheben wir uns erneut aus dem Meer und kehren zurück zu dem brennenden Unterschlupf des Zornigen. Und dann verschlingen wir auch ihn.«

»Was hat er euch gestohlen?«, wiederholte ich laut.

»König Cottons Maske.«

Diese drei Worte verhallten nicht. Stattdessen verbanden sie sich mit dem Donner des herannahenden Gewitters und dem Heulen des Windes. Urplötzlich schnellte die Maafa nach vorne und spuckte Eisenmonster über die Reling wie Ratten, die das sinkende Schiff verlassen. Ich war auf so etwas gefasst gewesen – wer sich in die Nähe des Bösen begibt, muss damit rechnen, betrogen zu werden –, aber trotzdem ... die Geschwindigkeit, mit der die Fetterlinge über uns herfielen, raubte uns beinahe den Atem.

Ayanna riss ihren Stab nach links und wir jagten in einem scharfen, steilen Bogen mitten hinein in den zerfledderten Rumpf der Maafa. Ich glaube nicht, dass irgendjemand von uns damit gerechnet hatte, nicht einmal Anansi oder Gum Baby.

»Ayannaaaaa!«

Das Floß wich einem Monster nach dem anderen aus. Wir rasten um enge Kurven, entgingen immer nur haarscharf hochspringenden Fetterlingen oder dem Ekelbiest, das mit zwei seiner vier Arme nach uns schlug. Dann ging es weiter, mitten hinein in die Finsternis und den feucht-fauligen Gestank. Wir schaukelten nach links und nach rechts und das gruselige Stöhnen der Maafa sorgte dafür, dass jedes einzelne meiner Nackenhaare sich senkrecht stellte.

Endlich sah ich, welches Ziel Ayanna ansteuerte. Da war ein Loch in der Decke und in dem darüberliegenden Deck und dahinter lockte die Freiheit des morgendlichen Himmels. Sie lenkte das Floß aufwärts und ich griff nach dem LTT, das mir auf dem Deck des Floßes entgegengerutscht kam.

»Festhalten!«, rief ich Gum Baby zu, aber als ich mich zu ihr umdrehte, sah ich, dass sie die Fetterlinge, die uns zu nahe kamen, mit Kautschukkugeln bewarf.

»Kautschukklatsche!«

»Zu kurze Arme!«

»Dreifache Kautschukklatsche!«

Wir jagten hinaus ins Freie. Gleichzeitig fiel die Maafa um uns herum in sich zusammen. Feurige Flammen schienen nach uns zu greifen und verfehlten das Floß nur um wenige Zentimeter. Sobald wir fünfzehn, zwanzig Meter über dem alten Sklavenschiff schwebten, sahen wir, wie es zum zweiten Mal in den Fluten des Brennenden Meeres versank. Meine Lunge schmerzte und erst jetzt wurde mir klar, dass ich die ganze Zeit die Luft angehalten hatte. Ich atmete bebend aus, sackte auf dem Boden des Floßes zusammen und ließ den Kopf in die Hände sinken.

»Wir haben es geschafft.« Anansis gedämpfte Stimme drang aus meiner Brusttasche.

»Du warst ja eine große Hilfe«, murmelte ich.

»Und was nun?«, wollte Ayanna wissen.

Ich gab keine Antwort. Zumindest nicht sofort.

König Cottons Maske.

Bei unserem Kampf mit dem bösartigen Dämon hatte Gum Baby eine wilde Salve von Kautschukklatschen auf König Cotton abgefeuert. Das klebrige, bernsteinfarbene Harz hatte König Cottons Kopf ganz überzogen und eine feste Maske gebildet. Und nachdem sein Körper sich in seine Einzelteile aufgelöst hatte, war sie das Einzige, was von ihm übrig geblieben war. Das also hatte Bear auf dem Grund des Brennenden Meeres gefunden. Er musste sie bei seiner Suche nach Eisenmonsterteilen für seine Rüstung entdeckt haben.

Aber ich konnte mich noch gut an meine erste Begegnung mit dem Dämon erinnern.

Da war er ein schleichender, öliger Schatten gewesen, der aus einer Flasche am Flaschenbaum entkommen war.

Und jetzt war dieser Schatten in der bernsteinfarbenen Maske gefangen.

König Cotton hatte Bear in seinen Bann geschlagen.

28

ZERSPLITTERTE MACHT

Das Zauberfloß schwebte über einem Brennenden Meer, etwa in der Mitte zwischen einer prachtvollen, goldenen Küstenstadt und einer verlassenen, qualmenden, zerstörten Insel. Auf diesem Floß befanden sich eine Puppe, die über und über mit dem klebrigen Harz des Gummibaums bedeckt war, ein magisches Telefon, in dem ein Tricksergott gefangen war, und zwei erschöpfte Achtklässler, die gerade dabei waren, mühsam wieder auf die Beine zu kommen. Also, zumindest schätze ich, dass Ayanna in der achten Klasse wäre. Gab es in Alke überhaupt Schulklassen? Egal ... jedenfalls hing die Existenz zweier Welten davon ab, was sie als Nächstes unternehmen würden.

»Tristan, warum redest du von dir in der dritten Person?«

Anansis Frage holte mich aus meinen Gedanken. Ich blickte mich um. Gum Baby betrachtete mich kopfschüttelnd und der Spinnengott sah mich mit besorgter Miene aus dem Telefon an. Ayanna hatte eine Augenbraue hochgezogen. Hatte ich etwa laut gesprochen, ohne es selbst zu merken?

»Was denn?«, sagte ich.

»Du hast wieder mal mit dir selber geredet«, sagte Gum Baby. »Und Gum Baby weiß *genau*, dass eine Puppe dabei mit keinem Wort erwähnt wurde.« Ihr Blick hätte ein Feuer entzünden können.

Hastig schüttelte ich den Kopf. »Nein, natürlich nicht. Ich muss wohl ... ich muss wohl geniest haben. Das ist es. Ich niese immer ganz komisch. Das hört sich an wie Husten, bloß anders. Deswegen klingt es manchmal, als würde ich was sagen.«

Sie wirkte einigermaßen besänftigt und ich wandte mich schnell wieder Anansi zu, der eine weitere App geöffnet hatte. Sie hieß Alke Maps und war eine der ersten Apps, die mir aufgefallen waren, nachdem Nyamé die Legendentruhe in ein Smartphone verwandelt hatte. Auf ihr waren alle Landschaften Alkes zu erkennen. Ich sah sie mir zusammen mit Ayanna an. Gum Baby kletterte auf meine Schulter und starrte ebenfalls auf das Display.

»Also«, sagte Anansi vom Rand des Bildschirms aus. »Wir brauchen einen Plan.«

Ich nickte und wartete, aber der Spinnengott sah mich weiterhin nur erwartungsvoll an. Mir klappte der Unterkiefer auf. »Was, *ich* soll jetzt einen Plan aus der Tasche zaubern? Was ist denn mit dir? Du bist doch ein Gott – kannst du nicht irgendwas unternehmen?«

»Von meinem überaus vorteilhaften Platz hier in diesem dämlichen Ding aus? Tut mir leid, mein Junge, aber in diesem Fall musst du die Verantwortung übernehmen. Und alle verlassen sich fest auf dich, also, du weißt schon ... kein Druck.« Er ließ sein typisches, lässiges Lächeln sehen und ich starrte wütend ihn an. Er genoss die Situation sichtlich.

Aber vielleicht hatte er recht. Ich war mir ganz sicher, dass er sich irgendetwas Tolles ausgedacht hatte, mit dem er uns alle austricksen konnte, aber im Augenblick konnte ich nicht erkennen, was das sein könnte. Und falls ich beschloss, noch einmal die direkte Auseinandersetzung mit Bear zu suchen, hatte Anansi leider nicht mehr zu bieten als seinen Rat. Wobei ... ehrlich gesagt war ich mir überhaupt nicht sicher, ob ich dazu schon bereit war. Die Gewissheit, dass König Cotton sich irgendwo da draußen herumtrieb – wenn auch eingeschlossen in einer Kautschukmaske –, verunsicherte mich total.

Ich schob alle Angst beiseite und versuchte, mich zu konzentrieren. *Denk nach, Tristan, denk nach.*

»Bear möchte mehr als einfach nur ein Loch in den Himmel boxen«, sagte ich bedächtig. »Er hat gesagt, dass er dafür sorgen will, dass niemand, keine Dämonen, keine Menschen, keine Kreaturen oder sonst irgendwas, je wieder von einer Welt in die andere wechseln können. Aber was bedeutet das? Will er womöglich die Werkzeuge der Götter, also zum Beispiel John Henrys Hammer, zerstören?«

Anansi saß in der oberen Ecke des Displays und schüttelte den Kopf. »Das Symbol einer Gottheit, ihre eigentliche Essenz, zu zerstören, das erfordert eine enorme Kraft und Stärke. Die kann nicht einmal Bear aufbringen. Nein, er muss irgendetwas Bestimmtes damit vorhaben.«

»Und warum hat er Tristans Grandma und Mami Wata entführt?«, sinnierte Ayanna. »Bloß, um uns zu ärgern?«

Wir dachten zu viert über diese Frage nach. Oder, na ja ... Anansi, Ayanna und ich dachten darüber nach. Gum Baby war von meiner Schulter geklettert, schleuderte Kautschukkugeln in das Brennende Meer und sah zu, wie kleine Flämmchen aus der Oberfläche emporzuckten. Was würde wohl passieren, wenn ich sie da reinschubste?

Nicht dass ich das ernsthaft vorhatte. Es war nur ein Gedanke. Ich würde niemals ...

Wie auch immer.

Ich seufzte. »Ganz egal, was er vorhat, wir müssen ihn aufhalten, und das bedeutet, dass wir herausfinden müssen, wo er Nana und Mami Wata versteckt hält. Sie können überall sein. In einem verlassenen Palast im Goldenen Halbmond ... vielleicht auch in den vorgelagerten Hügeln des Gebirgsmassivs ... überall!«

Anansi nickte. »Wir müssen strategisch vorgehen. Die verschiedenen Möglichkeiten durchspielen, Wahrscheinlichkeiten abschätzen und unsere Schritte klug und in der richtigen Reihenfolge setzen.«

Das hörte sich sinnvoll an. Ich versuchte nachzudenken und gleichzeitig Gum Baby nicht aus den Augen zu lassen. Sie fabrizierte inzwischen immer größere Kautschukkugeln, um der Wasseroberfläche höhere Flammen zu entlocken. Jetzt rollte der winzige Quälgeist gerade eine Kautschukkugel groß wie eine Wassermelone und achtete sorgsam darauf, dass sie nicht auf dem Floß festklebte. Dann stemmte sie das Riesending über ihren Kopf und machte sich bereit, es ins Wasser zu werfen. Gleichzeitig arbeitete sich ein Gedanke aus meinem Unterbewusstsein nach oben und drängelte sich schließlich mithilfe einiger kräftiger Faustschläge in die vorderste Reihe.

Flammen.

Feuer.

»Heiliger Strohsack!«, sagte ich. »Ich weiß, wo wir hinmüssen!«

»Wohin?«, wollte Anansi wissen. Gum Baby wollte sich zu uns umdrehen. Dabei entglitt ihr die unhandliche Kautschukkugel, plumpste ins Wasser und produzierte einen lodernden Flammenvorhang, der jedoch schnell wieder in sich zusammenfiel.

»Ich kann bloß hoffen, dass du was Sinnvolles zu sagen hast«, meinte Gum Baby verärgert. »Gum Baby hat wegen dir einen perfekten Kautschukballon vergeudet ...«

Ich wollte weiterreden, doch dann stockte ich: »Äh ... Kautschukballon?«

»Hat Gum Baby etwa gestottert? Größer als eine Kautschukkugel und mit siebenmal so viel Kautschuk. Rebellutioniär.«

»Du meinst wohl *revolutionär*.«

»Gum Baby weiß genau, was sie meint! Kautschukballons werden das Spiel für immer verändern.«

»Welches Spiel?« Anansi konnte sich einfach nicht beherrschen.

»Das Kautschukspiel. Aber Gum Baby erwartet natürlich nicht, dass ihr Dumpfbacken so was begreifen könnt. Hier passieren gerade große, rebellutionäre Dinge.«

Mein Blick ging zwischen ihr und dem Ersatz-Kautschukballon, den sie gerade zu fabrizieren versuchte, hin und her. »Ja, klar ... okay. Wie gesagt, ich weiß, wo wir hinmüssen. Die Maafa hat es uns ja im Prinzip verraten. Könnt ihr euch erinnern? Sie hat doch gesagt, das sich der Unterschlupf des Zornigen in irgendwelchen brennenden Ruinen befindet. Also? Wir kennen nur einen einzigen Ort, mit dem Bear vertraut ist und der im Augenblick nur als ausgebrannte Hülle existiert, sodass ständig davor gewarnt wird, dort hinzugehen. Na? Welcher ist das?«

Gum Baby, Ayanna und Anansi starrten mich an, als seien mir Flügel auf dem Kopf gewachsen. »Was redest du da für einen Unsinn?«, wollte der Spinnengott wissen.

»Ich hab's doch gesagt. Er ist und bleibt eine Stotterzunge«, murmelte Gum Baby.

Kopfschüttelnd huschte ich zum Heck des fliegenden Floßes und packte das Ruder. »Lacht ihr ruhig. Ihr werdet schon sehen.«

»Also gut«, sagte Anansi. »Wo liegt Bears Unterschlupf?«

Ich grinste. »Auf dem MittLand.«

Das MittLand.

Die Heimat der Sagenhelden. Ich hatte diese Insel schon einmal besucht, allerdings nie zu ihren Glanzzeiten vor all den Massakern und den Zerstörungen. Vor dem Terror und den Ausgangssperren. Das Einzige, woran ich mich erinnern konnte, war ein Gefühl der Angst und des Versagens, und das machte mich noch trauriger, als ich erwartet hatte.

Ich setzte meinen Rucksack ab und zog den Reißverschluss auf. Nanas zerfetzte Steppdecke schimmerte sanft im Licht der Sonne. Ich holte eines der quadratischen Stücke heraus. Es war in warmen orange-goldenen Farbtönen gehalten und mit einem Bild von wogenden Maisfeldern verziert.

»Da bin ich ja mal gespannt«, sagte ich leise zu mir selbst.

Ayanna hatte ein Auge auf den Kurs und das andere auf mich gerichtet. »Was machst du denn da?«

»Chestnutt hat doch gesagt, dass die Legendentruhe von Dingen angezogen wird, die Geschichten enthalten, und dass ich dadurch vielleicht meine Großmutter aufspüren kann. Die Erinnerungen und Geschichten, die sie in diese Decke eingewebt hat, müssten eigentlich reichen.« Ich hielt das Stoffquadrat neben das LTT, aber dann wusste ich nicht so recht, was ich als Nächstes machen sollte. Als aber ein goldener Schriftzug über das Display lief, fing ich an zu lächeln:

Neue Geschichten entdeckt.
Zur Datenbank hinzufügen.
Autorin lokalisiert. Route anzeigen?

Ich tippte auf ZUSTIMMEN und dann hatte ich wieder wie von Zauberhand den Startbildschirm von Alke Maps vor mir. Dieses Mal war eine goldglitzernde Route darauf eingezeichnet.

»Da müssen wir hin.« Ich reckte das Handy in die Höhe, damit Ayanna es sehen konnte.

Während das Floß über den Himmel in Richtung MittLand zischte, suchte ich auf dem Meer unwillkürlich nach Knochenschiffen. Irgendwo da unten befand sich die Stelle, wo Gum Baby und ich gelandet waren, nachdem wir durch das Loch im Himmel geplumpst waren. Ich konnte mich noch gut an das albtraumhafte Gefühl dieses endlos langen Sturzes erinnern, gefolgt von dem tatsächlichen Albtraum der gespenstischen Skelettboote.

Jetzt aber war das Meer ganz ruhig. Kaum ein Flämmchen züngelte über die Oberfläche. Es kam mir ... normal vor.

Das war etwas Gutes, oder?

»Da«, flüsterte Gum Baby.

Aus einer Nebelbank so grau wie eine Rauchwolke ragte die verwüstete Insel hervor. Ayanna ließ das Floß ein wenig tiefer sinken, sodass wir gerade eben die Wellenkämme streiften. In der Ferne tauchten die ersten Bäume auf und ich gab mir alle Mühe, ein Schaudern zu unterdrücken. Der Versunkene Wald. Durch dieses sumpfige Gehölz waren Ayanna und ich und Gum Baby und Fox und die anderen MittLändler bei unserem Versuch, den Fetterlingen zu entkommen, gestolpert.

Es war ein verzweifelter Versuch gewesen. Und ein vergeblicher.

»Gum Baby findet, das ist kein schöner Anblick«, hörte ich ihr zartes Stimmchen sagen. Sie hatte sich im Schneidersitz hinter mir aufs Floß gesetzt und blickte zum Heck hinaus, während Ayanna am Ruder stand. »Es ist so ... leer.«

»Wie war es denn vorher?«, wollte ich wissen.

Ayanna erwiderte: »Vor den Eisenmonstern? Da war es laut, aber nicht unangenehm laut, sondern richtig schön laut. Viele Stimmen in der Luft. Überall konnte man Lachen hören und Essen riechen. Alle haben miteinander gespielt. Es war eine glückliche Zeit.«

Sie verfiel in Schweigen und ich wagte nicht, sie anzustupsen. Ehrlich gesagt, ich wusste genau, was sie meinte. Es gibt eben Orte, die diesen Vibe verströmen. Dieses gute Gefühl, das sich in jedem Winkel verbirgt und zu den Türen und Fenstern hervordringt. Gut möglich, dass ihr auch genau so einen Ort kennt. Wenn ihr daran denkt, dann zieht ein Lächeln über euer Gesicht und Erinnerungen ploppen auf wie verborgene Schätze.

Genau so hatte sich das Haus meiner Großeltern in den letzten Wochen für mich angefühlt.

»Tristan, ist das ...?« Anansis Stimme holte mich aus meinen Träumereien. Ich hielt das LTT in die Höhe, sodass die Kameralinse nach vorne zeigte und der Spinnengott freie Sicht hatte. Anansi nahm den Blick von der Landkarte und richtete ihn nach draußen, auf einen Punkt irgendwo links. Zuerst konnte ich gar nichts erkennen, so schlimm hatte das Feuer gewütet. Ich sah nur eine klumpige Masse groß wie ein Gebäude, aus deren Mitte ein Turm in die Höhe ragte.

Und dann wurde es mir klar.

»Oh, nein!«, flüsterte ich.

Von Ayanna war nichts als ein scharfer Atemzug zu hören.

Das war das Gesträuch – beziehungsweise das, was von ihm übrig war. Der größte Teil wurde von tief hängenden Wolken verdeckt. Je näher wir kamen, desto mehr frischte der Wind auf, schaukelte das Floß hin und her und sorgte dafür, dass mein Magen Purzelbäume schlug. Wir hatten nicht viel Zeit. Es war deutlich kühler geworden und die Wolken ballten sich zusammen – da war ein Gewittersturm im Anmarsch.

Wir näherten uns einer Lichtung, die etwa so groß war wie drei Fußballfelder. Der Versunkene Wald war durch verbrannte, nackte Erde ersetzt worden. An etlichen Stellen stieg noch Rauch auf. Hier wuchs nichts. Kein Tier war zu sehen. Keine Vögel zogen am Himmel ihre Bahn. Die Stille lastete schwer wie ein dicker Stapel nasser Decken auf allem und es roch ... falsch.

Der Anblick des völlig vernichteten Gesträuchs ließ mir das Herz schwer werden und ich spürte das Prickeln der Tränen in meinen Augenwinkeln. Was einst ein wunderschöner, bewaldeter Hang voller Schlingpflanzen und Gestrüpp gewesen war, übersät mit wunderschönen Blumen und spitzen Dornen – die sich alle zum Schutzwall für eine große Gemeinschaft vereinigt hatten –, sah jetzt aus wie ein schwarzes Spinnennetz aus Ruß und Asche. Gelegentlich wehte eine Brise über die Lichtung, sodass die Überreste des magischen Mittelpunktes des MittLandes wie Knochen klapperten.

Ticka ticka ticketi-ticka.

Der allerschrecklichste Anblick jedoch, der bot sich genau im Zentrum des Ganzen.

»Nicht zu dicht«, warnte Anansi mit grimmiger Miene. Ayanna kaute auf ihrer Unterlippe und Gum Baby war aschfahl und stumm geworden. Ich sah sie mir der Reihe nach an – den Tricksergott, der in einem Smartphone versteckt hierhergekommen war, das Mädchen, das mehr Anstrengungen als alle anderen auf sich genommen hatte, um die Leute zu retten, die sie liebte, und die mit Kautschuk bekleckerte Puppe, die ihr ganzes Leben hier, in ihrer Heimat, zugebracht hatte. Ich war mir sicher, dass ihre Mienen mein eigenes Entsetzen widerspiegelten, und dann drehte ich mich wieder um, um mich dem Grauen zu stellen, das da vor uns lag.

Aus den Trümmern des Gesträuchs ragte, geborsten, der Baum der Macht hervor.

Und genau dort endete die Route, die das GPS angezeigt hatte.

Die obere Hälfte des Baumes fehlte. Sie war einfach nicht mehr da. Keine Krone, keine Äste, nur ein zersplitterter Stamm, der immer noch alles andere überragte. Ein Schatten seines früheren Selbst. Seine geschwärzten Spitzen sahen aus wie eine zerstörte Krone, die man an einen im Boden steckenden Speer gehängt hatte, dort, wo ein geliebter König gefallen war.

Und vielleicht war es ja so.

Aber das war noch nicht einmal das Schlimmste.

Der Stamm wurde von grünlich-weißen Linien überzogen. Sie sahen aus wie Giftadern und pulsierten in unregelmäßigen Abständen mit einem seltsamen Licht. Dicke Rauchwolken quollen zur Spitze heraus und verhüllten den Himmel.

Ich drehte mich um und starrte zum Horizont, auf den Sturm, der vom MittLand aus zum Goldenen Halbmond und auf das Festland von Alke zog. Die Wolken besaßen dieselbe kränkliche, grün-gräuliche Färbung wie das Zeug, das aus dem zersplitterten Baum der Macht leckte. Ich folgte einer plötzlichen Eingebung und drückte das Armband mit den Amuletten der Gottheiten an mein Handgelenk. Der Schmerz war so heftig, dass ich deutlich hörbar den Atem einzog. Gum Baby drehte sich ruckartig zu mir um.

»Was ist denn los?«, erkundigte sie sich.

Ich starrte den Baum an, während Ayanna das Ruder des Floßes nach vorne schob und uns dichter heranbrachte. Diese Adern ... das konnte doch unmöglich ... oder doch?

»Tristan«, meldete sich Anansi zu Wort. »Was siehst du da, mein Junge?«

Ich zeigte auf den zerstörten Baum der Macht und holte einmal tief und schaudernd Luft. »Dieser Sturm ... das ist kein Naturereignis. Ich glaube, dass er von etwas geschaffen wird, was in diesem zersplitterten Baum sitzt.«

Ayanna sah mich ungläubig an. »Aber hast du nicht gesagt, dass dort deine Großmutter und Mami Wata gefangen gehalten werden?«

»Ja, genau. Ich glaube, ich weiß jetzt, wieso Bear die ganzen Überreste der Eisenmonster eingesammelt hat. Er musste eine Kette bauen, die so stabil ist, dass sie eine Gottheit festhalten kann, so, wie die Bosslinge und die Brandfliegen das mit Nyamé geschafft haben. Und allmählich glaube ich ...«

Gum Baby runzelte die Stirn. »Was denn?«

»Ich zeig es euch.«

Ich nickte Ayanna zu. Das Floß wurde schneller und Anansis Blick besorgter. »Bist du sicher, dass das nicht gefährlich ist? Was, wenn Bear zurückkommt? Dann kann ich dir nicht helfen. Dann seid ihr drei auf euch allein gestellt.«

Aber ich schüttelte den Kopf. Ein Puzzleteilchen, von dessen Existenz ich bisher noch nicht einmal etwas geahnt hatte, hatte sich plötzlich in das Bild gefügt und ihm damit eine vollkommen neue Bedeutung verliehen. Ich verstand zwar nicht alles, was da passierte, aber eins wusste ich sicher: Dieser Sturm und die Entführungen, das hing alles miteinander zusammen.

Und wenn ich nicht schnell etwas unternahm, dann würde das sowohl Alke als auch meine eigene Welt teuer zu stehen kommen. Sehr teuer.

29

IM AUGE DES STURMS

Ayanna lenkte das Floß zu dem zerstörten Baum der Macht.

»Wie kommen wir da rein?«, flüsterte Gum Baby. Sie war auf ihre Aussichtsplattform auf meiner Schulter zurückgekehrt und hielt sich an meinen Haaren fest. Ich würde sie tagelang ununterbrochen waschen müssen, um das ganze Kautschukzeug wieder rauszukriegen. Aber das wollte ich jetzt nicht ansprechen. Wir schlotterten alle vor Angst. Sogar Anansi wirkte sehr erschüttert.

Weil das, was sich da kreuz und quer über den Stamm schlängelte, nämlich keine Adern waren.

Das waren Fetterlinge, die sich miteinander verbunden hatten und eine Art Halskette des Grauens bildeten. Oder einen Kragen des Grauens. Jeder grüne Pulsschlag bedeutete, dass sie dem Zauberbaum wieder etwas von seinem verbliebenen Lebenssaft abgepumpt hatten. Bear hatte den Lebensraum der MittLändler in ein Gefängnis verwandelt.

Ayanna lenkte das Floß behutsam zwischen den schwarzen Zacken des Baumstumpfs hindurch und tauchte dann in das hohle Innere ab. Es war gerade breit genug für unser Floß. Finsternis umfing uns und ich merkte, wie die Panik näher kam. Dann flackerte das LTT und das Display leuchtete auf.

»Hier«, sagte Anansi. Er deutete auf den unteren Rand des Displays, wo sich gerade ein neues Icon bildete. »Ich dachte, das könntest du gebrauchen.«

Ich starrte den Namen der App an: This Little Light. Der Titel hörte sich geradezu unheimlich nach einem Lied an, das Nana früher immer gesungen hat. In der Mitte des dunkelblauen Quadrats mit den runden Ecken thronte eine gelbe Laterne. Ich tippte darauf und hielt den Atem an, als sich Licht aus dem Handy *entfaltete* wie ein Origami aus Mondstrahlen. Dann hüllte es das Floß und alles andere im Inneren des Baumes der Macht ein.

Dazu gehörte auch eine Gestalt, die zusammengesunken ganz unten am tiefsten Punkt der Kammer kauerte.

Mein Herz setzte kurz aus.

»Nana«, flüsterte ich.

Ayanna spürte, dass die Zeit drängte. Sie ließ das Floß in eine enge Spirale abkippen, wich den vielen Spinnweben aus und umkurvte die modrigen Überbleibsel der Inneneinrichtung. Ganz entfernt hörte ich eine Trommel schlagen, aber nur kurz, sodass ich mir nicht sicher war, ob ich mich vielleicht geirrt hatte. Es hatte sich irgendwie falsch angehört. Aus dem Takt.

Je tiefer wir sanken, desto dicker und abgestandener wurde die Luft. Es roch ganz leicht nach Metall, während das silbrig-glänzende Licht aus dem LTT die Schatten vertrieb. Endlich setzte das Floß mit einem kräftigen Stoß auf dem Boden auf. Ich schluckte, machte einen behutsamen Schritt nach vorne und hielt das Telefon in der ausgestreckten Hand. Ich wollte möglichst genau sehen, was ich da vor mir hatte.

In der Mitte des feuchten, klumpigen Bodens stand ein verrotteter Bottich, ungefähr so groß wie eine Badewanne. Darin saß eine Gestalt auf einem Holzhocker. Ich konnte nicht erkennen, ob die Gestalt atmete, und auch nicht, ob ...

Dann trat ich mit der Fußspitze versehentlich gegen einen Erdklumpen.

Die Gestalt setzte sich auf.

»Nana?« Doch kaum hatte ich das leuchtende Telefon höher gehoben, wurde mir klar, dass das nicht Nana war. Dass das nicht einmal ein Mensch war. Niemand, den ich kannte, hatte solche blaugrün schimmernden Dreadlocks, die in der Luft schwebten und wogten wie Meereswellen. Niemand, den ich kannte, hatte eine dunkelbraune Haut, die so lebendig schillerte wie Sonnenlicht, das sich in einem stillen See spiegelt. Nein.

Das war eine Göttin.

Jetzt war ich völlig verwirrt. Was war denn da schiefgegangen? Das bescheuerte GPS sollte mich doch zu Nana bringen! Ich trat noch einen Schritt näher und sie hob den Kopf. Ich blieb regungslos stehen.

»Mami Wata?«, sagte ich leise.

Meine Worte schienen den Nebel, der ihren Blick verhüllte, zu durchdringen, jedenfalls reckte die Göttin der Flüsse und Seen das Kinn und sah mich an. Doch schnell, als hätte die Anstrengung sie erschöpft, ließ sie den Kopf und die Augenlider wieder sinken.

Warte.

Ich spähte über den Rand des verrotteten Zubers hinweg und wich sofort wieder zurück. Im Inneren stand das Wasser – eine ekelhafte, graue Brühe voller Fetterling-Kettenglieder, Brandfliegenflügel und etwas Klumpigem, das ich mir lieber nicht so genau ansehen wollte. Mami Watas Füße wurden bis zu den Knöcheln von der Pampe überspült.

»Sie wollen sie vergiften«, hörte ich Anansi mit angewiderter Stimme sagen.

»Vergiften?«

»Wie die Brandfliegen bei Nyamé«, fügte Gum Baby hinzu. Sie hüpfte auf den Rand der Wanne und schüttelte den Kopf. »Einfach nur übel.«

»Mami Wata ist eine Wassergöttin«, sagte Ayanna. »Sie ist eins mit all den unterschiedlichen Gewässern von Alke und versorgt sie alle. Aber jetzt hat Bear sie in dieses Eisenmonster-Fußbad gesetzt. Dadurch ist sie zu schwach, um ihre Kräfte zu benutzen.«

»Und was noch schlimmer ist …«, schaltete Anansi sich ein, »… ist, dass der vergiftete Baum der Macht all diesen Müll an den Himmel schleudert und dadurch die Luft verpestet.« Er setzte eine grimmige Miene auf. »Mir scheint, dass Bear sich eine ganze Menge grauenhafter Dinge angeeignet hat.«

»Der Sturm …« Wieder blieb mir für einen Moment das Herz stehen. »Bear benützt Mami Wata, um diesen Sturm zu erschaffen. Sobald er Alke erreicht hat …«

»… wird er alles zerstören, was wir wiederaufzubauen versuchen«, beendete Ayanna meinen Satz. Sie schüttelte den Kopf. »Das dürfen wir nicht zulassen.«

Sie hatte recht. Das durften wir nicht zulassen. Ich rollte die Ärmel nach oben und packte die Seitenwände des Holzzubers. Er fühlte sich schleimig und kalt an, und ich gab mir alle Mühe, bei der Berührung nicht zu schaudern. »Also gut. Genug geredet jetzt. Befreien wir sie.«

»Tristan, warte ...«, sagte Anansi noch, aber da war es schon zu spät. Ich zerrte an dem gammeligen Holz. Es gab zunächst ein widerspenstiges Knirschen von sich, bevor es auseinanderbrach, sodass ich ein großes Stück von der Seitenwand in der Hand hielt. Ich landete auf dem Hinterteil meiner Shorts und krabbelte hastig beiseite, als das Wasser aus dem Bottich lief, zuerst nur als schmales Rinnsal, kurz darauf dann als kräftiger Strahl, der sich ausbreitete und seinen rostigen Inhalt überall verteilte.

Von oben ertönte ein bedrohliches Rumpeln.

»Äh ...«, sagte Gum Baby. »Was hast du gemacht?«

»Ich hab gar nichts gemacht«, erwiderte ich und wischte das Wasser ab.

»Hast du wohl. Du machst ja immer irgendwas. Gum Baby findet, du solltest dich mal schön hinsetzen und lernen, wie man nichts macht. Richtig gründlich. Damit du ein Experte im Nichts-Machen wirst.«

»Also, erstens ...«

Ayanna unterbrach mich. »Würdet ihr euch bitte mal konzentrieren, damit wir nicht gleich sterben müssen?«

Wir starrten sie alle beide wütend an, doch dann ertönte ein zweites Rumpeln und ein Stück faulige Baumrinde, so groß wie ein Surfbrett, wirbelte durch die Luft und bohrte sich wie ein Speer neben mir in den Boden. Gum Baby und ich starrten es gleichzeitig an, dann einander, und dann wieder das Rindenstück.

»Weißt du was? Nicht sterben ist etwas Gutes«, sagte ich.

»Genau das hat Gum Baby auch gerade gedacht.«

Da klirrte etwas in dem beinahe leeren Zuber. Ein längeres Stück Fetterlingkette hatte sich um Mami Watas Fuß gewickelt. Ich schlich auf Zehenspitzen über den durchnässten Boden und beugte mich in den Trog, um den Knoten zu lösen. Das Metall fühlte sich kalt an. Eiskalt. Noch mehr Donnergrollen erfüllte die Finsternis über unseren Köpfen, so, als wollte der Baum der Macht allem Schmerz, den er je erfahren hatte, Ausdruck verleihen. Irgendwann hatte ich es dann geschafft und die Kette von Mami Watas Fuß gelöst. Ich warf sie auf die gegenüberliegende Seite des Hohlraums, richtete mich auf und blickte, nur wenige Zentimeter von meinem Gesicht entfernt, in zwei funkelnde Lichter. Sie hatte die Augen geöffnet und beobachtete mich.

Ihre Haare umschwebten ihren Kopf und sie hatte das Gesicht zu einer Grimasse verzerrt. Jetzt schnellte ihre Hand blitzartig nach vorne, packte mich am Arm und zog mich noch dichter zu sich heran.

»Ihr kommt zu spät«, flüsterte sie, als der Baum der Macht bereits anfing zu zersplittern. Doch anstatt zu fallen, verharrten die einzelnen Stücke mitten in der Luft und die Welt um mich herum gefror zu Eis.

30

FREIHEIT FÜR MAMI WATA

Manchmal gibt es mehrere Wahrheiten, die einander sogar widersprechen können.

Diesen Satz habe ich schon öfter und von unterschiedlichen Leuten zu hören bekommen – von Dad, von Mom, sogar von ein paar Lehrerinnen. Ich lese total gern, aber nicht unbedingt die Bücher, die ich lesen muss. Manchmal habe ich Hunger, aber keinen Appetit auf das, was auf meinem Teller liegt. Die Sonne steht noch hoch am Himmel, aber ich muss ins Bett (vielen Dank auch, Sommerzeit, aber jetzt weg mit dir in den Mülleimer, und zwar zackig).

Aber noch nie hatte dieser Satz eine größere Bedeutung gehabt als während der Sekunden, in denen Mami Wata meinen Blick erwiderte. Wir standen vollkommen still und reisten doch gleichzeitig in alle Richtungen.

Im einen Augenblick befanden wir uns im Inneren des abgestorbenen Baumes der Macht auf dem MittLand und schon im nächsten standen wir auf einem graswachsenen Hügel und ließen den Blick über einen mächtigen Fluss so breit wie eine Autobahn schweifen. Kanus voll mit Familien mit brauner Haut zogen auf dem tosenden Wasser dahin. Kinder winkten und Eltern hoben die Hände, um der Göttin zu huldigen. Manche ließen sogar Geschenke zu Wasser, die sich dann am seichten Ufer sammelten.

Als Nächstes saßen wir in einer türkisfarbenen Grotte hinter einem gewaltigen Wasserfall, dessen donnerndes Dröhnen durch den Nebelvorhang deutlich zu hören war. Etliche Mädchen hatten es sich auf ein paar Felsen ganz in der Nähe gemütlich gemacht. Sie flochten einander die Haare zu Zöpfen, schärften Speere und schmiedeten Pläne. Gelegentlich stand eine von ihnen auf, drehte sich um und grüßte Mami Wata mit einem erhobenen Speer. Die Waffen besaßen eine lange, schmale Klinge und ein am Schaft befestigtes Seil und sahen genauso aus wie die, die ich in Nyanza gesehen hatte.

Mit großen Augen erkannte ich Ninah, das Flussgeistmädchen, die uns als Erste vor Bear gewarnt hatte. Es kam mir vor, als seien seither Jahre vergangen. Jetzt schaute sie auf, sah mich an und hob ihren Speer. Als ich ihren Gruß erwidern wollte, wurde die Welt schlagartig finster.

Irgendwann schien die Sonne wieder und Mami Wata und ich schwebten gemeinsam über Nyanza. Allerdings sah es jetzt anders aus als vorhin, als ich mit Ayanna, Junior und Gum Baby darüber hinweggeflogen war, nämlich so, wie es eigentlich sein sollte – ein riesiger See umgeben von etlichen kleineren, die alle durch ein Netzwerk aus Flüssen und schwimmenden Brücken miteinander verbunden waren. Die Leute badeten und spielten im Wasser, sie angelten, kultivierten Wasserpflanzen und genossen ihr Leben in vollen Zügen.

»Es ist, wie es sein sollte«, sagte eine warme, singende Stimme.

Als ich mich umdrehte, blickte die Göttin mich an. Ihre langen blau-grünen Dreadlocks schwebten hinter ihr, als wären wir unter Wasser, und ihre Augen waren hart und schwarz wie die Steine aus Juniors Beutel. Ihr Anblick ließ mich an das Opfer denken, das er für mich gebracht hatte, und ich schlug die Augen nieder.

»Du machst dir Sorgen um jemanden.« Das war eine Feststellung, keine Frage. Als ich nickte, drehte sie sich um und ließ den Blick über die Leute schweifen, die ihr Leben lebten. Ihr Volk. Mami Wata breitete die Arme aus. »Das ist richtig so. Ich mache mir Sorgen um alle. Das, was du hier siehst, ist das, was sein sollte. Aber es ist nicht das, was ist.«

Ich legte die Stirn in Falten. »Ja, die Seen von Nyanza sind ausgetrocknet. Alle haben Angst und niemand weiß, was eigentlich los ist. Was ist denn passiert?«

»Du hast gesehen, in welchem Zustand ich mich befinde. Ich bin die Göttin der Wasser. Aller Wasser. Mein Zorn ist der Zorn des Brennenden Meeres und meine Tränen sind die Wasserfälle im Goldenen Halbmond. Ich bin mit ihnen allen verbunden und sie mit mir. Mein Volk hat mich im Herzen und quer durch Alke getragen, während es auf meinen Wassern geschwebt ist.«

Da war sie wieder, diese Vorstellung, dass viele Leute bei ihrer Reise von einem Ort zu einem anderen etwas mitnehmen. Diaspora. Alles ist durch den Ursprung miteinander verbunden. Ich erinnerte mich daran, wie Chestnutt gesagt hatte, dass Mami Wata die Quelle von Nyanza sei. Und jetzt sah ich es mit eigenen Augen.

»Aber wenn du vergiftet wirst«, sagte ich langsam, »dann werden auch sämtliche Wasserquellen in Alke vergiftet. Das zumindest wäre passiert, wenn du nicht alle Zuflüsse abgeriegelt hättest. Und darum hat Old Man River sich bei Keelboat Annie so bitter beklagt. Du bist mit ihm verbunden.«

»Wir sind alle miteinander verbunden. Was Bear getan hat, ist eine Bedrohung für ganz Alke … und darüber hinaus.« Ihre harten schwarzen Augen fixierten mich erneut. »Er weiß nicht, welche Folgen es haben wird, falls er weitermacht.«

»Er wird von einem bösen Dämon manipuliert«, erwiderte ich.

»Die Saat des Hasses kann nur in fruchtbarem Boden aufgehen. Du solltest nicht voreilig alle Schuld dem Dämon geben. Den Symptomen ist es gleichgültig, wer das Gift verabreicht hat. Wenn der Sturm sich ausbreitet, wird er diese Welt ebenso durchdringen wie deine. Er wird sämtliche Geschichten verfälschen, wird sie in kleine Teile brechen und in alle Winde zerstreuen, sodass sie für alle Zeit verloren sind.«

Ich musste an John Henrys besorgniserregenden Zustand denken und eine eiskalte Hand legte sich mir auf den Rücken. »Das dürfen wir nicht zulassen.«

Mami Wata nickte. »Das dürfen wir nicht. Aber irgendjemand muss das Heft in die Hand nehmen. Ich habe dieses Bruchstück meiner selbst von meiner körperlichen Existenz abgetrennt, für den Fall, dass Hilfe kommt. Du *musst* mich zum Goldenen Halbmond bringen. Nur dort, wo alle Gottheiten Alkes versammelt sind, können wir den Sturm aufhalten.«

Die malerische Vision von Nyanza flackerte und verblasste allmählich. Ich geriet in Panik.

»Warte!«, sagte ich. »Wie soll ich …?«

Doch sie verschwand und mit ihr der Rest der Welt. Ich blieb in der Finsternis zurück.

Ich blinzelte und der Baum der Macht um uns herum stürzte ein.

Nur Mami Wata hielt mich an Ort und Stelle fest.

Wir mussten von hier verschwinden, und zwar schnell, aber die Göttin der Wasser ließ mich nicht los. Ihre tiefen schwarzen Augen durchbohrten mich, als wäre ich dafür verantwortlich, dass sie gefangen genommen worden war.

Und das ... also, das war natürlich nicht gut.

»Äh, jetzt ist wirklich nicht der richtige Zeitpunkt für ein Blickduell«, sagte Gum Baby. Ayanna hatte das Floß bereits startklar gemacht, sodass es etliche Zentimeter über dem Boden schwebte, und Gum Baby war mit dem LTT in den Armen an Bord gehüpft. Misstrauisch beäugte Anansi ihre klebrigen Finger, die immer dichter an das Display heranrutschten, hielt aber den Mund. Schließlich sollte er gerade gerettet werden. »Na los, Stotterzunge, schwing die Hufe! Oder was du sonst so schwingen kannst.«

»Mami Wata, wir müssen los.« Ich rüttelte sie sanft am Arm und die Göttin erwachte aus ihrer Benommenheit.

»Unsere Welt löst sich auf«, sagte sie mit schmerzbeladener Stimme. Der verfaulte Affenbrotbaum, in dessen Innerem wir standen, schien ihre Schmerzen zu teilen, jedenfalls ächzte und stöhnte er so dröhnend laut, dass mir beinahe die Haut von den Knochen gerutscht wäre.

Ich schob meine eine Schulter unter den Arm der Göttin und sie stützte sich auf mich. Sie duftete wie Zitronengras an einem Flussufer. »Und wer ... seid ihr ... eigentlich?«, stieß sie, unterbrochen von schmerzerfülltem Stöhnen, hervor. Meinte sie das ernst? Ich hatte doch gerade eben mit ihr gesprochen – oder zumindest mit einem Teil von ihr. Doch noch bevor ich antworten konnte, schnellte eine gigantische Wurzel so breit wie ein Minivan aus der Erde und ließ Erdklumpen auf die Umgebung regnen.

»Meine Haare!«, jaulte Gum Baby.

Trotz allem musste ich lachen. »Ernsthaft? Du sorgst dich um deine Haare? In so einer Situation?«

»Manche von uns sind eben stolz auf ihr gutes Aussehen.« Gum Baby schniefte. »Aber davon verstehst du nichts.«

»Hey!«

»Los jetzt!«, rief Ayanna.

Mami Wata und ich stolperten los und fielen auf das Deck des Zauberfloßes.

»Festhalten!«, befahl Ayanna. Sie wollte abheben, doch die Riesenwurzel hatte inzwischen Gesellschaft von einer zweiten und dritten bekommen. Ich schüttelte ungläubig den Kopf. Sie kamen mir vor wie Seeschlangen, die aus einem Gefängnis voller Schlamm und Felsen befreit worden waren. Ihre Oberfläche wurde von winzigen Fasern, von einem Gewirr aus Erde und kleine Steinchen überzogen. Und sie schwankten über uns hin und her wie ...

In meinem linken Handgelenk machte sich ein wohlbekannter Schmerz bemerkbar.

Misstrauisch kniff ich die Augen zusammen. Das war nicht möglich ... Oder doch?

Die Wurzelspitzen gaben ein unheimliches grünes Leuchten ab und ich stöhnte laut. »Kann es nicht wenigstens einmal im Leben einfach sein?«

Das Floß wollte höher steigen, doch die Wurzeln waren zu flink. Sie schlugen nach uns wie nach Stechmücken und wir taumelten nach jedem Schlag aufs Neue wieder in Richtung Erdboden, konnten den

Aufprall jedes Mal nur um Haaresbreite verhindern. Zumindest galt das für mich und Gum Baby. Aber wie war das mit Anansi? Hatten Spinnen überhaupt Haare?

»Junge!«

Manchmal klang Mami Watas Stimme wie das sanfte Plätschern eines Bächleins und manchmal wie das donnernde Tosen von Stromschnellen. Jetzt stand sie leicht schwankend auf dem Floß. Der Saum ihres Kleides bauschte sich leicht hinter ihren Waden, hob und senkte sich in Wellen fast wie die Schwanzflosse eines Flussdelfins, der flussaufwärts schwimmt. »Der Baum ist vergiftet. Wir müssen ...«

Direkt neben uns krachte jetzt die größte Wurzel auf den Boden und hätte mich beinahe zerquetscht wie eine Kakerlake. Sie lag nur wenige Zentimeter von mir entfernt, sodass ich das aufgebrachte Schlängelding zum ersten Mal deutlich erkennen konnte.

»Oh, nein«, stieß ich fast lautlos hervor.

Dicke Ketten hatten sich um die Wurzel gelegt und erdrückten sie. Das rostige Metall schimmerte im selben kränklichen Grün wie die Eisenmonster. Aber noch schlimmer waren die zappelnden Beulen, die den ganzen Baum überzogen und aus denen eine grünlich-schwarze Flüssigkeit hervorquoll. Sie gab einen grauenhaften Gestank ab, wie Socken, die seit zwei Monaten nicht gewaschen worden waren. Ihr kennt das bestimmt – Socken, die so steif sind, dass man sie senkrecht hinstellen kann.

Igitt.

Ich ballte die Faust und war drauf und dran, das Adinkra-Armband zu aktivieren und mich in den Kampf zu stürzen, doch dann verharrte ich. Nicht wegen der Schmerzen – die konnte ich inzwischen ertragen.

Aber was wollte ich damit bezwecken? Wollte ich tatsächlich auf einen Baum einschlagen? Das hatte ich schon einmal gemacht und damit eine Katastrophe ausgelöst. Hatte es etwa funktioniert, dass ich mich auf Reggie gestürzt hatte? Hatte die Konfrontation mit Bear irgendetwas gebracht? Nein, hatte sie nicht.

Wir müssen strategisch vorgehen, hatte Anansi gesagt.

Also gut.

Wenn Bear die Waffen der anderen Götter stehlen konnte, um selbst noch mächtiger zu werden, dann sprach auch nichts dagegen, dass ich einer Göttin, die es dringend nötig hatte, die Amulette der anderen Gottheiten zur Verfügung stellte.

Die Riesenwurzel erhob sich wieder in die Luft und gesellte sich zu ihren beiden Kolleginnen. Ich machte mich so groß wie nur möglich und sah die Flussgöttin an. »Wie mächtig sind die Wasser, die dir gehorchen? Werden sie alles tun, was du ihnen befiehlst?«

Mami Wata ließ den Blick durch Innenraum des hohlen Baumstamms schweifen. Sie nahm die vergifteten Wurzeln, die drohend über uns lauerten, ebenso in den Blick wie das Floß und zu guter Letzt auch uns drei. Sie musterte Gum Baby, richtete den Blick dann auf das LTT in den Händen der Puppe und schließlich auf mich. »Stelle niemals die Macht einer Göttin infrage, mein Kleiner.«

KRACH!

Wieder fiel ein Rindenstück durch die Finsternis und landete knapp außerhalb des LTT-Lichtkegels. Ich leckte mir die Lippen und schob mich vorsichtig in die Mitte des Floßes. Allmählich wurde es brenzlig hier unten und ich hatte keine Lust mehr auf dieses ständige Spiel mit dem Feuer.

»Ich bin gekommen, um zu helfen«, sagte ich. »Meine Großmutter braucht mich und Alke braucht mich auch, selbst wenn es das noch gar nicht weiß. Aber jetzt im Moment brauche ich dich.«

»Als mir das letzte Mal jemand gesagt er, er sei gekommen, um zu helfen, hat er meine Flüsse vergiftet und mich in einen sterbenden Baum gesperrt, dessen Schmerzensschreie über Tage hinweg das Einzige waren, was ich zu hören bekommen habe.« Mami Wata funkelte mich mit zornigem Blicken an, und wenn eine Gottheit dich anfunkelt, dann machst du garantiert keinen Blödsinn mehr. Das ist schlimmer als der Blick deiner Eltern, wenn du in der Öffentlichkeit rumalberst und sie dir ohne Worte zu verstehen geben, dass du das büßen wirst, sobald ihr alle wieder im Auto sitzt.

Das Floß ruckte nach links und die Kleinste aus dem Wurzeltrio krachte auf den Boden, genau dort, wo wir eben noch gestanden hatten.

»Mach doch was!«, rief Gum Baby.

»Vertrau mir!«, sagte ich zu Mami Wata und legte so viel Aufrichtigkeit, wie ich irgend aufbringen konnte, in meine Stimme.

Ich zog das Adinkra-Armband von meinem Handgelenk und streckte es ihr entgegen. Ihre Augen wurden groß und sie sah mich an. Nach einer Sekunde, die mir vorkam wie eine Ewigkeit, nickte sie. Ich legte ihr das Armband um und ihre Muskeln spannten sich an. Ihre Haare fingen an zu funkeln. Die braune Haut an ihren Armen begann zu leuchten und ihr Kleid umspülte ihre Knöchel wie die Strömung eines Flusses.

»Ich wurde geboren in den Seichten eines mächtigen Stromes«, flüsterte sie.

Trotz meiner Anspannung musste ich lächeln. Obwohl die Wurzeln das Floß inzwischen wie ein gigantischer Python umschlungen hatten.

Obwohl Nana nicht hier war. Obwohl ich so gut wie nie einen Kampf gewonnen hatte. Aber ich kannte diese Geschichte. Sie war auf die zerfetzte Decke in meinem Rucksack aufgestickt.

»Oder im Strudel des Meeres«, ergänzte ich die nächste Zeile.

»Oder im Wirbelsturm.«

»Oder in den Seen der Menschen.«

»Ich bin Mami Wata«, sagte die Göttin und ihre Worte türmten sich zu einer Flutwelle, die alle beiseiteschwemmen würde, die vor ihr standen.

Meine Hand suchte und fand die ihre und dann sprachen wir die letzte Worte gemeinsam: »Und dies ist meine Macht!«

Doch als meine Stimme versagte, da wuchs Mami Watas an. Es war ein langsam zunehmendes Brüllen wie eine Flut, die sich in ein leeres Flussbett ergießt, noch nicht sichtbar, aber allein schon durch das laute Tosen Furcht einflößend. Bei ihren Worten bebte der Boden. Ein Riss tat sich in der Erde unterhalb des Floßes auf und wurde in rasendem Tempo länger, umkreiste uns einmal, als würde ein unsichtbares Messer die Erde durchstechen und versuchen, uns aus diesem Leben auszuschneiden.

KRACKS!

Als die Erde zitterte, wichen die Wurzeln wie verwundete Drachen zurück. Der Baum der Macht schauderte und ließ ein qualvolles Rumpeln und grässliches Ächzen ertönen. Es war, als könnte er die Qualen, die Bear ihm auferlegt hatte, die Rolle des Bösen, die er gezwungenermaßen gespielt hatte, um eine Verbündete zu verraten, nicht länger ertragen. Der magische alte Affenbrotbaum brach in sich zusammen und wurde unter einer tödlichen Lawine aus Rinden- und Borkenbrocken begraben. Eine dunkle Wolke senkte sich herab, der letzte

Versuch des Giftes, das uns so unbedingt vernichten wollte. Das war das Ende. Ich krümmte mich zusammen, machte mich klein, kreischte laut und legte die Hände über den Kopf. Gum Baby und Anansi stießen angsterfüllte Schreie aus.

FFWWWUUUMMM!!

Die Erde bebte erneut. Wassertropfen benetzten meine Wangen und meine Arme. Es dauerte eine, zwei, drei Sekunden, bis mir klar wurde, dass ich nicht zerquetscht worden war, dass ich nicht einmal einen Kratzer abbekommen hatte. Verwirrt schlug ich die Augen auf und ... hielt den Atem ab.

Der Baum der Macht war verschwunden.

Als hätte er niemals existiert.

An seiner Stelle war eine Wasserfontäne aus der Erde hervorgebrochen und wir standen genau in ihrer Mitte. Das Wasser umschloss uns mit einem perfekten Kreis, schoss in die Höhe, beschrieb einen Bogen und landete in gut zehn Metern Entfernung wieder auf der Erde. Dort, wo das Blätterdach des Baums gewesen war, hing nun eine weiße Tropfendecke in der Luft. Die Blätter selbst waren durch Wassertropfen so groß wie meine Faust ersetzt worden und sie fielen so langsam zur Erde wie Tränen, die über ein unsichtbares Gesicht rinnen. Die Gewitterwolken verzogen sich in großer Hast, bis nichts mehr unseren Blick auf den Himmel trübte. Wir standen in einem leuchtend blauen Zylinder, wie in einer Glassäule, die eine Art umgekehrten Wasserfall bildete (einen Wasseraufzug vielleicht?).

Mami Wata hatte den Blick nach oben gerichtet. Gum Baby kletterte auf meine Schulter, um das Schauspiel von ihrem Lieblingsplatz aus zu betrachten. Sie drückte mir das LTT in die Hand und ich war so fasziniert von allem, was hier geschah, dass ich nicht einmal das

Gesicht verzog, als ich in die klebrigen Rückstände auf dem Display fasste.

Sogar Anansi hatte das Wirken der Göttin die Sprache verschlagen. Das war beeindruckend.

»Was macht Omi Wasser denn da?«, flüsterte Gum Baby mir zu.

Mami Wata stellte sich vor die Wasserwand und steckte ihre Fingerspitzen hinein. Dann ging sie hindurch, ganz langsam, wobei sie die Finger auf der glitzernden Oberfläche entlangführte und leise vor sich hinsummte.

»Heiliger Strohsack«, murmelte ich.

»Ach du meine Güte«, sagte Ayanna.

Gum Baby schüttelte nur den Kopf. Winzige Kautschuktröpfchen platschten auf meine Schulter und Anansi starrte nachdenklich geradeaus.

Jetzt bildeten sich in den kräuseligen Wellen, die die Finger der Flussgöttin hinterlassen hatten, silberne Wörter. Leuchtende, kursive Buchstaben zogen auf einer Spiralbahn die Wasserwand hinauf. Ich drehte mich voller Bewunderung und Ehrfurcht im Kreis. Die Worte, die wir gerade eben ausgesprochen hatten, der Anfang einer von Nanas zahlreichen Geschichten über die Wassergöttin, schwebten jetzt direkt vor uns.

Der Kreis der Fontänen fiel in sich zusammen, sodass wir endlich losfliegen konnten. Kaum hatten wir das getan, brach an der Stelle, wo der Baum der Macht gestanden hatte, ein Geysir aus dem Erdboden hervor.

»Also dann«, sagte Mami Wata, wrang sich die Haare aus und blickte uns drei der Reihe nach an. »Gemeinsam sind wir stark, hmm?«

Ich machte einen Schritt auf sie zu und zog sie auf die Füße. »Jawohl, Ma'am.« Dann öffnete ich meinen Rucksack und holte das Stück Steppdecke hervor, das uns hierhergeführt hatte. Etliche der Worte, die wir gerade eben ausgesprochen hatten, schimmerten immer noch. »Ich verstehe das nicht«, sagte ich kopfschüttelnd. »Das LTT – ich meine, die Legendentruhe – hätte mich eigentlich zu Nana bringen sollen.«

»Darf ich?«

Ich reichte Mami Wata das leicht durchnässte Stoffquadrat. Sie untersuchte es und rieb mit Daumen und Zeigefinger darüber. Dabei lächelte sie.

»Das ist die Geschichte, die ich ihr erzählt habe.«

»Wie meinst du das?«, wollte ich wissen.

Die Göttin spitzte die Lippen und gab mir den Fetzen zurück. Anschließend schnappte sie sich ein Stück Schnur aus der Luft, das verdächtig nach Alge aussah, und band ihre Haare zu einem komplizierten Knoten. Als sie damit fertig war, stemmte sie die Hände in die Hüften und legte den Kopf schief. Sie sah genau aus wie Nana jedes Mal, wenn sie eine wichtige Entscheidung gefällt hatte.

»Vor vielen, vielen Jahren hat deine Großmutter mich besucht und da habe ich ihr diese Geschichte erzählt.«

Diese Bemerkung hätte mich eigentlich nicht weiter überraschen dürfen, aber sie traf mich wie ein Aufwärtshaken, bis ich mich an die Unterhaltung mit Nana in ihrem Schlafzimmer erinnerte. Sie war schon früher in Alke gewesen, aber ich hatte nie die Gelegenheit gehabt, mit ihr darüber zu reden.

Jetzt holte ich etliche andere Steppdeckenfetzen hervor, sortierte sie und suchte gezielt nach solchen, die beschrieben waren. Die hielt ich der Reihe nach empor. »Erkennst du davon etwas? Hat ihr außer dir sonst noch jemand Geschichten erzählt?«

»Hmm.« Nachdenklich tippte sich die Flussgöttin mit einem meerblauen Fingernagel an das Kinn, dann zuckte sie mit den Schultern. »Von zweien weiß ich noch. Ihre Geschichten sind auch auf diesen Fetzen zu erkennen. Die Albhexe aus dem Vorland ...«

»Lady Night?«, fragte ich nach.

»Und die laute Frau, die mit einem meiner ältesten Flüsse redet ...«

»Keelboat Annie!«, sagte Ayanna.

Wow. Da hatte Nana sich aber ein beeindruckendes Team ausgesucht.

»Ja«, bestätigte Mami Wata. »Wir haben uns einmal zu viert getroffen und ...«

»Ich unterbreche euch nur ungern«, unterbrach Anansi, »aber könntet ihr diese herzerweichende Wiedervereinigung vielleicht auf später verschieben, wenn wir nicht mehr von Tod und Verwesung umgeben sind?«

Ich schluckte die Hunderte von Fragen hinunter, die sich in meinem Mund stauten, und nickte.

Stattdessen sagte ich zu Mami Wata: »Also, das LTT hat dich gefunden, weil eine der Geschichten auf der Steppdecke von dir stammt. Das heißt also: Selbst wenn wir das noch mal probieren, gibt es keine Garantie, dass es uns zu Nana führt. Wir müssen das also auf die harte Tour erledigen.«

»Kopf runter, Augen zu und durch, so wie ein richtiger Volltrottel eben?«, schlug Gum Baby vor.

»Indem du die Ratschläge derjenigen, die klüger sind als du, ignorierst und einfach auf das erstbeste Ding draufschlägst, was sich bewegt?«, erkundigte sich Anansi.

»Oder willst du eine Person, die cooler ist als du, bitten dich zu retten?« Das war Ayanna.

Mami Wata spitzte die Lippen, aber ich war sehr erleichtert, dass sie sich jede weitere Bemerkung verkniff.

»NEIN«, stieß ich zwischen zusammengebissenen Zähnen hervor, während die Haut an meinem Hals prickelte. »Zuerst müssen wir die anderen Geschichtenerzählerinnen suchen.«

»Aber Lady Night ist vielleicht … nicht mehr da«, wandte Ayanna ein. »Wir wissen ja nicht, was mit … den Leuten passiert ist, nachdem wir weg waren.«

Mit *Leuten* meinte sie auch Junior, das war mir klar, aber vor Anansi wollte sie seinen Namen lieber nicht aussprechen.

Mir war zwar das Herz schwer, aber meine Stimme war fest. »Wir wissen nichts Genaues und solange das so ist, sind sie noch am Leben. Wenn wir Lady Night und Keelboat Annie auftreiben können, dann haben wir vielleicht …«

Anansi rieb sich mit zwei seiner sechs Hände das Kinn. »Bitte sieh mir meine Skepsis nach, aber wie willst du eigentlich Bear und diesen Sturm aufhalten, den er in Kürze entfesseln wird? Wir wissen ja nicht einmal, wo er sich überhaupt aufhält.«

Ich ließ ein animalisches, breites Grinsen sehen, das eher finster als freundlich war.

»Oh, doch, das wissen wir. Er ist immer da, wo Nana ist. Ich weiß jetzt nämlich, wieso er sie überhaupt entführt hat.«

31

DIE GANZE TRUPPE WIEDERVEREINT

Wir zischten los.

Mami Wata kniete mit zusammengepressten Lippen und entschlossenem Blick in der Mitte des Floßes. Irgendwie hatte das Kleid, nachdem wir uns in die Luft erhoben hatten, eine andere Form angenommen, jedenfalls trug sie jetzt einen meerblauen Hosenanzug. Smaragdfarbene Reifen baumelten um ihre Knöchel. Ihre Füße waren immer noch nackt, aber die Finger- und Fußnägel leuchteten in einem kräftigen, schimmernden Blau. Wir schwebten über dem Brennenden Meer. Der Wind nahm zu, sodass die Wellen unter uns höher wurden und immer wieder hohe Stichflammen ausspuckten. Nach der Zerstörung des Baumes hatte sich der Sturm über dem MittLand verzogen. Ich war mir sicher, dass Bear das genau so gewollt hatte. Jetzt lieferten sich die von grünen Adern durchzogenen Gewitterwolken mit uns ein Wettrennen. Ich zitterte. Das Gift, das Bear dem Baum der Macht eingeflößt hatte, breitete sich immer weiter aus.

Es war auf dem Weg zum Goldenen Halbmond.

Wir auch, aber erst mussten wir Nanas Club der Geschichtenerzählerinnen vervollständigen. Die Vorstellung, dass meine Großmutter zu einer Art multidimensionaler Bridge-Runde gehörte, war für mich immer noch kompletter Wahnsinn. (Für alle, denen das nichts sagt, und zu denen ich bis vor Kurzem auch gehört habe: Bridge ist ein Kartenspiel, das immer beliebter wird, je älter die Leute sind. Erst erlaubt ab vierzig oder so.)

Jetzt waren wir unterwegs zu Lady Nights Tanzscheune – beziehungsweise zu deren Überresten. Ich hatte das Ziel bei Alke Maps eingegeben und Ayanna scheuchte das Floß über den grauen Morgenhimmel. Ich hatte große Angst vor dem, was wir dort vorfinden oder vielleicht auch *nicht* vorfinden würden, aber ich hatte wohl keine andere Wahl.

»Nun.«

Mami Watas Stimme lenkte meine Aufmerksamkeit von den bevorstehenden Schwierigkeiten weg zurück auf die Gegenwart. »Ich denke, eine kleine Vorstellungsrunde wäre jetzt angemessen, findest du nicht, junger Mann? Ayanna kenne ich bereits. Ich habe sie schließlich schon oft durch mein Reich fliegen sehen.«

»Es ist mir ein Vergnügen, Euch endlich offiziell vorgestellt zu werden«, sagte Ayanna und schaffte es, gleichzeitig respektvoll-ehrfürchtig zu wirken und das Floß in der Luft zu halten.

»Aber die anderen…« Die Göttin zog eine Augenbraue in die Höhe und sah in diesem Moment aus wie eine Tante, die dich bei deinem ersten Date begleitet. Die so tut, als würde sie nicht bemerken, wie du unter Vortäuschen eines Gähnens gaaaanz unauffällig den Arm um die Schultern des Mädchens legst, während sie euch zum Jahrmarkt fährt.

Nein, ich rede nicht von mir. Das ist nur hypothetisch gemeint. Wie auch immer …

Ich räusperte mich und streckte die Hand aus. »Die da mit dem Telefon in der Hand – pardon, der Legendentruhe in Form eines Telefons –, das ist Gum Baby, und der da im Telefon, das ist Anansi.«

»Der Trickser?« Sie zog gebieterisch eine Augenbraue in die Höhe, wie eine Königin, die ihre Untertanen mustert. »Ja, ich glaube, ich habe schon etwas über seine … neue Form gehört. Und Gum Baby, über dich wird in meinem Umfeld schon seit einiger Zeit gesprochen. Ich bin beeindruckt.«

Der kleine Quälgeist errötete. Ja tatsächlich! Errötete! Wer hätte gedacht, dass ein mit Kautschuk überzogener Holzkopf dazu überhaupt in der Lage ist? Doch noch bevor ich mich über sie lustig machen konnte, wandte die Flussgöttin sich an mich.

»Und du … Tristan Strong. Du bist durch und durch der Nachfahre deiner Großmutter. Dickköpfig. Starrsinnig. Impulsiv.«

Ich räusperte mich kurz, sagte aber kein Wort. War einfach nicht der richtige Zeitpunkt. Normalerweise machte ich die Dinge dadurch nur schlimmer.

»Und doch sind wir jetzt hier.« Mami Wata richtete den Blick über das Meer. Nach wenigen Sekunden schüttelte sie den Kopf. »Nun, ich bin wirklich froh, dass du so starrsinnig bist.«

Moment mal, was?

»Entschuldigung … Hast du gerade … Du bist froh, dass ich starrsinnig bin? Dickköpfigkeit ist jetzt also etwas Gutes?« Ich konnte es nicht fassen. Das waren Worte, die auf ein T-Shirt gehörten. Ich würde es nie wieder ausziehen. Das war der ultimative Freibrief, den ich jederzeit einsetzen konnte …

Mami Wata runzelte die Stirn und ihre Augen funkelten blaugrün ... eine unmissverständliche Warnung, bevor sie wieder ihre natürliche schwarze Farbe annahmen. »Nicht übermütig werden, verstanden?«

»Ja, klar, selbstverständlich.« Ich richtete mich auf und tat so, als wäre ich gerade eben kein bisschen übermütig geworden.

»Gut.« Einige Sekunden später fuhr sie fort: »Deine Großmutter wäre stolz auf dich. Sie *ist* stolz auf dich. Sie redet nur von dir, wusstest du das? Und zwar ständig. ›Mein kleiner Enkelsohn hat dies gemacht oder ist da hingegangen oder hat mir dabei geholfen.‹ Sie liebt dich sehr.«

Meine Augenwinkel fingen an zu jucken. »Ich hole sie wieder zurück«, sagte ich leise, ohne Mami Wata anzuschauen. »Das schwöre ich.«

Sie nickte. »Ich glaube dir. Nicht jeder wäre bereit, all seine Kräfte aufzugeben, um jemand anderen zu retten.« Mit diesen Worten gab sie mir das Adinkra-Armband zurück. Anscheinend hatte sie es nicht mehr nötig, jetzt, wo sie frei war und ihren alten Glanz zurückbekommen hatte. Ich bedankte mich und zog es wieder über mein Handgelenk. Dabei drehte ich die Hand vorsichtig in alle Richtungen ... sie tat zwar immer noch weh, aber es war zu ertragen.

Schweigend saßen wir da, umgeben vom Rauschen des Windes, während Ayanna das Floß nach Süden lenkte. Gum Baby hatte das LTT neben sich auf das Deck des Floßes geklebt. Sie und Anansi zankten sich in regelmäßigen Abständen und sehr lautstark über die richtige Richtung, bevor sie schließlich Ayanna eine entsprechende Anweisung gaben. Die beiden, also wirklich ... Es gibt Leute, die müssen sich einfach immer streiten, völlig ohne Grund.

»Warum soll Gum Baby hier links abbiegen? Der Pfeil zeigt eindeutig in diese Richtung!«

»Weil das eine Abkürzung ist, du Kautschukknirps.«

»Hast du mich etwa gerade Knirps genannt?«

Während die beiden sich in den Haaren lagen, ließen wir das Brennende Meer hinter uns und flogen nun über eine Gegend voller sanfter Hügel. Unser Schatten folgte dem Auf und Ab der Landschaft, die auch aus dieser Höhe ein wunderschöner Anblick gewesen wäre. Aber gleichzeitig spürte ich, wie die Anspannung mich immer mehr einschnürte, als würden meine Nerven und meine Angst meine Lunge in eine kräftige Umarmung nehmen.

Uns stand etwas Schreckliches bevor.

Als auf einem Hügel in der Ferne das Gelände mit Lady Nights Tanzscheune auftauchte und alle auf dem Floß entsetzt den Atem anhielten, ballte ich so fest die Fäuste, dass meine Fingernägel beinahe Löcher in meine Handflächen gestochen hätten. Erst jetzt wurde mir klar, wie schrecklich es noch werden würde.

Die Tanzscheune war nicht mehr da.

Lady Nights Tanzclub war dem Erdboden gleichgemacht worden. Die Wände waren auseinandergerissen, zu Kleinholz gehackt und über den Hügel verstreut worden. Musikinstrumente lagen zwischen den Trümmern herum. Eine Tuba. Eine halbe Basstrommel. Sogar die zersplitterten Überreste der Bühne sah ich am Fuß eines grasbewachsenen Abhangs liegen.

Zum Glück hatte Lady Night ihre Gäste rechtzeitig in Sicherheit bringen können. Aber war sie selbst auch entkommen? Als ich den Blick hob und in Mami Watas Augen schaute, sah ich, dass sie sich dieselbe Frage stellte.

Ayanna setzte uns an einer der wenigen Stellen, die nicht von Trümmern übersät waren, ab und wir stiegen vorsichtig vom Floß. Gum Baby kletterte auf meine Schulter, was Mami Wata mit hochgezogener Augenbraue registrierte, ohne jedoch etwas zu sagen.

Ich hielt das klebrige LTT in die Höhe, damit Anansi auch etwas sehen konnte. Verzweifelt suchte er die Umgebung ab. »Ich kann ihn nirgendwo sehen.«

Niemand musste fragen, wer damit gemeint war. Ich schluckte den dicken Kloß in meiner Kehle hinunter und räusperte mich. »Vielleicht hat ihnen ja jemand geholfen.« Ich war immer noch total gefrustet, weil wir nicht bis zum Ende des Kampfes hiergeblieben waren.

»Woher willst du das wissen?«

Noch nie zuvor hatte die Stimme des Tricksergottes so unsicher und schmerzerfüllt geklungen. Ich gab ihm keine Antwort, sondern ballte nur die Fäuste noch fester. Von meinem Standort auf der Hügelspitze aus konnte ich den Großteil von Alke sowie den Sturm, der sich am Himmel zusammenbraute, überblicken. Die Giftwolken ballten sich über dem Goldenen Halbmond. Die grünen Lichtblitze, die in ihrem Inneren zuckten, verliehen ihnen ein gespenstisches Flackern. Wir mussten uns beeilen, sonst war es zu spät, bevor wir alle Vermissten gefunden hatten.

»Tristan!«

Von unterhalb des Hügels rief jemand meinen Namen. Ich arbeitete mich über mächtige Holzbalken und an Trümmerbergen vorbei ein Stück nach vorne und spähte über eine Kante nach unten. Dann stieß ich einen Riesenseufzer aus und zumindest ein Teil meiner Anspannung fiel von mir ab.

Aus einem kleinen Wäldchen vor den Ausläufern des Isihlangu

winkte mir Lady Night zu, zusammen mit vielen anderen. Das waren doch ... Ich kniff die Augen zusammen und riss verblüfft die Augen auf. Etliche der Leute hielten Schilde in der Hand, die mir sehr bekannt vorkamen, und dazu wunderschöne Schlagstöcke mit einem glänzenden Stein am oberen Ende. Kieries.

Der Isihlangu war Lady Night offensichtlich zu Hilfe gekommen.

Ich ging zu ihnen hinunter und ließ den Blick suchend über die Menge schweifen. Anscheinend habe ich ziemlich verzweifelt ausgesehen, denn als ich schließlich am unteren Ende des Hügels angekommen war, trat einer der Krieger aus dem Gebirgsmassiv nach vorne und sagte: »Die Prinzessin ist nicht hier.«

Ich gab mir Mühe, nicht allzu enttäuscht auszusehen. Thandiwe wäre uns im Augenblick eine große Hilfe gewesen, aber sie war wohl immer noch mit High John unterwegs. Noch so eine Gottheit, die wir bei unserem Kampf gegen Bear gut hätten gebrauchen können.

Lady Night begrüßte mich herzlich, bevor sie zu meiner großen Verblüffung auf Mami Wata zuging und sie stürmisch in die Arme schloss. »Wie geht es dir?«

Die Wassergöttin drückte die Albhexe fest an sich und schüttelte den Kopf. »Besser, dank dieses Jungen hier, der gerade noch rechtzeitig zu meiner Rettung gekommen ist. Wenn er und seine ... Freunde nicht gewesen wären, dann wären unsere Welt und die seine gleichermaßen dem Untergang geweiht. Jetzt haben wir zumindest noch eine Chance.«

Lady Night lächelte mich an, sodass meine Wangen brannten.

»Alter, wirst du etwa rot?« Gum Baby verpasste mir eine Kopfnuss. »Du bist doch nicht das erste Mal hier, oder? Also benimm dich auch so.«

Ich versuchte, das Bild, wie ich sie von meiner Schulter nahm und in die Bäume schleuderte, wieder loszuwerden, und blickte mich um. Die Verwüstungen brachten mich augenblicklich auf den Boden der Tatsachen zurück. Es war fast schon deprimierend, nein, es war *eindeutig* deprimierend. »Junior?«

Die Albhexe zögerte und schüttelte den Kopf. »Er hat noch mit Bear gekämpft, während ich los bin, um Hilfe zu holen. Aber als wir zurückgekommen sind, waren sie beide spurlos verschwunden. Vielleicht ...«

Sie verstummte, aber in Gedanken brachte ich ihren Satz zu Ende. Vielleicht hatte er überlebt und war entkommen. Das war zwar unwahrscheinlich, aber es war alles, was wir hatten.

Und die Verantwortung für all das lag bei Bear.

Der Gedanke brachte mein Blut zum Kochen. Aber was konnte ich tun? Ein Plan, mit dem wir Nana retten, Bear besiegen und gleichzeitig verhindern konnten, dass der giftige Gewittersturm die Verbindung zwischen meiner Welt und Alke immer mehr schwächte und schließlich kappte ... das erschien mir so gut wie ausgeschlossen. Die Zeit wurde immer knapper, darum zählte jede Sekunde. Der Sturm des Jahrhunderts verdunkelte bereits die Sonne, während grelle Blitze durch die Luft zuckten.

Seufzend wandte Mami Wata sich an mich. »Wir sollten Annie rufen.«

»Oh, stimmt.« Ich holte das LTT aus der Tasche. Anansi machte eine Handbewegung, die *Bitte sehr* bedeutete, und deutete auf die aktualisierte Flusskreuzfahrt-App. Als vertraute Nebelschwaden zwischen den Bäumen hervorquollen, über den Boden krochen und die kläglichen Überreste der Tanzscheune vor unseren Blicken verbargen, wurde großes Gemurmel laut. Die Leute schoben sich immer näher an das faszinierende Naturereignis heran, als mir plötzlich ein alarmierender Gedanken kam.

»Vorsicht!«, rief ich mit lauter Stimme. »Geht lieber ein Stück den Hügel rauf, wenn ihr nicht weggerissen werden wollt!« Im selben Augenblick ertönte ein Schiffshorn. Das Geräusch plätschernder Wassertropfen drang aus dem Nebel, und als dann ein verzauberter Lastkahn aus den Baumwipfeln hervorgeschossen kam, hellte Mami Watas Miene sich sichtlich auf.

Aus. Den. Baumwipfeln. Hervorgeschossen.

»Jahooooo!«, dröhnte eine Stimme von der Pinne des Holzkahns her, bevor er mit einem heftigen Knall in dem Nebelfluss landete. Keelboat Annie stand an Deck und winkte uns zu. Sie trug wieder einen Overall, dieses Mal kombiniert mit einem pinkfarbenen Hemd. Sie sprang von Bord und kam mit wenigen Riesenschritten auf uns zu. Zu meiner Überraschung schloss sie als Allererstes Mami Wata in ihre mächtigen Arme und wirbelte sie im Kreis herum.

»Na, wenn das mal nicht die Krönung ist«, sagte sie mit einem strahlenden Grinsen im Gesicht. »Und ich dachte schon, das letzte Stündlein unserer alten Truppe hätte geschlagen. Ha! Ein nettes Geschichtenkränzchen lässt sich eben nicht unterkriegen.« Nachdem der Nebel sich allmählich gelegt hatte, nahm Annie die Zerstörungen rings umher wahr und ihre Augen wurden groß. »Das hab doch nicht ich gerade eben angerichtet, oder? Manchmal übertreibe ich es ein wenig mit meinen Auftritten. Dann muss ich mich selber bremsen. ›Annie‹, sage ich dann zu mir, ›nun mach mal halblang mit den ganzen Sperenzchen.‹ Aber wenn ich aufgeregt bin ...«

Mami Wata griff nach einem von Annies gewaltigen Baumstamm-

Handgelenken und tätschelte ihr liebevoll die Hand. »Nein, nein, Cousinchen, das warst du nicht. Das war der Maskierte. Bear.«

Lady Night schüttelte den Kopf und umarmte die beiden anderen. Wenn mir jemand prophezeit hätte, dass ich mit eigenen Augen Zeuge dieser Wiedervereinigung werden würde, ich hätte es niemals geglaubt. Trotzdem, eine fehlte noch. Und als hätten sie alle gleichzeitig genau diesen Gedanken gehabt, wichen die drei wieder auseinander und sahen einander mit feierlichen Mienen an.

»Noch ist die Truppe nicht vollzählig.« Annie runzelte die Stirn. »Unsere furchtlose Anführerin fehlt.«

Meine Großmutter.

Mami Wata wandte sich an mich. »Nun denn, junger Mann, du hast uns hierhergeführt. Wie lautet der Plan? Es gibt doch einen Plan, oder nicht?« Annie und Lady Night sahen mich ebenfalls an, genau wie die ehemaligen Gäste der Tanzscheune und die Krieger des Isihlangu. Ayanna, Anansi und Gum Baby waren auch noch da und sie alle zählten auf mich.

»Ja, den gibt es«, erwiderte ich grimmig. »Meine Großmutter, die Gottheiten, ihr alle betet mir doch ständig vor, dass Alke eine Geschichte ist. Und Bear weiß das auch. Eure Welt und meine sind durch die Geschichten miteinander verbunden. Aber Bear möchte diese Verbindung zerstören. Sein Sturm ist bis zum Rand gefüllt mit der Essenz der Eisenmonster, die nichts anderes im Sinn haben, als Geschichten aufzufressen. Wenn dieser Sturm über Alke hinwegzieht ...«

»... dann wird er das ganze Reich auffressen.« Voller Zorn beendete Anansi meinen Satz.

Ich nickte. »Wir müssen sämtliche Götter und Göttinnen versammeln und ...«

Doch bevor ich meinen Satz zu Ende bringen konnte, ließ ein gewaltiger Donnerschlag den Himmel beben und die Erde erzittern. Sekunden später sausten grüne Blitze aus der größten Wolke über dem Goldenen Halbmond auf die Stadt nieder. Ein greller Lichtschein erleuchtete den Abend und alle zuckten zusammen.

Bears Gewittersturm war da.

32

ENTSCHEIDUNGSSCHLACHT AM STRAND

»Nur um sicherzugehen, dass ich diesen Plan auch wirklich verstanden habe.«

Ich hielt den Blick fest auf das Display des LTT gerichtet und ignorierte den Tricksergott, der in einer Hängematte in der oberen rechten Ecke hin und her schwang. Das konnte ich nicht verhindern. Ich hatte Alke Maps geöffnet und endlich einen Anlass, die Regenradar-Funktion zu benützen. Von Westen her krochen in Echtzeit dunkelgrüne Flecken über die Landkarte. Es war nur ein kleiner Trost, dass das Gewitter das MittLand verschont hatte. Vermutlich wurde die verlassene Insel von Mami Watas Springbrunnen beschützt.

»Du willst in eine Stadt eindringen, die im Zentrum eines Gewittersturms liegt, um dich einem mächtigen Schurken in den Weg zu stellen, der glaubt, dass du für alles Schreckliche in seinem Leben verantwortlich bist?« Kopfschüttelnd sprang Anansi aus seiner Hängematte und ging auf und ab. »Dieser Reggie muss dir glatt das Hirn aus dem Schädel geprügelt haben.«

»Es wird funktionieren.«

»Und was ist mit der Steppdecke?«

»Die ist voll mit Nanas Geschichten. Sie hat mir mal verraten, dass wir, wenn wir sie reparieren wollen, ganz von vorne anfangen müssen. Ich dachte, dass wir dann einfach frische Quadrate besticken sollen, aber jetzt weiß ich, dass sie etwas anderes damit gemeint hat. Wir müssen die Geschichten, die die Gottheiten ihr vor langer Zeit erzählt haben, neu aufnehmen. Wenn wir einen Gegenstand haben, der ihr gehört und der mit ihrer Macht aufgeladen ist, dann können wir sie vielleicht aus Bears Geschichtenketten befreien. Das wird funktionieren.«

»Und wenn nicht?«

Ich gab keine Antwort. Es *musste* funktionieren. Ich wusste, dass Anansi sich Sorgen um seinen Sohn machte, darum wollte ich ihn ablenken, damit er gar nicht erst an die schlimmste aller Möglichkeiten dachte. Und dadurch war ich gezwungen, meine verschiedenen Möglichkeiten abzuwägen. Was, wenn etwas schiefging? Wenn wir nicht stark genug waren, um Bear herauszufordern?

Ich schüttelte den Kopf. Wir *waren* stark genug. Wir mussten es einfach sein.

Der vom Sturm gekühlte Wind umtoste uns, während wir dem Goldenen Halbmond entgegenschwebten, und ich musste mich, obwohl ich saß, sehr konzentrieren, um nicht das Gleichgewicht zu verlieren. Ayannas Zauberfloß konnte sich, wenn nötig, ausdehnen, aber trotzdem ging es eng zu an Bord. Mami Wata, Lady Night, Keelboat Annie, Ayanna und ich belegten allein schon die vordere Hälfte, da wir zwischen uns auch noch Nanas Steppdeckenstücke ausgebreitet hatten. Ich hatte nicht gewusst, dass Steppen so schwierig war! Schon mehrfach hatte ich mich mit der Steppnadel gepiekst und musste mich sehr konzentrieren, um nicht zu langsam zu werden.

»Redet er eigentlich immer so viel?«, wollte Lady Night wissen. Anansi brummelte immer noch unentwegt vor sich hin, während er auf dem LTT-Display auf und ab ging.

Ich schnaubte. »Du machst dir keine Vorstellung.«

»Die beiden sind die reinsten Plaudertaschen«, ließ sich Gum Baby hinter uns vernehmen. Sie stand auf der Pinne und lenkte das Floß, indem sie sich von einer Seite zur anderen neigte. Manchmal ... manchmal kann ich sie einfach nicht ertragen. Ich bedachte sie flüchtig mit einem grimmigen Blick und wandte mich wieder den Stoffquadraten in meinem Schoß zu.

Ich hatte eine einfache Aufgabe. Na ja, so einfach nun auch wieder nicht. Aber sie war eindeutig einfacher als die der anderen und ich hielt kurz inne, um sie zu beobachten.

Mami Wata flüsterte leise vor sich hin, während sie jedes einzelne Quadrat berührte und jedem Bild die Kraft des Meeres, die Kraft eines entführten, aber unbeugsamen Volkes, die Kraft einer Million Gesichter, die aus dem Wasser nach oben blickten, mitgab. Blaugrüne Kristalle und Smaragde materialisierten sich, während sie leise zu der Decke sprach und dabei über die Quadrate strich, sodass sie sich silbern kräuselten.

Lady Night sang während des Nähens eine leise Melodie und wob das Lied von Alke in den Bilderteppich, den wir gerade anfertigten. Es war ein Lied ohne Worte und doch erkannte ich es sofort. Der Trommelschlag. Die Melodie. Die Jahrhunderte der Macht und der Widerständigkeit, zusammengefügt zu einem Rhythmus, der auf einer Kirchenorgel die gleiche Wirkung erzielen würde wie aus einem

Subwoofer. Bei ihrem Gesang hoben sich alle Köpfe und die Steppdecke schien ebenfalls zu reagieren. Die einzelnen Felder begannen zu schimmern und die Muster und Bilder gerieten in Bewegung.

Keelboat Annie lachte bei jedem ihrer Stiche. Es war, als würde sie sich im Kopfhörer die witzigste Comedynummer anhören, die sie je gehört hatte. Ihr Lachen war so kräftig, dass es sich anfühlte, als könnte es dir jeden Moment die Rippen brechen und dir Krämpfe ins Gesicht zaubern. Es war der Klang unerschütterlicher Zielstrebigkeit. Das Lachen einer Person, der man jahrelang immer wieder eingebläut hatte, dass sie niemals schaffen würde, was sie seit Jahren schaffte, dass sie nicht das tragen konnte, worin sie sich wohlfühlte, dass sie eine Außenseiterin war. Ihr Lachen verlieh der Steppdecke Stärke. Sie würde nie wieder zerreißen, das stand fest.

Ayanna, ganz die Pilotin, verband die einzelnen Stücke miteinander und gab ihnen die Richtung vor.

Und ich?

Ich war mit den Rändern beschäftigt, die alles zusammenhalten mussten. Gleichzeitig erzählte ich der Decke eine Geschichte. Ich flüsterte und rief und lachte und weinte und arbeitete jedes dieser Gefühle in den Stoff hinein, der Alke repräsentierte. Ich erzählte eine Geschichte, die ich von einer mächtigen Frau gehört hatte, die so viele Kämpfe miterlebt, so vieles von sich gegeben, so vielen anderen Kraft verliehen hatte. Und dann noch eine Geschichte über zwei Plat-Eyes, die verzweifelt versuchten, mit ihrem geliebten Vater in Kontakt zu treten.

Die Geschichten in jedem dieser Quadrate waren einzigartig und repräsentierten unterschiedliche Orte und Erfahrungen. Die Diaspora. Aber wenn sie an einem Ort gesammelt wurden, so wie hier, dann entstand daraus ein wundervolles Kunstwerk, das uns allen etwas bedeutete. Und dass wir es miteinander teilten, machte uns alle stärker. Ich musste unbedingt dafür sorgen, dass Bear das begriff. Ich musste dafür sorgen, dass ganz Alke das begriff.

Wenn mir das nicht gelang, dann würden wir genauso in Fetzen gerissen werden wie die Steppdecke.

»Tristan?«

Ich hob den Blick, ohne den Stoff aus den Händen zu lassen. Alle starrten mich an. Stand etwa mein Reißverschluss offen? Hatte ich etwas im Gesicht? Oder war es womöglich …?

Mami Wata räusperte sich und deutete mit dem Kinn auf das LTT. Dort zeigte Alke Maps, dass wir den Punkt, der den Goldenen Halbmond repräsentierte, beinahe erreicht hatten. Ich spähte über die vordere Kante des Floßes in die Tiefe. Tatsächlich, wir flogen gerade über die Bucht. Die wenigen Schiffe, die noch am Anleger lagen, wurden vom Sturm wie Spielzeuge hin und her geschleudert, während die Bäume vom heulenden Wind zum Teil fast waagerecht auf den Boden gedrückt wurden. Graugrüne Wolken verdeckten die Sonne und tauchten das Land in tiefe Schatten. Der Blitz schlug in einen Elfenbeinturm ein und hinterließ dort schwarze Schmauchspuren sowie einen Brandgestank in der Luft.

Und da, in der Mitte des Strandes, wo die hohen Wellen wirkungslos an seiner gepanzerten Gestalt zerschellten, stand Bear. Er hielt John Henrys Hammer fest in den Pranken, aber meine Augen waren einzig und allein auf die Person gerichtet, die auf einem umgekippten Ruderboot vor ihm saß. Mit hoch erhobenem Kopf, die Hände regungslos im Schoß gefaltet, so starrte sie einfach nur geradeaus.

Nana.

»Bring uns runter«, sagte ich leise zu Gum Baby. Meine Worte wurden vom Wind fast verschluckt, aber endlich einmal waren die kleine Puppe und ich einer Meinung. In einer steilen Spirale sausten wir hinab und landeten im seichten Wasser. Gleichzeitig fielen die ersten dicken Regentropfen. Alle drängten vom Floß herab und sammelten sich im Halbkreis hinter mir.

Bear machte einen Schritt auf uns zu. König Cottons Maske zuckte, während er mich hämisch angrinste. »Der kleine Held, *grum grum*. Ich hatte schon Sorge, du würdest es gar nicht schaffen. Willkommen!«

Nachdem ich einmal tief Luft geholt hatte, watete ich auf ihn zu.

Jetzt gibt es kein Zurück mehr.

Who's that young girl dressed in blue ...?

Die aufgewühlte See ließ eine Welle nach der anderen gegen meine Waden und Knöchel klatschen. Ich brauchte meine gesamte Kraft, um nicht flach nach vorne zu fallen, zumal ich die Steppdecke zum Schutz vor dem Wasser möglichst hoch hielt und ununterbrochen in Nanas Augen blickte. Bear hatte sich drohend hinter ihr aufgerichtet, hielt John Henrys Hammer fest in der Hand und starrte mich durch die Augenlöcher seiner vergifteten Maske hasserfüllt an.

It look like the children coming through ...

Ich habe keine Ahnung, wieso dieses alte Spiritual-Lied mir ausgerechnet jetzt in den Sinn kam. Der Hafen schillerte im unheimlichen Licht des Gewitterhimmels und oben auf dem Hügel konnte ich Nyamés Palast erkennen. Wenn ich es nicht rechtzeitig schaffte, Bear aufzuhalten, dann würde John Henry ...

Ich schüttelte all diese Gedanken ab. Positiv bleiben.

You don't believe I've been redeemed ...
Während ich den Strand entlangging, formten meine Lippen lautlos diese Worte. Nana war noch zehn Meter entfernt. Acht. Fünf. Drei. Schließlich war es nicht einmal mehr ein Meter und trotzdem hatte sie ihren leeren Blick auf irgendein Ziel gerichtet, das außer ihr niemand sehen konnte. Meine Fäuste ballten sich.

»So, so, so«, grollte Bear, während er hinter dem Ruderboot hervorkam und sich vor mir aufbaute. »Was hat der kleine Held denn da in der Hand? Ein Leichentuch? Damit ich seinen Körper bedecken kann, sobald er vor mir im Sand liegt, *grum grum*?«

Langsam ließ Bear den gestohlenen Hammer kreisen. Der eiserne Kopf sauste in Form einer Acht vor mir durch die Luft und fing allmählich an, ein schwaches grünliches Glühen von sich zu geben. Die Luft knisterte, als der Hammer vor meiner Nase entlangzischte. Ich zuckte zusammen, stolperte rückwärts und landete auf dem Hosenboden.

Bear lachte. »Der ruhmreiche Held des MittLandes! Der Sieger der Schlacht an der Bucht! Verängstigt. Ein Feigling, *grum grum*. Wer hätte das gedacht? Oh. Ich. Ich habe es die ganze Zeit gewusst.« Der Hammer fiel in den Sand, während er den Kopf in den Nacken legte und laut brüllte vor Vergnügen.

Ich lief rot an und rappelte mich wieder auf. Ich musste ihn unbedingt von Nana weglocken. Sobald ich sie in Sicherheit gebracht hatte, konnten die anderen sich um Bear kümmern.

Just so the whole lake goes looking for me ...
Die Worte hallten durch meinen Schädel. Ungeschickt hantierte ich mit der Steppdecke herum, drehte sie so lange hin und her, bis ich das Feld gefunden hatte, das Nyanza symbolisierte. Darauf war, mit

goldenem Faden gestickt, die letzte Zeile von Nanas Lieblings-Spiritual zu lesen.

Der See. Die Flussgöttin. War das möglich?

Ich holte das LTT aus meiner Tasche und sah mir Alke Maps ganz genau an.

Anansi starrte mich ungläubig an. »Junge, hast du den Verstand verloren? Ihr jungen Leute mit euren Smartphones bringt uns noch allen den Tod.«

Aber ich suchte etwas ganz Bestimmtes. Eine Insel in der Mitte eines Sturms, frei von giftigen Flecken und Wolken.

Das Bild des Geysirs mit dem reinigenden Wasser, wo die Gewitterwolken vertrieben und von der Macht einer Göttin weggespült worden waren.

»Die Fontäne von Mami Wata«, flüsterte ich ihm zu. »Sie hat das MittLand vom Gift befreit. Wenn wir dasselbe auch hier schaffen ...«

»Dann haben wir vielleicht eine Chance, Bear mit seiner beinahe unzerstörbaren Rüstung aufzuhalten«, beendete Anansi meinen Satz.

Bear hatte inzwischen aufgehört zu lachen und starrte mich misstrauisch an.

Ich drehte mich um und warf das LTT meinen Freunden zu. »Fang, Gum Baby!«, rief ich.

Ohne eine Sekunde zu zögern, sprang sie hoch in die Luft. Allerdings versuchte sie gar nicht erst, das umherwirbelnde Telefon mit ihren winzigen Händen zu ergreifen. Stattdessen drehte sie sich im Sprung, sodass das LTT auf ihrem Rücken kleben blieb. Sie taumelte durch die Luft und wurde schließlich von Keelboat Annie aufgefangen.

»Anansi weiß, was zu tun ist!«, schrie ich.

Annie nickte, doch dann wurden ihre Augen groß und sie deutete hinter mich. Ich drehte mich um und sah gerade noch, wie ein dunkler Schatten auf meinen Kopf zuraste. Obwohl ich mich duckte, traf der Hammer mich so heftig an der Schulter, dass ich mich mehrfach überschlug und schließlich in den Wellen landete. Sand verstopfte mir die Nasenlöcher und ich schluckte etwas davon, musste husten und rieb mir mit der Steppdecke die Augen, während ich versuchte aufzustehen. Mein Arm fühlte sich taub an. Waren meine Schmerzen womöglich so gewaltig, dass mein Gehirn beschlossen hatte, mir das Ganze zu ersparen und lieber gar nichts mehr zu fühlen?

»Tristan Strong hat ein Loch in den Himmel geboxt«, sang Bear mit von der Maske gedämpfter Stimme. Bildete ich mir das nur ein oder schimmerte die Maske tatsächlich ebenfalls grünlich? Er stapfte mir entgegen. Mühsam kam ich auf die Beine, doch schon packte er mich am Arm, so fest, dass ich vor Schmerz laut aufschrie und die Steppdecke fallen ließ. »Und hat das Böse eingelassen. Städte sind verbrannt und was haben wir daraus gelernt?«

Er drehte sich um und schleuderte mich zurück auf den Strand. Sämtliche Luft wurde mir aus der Lunge gepresst. Stöhnend drehte ich mich auf den Rücken und erstarrte.

Bear hatte sich über mich gebeugt. Die einzelnen Teile seiner Eisenmonster-Rüstung rieben knirschend aneinander und seine Maske war nur wenige Zentimeter von meinem Gesicht entfernt.

»Ich werde nie wieder zulassen«, sagte er leise, »dass so etwas geschieht.«

Dann packte er mich mit einer Pranke am Hals und hob mich hoch in die Luft, um anschließend mit der anderen nach John Henrys Hammer zu greifen. Hilflos strampelte ich mit den Beinen und umklammerte mit beiden Händen seine Tatze, um mich zu befreien. Aber das war vergeblich.

»Siehst du das, kleiner Held? Das ist dein doppeltes Verderben. Dieser Hammer wird dich zerquetschen wie Ungeziefer – denn genau das bist du schließlich – und dann wird er, während deine Großmutter die Geschichte von Alke erzählt, deine Welt von unserer trennen. Für immer!« Blitze zuckten am Himmel auf und blieben zu meinem großen Entsetzen dort hängen. Sie hinterließen gezackte Narben, wie Risse in einer Glasscheibe. Der Himmel zersplitterte. Alke und meine Welt wurden auseinandergerissen! Wenn ich nicht bald etwas dagegen unternahm, dann steckten Nana und ich hier fest und verblassten allmählich, zusammen mit dem Rest von Alke.

»Wir müssen … vereint … bleiben«, röchelte ich. »Sonst müssen wir alle sterben. Ich kann dir helfen. Wir … können dir helfen.«

Die Maske berührte beinahe mein Gesicht, während Bear sich noch dichter vor mich beugte. Jetzt entwichen auch die allerletzten Luftvorräte aus meiner Lunge. Seine Augen waren grün wie die Blitze, so grün wie die Ketten, die den Baum der Macht erdrosselt hatten. Die Maske vibrierte mit giftiger Energie.

Beinahe konnte ich König Cottons Stimme in Bears Worten hören. »Eher würde ich sterben«, knurrte er.

Dann hob er den glühenden Hammer hoch in die Luft. Jetzt oder nie. Ich ließ die Hände sinken und ballte die Fäuste, ohne auf den unterschwelligen Schmerz in meinem rechten Handgelenk zu achten. Die Akofena-Schattenboxhandschuhe tauchten neben mir auf und mit einer allerletzten Anstrengung legte ich meine verbliebene Kraft in diesen einen Angriff.

Tschak, tschak, tschak.

Bears Maske empfing einen dreifachen rechten Haken. Sie verschob sich und verdeckte ihm die Sicht. Gespürt hatte er zwar so gut wie nichts, aber die Schläge hatten ihn abgelenkt, sodass der Hammer etliche Zentimeter an meinem Kopf vorbeisauste. Und auch Bears Würgegriff lockerte sich ein klein wenig. Ich stemmte den Fuß gegen seine Ekelbiest-Brustplatte und befreite mich aus seinem Griff, landete auf dem Rücken, rappelte mich auf und stürzte zu der Steppdecke.

Bear knurrte, rückte König Cottons Maske gerade, stapfte vorwärts ...

Und hielt inne.

»Sieh her!«, rief ich und hielt die Decke in die Höhe.

Goldenes Licht hüllte uns beide ein. Verunsichert ging Bear noch einen Schritt weiter, streckte seine gepanzerte Tatze aus, zog sie jedoch wieder zurück.

»Was ist das?«, knurrte er.

»Erkennst du sie etwa nicht?« Ich streckte die Arme weit aus, lenkte Bears Aufmerksamkeit weg vom Strand und hin zu dem Bild auf der Steppdecke.

»Das kann nicht sein«, flüsterte er.

Wir hatten fieberhaft gearbeitet, um der Decke ein neues Feld hinzuzufügen. Eine neue Szene – die Göttin hatte so viel Zauber wie nur irgend möglich in den Stoff gegossen, während ich die Geschichte von den Plat-Eyes erzählt hatte. Sie war ganz bestimmt nicht perfekt, aber das war auch nicht nötig. Keine Geschichte ist für alle perfekt, aber alle können die perfekte Geschichte finden, wenn sie sie am dringendsten benötigen.

Auf dem Feld waren zwei Bärenjunge zu sehen, die fröhlich auf einer Wiese spielten, während ein älterer Bär auf sie aufpasste und dabei lächelte.

Bear und seine beiden Kinder.

Er hob den Kopf und sah mich an. Das Grüne in seinen Augen flackerte, als würde er versuchen, sich gegen den giftigen Hass zu wehren, der durch seinen Körper floss.

»Hilf mir«, flüsterte Bear.

33

WASSER MARSCH

Ich machte einen Schritt auf Bear zu.

Blitze brachten den Himmel zum Leuchten und warfen ihr Licht auf König Cottons Maske. Ein dunkler Schatten huschte über die Innenseite des ausgehärteten Kautschukharzes.

Dann nahm die Maske eine neue Form an, wurde hart und bedeckte vollständig Bears Gesicht.

Bear brüllte laut auf vor Schmerz. Es klang zwar gedämpft, aber der Boden rings um mich herum bebte. Er richtete sich auf und schleuderte seine Arme wild in alle Richtungen.

»Nein!«, schrie ich. Wir waren so dicht davor gewesen. Die Maske musste ab – aber sie hatte Bears Hass fest im Griff und war nicht bereit, einfach aufzugeben.

Ich warf mich zur Seite, wich seiner umherfuchtelnden Tatze aus und rutschte ein paar Meter weit eine Sanddüne hinab. Als ich wieder stand, hatte Bears Maske ihre ursprüngliche Form mit Augenschlitzen und Maulöffnung wieder angenommen. Der grünliche Schimmer war in seine Augen zurückgekehrt. Jetzt machte er einen Schritt nach vorne ... direkt in eine gigantische Meereswelle. Sie prallte gegen seine Brust, sodass er etliche Schritte rückwärts taumelte. Dann folgte die nächste. Und die nächste. Jede Welle erschütterte den gefallenen Gott und brachte ihn aus dem Gleichgewicht.

Bear ließ ein abgehacktes Gebrüll hören. »Welche Hinterlist ...?« Doch bei einem Blick auf das Meer versagte seine Stimme und er blieb regungslos stehen.

Das war unser Plan B gewesen, nur für den Fall, dass der Anblick seiner Kinder nicht zum gewünschten Ergebnis führte. Dann mussten wir ihm seine Rüstung auf die harte Tour abnehmen.

Mami Wata stand bis zu den Oberschenkeln im Meer. Ihre Augen blitzten blaugrün und die Säume ihres Hosenanzugs schwebten hinter ihr wie der Schwanz einer geheimnisvollen Meerjungfrau. Gewaltige Wasserfontänen, Zyklone aus Sprühregen und Vergeltung wirbelten um sie herum. Drei, vier, fünf davon. Mit weit ausgebreiteten Armen funkelte sie Bear an. Sie ließ eine Hand nach vorne schnellen. Eine Fontäne jagte auf den Strand zu, neigte sich immer weiter in die Horizontale, bis sie Bear mit der Wucht von einem Dutzend Feuerwehrschläuchen traf.

Keelboat Annie hatte ihren Kahn herbeigerufen und war zusammen mit Lady Night, Ayanna und Gum Baby an Bord gestiegen. Sie kamen auf dem Rücken von Old Man River entlanggesaust und schickten Mini-Taifuns an den Strand. Dort vereinten sie sich mit den Wasserwirbeln zu explosiven Sprengladungen, die Bear immer wieder aufs Neue durchschüttelten.

Sein ohrenbetäubendes Gebrüll ließ den Boden beben.

»Genug!«, röhrte er wütend und hielt zum Schutz vor der nächsten

Fontäne eine seiner gewaltigen Pranken vor die Brust. Seine Rüstung hatte schwer gelitten. Die Ekelbiest-Platte war durchnässt und verfault, die Fetterling-Ketten baumelten wie stumpfe, zerrissene Kleidungsstücke an ihm herab. »Das dürft ihr nicht, *grum grum*.«

Ich rannte auf ihn zu und zerrte an der Brustplatte, so wie ich im Bauch des Baums der Macht an dem Holztrog gezerrt hatte, in dem Mami Wata festgesteckt hatte. Unter der Rüstung kam ein stumpfer, angesengter Pelz zum Vorschein, der offensichtlich nie richtig verheilt war. Bear schlug blindlings um sich, während eine Fontäne ihm mitten ins Gesicht spritzte, und ich brachte mich kurz in Sicherheit, nur um ihm dann eine weitere Platte vom Arm zu reißen.

Stück für Stück befreite ich Bear von der vergifteten Rüstung. Den Handschuhen. Den Armschienen. Dem Rest der Brustplatte. Ich duckte mich und wich aus und ließ Bears Tatzen auf eine Art und Weise an mir vorbeifliegen, dass Granddad mächtig stolz gewesen wäre. Ich boxte die Runde meines Lebens. Weg mit den Schulterpolstern. Den Beinschienen. Alles riss ich ihm ab, bis schließlich ein völlig durchnässter und erschöpfter Bear vor mir auf die Knie sank. Er keuchte und hustete Meerwasser aus.

Die Wellen beendeten ihren Angriff.

Nur die Maske war noch übrig.

Aber ich zögerte, traute mich nicht, sie anzufassen. Ich … Irgendetwas in ihrem Inneren ließ mich zurückzucken. Ich konnte immer noch die dornigen Ranken von König Cottons Schlingpflanzen an meinem Handgelenk fühlen. Ich hörte immer noch seine Stimme in meinem Kopf. König Cotton war es, der mich jedes Mal in meinen Albträumen zurückhielt und verhinderte, dass ich diejenigen rettete, die ich liebte.

Bear hatte recht. Ich war ein Feigling. Jetzt hatte ich so lange durchgehalten, aber für den entscheidenden letzten Schlag fehlte mir der Mut. Ich trat ein Stück zurück, stolperte und fiel hin.

Mein Blick fiel auf Nana, die immer noch steif wie ein Brett an ihrem Platz saß. Nur dass sie mich jetzt direkt ansah.

Steh. Wieder. Auf.

Sie sprach diese Worte nicht laut aus, aber für mich war es, als hätte sie das getan. Ich drehte mich wieder zu Bear um, nahm die Maske in den Blick, unter deren Oberfläche eine ölige Schwärze wirbelte. Ich stand auf, sprang mit einem Satz und einem wütenden Schrei auf ihn zu und riss ihm die Maske vom Gesicht. Dann schleuderte ich sie so weit ich nur konnte in die Bucht hinaus. Meine Schulter kreischte laut auf vor Schmerz.

Als ich mich wieder umdrehte, blickte ich in ein Gesicht mit fleckiger Schnauze und abgeknickten Ohren. Der grüne Schimmer wich allmählich aus seinen Augen und hinterließ den gehetzten Ausdruck eines Wesens, das sehr viel Kummer und Schmerz zu verarbeiten hatte.

Ich kannte diesen Ausdruck.

Er begegnete mir in jedem Spiegel, an dem ich vorbeikam.

»Wo bin ich?«, flüsterte Bear. »Was ist los?«

Trotz der vielen warnenden Zischlaute in meinem Rücken trat ich behutsam einen Schritt auf ihn zu und sah ihm in die Augen.

»Du bist in Sicherheit«, sagte ich.

Die ganze Anspannung fiel von ihm ab. Er ließ den Kopf sinken und dann begannen seine Schultern zu zucken. Ich wollte ihn gerade trösten, da hörte ich eine Stimme.

»Tristan!«

Gum Babys Ruf ließ mich herumschnellen. Wer wollte mich jetzt angreifen? Ein Eisenmonster? Wieder einmal die Maafa? Oder wollte mich eine Menschenmenge mit vom Gift vernebelten Gehirnen in den Sand trampeln?

Nein.

Es war noch schlimmer.

34

DIE WELT LÖST SICH AUF

Wir kamen zu spät. Das Gewitter war bereits da.

Ein Blitz, der greller und breiter war als alle, die ich jemals gesehen habe, spaltete den Himmel in zwei Teile. Anschließend traf er eines der Boote im Hafen.

Wir sahen eklig grüne Streifen wie Schlangen durch das Wasser und dann an den Strand huschen. Alle Dinge, die mit ihnen in Berührung kamen, nahmen schlagartig eine dunkelgraue Farbe an, als würde ihnen die Essenz dieser Welt entzogen.

»Oh, nein!«, flüsterte ich.

Als hätte jemand das Gift in die Adern der Stadt gepumpt, so raste es die breiten Marmorstraßen entlang und auf die Paläste zu. Überall, wo es hinfloss, herrschten nur noch Tod und Zerstörung. Türme und Minarette stürzten ein wie Sandburgen bei Flut. Flüsse und Ströme blubberten und kochten, bevor sie zu widerlichen Kloaken wurden. Der Erdboden bebte, während das Juwel von Alke vom Gift verzehrt wurde.

Diese ganze Welt würde Stück für Stück zugrunde gehen und anschließend auch meine. Und wir konnten nichts dagegen tun.

Oder doch?

Nicht weit entfernt lag John Henrys Hammer im Sand. Ich konnte nicht ... oder doch?

Dröhnender Donner erfüllte die Luft. Ich wirbelte herum und musste voller Entsetzen mitansehen, wie Nyamés prächtiger Palast anfing, zu bröckeln und sich in einer Wolke aus verblassenden grauen Geschichtenfragmenten und grünem Nebel aufzulösen. Waren die Götter immer noch da drin?

Ich presste die Lippen aufeinander. Mir blieb keine Wahl.

Ich rannte zu John Henrys Hammer, zögerte kurz und versuchte dann, die Hände um den mächtigen Schaft zu schließen. Dann wartete ich auf den pochenden Schmerz in meinem Handgelenk – aber er blieb aus. Endlich mal eine gute Nachricht. Ein seltsames Kribbeln lief durch meine Finger und ich hätte beinahe losgelassen. Doch dann konnte ich zusehen, wie der Hammer anfing zu schrumpfen, wie der gravierte Eisenkopf seine Form veränderte, wie der Schaft schmaler und kürzer wurde, bis er nur noch so lang war wie mein Unterarm.

Das erinnerte mich an die Legendentruhe, die ihre Form ebenfalls dem jeweiligen Nutzer anpassen konnte. Ich hielt eine magische Waffe in der Hand. Sie war einzigartig und sehr mächtig und darum würde mich das, was ich gleich mit ihr anstellen würde, noch mehr schmerzen als sonst.

Ich packte den Hammerstiel also fest mit beiden Händen, bis die Akofena-Schattenboxhandschuhe neben mir auftauchten, und dann packte ich ihn noch fester. Ich schloss meine Augen und dachte an die Geschichten über Alke, die Geschichten, die in diese Welt und in meine Welt gehörten und beide Welten miteinander verbanden, und dabei drückte und drückte und drückte ich.

Als ich die Augen wieder aufschlug, loderte auf den Akofena-Schattenboxhandschuhen ein schwarzes Feuer, dessen Flammen auf dem Hammer auf und nieder tanzten. Die mächtige Gewitterwolke, die sich über uns gelegt hatte, ließ Gift auf das Land und das Meer herabtropfen. Das durfte ich nicht länger zulassen.

Manchmal kann man etwas nicht wieder heil machen, Schätzchen. Wenn du etwas wiederaufbauen möchtest, dann musst du es zuerst ganz einreißen und anschließend wieder von vorne anfangen.

Noch bevor ich mir mein Vorhaben wieder ausreden konnte, warf ich den Hammer in die Luft und holte mit der rechten Faust so weit aus, wie es nur irgendwie ging. Sobald der Hammer den obersten Punkt erreicht hatte, traf ich ihn mit dem heftigsten Aufwärtshaken, den ich auf Lager hatte. Mit normalen Boxhandschuhen hätte ich mir garantiert das Handgelenk gebrochen.

Aber ich trug ja die Schattenboxhandschuhe.

BAAAAMMM!

John Henrys Hammer raste an den Himmel, zischte wie ein Komet durch den Morgen und zog einen leuchtend schwarzen Feuerschweif hinter sich her. Dann drang er in die Gewitterwolke ein.

Eine Sekunde verging. Dann noch eine.

BUUUUMMM!

Der anschließende Donnerschlag traf meine Ohren wie ein rechter Haken und riss mich von den Beinen. Anschließend konnte ich nichts mehr hören. Sand kratzte über mein Gesicht und ich kniff die Augen zusammen, während Winde so kraftvoll wie Wirbelstürme den Strand entlangfegten. Eine Welle traf mich und schob mich zuerst ein ganzes

Stück die Düne hinauf, bevor sie mich packen und mit sich ziehen wollte. Ich musste tiefe Rillen in den Sand graben, um das zu verhindern. So gut es ging versuchte ich, meine Augen zu schützen, stand auf und sah mich nach den anderen um.

Aber außer Grau konnte ich nichts erkennen.

Hatte ich alles nur noch schlimmer gemacht? Ich konnte nicht einmal mehr die Hand vor Augen sehen.

»Nana!«, rief ich, ging einen Schritt nach vorne und dann noch einen, bevor ich wieder stehen blieb. Was, wenn sie oder die anderen nach mir suchten? Vielleicht sollte ich mich besser nicht von der Stelle bewegen. Ich rieb mir den Sand aus den Augen und versuchte, irgendetwas zu erkennen. Alles sah so verschwommen aus.

Ich legte die Hände an den Mund.

»Nana!«

Keine Reaktion. Wenn ich doch nur etwas sehen könnte …

»Wow, Tristan«, murmelte ich vor mich hin. »Als Held bist du eine echte Niete.« Ich nahm Nyamés Adinkra zwischen zwei Finger und schlug ganz vorsichtig die Augen auf.

Hielt den Atem an.

Das Amulett des Himmelsgottes und seine Kraft schützten meine Augen vor dem Wüten des Sturms. Aber was noch wichtiger war: Es zeigte mir, was die giftigen Winde und die zerstörerischen Blitze, die Bear entfesselt hatte, mit Alke machten.

Es war furchtbar.

Das Land wurde mit silbernen Worten skizziert, die Leute bestanden aus verdrehten Strängen in kursiver, kupfer- und elfenbeinfarbener Schrift. Das Wasser schimmerte in geschwungener Handschrift in der gleichen Farbe wie Mami Watas grünblaue Augen und der Goldene Halbmond ... na ja, der war golden (was habt ihr denn sonst erwartet?). Goldene Schriftzüge rahmten die Stadt wie eine wunderschöne Skyline ein.

Aber der Gewittersturm riss das alles auseinander.

Die Geschichte von Alke, der Stoff, aus dem diese Welt gemacht war, wurde vernichtet. Grausame Winde zerfetzten das Land und ertränkten es im Meer. Worte, Sätze, ganze Abschnitte, die über den Ursprung des Reiches berichteten, wurden an den Himmel geschleudert und verschwanden dort. Die Welt löste sich auf, direkt vor meinen Augen.

Ein ferner Schrei sauste an mir vorbei. »Tristan?«

Nana! Ich wirbelte hastig herum und hielt nach meiner Großmutter Ausschau. Da. Ein schimmernder Umriss ein Stück weiter hinten am Strand, umgeben von einem Strudel aus Bruchstücken silberner Sätze, so kauerte sie im Sand. Sie hatte die Arme um den Oberkörper geschlungen, als sei ihr kalt.

Und auch sie verblasste.

Ich musste diese Steppdecke finden. Vielleicht, nur vielleicht ... Aber wo war sie geblieben? Bear hatte mich gezwungen, sie fallen zu lassen. Hoffentlich war sie nicht aufs Meer hinausgetrieben ...

Voller Verzweiflung ließ ich den Blick schweifen und bemerkte schließlich auf dem Sand unter einem großen Stück Treibholz etwas Schimmerndes. War sie das? Ich rannte darauf zu. Ja! Die Decke war zwar nass und voller Sand, aber sie war immer noch heil. Das Gift hatte ihre Farben noch nicht angegriffen. Ich schüttelte sie aus und rannte zu Nana hinüber.

Als ich näher kam, tauchten noch mehr leuchtende Umrisse in meinem Blickfeld auf, auch ein großes, längliches Objekt, das auf die Seite gekippt war. Aber ich hatte nur Augen für meine Großmutter. Ich rannte zu ihr und breitete die Decke über sie.

Sofort verzog sich der grünlich graue Nebel. Mithilfe von Nyamés Adinkra konnte ich sehen, wie die goldene Aura der Steppdecke ganz allmählich das Gift aus dem Körper meiner zitternden Großmutter saugte. Der heulende Wind schien ein bisschen abzuschwächen.

»Alles in Ordnung?«, erkundigte ich mich und ließ mich neben sie gleiten. Jetzt, wo das Gift keine Macht mehr über sie hatte, erschien sie als Spule aus rubinroter Schrift, so mächtig und kraftvoll wie das Blut, das in unseren Adern floss, das Blut der Menschen und aller anderen Lebewesen. Sie trug immer noch ihre Brille auf der Nasenspitze und sah mich an.

»Mir geht es gut«, sagte sie. »Aber wenn wir nicht bald etwas unternehmen, dann ist diese Welt nicht mehr zu retten.«

»Es ist zu spät«, erwiderte ich traurig. »Nana, wir müssen nach Hause. Und zwar sofort.«

»Und die armen Leute hier ihrem Schicksal überlassen? Ich weiß ganz sicher, dass ich keinen Narren großgezogen habe, der einen weiteren Narren großgezogen hat.«

»Aber ...«

»Hier sind so viele mächtige Wesen versammelt und die können nicht einmal ein paar Leutchen helfen, die Schutz vor einem dummen Gewitter suchen? Also, das wäre wirklich sehr traurig, wenn du mich fragst.«

Ich hob den Blick und sah noch mehr schimmernde Gestalten näher kommen. Der Wind, der dieselbe kränklich grüne Farbe wie das Gift angenommen hatte, versuchte sie zurückzuschlagen, aber sie gaben nicht nach, und allmählich erkannte ich sie.

Das große, längliche Ding, das mir vorhin aufgefallen war, das war Keelboat Annies Kahn. Die Göttin hatte ihn umgedreht und reckte ihn jetzt mithilfe ihres Stakholzes in die Höhe, sodass er zum Schirm wurde, unter dem sich alle versammelten. Lady Night, Gum Baby und Ayanna waren ebenso da wie ein zitternder Bear. Mami Wata stand am hinteren Ende und mühte sich nach Kräften, die riesigen Wellen abzuwehren, die das ganze Land zu verschlingen drohten. Sie lenkte sie zur Seite, sodass sie ohne Schaden anzurichten an den hoch aufragenden Dünen zerschellten.

»Da!«, rief Gum Baby.

Aus den höher gelegenen Palästen strömten nun Alkeer, darunter auch einige bekannte Gesichter. Ein riesenhafter Mann kam mit kurzen Schritten über den Strand gestolpert. Die machtvollen goldenen Worte, die seine Umrisse umschwebten, erzählten von seiner großen Stärke.

»John Henry!«, rief Ayanna.

Er konnte seine Beine wieder benutzen, aber er hinkte und musste sich sehr anstrengen, um eine große Jacht durch das seichte Wasser zu ziehen. Seine freie Hand wurde von engen Spiralen in goldenen Buchstaben umschwirrt. Er bemerkte meinen Blick und nickte, bevor er die Faust öffnete und mir zeigte, was er darin versteckt hatte.

Die Handschuhe, die er mir geschenkt und die ich auf seinem Krankenbett liegen lassen hatte.

»Danke«, sagte er nur.

Ich nickte und hielt dann kurz inne. »Dein Hammer …«, fing ich an

»Später«, unterbrach er mich und schickte mir einen wissenden Blick.

»Wie geht es den anderen?«, erkundigte ich mich.

»Den meisten geht es gut, soweit ich weiß, auch wenn es sehr knapp war.« Zahlreiche Bewohner des Goldenen Halbmondes spähten über die Reling, darunter auch die Fliegenden Frauen. Miss Sarah und Miss Rose hatten die Flügel ausgebreitet, um die Leute wenigstens vor den schlimmsten Auswirkungen des Gewitters zu schützen.

Da war ein lautes Krächzen zu hören, das sogar das Tosen des Sturmes übertönte. Gewaltige schwarze Schwingen peitschten die Luft und mein Herz schlug vor Freude und Erleichterung gleich mehrere Purzelbäume. Auf dem Rücken der Schattenkrähe namens Old Familiar saßen High John und Thandiwe, zusammen mit anderen, die zu krank oder zu verletzt waren, um zu gehen, unter ihnen auch Brer Rabbit.

Als Nächstes sah ich eine Prozession von goldenen Statuen mit steifem Gang die Dünen herunterkommen. Sie führten hölzerne Sänften mit Verletzten und Kranken mit sich. Ich musste mir die Hand vor die Augen halten, weil die Statuen als grell leuchtende Figuren in glühend heißer *Kursivschrift* erschienen. Jetzt stieg Nyamé, der genauso grell leuchtete, aus einer der Sänften. Er hatte beide Hände voll, und zwar wortwörtlich. Mehrere Babys und eine junge Krähe lagen in seinen Armen. Sofort nahmen seine goldenen Augen mich in den Blick.

Wir haben keine Zeit mehr. Seine Worte dröhnten durch meinen Schädel. *Diese Welt wird bald untergehen.*

Gum Baby kletterte mein Bein empor und auf meine Schulter. »Also, äh, Stotterzunge, Gum Baby hat natürlich keine Angst oder so, aber du hast doch einen Plan, oder nicht?« Ihre Stimme klang kläglich und ihre Angeberei war nur noch der Hauch einer Fassade, hinter der die Angst bereits zum Vorschein kam.

Ich sah mich um. Allen war die Angst ins Gesicht geschrieben, auch wenn sich etliche große Mühe gaben, tapfer zu wirken. Der nächste gewaltige Blitz ließ den gesamten Himmel weiß werden und traf dann das Dach des Hafengebäudes auf der anderen Seite des Strandes.

KRACKS!

Das Gebäude wurde von einer gleißend hellen Explosion in Wortfetzen gerissen und ein lauter Schrei ertönte. Doch noch bevor ich *Heiliger Strohsack* sagen konnte, ließ ein weiterer Schrei aus Thandiwes Mund uns alle herumfahren.

In weiter Ferne war zu sehen, wie der Isihlangu zu Nichts zerfiel. Der Schutzschild Alkes löste sich auf wie einer von Nanas Wollpullovern.

Ich biss die Zähne zusammen. Es war an der Zeit, etwas Neues zu stricken.

»Alle in die Boote!«, rief ich. »Ich habe einen Plan!«

35

GEMEINSAM SIND WIR STARK

Keelboat Annies Kahn verblüffte mich immer wieder aufs Neue.

Zuerst dachte ich, es würden gar nicht alle Flüchtlinge an Bord passen. Falsch. Dann dachte ich, dass John Henry, Bear (obwohl er ohne die Rüstung sehr abgemagert aussah), Brer Rabbit und die anderen Gottheiten auf keinen Fall mehr Platz finden würden. Wieder falsch. Wir brachten tatsächlich alle unter, durchnässt bis auf die Knochen und mit laut klappernden Zähnen.

Ein bebendes Dröhnen sorgte dafür, dass der Kahn sich auf eine Seite neigte.

»Seht doch!«, rief jemand. Der Goldene Halbmond schien zu *schaudern* und tief Luft zu holen ... und brach in sich zusammen. Goldene Zöpfe mit Geschichten – der Inhalt von Nyamés Legendentruhe, Anansis Trickserfabeln und andere schwebten hinauf an den Himmel und verloren sich im grellen Schein des nächsten Blitzschlags.

»Wir werden alle verschwinden!«

»Hilf uns!«

»Tu doch etwas!«

Die Rufe der Alkeer dröhnten mir in den Ohren, als ich mich neben Nana auf das Deck sinken ließ. Wenn überhaupt jemand beurteilen konnte, ob mein Plan funktionieren würde oder nicht, dann sie. Und falls nicht ... nun ja, darüber wollte ich gar nicht erst nachdenken. Die Klagelaute, die uns umgaben, ließen das nicht zu.

»Nana, du musst mir helfen«, sagte ich. Der Kahn schwankte hin und her und hüpfte auf und ab, während ich ihr schilderte, was ich vorhatte. Dabei wären ihr fast die Augenbrauen aus dem Gesicht gehüpft. Sie nahm ihre Brille ab, rieb sich die Augen, putzte die Brillengläser, sah mich an und schüttelte den Kopf. Mir sank das Herz in meine bis auf Ewigkeit durchnässten Schuhe. Doch bevor ich völlig die Hoffnung verlieren konnte, legte sie mir eine Hand auf den Arm.

»Dabei brauchst du meine Hilfe nicht, Schätzchen.« Sie deutete mit einer Kopfbewegung zum Heck des Kahns, wo die Götter Alkes gerade versuchten, die Leute zu trösten, die ihnen anvertraut waren. »Mir scheint, die da sind eher deine Kragenweite. Außerdem habe ich dir doch gesagt, dass ich dich eines Tages dazu bringen will, dass du so was ausprobierst. Mir scheint, jetzt ist genau der richtige Zeitpunkt.« Sie holte ihre goldene Nadel hervor – eine Ersatz-Steppnadel (Wo hatte sie die bloß die ganze Zeit versteckt?) – und drückte sie mir in die Hand, wobei sie mit beiden Händen meine Finger um die glänzende Nadel schloss. Sie lächelte mich an und zog mich dann in eine Umarmung. »Ein Strong gibt niemals auf«, flüsterte sie mir ins Ohr, bevor sie mich wegstieß und davonscheuchte. »Aber jetzt geh los und rette die Welt. Ich habe um sieben eine Verabredung zum Bridge und so wahr mir Gott helfe, wenn Ihre Durchlaucht Ruby Lee James auch nur eine Sekunde länger warten muss als unbedingt nötig, dann erfährt gleich wieder die ganze Welt davon.«

Ich grinste und ging anschließend mit vorsichtigen Schritten zu den anderen. Ich musste mich in den Wind lehnen, während Alke sich um uns herum immer weiter auflöste. Die Essenz dieses Reiches, das mit meinem verbunden war, wirbelte um uns herum wie ein magischer Sandsturm. Aber ich hatte immer noch Nyamés Adinkra aktiviert und die Götter – meine Freunde – standen hoch aufgerichtet und kraftvoll wie goldene Statuen in der immer umfassenderen Finsternis. Ich holte tief Luft und zog das LTT aus meiner Tasche.

Anansi hatte sich aus ein paar Apps und ein bisschen Spinnenfaden einen behelfsmäßigen Unterstand gebaut und sich darin verkrochen. »Junge, Junge, ich kann nur hoffen, dass du weißt, was du tust.«

Ich schüttelte den Kopf und hielt inne, als eine gewaltige Bö mich beinahe vom Kahn gefegt hätte. »Nein. Aber habe ich mich dadurch je von irgendwas abhalten lassen?« Ich schilderte ihm, was ich vorhatte, und er stieß einen leisen Pfiff aus.

»Das könnte sogar ... funktionieren. Es ist riskant. Sehr riskant. Aber ... Ach, was rede ich, du machst es ja so oder so. Na gut. Sag mir Bescheid, wenn du die Diaspor-App brauchst.«

Während er seine Vorbereitungen traf, stellte ich mich zu den anderen Gottheiten. »Es gibt eine Möglichkeit, eure Welt und alle Leute darin zu retten ... aber dazu müssen wir alle zusammenarbeiten.«

John Henry lehnte mit schmerzverzerrter Miene an Annies Stakholz. Es war das Einzige, was stabil genug war, um ihn zu stützen. »Was hast du vor, Tristan?«

Ich holte tief Luft. Mein Herz wummerte so laut, dass ich fast das

Gefühl hatte, es könnte ganz allein den Rhythmus Alkes vorgeben.

»Ich ... möchte Alke in meine Welt einnähen.«

Schweigen.

Inzwischen tobte der Sturm, heulte der Wind und mehrere Gottheiten starrten mich an, als hätte ich gerade öffentlich eingestanden, dass ich ab und zu in Erdnussbutter bade. Ich meine, wenn euch das gefällt, tut euch bitte keinen Zwang an. Ich habe nicht grundsätzlich was dagegen. Es ist bloß nicht meine bevorzugte Art zu baden.

»Du willst also unsere ...«, fing Miss Rose an.

»... Welten zusammennähen?«, beendete Miss Sarah den Satz. Ich nickte. Wenn wir nicht schnell etwas unternehmen, würden wir ohnehin weggefegt werden.

Jetzt hob eine riesige Welle den Kahn bis an den Himmel. Mein Magen schlug einen Purzelbaum. Wir hingen eine Ewigkeit in der Luft, so lange, dass ich weit draußen auf dem Brennenden Meer etwas erkennen konnte. Der Anblick war wie ein Schlag in den Solarplexus und raubte mir das letzte bisschen Atem, das ich noch hatte, bevor wir zurück auf die Wasseroberfläche krachten.

»Vorsicht!«

Kurz darauf baute sich schon die nächste Riesenwelle über uns auf – eine graue Wand mit einer weißen Schaumkrone und geballt wie eine Faust, die uns im nächsten Augenblick zertrümmern würde. Alle hielten sich verzweifelt irgendwo fest – an einem Geländer, einem Seil, John Henrys Bein, egal was, Hauptsache, es vermittelte ein Gefühl der Sicherheit. Die ersten Schreie ertönten. Doch bevor die Welle den Kahn treffen konnte, fing sie an, sich aufzulösen, so wie der Rest von Alke. Einzelne Fäden des Meeres schwebten bereits nach oben in die alles verschlingenden Gewitterwolken.

Und das, was dahinter lauerte – was ich gesehen hatte, während wir hoch oben in der Luft gehangen hatten –, war noch schlimmer.

»Ist das …?«, fing High John an.

»Nein!«, rief jemand.

»Nicht schon wieder!«

»Heiliger Strohsack«, flüsterte noch jemand und ich stellte überrascht fest, dass ich das gewesen war.

Gum Baby klammerte sich noch fester an meine Schulter. Selbst Nana wurde bleich beim Anblick der schimmernden Erscheinung und ihre Augen weiteten sich. Ich presste die Lippen fest zusammen. Von außen wirkte ich ruhig und entschlossen, aber in Wirklichkeit musste ich mich zusammenreißen, um nicht laut loszuschreien.

Dort, am Rande der Bucht, wo das normalerweise klare blaue Wasser mit den flammenden, dunkeln Tiefen des Brennenden Meeres zusammentraf, war, umrahmt von wirbelnden, orange-roten Nebelschwaden, noch ein Loch im Himmel aufgetaucht.

Es war, als hätte jemand den Reißverschluss der Wirklichkeit geöffnet. Ein tosendes Inferno bahnte sich einen Weg hinauf in die Wolken und saugte den giftigen Sturm mit sich wie ein Vakuum, inhalierte den Strudel und schickte ihn durch das Loch in eine neue, frische, unverbrauchte Welt. Es war ein Portal in ein anderes Reich – mein Reich. Und hinter dem Portal erkannte ich …

»Ist das unsere Farm?«, hörte ich Nana mit schwacher Stimme sagen.

Ich biss die Zähne fest zusammen.

Niemals würde ich zulassen, dass die Farm meiner Großeltern Schaden nahm. Sie hatten nicht ihr Blut und ihren Schweiß auf diesem Boden vergossen, nur um ihn an ein dämliches Gewitter zu verlieren. NEIN! So weit würde es nicht kommen.

»Nimm die Decke!«, sagte ich zu High John und warf ihm eine Ecke zu. Er sah mich verdutzt an, aber jetzt war keine Zeit für Verwirrung. Jetzt war Zeit zu handeln. »Nimm sie!« Nachdem er endlich seine Finger um den Saum geschlossen hatte, ging ich die Reihe der Gottheiten entlang. John Henry. Miss Sarah und Miss Rose. Eine weitere Ecke vertraute ich Brer Rabbits schwachen Pfoten an. Die Schnurrhaare des riesigen Hasen zuckten, aber ansonsten verharrte er vollkommen regungslos. Sogar Bear griff zu. Ich drückte Gum Baby das LTT in die Hand und gab ihr ein Zeichen. Sie krabbelte auf die Decke und platzierte sich als klebriger kleiner Hügel ungefähr in der Mitte. Zumindest brauchte ich nicht zu befürchten, dass sie weggeweht wurde.

Ich ergriff eine Ecke der Decke, zog an dem Faden, mit dem ich so sorgfältig die Kante umnäht hatte, und zog daran. Dann nahm ich Nanas goldene Steppnadel, ohne den tosenden Sturm und das Loch, das uns stetig näher saugte, zu beachten. Ich musste das Handgelenk genau im richtigen Winkel halten, sonst würde mir der Faden – die magische Essenz, die zwei Welten zusammenfügen konnte – aus der Nadel rutschen.

Einstechen. Hochziehen.

Als wieder eine Welle unter uns hindurchschwappte, neigte der Lastkahn sich zur Seite. Jemand schrie, aber ich ließ mich keine Sekunde lang ablenken.

Einstechen. Hochziehen.

Nähen, das wurde mir jetzt klar, hat viel Ähnlichkeit mit Boxen. Aber falls euch das nicht sofort einleuchtet, kein Problem. Lasst mir noch eine Minute Zeit. Was ich damit meine ist, dass man eine Technik braucht. Geschicklichkeit. Ausdauer. Es dauert, bis man es wirklich gut kann. Wer zu hastig wird, muss wieder ganz von vorne anfangen, entweder mit dem ersten Stich oder mit der ersten Runde des nächsten Kampfes.

Einstechen. Hochziehen. Den Faden verknoten.

Beinahe fertig. Jetzt fehlte nur noch eine einzige Sache.

Die Öffnung zwischen den Welten war noch wenige Dutzend Meter entfernt. Sie strahlte ein Summen ab, eine durch und durch falsche Energie, wie eine verstimmte E-Gitarre, die an einen übergroßen Verstärker angeschlossen ist. So, dass einem die Zähne klapperten und die Augäpfel juckten. Ich konnte weder den Punkt erkennen, wo der Riss auf das Brennende Meer traf, noch das obere Ende, das irgendwo in den Gewitterwolken steckte. Feuriger Nebel verhüllte mir den Blick.

Doch dann riss ich mich von dem Schauspiel los und betrachtete unseren Flüchtlingskahn. Keelboat Annie hatte eine Hand an der Pinne, die andere an der Steppdecke und musste sich mächtig anstrengen, um Kurs zu halten. Etliche Leute weinten und ich glaube, ich sah, wie Bear einen kleinen Igel tröstete. Alle hielten sich aneinander fest, selbst die Gottheiten. Das hatte etwas sehr Furcht einflößendes, aber gleichzeitig auch Beruhigendes. Auch die Stärksten unter uns brauchten eine Stütze, und das war gut so.

»Mami Wata!«, rief ich. Die Wassergöttin kämpfte am anderen Ende des Kahns mit den Wellen, damit wir nicht von der nächsten, noch größeren einfach überschwemmt wurden. Jetzt hob sie den Kopf.

»Wenn die nächste Welle kommt, kannst du sie dann in Richtung Himmelsloch lenken?«

Jede Menge Augenpaare drehten sich zu mir um. »Du willst da durch?«, brüllte John Henry mir über den Sturm hinweg zu. Ich gab keine Antwort, sondern sah die Fliegenden Frauen an.

»Was meint ihr, könnt ihr, sobald ich euch ein Zeichen gebe, mit euren Flügeln so kräftig wie nur möglich in meine Richtung schlagen?«

Sie sahen einander an. »Du könntest …«

»… im Meer verloren gehen!«

Ich schüttelte den Kopf. »Ich werde äußerst stabil festgemacht. Stimmt's, Gum Baby? Vorsärgliche Maßnahmen.«

Gum Baby starrte mich an, als wäre ich bescheuert, aber dann riss sie die Augen auf. »Ooooh. Gum Baby kann bereits riechen, was du da zusammenbraust. Ein Satz vorsärgliche Maßnahmen, ist schon unterwegs.«

Jetzt wandte ich mich an alle anderen. »Ich habe keine Ahnung, ob das wirklich so funktionieren wird, wie ich es mir vorgestellt habe«, rief ich. »Ich weiß nicht, ob wir wirklich alle zusammen da durchkommen. Es könnte sein, dass wir getrennt werden. Aber Alke ist eine Geschichte. Solange die Fäden intakt bleiben, kann diese Welt wiederaufgebaut werden. Daran glaube ich. Und ihr müsst auch daran glauben.«

Bevor ich weitersprach, blickte ich jeder und jedem Einzelnen in die Augen und dann legte ich jedes Gramm meiner Anansesem-Kraft in das folgende Versprechen: »Darum haltet euch gut fest. Falls wir getrennt werden, denkt immer daran: Ich kenne eure Geschichten. Und als Anansesem werde ich euch wiederfinden. Als euer Freund WERDE ICH EUCH WIEDERFINDEN!«

Ich wollte etwas Bedeutsames sagen. Etwas, das den Veränderungen, die vor uns lagen, gerecht wurde. Aber das war gar nicht nötig. Der Gewittersturm erledigte das an meiner Stelle.

Nachdem das Gift das ganze Land durchdrungen hatte, ertönte ein mächtiges Donnergrollen und dann, wie eine Lawine im Rückwärtsgang, implodierte Alke.

Das Ufer sackte einfach weg. Es verschwand im Maul eines unsichtbaren Shredders, der die Welt in kleinste Fasern zerhackte. Während wir uns über einem endlosen, wogenden Meer befanden, wurden große Teile des Landes vom Wind weggetragen. Ich hatte Nyamés Adinkra aktiviert, sodass es aussah, als würden glühende Seidenballen an den Himmel gesaugt, rote und grüne und silberne und goldene, als sei das alles für immer verloren.

Aber das wollte ich mit aller Macht verhindern.

»Jetzt!«, rief ich Miss Sarah und Miss Rose zu.

Die geflügelten Göttinnen breiteten ihre leuchtend schwarzen Schwingen aus, zogen die Augenbrauen zusammen und stemmten sich mit ihrer ganzen Muskelkraft gegen den Wind. Helfende Engel. Wie aus einem Mund ertönte ihr Schrei und dann erzeugten sie mit ihrem Flügelschlag einen gewaltigen Windstoß, der einzelne Bruchstücke von Alke quer über den Lastkahn trieb.

Direkt auf mich zu.

Gleichzeitig sammelte Mami Wata eine Welle zusammen, die die Königin aller Wellen war, ein Wolkenkratzer-Ungetüm in Grau und Weiß mit einer orangenen Feuerkrone. Sie türmte sich hinter unserem Heck auf, sodass Keelboat Annie alle Mühe hatte, den Kahn auf Kurs zu halten.

Und ich?

Der Held von Alke?

Verteidiger einer sterbenden Welt?

Ich steppte.

»Goldener Halbmond!«, rief ich. Gum Baby saß auf meiner Schulter, streckte die Hand aus und pflückte ein Stück von Alkes Geschichtenfaden ab, das an der kleine Puppe kleben geblieben war. Ich fädelte ihn in die Steppnadel ein und machte mich an die Arbeit. Als ich ihn mit der Decke verwoben hatte, hob ich den Kopf. »Jetzt Nyanza.«

Ein blaugrüner Faden wurde mir gereicht.

»Die Sandgefilde.« Ein weizenfarbener Faden kam hinzu.

Und so ging es weiter.

Meine Nadel fuhr immer schneller und schneller durch das Gewebe und gebar eine neue Welt, noch während eine alte starb.

Das MittLand.

Der Isihlangu.

Das Horn.

Vor meinem geistigen Auge breitete sich Alke von oben aus, so wie ich es von Old Familiars Rücken aus gesehen hatte, damals, als das MittLand gebrannt hatte, bei meinem ersten Abenteuer in diesem Reich. Es war ein schimmernder Bilderteppich und genau so einen fertigte ich gerade an.

Ich konnte nur hoffen, dass es funktionierte.

Als ich den Kopf hob, begegnete ich John Henrys Blick. »Ich werde deine Hilfe brauchen, damit das Ganze hier ein bisschen Macht verliehen bekommt«, sagte ich. »Ich werde euer aller Hilfe brauchen.«

John Henry starrte mich verwirrt an.

»Weißt du noch, damals, als du und Brer Rabbit zusammengearbeitet habt, um Gum Baby in meine Welt zu schicken? Da musstest du einen Teil deiner Essenz aufgeben, um von einem Reich ins andere reisen zu können. Aber hier brauchen wir noch mehr Wucht.«

»Tristan, wir kommen immer näher!«

Gum Baby, an der immer noch mehrere Alke-Fragmente klebten,

zeigte nach vorne. Der Riss zwischen den Welten lag nur noch einen Steinwurf weit entfernt. Die Zeit war abgelaufen. Ich verknotete den letzten Stich, steckte Nanas Nadel in meine Tasche zurück und winkte die anderen näher heran, Gottheiten und Alkeer, Menschen und Tiere, ein Junge und seine Großmutter.

»Und jetzt haltet euch alle gut fest«, rief ich. »Und ihr ...« Ich blickte die Götter an. »... ihr legt jedes bisschen Kraft, das ihr habt, in diese Steppdecke. Was eure Welt und meine miteinander verbindet, das sind die Geschichten, die wir miteinander teilen. Das weiß ich von meiner Großmutter.« Nana lehnte sich für einen kurzen Moment an mich. Ich musste schlucken, dann machte ich weiter. »Ihr seid eure Geschichten und eure Geschichten sind Alke. Also legt all eure Geschichten in diese Fäden. Jedes Märchen, jedes Wiegenlied, jeden Witz. Und haltet euch gut fest! Bitte, ganz egal, was ihr tut, aber ihr dürft nicht loslassen. Ich weiß nicht, wie lange diese Decke heil bleiben wird, aber solange wir sie zusammenhalten, können wir Alke mit nach Hause nehmen.«

Die mächtige Welle begann zu brechen und wir wurden schneller. Keelboat Annie richtete das Ruder geradeaus, sodass wir direkt auf das immer größer werdende Loch zwischen den Welten zuhielten. Hinter uns lösten sich die letzten Reste von Alke gerade auf und landeten im Rachen eines alles verschlingenden Sturms.

»Jetzt!«, rief ich.

Wenn ich ganz ehrlich sein soll, ich war mir wirklich nicht sicher, was jetzt kommen würde. Ich wusste nicht, was die anderen sahen – die Alkeer oder Nana. Ich glaube, nicht einmal die Götter konnten sich auf irgendetwas anderes konzentrieren als darauf, die Steppdecke mit der Kraft ihrer eigenen, individuellen Geschichten aufzuladen.

Aber dank Nyamés Adinkra konnte ich sie sehen.

Es war eine unglaubliche Geschichte. Ich sah Wörter und bewegte Bilder in allen möglichen Farben. Ich hörte das schwache Echo von Liedern, lebendig und kraftvoll und zum Sterben schön. Alle, die diesen Bilderteppich festhielten, trugen ihren Teil dazu bei. Ja, die Gottheiten und ich als Anansesem, wir leisteten unseren Beitrag, aber die gewöhnlichen Leute auch. Ihre Geschichten flossen in die Stiche mit ein und füllten die Felder mit Leben. Kinderlachen impfte der Decke die Freude einer neuen Generation ein und die Älteren teilten ihre Tränen der Trauer über den Verlust der Verstorbenen. Und hinter alledem pulsierte der Herzschlag einer Nation. Es war ein vertrauter Rhythmus.

Wir waren alle vereint.

Genau in dem Moment, als das Meer unter uns verschwand, tauchte der Kahn in das Loch im Himmel ein.

Jedes Geräusch verstummte.

Dunkelheit legte sich über uns.

Die einzige Lichtquelle war das schimmernde Flackern der verzauberten Steppdecke. Sie tauchte die Unterseiten der Gesichter in sanftes Gold. Mir blieb noch eine letzte Sekunde, um allen in die Augen zu schauen, um meinen Freunden und meiner Familie meine Hoffnungen, meine Gebete und meine Liebe zu schicken, dann versiegte auch diese kleine Quelle des Trostes.

Und dann …

… war …

… da …

… nichts.

36

ICH WERDE EUCH FINDEN

Als ich aufwachte, duftete es nach Pancakes und gebratenem Speck.

Ich weiß nicht, wieso, aber das machte mich wütend. Solche Düfte waren etwas für normale Menschen. Gewöhnliche Jugendliche, klar, die konnten aufstehen, sich einen Teller schnappen und den Erwachsenen aus dem Weg gehen, während die plauderten und lachten und sich Kaffee einschenkten. Und dann schlichen sie sich zum Sofa und zogen sich ein paar Samstagvormittags-Zeichentrickfilme rein.

Aber ich doch nicht.

Bsssst bssssst

Das LTT auf dem Nachttischchen vibrierte, aber ich beachtete es nicht.

Stattdessen wollte ich mich umdrehen. Allerdings stellte ich sofort jeden Versuch ein und stöhnte laut vor Schmerz, weil meine dick bandagierten Rippen gegen jede Bewegung protestierten. Ich schlug die Augen auf, wurde von der grellen Sonne, die zum Fenster hereinschien, geblendet und zog mir das Kissen über den Kopf.

Da klopfte jemand an den Türrahmen. »Ich hab dich gehört. Alles in Ordnung?«

Granddad.

Ich schob das Kissen beiseite. Er trug seine übliche Arbeitskleidung – einen Jeans-Overall und darunter ein Baumwoll-T-Shirt. Aus einer Tasche lugte ein verblasstes braunes Halstuch hervor, mit dem er sich immer den Schweiß von der Stirn wischte. Wobei – die eine oder andere Neuerung war nicht zu übersehen. Er trug einen Kopfverband und auch sein linker Arm war bandagiert. Außerdem hinkte er und verzog bei jedem Schritt das Gesicht. Er hielt einen Teller in jeder Hand. Auf dem einen befand sich ein Stapel mit Pancakes, auf dem anderen ein paar Stücke einer Honigmelone und ein Becher.

»Ja. Ich meine: Ja, Sir. Es geht mir gut.«

Er nickte, aber sein Blick blieb an meinen Verbänden hängen, während ich mich vorsichtig aufsetzte und die Decke zurückschlug. »Gut. Ich wollte dir das Frühstück eigentlich ans Bett bringen, aber wenn du sowieso aufstehst, stelle ich es auf den Küchentisch.« Er wandte sich zum Gehen.

»Du, Granddad?«

Er drehte sich um.

»Wie geht es ihr? Nana meine ich. Ist sie …?«

Ich sah, wie Granddads Schultern ein Stückchen tiefer sackten und hielt inne. Er verharrte kurz, dann wandte er sich ab. Trotzdem sah ich das Glitzern in einem seiner Augen. »Keine wirkliche Veränderung. Ich hab ihr ihr Lieblingsfrühstück gemacht. Und jetzt setze ich mich zu ihr.«

Bssssst bssssst

Er sah erst das Handy an, dann mich, und ich machte mich schon auf eine Predigt gefasst. Aber Granddad sagte nur: »Komm raus, sobald du so weit bist«, und ging weg.

»Okay«, erwiderte ich. Ich ließ mich auf das Bett zurücksinken und starrte das Zaubertelefon an, aber in Gedanken war ich ganz woanders. Zwei Tage waren seit unserer Rückkehr vergangen. Mein Plan hatte teilweise funktioniert. Der Lastkahn war in meine Welt gekracht und mitten im Flaschenbaumwald am Rand der Farm meiner Großeltern gelandet. Gut, dass es schon nach Mitternacht gewesen war und dass es im Umkreis von fünfzehn Kilometern keine Nachbarn gab. Sonst hätte das plötzliche Auftauchen eines schwer beschädigten hölzernen Lastkahns vom Anfang des 20. Jahrhunderts *womöglich* ein bisschen Aufmerksamkeit erregt.

Die gute Nachricht war, dass es nur wenige Verletzungen gegeben hatte. Meine Rippen gehörten dazu. Nana hatte sich das Knie verstaucht, und da ihr letzter Zusammenbruch noch nicht lange her war, hatte der Arzt ihr zunächst einmal Bettruhe verordnet. Was die anderen anging …

Bssssst bssssst

»Junge, wenn du deine Nachrichten nicht liest«, hörte ich Anansi sagen, »dann mache ich ›Die Ballade von Gum Baby‹ zu deinem Klingelton.«

Ich warf einen Blick auf das Handy. Der Spinnengott saß mit tief liegenden Augen und ziemlich abgemagert in einer Ecke des Displays. Seit unserer Rückkehr hatte er sich nicht von der Stelle bewegt. Alle hatten mit Alke ihr Zuhause verloren. Aber viele, unter ihnen auch Anansi, hatten einen noch schmerzhafteren Verlust zu beklagen: den von Angehörigen und engen Freunden.

Bssssst bssssst

»Also, das kann doch wohl nicht ...« Ich streckte die Hand aus, ohne auf meinen schmerzenden Brustkorb zu achten, und schnappte mir das Handy. In einer Ecke der Diaspor-App war ein goldener Punkt aufgetaucht. Ich runzelte die Stirn, zögerte kurz und tippte dann das Icon an.

Drei Fotos füllten das Display aus. Unter ihnen waren Bildunterschriften zu sehen und ich las die erste vor.

»Geschichten-Fragment lokalisiert. Standort anzeigen?«

Ich kniff die Augen zusammen.

Dann riss ich sie weit auf und sprang aus dem Bett. »Das glaub ich jetzt nicht! Anansi, siehst du das?«

Er linste einmal kurz in die Richtung, stand abrupt auf und legte beide Hände an den Rand eines der Fotos. Seine Stimme klang verletzt und verzweifelt. »Sag, dass das kein Scherz ist.«

»Ich mache keine Scherze.« Ich schlüpfte in eine Basketballhose und ein T-Shirt und lief aus dem Zimmer. »Bin gleich wieder da, Granddad!«, rief ich und rannte zur Haustür hinaus.

Die Sonne schob sich gerade erst über das Blätterdach des Flaschenbaumwaldes. Die Hitzewelle war abgeebbt und als Nachwirkung des Gewittersturms, der durch den Riss zwischen den Welten eingedrungen war, lag ein süßlicher Duft in der Luft. Meine nackten Füße klatschten durch schlammige Pfützen und trampelten den feuchten Pfad entlang, der das Maisfeld umgab. Ich spürte einen schmerzhaften Stich in der Seite und hätte am liebsten angehalten und mich kurz auf die Knie gestützt, doch ich zwang mich weiterzulaufen. Während ich mit einer Hand das LTT festhielt, pumpten meine Arme, als wäre das, was ich gleich erfahren würde, eine lebensrettende Information.

Und dann war ich da.

Schlitternd kam ich vor den knorrigen Wächterbäumen, die den Flaschenbaum bewachten, zum Stehen. Ich zögerte, doch dann kam eine Windbö auf, die Zweige schienen beiseitezuweichen und mir Eintritt zu gewähren. Ich neigte zum Dank den Kopf und zwang mich, ruhig zu bleiben und den düsteren Wald zu betreten. Die Stille hatte sich wie eine dicke Decke über alles gebreitet, als wäre jedes Geräusch aus Respekt draußen auf dem Pfad geblieben.

Als ich den Wald das erste Mal betreten hatte, war es Nacht gewesen. Damals hatte mir das alles große Angst gemacht. Ich hatte die Umgebung nicht gekannt und war einem winzigen Quälgeist hinterhergejagt.

Der Flaschenbaum stand in der Mitte der Lichtung. Hellblaue, verzierte Flaschen hingen an den steifen, geraden Zweigen der kleinen Weidenmyrte. Aber mein Blick verharrte nicht lange bei ihr. Stattdessen hob ich den Kopf und suchte etwas anderes. Eine aktuelle Ergänzung des Waldes, gewissermaßen.

Oben im Blätterdach des Waldes wurde die Sonne von einem länglichen Umriss verdeckt. Ich ging zu dem Baum, in dem das Ding feststeckte, und legte die Hände an den Mund. »Ich bin's. Lasst mich rauf!«

Ein Seil mit einer Schlaufe am unteren Ende wurde herabgelassen. Vorsichtig stellte ich mich hinein und hielt mich krampfhaft fest, während ich ungefähr sieben Meter nach oben gezogen wurde. Ich schluckte ... und betrat das Deck von Keelboat Annies Lastkahn.

Der anscheinend zum Baumhaus umfunktioniert worden war.

Eine kleine Gruppe erschöpfter und heruntergekommener Alkeer starrte mich an. Nyamé. Bear. Annie. Lady Night und Mami Wata. Dazu ein paar Bewohner des Goldenen Halbmondes und schließlich auch Brer Rabbit, der am Heck des Kahns auf einer selbst gebastelten Liege lag. Neben dem großen Hasen hatte sich John Henry auf die Planken gesetzt. Seine Beine waren bandagiert und in seinem Schoß lag eine raue Steppdecke.

Wie wenige hier waren. Wie viele wir verloren hatten, verstreut über das ganze Land, ohne zu wissen, wo sie steckten.

Gum Baby.

Ayanna.

Miss Sarah und Miss Rose.

High John und Thandiwe.

Bevor ich überhaupt jemandem erzählen konnte, was ich auf dem Display des LTT gesehen hatte, erhob sich Mami Wata und starrte mit grimmiger Miene auf ihre Hände. Ich ließ den Blick über das Deck schweifen und stellte fest, dass auf allen Mienen eine Mischung aus Angst und Niedergeschlagenheit zu sehen war. Niemand – nicht einmal Nyamé – wollte meinem Blick begegnen. Ich war verwirrt. Natürlich steckten sie in einer schwierigen Lage, aber da musste noch mehr dahinterstecken.

Etwas Größeres, so wie es aussah.

»Was ist denn los?«, wollte ich schließlich wissen. »Nun sag schon.«

Aber Mami Wata blieb stumm. Stattdessen kam sie auf mich zu. Ihr Hosenanzug schillerte bei jedem Schritt und sie hatte die Haare zu einem losen Knoten zusammengebunden. Dann streckte sie mir das Ding entgegen, das sie angestarrt hatte. Als ich erkannte, was es war, schlug mein Herz mit einem Mal schneller.

Ein Stück von König Cottons Maske.

»Das habe ich heute früh im Morgengrauen entdeckt«, sagte sie.

Ich nahm das kleine Stückchen erstarrtes Baumharz in die Hand und hielt es gegen die Sonne. Keine Spur von dem tintenschwarzen, öligen Schatten mehr. »Vielleicht ist er ... verschwunden.«

»Das ist noch nicht alles.« Mami Wata warf einen Blick über die Reling. »Da unten auf dem Boden haben Glassplitter gelegen.«

Ich starrte sie an und hastete zum Bootsrand. Der Anblick ließ mir das Herz bis in die Kniekehlen und dann weiter bis zum Fuß des Flaschenbaums sinken. Selbst von hier oben waren die leeren Zweige und die blauen Glassplitter zu sehen, die wie funkelnde Edelsteine auf dem Waldboden lagen.

Irgendjemand hatte fast die Hälfte aller Flaschen zerschlagen, in denen Dämonen und böse Geister gefangen gewesen waren. Und da König Cotton nicht mehr in seiner Maske gefangen war, hatte ich eine starke Vermutung, wer dafür verantwortlich sein könnte.

Ich umklammerte das LTT mit aller Kraft und es reagierte mit Vibrationen. Anansi blickte mich an und nickte. Er wusste genau, was ich dachte. Jetzt hatten wir also zwei Aufgaben zu erledigen: die Dämonen zu verfolgen, die in diese Welt entkommen waren, und das Versprechen einzulösen, das ich abgegeben hatte, bevor wir das Loch im Himmel durchquert hatten.

Ich war fest entschlossen, dieses Versprechen zu halten. Vielleicht konnte ich ja schon in dieser Sekunde damit anfangen. Ich hob das Handy hoch, sodass alle die Fotos auf dem Display sehen konnten. Sie rissen die Augen weit auf.

»Ich hoffe, ihr seid alle ausgeruht«, sagte ich, »weil wir nämlich eine Menge Arbeit vor uns haben. Wir müssen König Cotton suchen und ihn in diesen Wald zurückschaffen, ebenso sämtliche Dämonen und Geister, die er freigelassen hat. Aber das ist noch nicht alles. Irgendwo da draußen sind unsere Freunde und Verwandten gelandet und ich weiß ja nicht, wie es euch geht, aber ich habe vor, auch sie zu suchen. Und das hier sind die ersten drei.«

Ein Mädchen mit brauner Haut und einem Rucksack auf dem Rücken kam gerade aus einer Tankstelle. Die Spitzen ihrer dunkelbraunen Locken waren rot gefärbt und ihre Schläfen rasiert, nur auf einer Seite hatte sie einen Zickzack-Streifen stehen lassen. Sie trug eine schwarze Lederjacke, eine enge Jeans und goldene, flache Sandalen. Auf den Rücken hatte sie sich einen goldenen Baseballschläger geschnallt, dessen dickes Ende ein wütendes Gesicht zierte. Hier in dieser Welt sah sie zwar vollkommen anders aus, aber trotzdem erkannte ich die alkeische Pilotin sofort.

Ihr folgte ein Junge, dessen dunkelbraune Haut durch das Blitzlicht der Kamera richtiggehend leuchtete. Er war gerade dabei, eine Kaugummiblase zu fabrizieren, und trug ein ärmelloses Tanktop und eine Jogginghose, dazu zahlreiche Perlenarmbänder an beiden Handgelenken. Über die Schulter hatte er sich einen Beutel geschlungen.

Anansi brach in erleichtertes Schluchzen aus.

Und dann war da noch das letzte Foto. Über der anderen Schulter des Jungen war nämlich ein winziges, verklebtes, braunes Gesicht zu erkennen ... Ich hätte niemals gedacht, dass mich sein Anblick einmal so glücklich machen würde.

Ich ließ den Blick über das Deck schweifen und grinste von einem Ohr zum anderen. »Dann wollen wir mal unsere Freunde abholen.«

Versteht ihr jetzt?

Ich komme euch holen.

Das LTT meldet sich jedes Mal, wenn es hier in den Vereinigten Staaten jemanden aus Alke geortet hat. Und es *plingt* auch dann, wenn irgendwo ein Dämon seine hässliche Fratze sehen lässt. Mach dich auf was gefasst, König Cotton. Die letzte Runde läuft. Ich habe mächtige Unterstützer in meiner Ecke und einen Rhythmus in meinen Fäusten. Und ich glaube nicht, dass wir nur auf Alabama beschränkt sind. Ha, bestimmt nicht. Das wäre viel zu einfach. Ich werde dich finden und ich werde sie finden. Ich bringe jeden und jede einzelne zurück zu ihren Familien, das kannst du mir gerne glauben.

Weil Alke nicht bloß ein anderes Reich war … *ist*.

Alke ist eine Geschichte.

Jeder und jede von uns trägt Teile davon in sich – einzelne Kapitel, Szenen, vielleicht auch nur einige wenige Worte. Und wenn wir zusammenkommen? Dann erwacht diese magische Welt zum Leben. Solange wir die Geschichte von ihrer Existenz an andere weitergeben, kann sie nicht vollständig zerstört werden. Vielleicht, aber wirklich nur vielleicht, können wir diesen besonderen Ort Wort für Wort und Zeile für Zeile wieder aufbauen.

Also … haltet die Augen offen.

Und wenn ihr Alkeer seid – ob vom MittLand, aus dem Goldenen Halbmond, den Graslanden, ganz egal –, dann denkt immer daran:

Ich bin auf der Suche nach euch und werde euch nach Hause holen.

DANKSAGUNGEN

Dieses Buch wäre niemals möglich gewesen ohne die Hilfe, die Unterstützung, die Ermutigung, die Existenz, die Beharrlichkeit, die Stärke und die unermüdliche Fürsprache all der Frauen und gendervarianten Menschen in meinem Leben. Ein altes Sprichwort lautet: »Hinter jedem starken Mann steht eine starke Frau.« Aber es müsste eigentlich heißen: »Vor jedem starken Mann gab es drei noch stärkere Frauen, mindestens, also lasst uns zunächst ihre Geschichten erzählen.«

Für meine Mutter, die alleine vorangegangen ist und doch nicht alleine war.

Für meine Frau, die sich so unermüdlich für unsere Kinder (eure Kinder, meine Kinder, die Kinder der Welt) und ihr Recht auf uneingeschränkte Bildung einsetzt.

Für Jendayi und Carol, Anführerinnen, Vorbilder und Schwestern.

Für Lauren, Nikki und Wobby, die Stützpfeiler unserer Familie.

Für Shani, Kylie, Kendi, Maddy, Nia, Aminah und Zuri, die alles, was wir ihnen hinterlassen, übernehmen und die Welt neu gestalten werden.

Für meine Tanten, meine Cousinen, meine Großmütter, meine Zweige und Wurzeln an unserem Stammbaum. Ohne euch könnte ich niemals wachsen.

Für Dhonielle, Sona, Patrice und Steph – danke, dass ihr an mich geglaubt habt.

Danke an Nina für die Songs »Four Women« und »Sinnerman«, die eine Quelle der Inspiration für diese Geschichte waren.

Für sie, euch, they, them und dich … danke.

RICK RIORDAN wurde von *Publishers Weekly* als »Erzähler der Götter« bezeichnet und hat als Autor fünf verschiedene #1 *New York Times*-Bestsellerreihen verfasst. Eine davon ist seine »Percy Jackson«-Reihe, die die griechische Mythologie für heutige Leser lebendig macht. Millionen von Fans auf der ganzen Welt haben seine kurzweiligen und lustigen Abenteuer bereits mit Freude gelesen. Das Ziel seines Imprints »Rick Riordan Presents« ist es, höchst unterhaltsame Bücher zu veröffentlichen, die von Autoren aus unterrepräsentierten Kulturen verfasst wurden. Sie sollen so die Möglichkeit bekommen, ihre eigenen Geschichten zu erzählen, die von der Mythologie, der Folklore und der Kultur ihrer Ahnen inspiriert wurden.

Neben »Tristan gegen die Götter« von Kwame Mbalia erscheinen bei Ravensburger auch die Reihen »Zane gegen die Götter« und »Ren gegen die Götter« von J. C. Cervantes (Maya- und Azteken-Mythologie), »Aru gegen die Götter« von Roshani Chokshi (Hindu-Mythologie) und »Sikander gegen die Götter« von Sarwat Chadda (mesopotamische Mythologie).

KWAME MBALIA ist Ehemann, Vater, Schriftsteller, *New York Times*-Bestsellerautor und ehemaliger Messtechniker in der pharmazeutischen Industrie – in dieser Reihenfolge. Sein Debütroman »Mythenweber« wurde mit dem Coretta Scott King Honor Award ausgezeichnet. Kwame Mbalia hat einen Abschluss der Howard University. Er kommt ursprünglich aus dem Mittleren Westen der USA, lebt heute aber in North Carolina und ernährt sich hauptsächlich von schlechten Witzen und Käse-Crackern. Mit seinem Roman »Mythenweber« und dessen Fortsetzung landete er auf der *New York Times*-Bestsellerliste.